Chroniken der Milchstraße

Die Gestrandeten

# Die Gestrandeten

## Band Zwei der Saga

Roman

Von Martin V. Horvath

**Bibliografische Information der Deutschen Nationalbibliothek:**
Die Deutsche Nationalbibliothek verzeichnet diese Publikation in der
Deutschen Nationalbibliografie; detaillierte bibliografische Daten sind
im Internet über http://dnb.d-nb.de abrufbar.


Herstellung und Verlag: BoD -Books on Demand, Norderstedt
Layout: Martin V. Horvath
Printed in Germany
ISBN: 978-3-7392-2058-1
http://www.science-fiction-stories.at

*Wenn die Kinder der Götter zu Felde ziehen gegen die Echsen, die sprechen, die Zeit gekommen ist, um die Wahrheit bringen ans Licht.*

— Prophezeiung des Qarakondus
Pykejonischer Prophet
Um 1200 v. Chr.

# Eins

Jerusalem im Juli 1099
Erster Kreuzzug

Nach einem entbehrungsreichen Marsch, harten verlustreichen Kämpfen, hatten sie ihr Ziel endlich erreicht. Die Heilige Stadt Jerusalem!

Vor den mächtigen Mauern der Stadt lagerten Tausende Kreuzfahrer aus allen Herren Länder. Allesamt waren sie dem Aufruf von Papst Urban II. gefolgt, die ungläubigen Seldschuken aus dem Heiligen Land zu vertreiben.

Albert war einer von ihnen, ein einfacher Ritter aus dem Heiligen Römischen Reich, der weniger zu Gottes Ruhm ins Heilige Land gekommen war als vielmehr zu seinem Eigenen. Zumindest war das zu Beginn des Kreuzzuges der Fall, doch eine seltsame Begegnung in der Nacht nach der Eroberung von Antiochia ändert alles. In jener Nacht schlich sich eine absonderliche Gestalt in sein Lager. Sie war bleich wie ein Geist, das Gesicht bizarr entstellt. Der Nasenrücken zog sich bis zur Stirnkante hin, die Stirn selbst wies einen Buckel in der Form eines V auf. Augen mit violetten Pupillen. Das bizarre Wesen verkündete, dass es ein Abgesandte jener Götter sei, welche einst den Menschen schufen. Es war gekommen, um Albert darüber in Kenntnis zu setzen, dass er dazu auserkoren sei, etwas sehr Wichtiges zu vollbringen. Auf Alberts Frage, welch bedeutsame Aufgabe Gottes er zu erfüllen hatte, schwieg die Gestalt. Sie offenbarte nur, dass sie ihn erneut aufsuchen wird, sobald Jerusalem gefallen war, um dann all seine Fragen zu beantworten.

Obwohl seitdem fast ein Jahr vergangen war, so hatte die Erinnerung an jene Begegnung noch die gleiche Frische wie am Morgen danach.

Die Belagerung von Antiochia durch das seldschukische Entsatzheer, das fünf Tage nach dem Fall der Stadt eintraf – die darauf folgende Hungersnot, der Marsch nach Tripolis und die anschließenden Kämpfe um Jerusalem – all das hatte Albert tapfer ertragen, nie Gedanken ans Aufgeben gehegt, nur um den Tag zu erleben, an dem der Engel wiederkehrte. Dass jenes eigenartige Wesen ein Engel war, stand für Albert außer Zweifel.

Nun war der Tag angebrochen, den der Engel prophezeite, Jerusalem stand vor dem Fall. Die Kreuzritter hatten Belagerungstürme herangeschafft, mit denen sie die Mauern überwinden wollten. Auf einem davon befand sich Albert.

Pfeile sausten durch die Luft, schlugen in Holzplanken ein, in Rüstungen – durchbohrten Leiber. Davon bekam Albert nichts mit, denn er befand sich im Bauch eines Belagerungsturmes in relativer Sicherheit. Noch! Denn als eine Rampe heruntergelassen wurde, die Kante die Zinnen der Befestigungsmauer berührte, befand er sich mit einem Mal inmitten der Schlacht. Mit wildem Gebrüll stürmten die Ritter – ihre Schwerter erhoben – auf die Gegner zu. Diese versuchten, den Belagerungsturm zu stürmen.

Albert attackierte einen der Feinde, holte mit seinem mächtigen Schwert aus, spaltete den Schädel des Seldschuken, Blut und Gehirnmasse spritzen hervor. Ein grausames Schauspiel. Doch hatte Albert schon so vieles an Grausamkeiten erlebt, dass ihn so etwas kalt ließ.

Er stieß sein Schwert in den Bauch eines weiteren Gegners, hüpfte anschließend über die Zinnen. Von rechts nährte sich ein Seldschuke mit wildem Gebrüll, sein Säbel schlug auf Alberts Schild. Ein entsetzter Schrei drang jäh aus der Kehle des Gegners. Er bog das Kreuz durch. Ein Körper, dem das Leben entschlüpfte, stürzte von der Mauer. Ein Pfeil hatte sich in den Rücken des Mannes gebohrt.

Wilhelm, seitdem dieser Albert bei der Eroberung von Nizäa das Leben gerettet hatte, sein treuer Weggefährte – rief ihm eine Warnung zu.

Albert drehte sich geschwind um, bemerkte einen dieser ruchlosen Ungläubigen, der beabsichtigte, ihn mit seinem Krummsäbel zu erschlagen.

Albert parierte geschickt. Metall klirrte, als sich die Klingen berührten. Mithilfe eines findigen Schwerthiebes gelang es ihm, dem Gegner das Schwert dessen Händen zu entreißen. Mit einem Zweiten trennte er den Kopf vom Rumpf, Blut spitzte in einer Fontäne hervor, ein eigentümliches Zischen erklang. Der kopflose Körper fiel auf die Knie. Er wankte für den Moment, dann kippte er vornüber.

Mit einem Mal durchfuhr ein abscheulicher Schmerz Alberts Körper. Das Schwert entglitt einer Hand, aus der alle Kraft entschwand. Klimpernd schlug es auf dem Boden auf. Die Hand fuhr reflexartig zum Hort des Schmerzes. Finger ertasteten einen Pfeil, der sich tief ins Fleisch gebohrt hatte. »Nein, nicht jetzt! Lass es nicht hier Enden«, jammerte Albert gepeinigt. Er spürte deutlich, wie die Kraft aus seinem Körper schlüpfte. Er strauchelte. Vor seinen Augen verlor die Welt ihre Konturen. Dann kam die Dunkelheit.

Er öffnete die Augen, erblickte den roten Schein einer Fackel. Er konnte nicht verstehen, wieso er noch am Leben war. Als sich die Finsternis in ihm ausbreitete, hatte er fest damit gerechnet, dass sein Leben nun endet.

Er wollte sich aufrichten, auskundschaften, wo er sich befand, doch glühende Pein hinderte ihn daran, brachte den verhängnisvollen Pfeil ins Bewusstsein zurück. Albert wurde klar, dass er in seiner derzeitigen Verfassung nur nach oben starren konnte, jede Bewegung würde ihm sonst höllische Qualen bereiten. Doch was seine müden Augen erblickten, boten ihm ausreichende Hinweise. Über ihm befand sich ein Gewölbe aus massivem Stein. Das war definitiv nicht das Lager der Kreuzfahrer. Bunte Flecken begannen vor seinem Gesicht zu tanzen, der Blick trübte sich. Erneut verlor er das Bewusstsein.

Als er das zweite Mal erwachte, da war der Engel wieder da. Er hatte sich über Albert gebeugt, musterte ihn mit seinen fremdartigen violetten Augen. »Das sieht nicht gut aus«, sprach er fürsorglich.

Albert spürte, dass der Engel etwas auf seine Wunde schmierte. Ein seltsames Prickeln, als würden Tausende Ameisen über seinen Körper krabbeln, verbunden mit einem Brennen, als versprühten jene Ameisen Säure, quälte ihn. Als es aufhörte, da war auch der Schmerz verschwunden. Ein Mirakel!

»Du kannst jetzt aufstehen«, sprach der Engel.

Albert setzte sich langsam auf, erwartete die Rückkehr des Schmerzes, doch er kam nicht. Wahrlich ein Wunder. Er blickte um sich, erkannte, dass sie sich in einer Kaverne befanden. Viele Betten standen in ihr, auf ihnen lag eine Vielzahl Kreuzfahrer mit schrecklichen Verwundungen. Der Boden war voller Blut.

Irgendwas stimmte hier nicht. Die Männer rührten sich nicht, keine Klagelaute waren zu vernehmen. Totenstille! Hatten sie alle den Tod gefunden, von den Verletzungen dahingerafft? Noch seltsamer waren die Männer und Frauen, die vor den Betten auf den Boden lagen, in einer Haltung, als würden sie in seligen Schlummer liegen. Unter ihnen war Wilhelm, der Albert ganz offensichtlich zum zweiten Mal das Leben gerettet hatte. In dem Moment fragte er sich, ob Wilhelm in den Schoß Gottes zurückgekehrt war. Als er bei einer Frau bemerkte, dass sich die Brust hob und senkte, wurde er sich bewusst, dass die Personen nicht tot waren, sondern tatsächlich schliefen. Doch fragte er sich: wieso? Dass sich alle plötzlich zum Schlafen niederlegten, fand er merkwürdig.

Der Engel bemerkte den verwirrten Gesichtsausdruck Alberts, ein langmütiges Lächeln zeigte sich auf seinen Lippen. »Keine Sorge! Es geht ihnen gut. Ich habe sie schlafen gelegt. Wir haben viel zu besprechen, und ich will dabei nicht gestört werden.«

Albert verscheuchte die Frage, wie der Engel das meinte, wenn dieser sagte, er habe die Leute schlafen gelegt, konzentrierte seinen Geist auf eine andere, deren Beantwortung ihn weitaus mehr interessierte. »Sag mir Engel, welche Aufgabe habe ich?«

Erneut wanderte ein Lächeln über die spröden, kalkweißen Lippen der Gestalt. »Sag nicht Engel zu mir, denn ich bin keiner. Ich bin ein sterbliches Wesen wie du Albert, jedoch komme ich aus einem Land, in dem die Leute anders aussehen, als du es gewohnt bist.«

Albert riss erstaunt die Augen auf. »Willst du damit sagen, dass es ein Land gibt, wo alle so aussehen wie du?«

»Ja«, bestätigte die Gestalt.

»Wo ist dieses Land?«

»Sehr, sehr weit entfernt.« › »Zwischen den Sternen« ‹, war die Gestalt gewillt zu sagen, doch trug sie diese Worte letzten Endes nicht in die Welt hinaus, Albert würde sie nicht verstehen. Stattdessen sprach sie: »Nenne mich Sonakus.«

»Sag mir, werter Sonakus. Welcher Art ist die Aufgabe, die jene Götter, in deren Order du hier bist, für mich bereithalten?«, wiederholte Albert die Frage von vorhin.

»Sie ist einfach, doch nur du kannst sie erfüllen. Komm mein Freund. Es ist Zeit!«

Albert erhob sich behutsam, erwartete einen Schwächeanfall. Doch der kam nicht. Ganz im Gegenteil! Albert fühlte sich momentan besser als jemals zuvor in seinem Leben. »Wie lange habe ich geschlafen?«

»Nicht lange, nur ein paar Stunden. Du hattest Glück! Hätte der Pfeil dich woanders getroffen, wäre auch meine Kunst vergebens gewesen. Ich kann so ziemlich jede Verletzung heilen, doch Tote wieder zum Leben erwecken übersteigt selbst meine Macht.«

Sonakus führte Albert aus der Kaverne heraus in einen dunklen Gang, Fackeln beiderseits leuchteten ihnen den Weg, tauchten den Gang in ein diffuses, beklemmendes Licht. Der Gang wandte sich nach rechts, dann ging es eine Treppe hinab, die abrupt an einer Wand endete. Nackter  kalter Stein, grob behauene Blöcke, lagen vor ihnen, verhinderten ein Weiterkommen.  Eine Sackgasse!

Er nahm einen Dolch zur Hand, die Klinge fuhr über die Handfläche seiner Linken. Aus der klaffenden Wunde quoll eine seltsame Flüssigkeit hervor. Kein Blut wie von einem Menschen, es hatte eine violette Tönung.

Sonakus steckte das Messer, von dessen Spitze der fremdartige Lebenssaft tropfte, weg, legte die Hand auf den leblosen Stein. Mit einem Mal trat strahlendes Licht zwischen den Ritzen der Steinquader hervor. Fremdartige flammende Zeichen erschienen auf der Mauer. Sonakus zog die blutige Hand zurück, mit der anderen begann er, die bizarren Muster in einer bestimmten Reihenfolge zu berühren. Ein dumpfes Grollen hallte an den Wänden wider. Die vor ihnen schob sich zu Seite. Albert erkannte, dass sich die Treppe hinter der Wand fortsetzte.

Sie stießen weiter in den Untergrund vor, die Treppe schraubte sich gleich einer Spirale nach unten, schien endlos zu sein. Schließlich landeten sie in einem weiteren Gang, an dessen Ende sich eine Tür befand. Sie wirkte uralt.

»Wir sind am Ziel! Hinter dieser Tür befindet sich deine Aufgabe«, verkündete Sonakus.

»Was ist hinter dieser Tür?«, wollte Albert wissen.

»Tritt hindurch und du wirst es erfahren.«

Albert trat mit achtsamen Schritten zur Tür, sein Herz hämmerte vor Aufregung. Er stieß die Tür auf. Sie knarrte.

Dahinter befand sich eine Höhle. Sie war vollkommen leer bis auf den Sockel in der Mitte, der von zwei hohen Fackeln bescheint wurde.

Seltsame Fackeln! Ihr Feuer war nicht rot, sondern blau. Göttliches Feuer?

Im Lichte der Flammen glänzte ein Objekt, das oben auf dem Sockel stand. Es sah aus wie ein Kelch.

Seine Füße stoppten. Albert war verwirrt.

Ein Kelch? Es ging um einen Kelch?

Die Füße kamen wieder in Gang, trugen ihn an den Kelch heran. Albert betrachtete ihn eingehend.

Obwohl es ein schlichter Kelch war, so hatte er doch etwas Erhabenes an sich. Albert konnte es sich nicht erklären, dieses einfache Trinkgefäß schlug ihn in dessen Bann.

»Was ist das?«, hauchte er, geradezu von Ehrfurcht ergriffen.

»Nach was sieht es denn aus?«, stellte Sonakus eine Gegenfrage.

»Nach einem Kelch!«

Erheitertes Gelächter kam aus Sonakus' Mund. Es warf Echos an den Wänden. Es schien, als würden sie mit ihm lachen.

»Die Dinge sind nicht immer so, wie sie scheinen. Das ist nicht einfach nur ein Kelch. Der von deinem Volk verehrte Jesus Christus hatte ihn am Tag seiner Verhaftung in seinen Händen.«

Alberts Kopf fuhr herum, hin zu Sonakus. In seinen Augen funkelte Faszination. »Die Hände des Herrn haben ihn berührt?«

»Ja! Seit Jahrhunderten bewachen Leute wie ich den Kelch. In all den Jahren bestand keine Gefahr. Doch jetzt sind die Dinge anders. Er ist an diesem Ort nicht mehr sicher. Deswegen sollst du ihn woanders hinbringen. An einen Ort, wo er besser aufgehoben ist.«

»Wieso ich?«

»Weil du etwas Besonderes bist. Du trägst einen Teil des Schlüssels in dir.«

»Welcher Schlüssel?« Albert war verwirrt. Sonakus sprach in Rätseln. Wie konnte er einen Teil eines Schlüssels in sich tragen? Einen Schlüssel vermochte man bei sich zu tragen, doch unmöglich in seinem Inneren. Sonakus' Worte waren nach Alberts Auffassung absurd.

»Das kann ich dir nicht sagen, denn die Antwort auf diese Frage befindet sich nicht in meinen Kopf. Doch selbst wenn sie in meinem Geist wäre, so dürfte ich sie dir keinesfalls offenbaren. Dies würde gegen das Gebot der Götter verstoßen«, erklärte Sonakus im ernsten

Ton. Er nahm den Kelch, reichte ihn an Albert weiter: »Nimm ihn, er ist deins.«

Mit zitternden Händen, bebend vor Aufregung, griff Albert nach dem Kelch. Als seine Finger ihn berührten, durchfuhr ihn das Gefühl der Überraschung. Der Kelch fühlte sich so seltsam warm und weich an, nicht wie ein Objekt aus Metall.

Albert dünkte es, er würde Haut berühren, als seine Finger über die Oberfläche glitten.

»Schütze ihn mit deinem Leben«, mahnte Sonakus.

»Hattest du nicht gesagt, dass die Aufgabe, die ich zu erfüllen habe, einfach wäre?« Albert grinste.

»Also, ich finde, auf ein Trinkgefäß aufzupassen sollte eine lösbare Aufgabe sein. Doch wenn du glaubst, der Herausforderung nicht gewachsen zu sein, werde ich einen anderen damit betrauen. Du bist zwar am besten geeignet, um diesen Auftrag zu erfüllen, doch beliebe nicht der Einzige.«

»Ich werde tun, wonach die Götter verlangen«, intonierte Albert im Brustton der Überzeugung.

Der Fremde mit der ungewöhnlich bleichen Haut lächelte. »Ich wusste, dass du mich und die Götter nicht enttäuschen wirst.«

Tage später war Ritter Albert auf den Weg nach Hause, einen goldenen Kelch in seinem Gepäck. Auf der Überfahrt von Palästina nach Sizilien verlor sich seine Spur im Sturm der Geschichte, niemand weiß, was aus ihm wurde.

Der Kelch hingegen, der wurde zur Legende – zur Legende vom Heiligen Gral.

## Zwei

»Du siehst bezaubernd aus. Wie immer!« Sein Blick war auf die junge Kehhl'daaranerin gerichtet, die soeben schnellen Schrittes durch das große, reichlich mit Ornamenten drapierte Portal ging.

Sie blieb stehen, der Kopf fuhr herum, die Augen fixierten flammenden Zorns den Wachmann, der für sie die Tür geöffnet hatte. Der Wächter blieb von dieser offen zur Schau gestellten Feindseligkeit unbeeindruckt, der Blick hart wie Stein. Wie üblich. Sie kannte diese Person lange genug, um zu wissen, dass dieser Mann ein gefühlskalter Roboter war, dem nur sein Job interessierte. Dieser bestand darin, seinen Herrn zu beschützen.

Die junge Kehhl'daaranerin wandte den Blick ab, stiefelte weiter. Mit erhobenem Haupt und eine Menge Ingrimm ins Gesicht gemeißelt durchmaß sie den Raum, auf die dritte Person zu, die sich in ihm aufhielt.

Sie war eine typische Vertreterin ihrer Art: schlank, groß vom Wuchs, glatte Gesichtszüge. Ihre Hörner waren nicht so ausgeprägt wie beim männlichen Gegenstück. Doch in einer Sache unterschied sie sich deutlich von anderen kehhl'daaranischen Frauen. Ihr ansehnlicher Körper wurde von einem schillernden blauen Kleid, gewoben aus pon-arikanischer Seide, bedeckt. Die bizarre Oberfläche des Kleides brach die Lichtstrahlen, spaltete sie in ihr Spektrum auf, zauberte die Farben des Regenbogens darauf, die sich mit dem metallisch opalisierenden Blau vermischten. In der Dunkelheit begann pon-arikanische Seide aus sich heraus zu leuchten – Biolumineszenz! Solch ein exquisites Kleid war keineswegs typisch für eine kehhl'daaranische Frau, Kehhl'daaranerinnen bevorzugten üblicherweise dezente Kleidung. Auch männliche Vertreter dieser Spezies neigten dazu, gediegene Kleidungsstücke zu tragen. Die Kehhl'daaraner waren ein recht anspruchsloses Volk, man hielt nicht viel von Luxus auf Kehhl'daar Prime. Luxus macht verweichlicht, sagte man sich.

Die Person, die jene schmeichelhaften Worte an sie gerichtet hatte, als sie eintrat, stand hinter einem großen Schreibtisch, der von zwei Flaggen flankiert wurde. Zwei kohlschwarze Banner! In der Mitte der Flagge stach in Blutrot das Wappen des Kehhl'daaranischen Empire heraus: der Ttoll'seek! Der geflügelte Skorpion.

Dieser Mann war die Antithese zum typischen Kehhl'daaraner. Bescheidenheit war ihm fremd. Er wollte Luxus! So viel wie möglich. Er konnte nicht genug davon bekommen, war geradezu süchtig danach.

Ekel stieg in ihr hoch, als sie zu dieser Person blickte. Nichts in diesem verfluchten Spiralarm hasste sie mehr als diesen Mann.

Er war ein stattlicher Kehhl'daaraner. Seine Hörner stark ausgeprägt, umfassten ein feistes Gesicht. In den Augen loderte das Feuer der Entschlossenheit.

Er bedachte sie mit einem lüsternen Lächeln, zog sie mit seinem Blick geradezu aus.

Sein Name war Anaka'ruuhn, K'korr'shee'kehhl'daar der Titel. Er war der Herrscher des Kehhl'daaranischen Empire. Dieser Raum dessen Amtszimmer. Es lag im obersten Stockwerk des Shhe'mahhl'taar, des Goldenen Palastes.

Hinter ihm befand sich ein großes, kreisrundes Fenster, das einen erhabenen Blick über die Dächer von Farak'shee ne Kharr, die glorreiche Hauptstadt des Empires, erlaubte. Hier, in der Nähe des Nordpols von Kehhl'daar Prime neigte sich der Tag dem Ende zu, die größere der beiden Sonnen hing knapp über der Kimmung am Firmament. Die andere, der Weiße Zwerg, war wie immer kaum auszumachen. Die letzten Strahlen des heimgehenden Tages fluteten durch das elliptische Fenster in den Raum, zauberten gespenstische Schatten an die Wände, der Himmel war gerötet. Optische Reize, die die bedrohliche Stimmung in diesem Raum intensivierten.

Anaka'ruuhn war in seine strahlend weiße, extra für ihn geschneiderte Uniform gekleidet. Eitelkeit! Auch so eine Eigenschaft von Anaka'ruuhn, die so untypisch für Kehhl'daaraner war.

Rechts an der Brust hafteten eine Vielzahl funkelnder Orden. Keinen davon hatte er sich aufgrund irgendwelcher Verdienste erworben. Komplettiert wurde die Uniform von einem Umhang aus dem gefleckten Fell eines Azak'arre.

Die junge Frau blieb knapp vor dem Schreibtisch stehen, verschränkte die Arme vor der Brust, schob trotzig das Kinn vor. »Was willst du von mir?«, fragte sie in einem unfreundlichen Ton, der keinen Zweifel an der Verachtung ließ, die sie ihm entgegenbrachte.

Ihr Name lautete S'lera. Sie war die Tochter von Sha'kre Cara'uhn und offiziell tot. Nur sie, Anaka'ruuhn und ein paar Angestellte in diesem Palast wussten, dass sie noch sehr lebendig war. Anaka'ruuhn hatte sie vor zwei Jahren aus ihrem Stutentenwohnheim auf dem Campus der T'laas'kee-Universität entführen lassen. Danach hatten Agenten des berüchtigten Blutordens den Körper einer unbekannten Frau geschickt platziert und anschließend das Stutentenwohnheim in Brand gesetzt. Die DNA der Leiche war manipuliert worden, damit es bei einer Analyse der verkohlten Überreste so aussah, als handelte es sich um S'lera. Alle Welt soll glauben, sie wäre bei dem Brand ums

Leben gekommen.

Seit jenem Tag war S'lera eine Gefangene im Shhe'mahhl'taar, und seither fragte sie immer wieder nach dem Grund. Sie vermutete, dass es etwas mit ihrem Vater zu tun hatte. Sie wusste, dass Anaka'ruuhn eine tiefe Abneigung gegenüber Cara'uhn empfand.

»Nichts Besonderes. Ich wollte dich nur sehen«, antwortete Anaka'ruuhn. Seine Lippen formten ein schleimiges Grinsen. Er umrundete den Schreibtisch, nährte sich S'lera. Er wollte die junge Kehhl'daaranerin küssen, doch sie sträubte sich, wandte ihr Gesicht angewidert ab.

Erzürnt drehte sich Anaka'ruuhn um, sah durch das Fenster auf die Stadt hinaus. »Ich habe immer gehofft, dass du irgendwann deine abweisende Haltung mir gegenüber ablegst, du lernst, mich zu lieben. Eine vergebliche Hoffnung. Du wirst dich nie ändern!«, raunte er verächtlich.

»Wieso soll ich einen Mann lieben, der mich entführt hat und seitdem gefangen hält?«, konterte S'lera böse. »Irgendwann wird mein Vater dir auf die Schliche kommen. Und dann bete Anaka'ruuhn, bete, dass du einen leichten Tod hast!«

Abscheu!

Brennender Zorn erfasste Anaka'ruuhn, als S'lera ihren Vater erwähnte. Blitzartig drehte er sich um, packte S'lera an den Schultern, fauchte sie an. »Für deinen Vater bist du schon lange tot! Das weißt du!« Er sah sie durchdringend an. Der Blick! – Purer Hass! Es war jedoch nicht nur das gefährlichste aller Gefühle aus Anaka'ruuhns Augen abzulesen, es sprach auch der Wahnsinn. S'lera hatte es schon immer gewusst. Anaka'ruuhn war verrückt!

Ein kalter Schauer lief ihr über den Rücken, ihre Arme schmerzten durch den harten Griff, mit dem Anaka'ruuhn sie festhielt.

»Was ihn selbst anbelangt!«, schrie er außer sich. »Die Tage von Sha'kre Cara'uhn sind gezählt.«

S'lera wusste nicht, was Anaka'ruuhn damit meinte, jedoch klangen diese Worte nicht gut. Es hatte den Anschein, dass Anaka'ruuhn etwas plante, – etwas Schreckliches! – das ihrem Vater den Kopf kosten wird.

Sorge um ihn nistete sich in ihrem Geist ein.

Sie musste herausfinden, was Anaka'ruuhn vorhatte und einen Weg finden, ihren Vater zu warnen. Dadurch würde er zugleich erfahren, dass seine Tochter noch lebt. Nach all den Jahren musste ihm die Wahrheit offenbart werden.

Doch wie konnte sie das bewerkstelligen? Eine Nachricht aus dem Palast zu schmuggeln war unmöglich. In all den Jahren ihrer Gefangenschaft hatte sie es mehrfach versucht und war gescheitert. Die Mitteilungen wurden stets abgefangen. Sie brauchte einen genialen Plan, um zu gewährleisten, dass es diesmal anders lief.

S'lera hatte keinen Plan, doch kannte sie eine Person, die womöglich mit einem dienen konnte. Es handelte sich um ein Individuum, das auch ohne Umschweife dazu bereit war, ihr zu helfen. Schließlich war es selbstverständlich, der Frau, die man liebte, einen Gefallen zu erweisen. Ihr heimlicher Geliebter, der einzige Vertraute, den S'lera hatte, einziger Lichtblick in diesem Albtraum, er kein Ende haben wollte. Sie beschloss, diesen Mann so schnell wie möglich aufzusuchen.

## Drei

Parikan
Hauptstadt des Planeten Tschangan
22. Dezember 2299
5:34 ZULU-Zeit

Auf einer Welt fernab von Terra, Tschangan von ihren Bewohnern genannt, da wurde ein neuer Tag geboren. Gewaltig, feuerrot, irgendwie drohend, stand tief geneigt Tschangans Zentralgestirn am Firmament. Die Sonnenscheibe schien die schneebedeckten Gipfel der Janalisxojong-Berge zu küssen.

Der Himmel blutete. Xuriquan s Torisk, die Mutter aller Dinge – sie war erwacht!

Die ersten Sonnenstrahlen des jungfraulichen Tages brachten die vergoldeten Dachschindeln und Kuppeln der Häuser vornehmer Bürger zum Schillern wie herrliche Edelsteine.

Eine sanfte Brise fächelte von den schroffen Zinnen des Gebirgskamms herab, trug das Odeur des Dschungels bei sich. Die Nase von Sha'kre Cara'uhn nahm ihn auf. Er schmeichelte sie, dieser süßliche modrige Duft.

Auf Kehhl'daar Prime gab es ein Sprichwort: Sag mir, wie es riecht und ich sag dir, wo du bist. Jeder Ort, jede Welt hatte ihre Duftmarke, die feinen Nasen der Kehhl'daaraner konnten sie leicht voneinander unterscheiden. Kehhl'daar Prime beispielsweise wies einen eher erdigen Geruch auf. Cara'uhn war der Ansicht, dass Tschangan ein wesentlich angenehmeres Aroma verströmte, als es die kehhl'daaranische Heimatwelt zu eigen hatte. Doch das war Geschmackssache. So manch anderer empfand die Ausdünstungen der Flora und Fauna Tschangans sicherlich als abstoßend.

Zu Cara'uhns Leidwesen weilte er zu dieser Stunde nicht alleine an jenem Ort. Sein Schwager Cara'hiruus, den er über alles verschmähte, leistete ihm Gesellschaft.

»Ein schöner Anblick!«, wurde vom verpönten Schwager in die Welt getragen, die süße Ruhe des Moments fand ein jähes Ende.

»Die Sonnenaufgänge hier sind nicht anders als auf Kehhl'daar Prime«, entgegnete Cara'uhn leidenschaftslos ohne Cara'hiruus einen Blick zuzuwenden. »Auch wir haben eine rote Sonne.«

»Kehhl'daar Prime! Wie lange ist es her, dass du das letzte Mal dort warst?«

Erst jetzt wandte sich Cara'uhn dem Schwager zu. »Es sind schon viele Zyklen durchs Land gegangen, seitdem ich das letzte Mal auf der Heimatwelt verweilte, doch kann ich mich nicht entsinnen wie viele. Jedoch müssten es mindestens sechs sein. Wie steht es bei dir?«

»Ich weiß es ebenfalls nicht genau, doch es müssen drei sein. Wir alle sind weit weg von den Stätten unserer Vorfahren, mein Schwager. Manchmal macht mich das traurig.«

Cara'uhn lächelte schwach. Überkam Cara'hiruus ein Hauch von Melancholie? Der Kopf bewegte sich weg von Cara'hiruus. Cara'uhn sah wieder auf die Stadt hinaus. Er schnüffelte den anheimelnden Duft des neuen Tages. Gedanken blitzen auf, Erinnerungen an eine Zeit, die längst vorüber war, Reminiszenzen an die Tage seiner Jugend. Die Blütezeit seines Lebens verbrachte er in einer der schönsten Gegenden von Kehhl'daar Prime, der An'mira Ebene.

Die An'mira Ebene! Eine ausgedehnte Savannenlandschaft, am Nordpol von Kehhl'daar Prime gelegen, üppig an Flora und Fauna. Hohes Gras, gewaltige, mehr als hundert Meter hohe Mammutpalmen, ungezähltes Getier – in der An'mira Ebene erblühte das Leben. Im Zentrum der Ebene lag die Stadt Jelan Kurak'deluk'xu, Hauptstadt der Provinz An'mira. Eine reiche Handelsstadt mit mehr als zweihunderttausend Einwohnern, Wohnstatt vieler angesehener und wohlhabender Leute. Cara'ehn, Kahh'kre der imperialen Flotte, Vater von Cara'uhn, Vertrauter des Provinzpräfekten, gehörte zu ihnen. Einst besaß er ein stattliches Anwesen mit mehreren Tausend Hektar Land am Rande der Stadt. Ein eigenes Jagdrevier gehörte dazu. Oft hatte Cara'ehn seinen Sohn zur Jagd mitgenommen. Auf dem Rücken von großen zweibeinigen Reptilien, die auf Kehhl'daar Prime als Reit- und Lasttier genutzt wurden – die Kehhl'daaraner nannten sie Phar'rak – hetzten sie über die Savanne, immer auf der Suche nach Dier'juns

Lebhaft erinnerte sich Cara'uhn daran, wie er und sein Vater nach erfolgreicher Jagd, wenn der Tag zu Neige ging, die Schatten der Nacht heraufzogen, sich an einem Lagerfeuer gemütlich machten und schmackhaftes Dier'jun-Fleisch grillten. Dazu erzählte Cara'ehr Geistergeschichten. Ein anheimelndes Gefühl überkam Cara'uhn, als er daran dachte. Er vermisste zuweilen diese gute Zeit. Eine einfache Zeit, mit weniger Problemen belastet. Ja, die Unschuld der Jugend, wer vermisste sie nicht ab und zu?

»Wie ist es um die Jagd auf diesen ominösen Space Navy-Offizier bestellt?«, fragte Cara'hiruus unverhofft.

Diese Worte versetzten Cara'uhn einen Stich im Geiste, brachten ihn unsanft in das Hier und Jetzt zurück.

»Ganz gut!«, reagierte er kurz angebunden.

Eine zutreffende Antwort. Der Mensch konnte Si'kra Perla'kon und dessen Männern zwar entkommen, doch bestätigte die Konfrontation in der Nähe der Stadt Falakiskan Cara'uhns Vermutung, dass er versuchte, diese Stadt zu erreichen. Cara'uhn hatte bereits die Order herausgegeben, dass die Truppen in Falakiskan zu verstärken sind. Er hatte den Soldaten eingeschärft, dass sie alles in ihrer Macht Stehende tun sollen, um diesen Menschen habhaft zu werden. Er durfte ihnen keinesfalls erneut durch die Lappen gehen.

Wenn Zeb. J. Curwen nach Falakiskan kommt, wird er sich wünschen, diese Stadt nie betreten zu haben. Dafür werden Perela'kons Männer sorgen.

Was diesen Waffenschmuggler anbelangte, wegen dem Cara'uhn eigentlich nach Tschangan gekommen war: Die Suche nach ihm war bislang ergebnislos verlaufen. Er war jedoch zuversichtlich, dass sie auch ihn früher oder später in die Hände bekommen werden.

Cara'uhn hatte jedoch kein Interesse an dieser Person, denn sie war für seine Pläne belanglos.

Gewiss! Der Mann könnte ihm die Hinweise auf die tschanganischen Rebellen genauso gut liefern wie Curwen, doch Cara'uhns Verlangen, diesen Space Navy Captain in seine Gewalt zu bringen, gründete sich nicht nur im Wunsch, aus ihm Informationen über die Rebellen herauszupressen. Es gab da noch einen anderen Grund.

Rache war das Motiv! Die beiden Männer hatten in der Vergangenheit schon einmal die Klingen gekreuzt, zu Cara'uhns Leidwesen. Die Schmach, die Curwen dem Sha'kre bereitete, schrie nach Vergeltung.

Man verstummte.

Cara'uhn sah über die Dächer von Parikan hinweg. Gedankenverloren.

Cara'hiruus erfasste die tschanganische Hauptstadt mit seinen Reptilienaugen. Zornbebend.

Wiederkehrend verlor sich Cara'uhns Gedankenwelt in den Strömungen der Zeit, die Gegenwart hinweggespült von der Vergangenheit. Sein Geist versetzte sich in den Abend davor, in den privaten Speisesaal des T'khhal'toor, zu dem ernsten Gespräch, das offenbarte, dass die Schönheit dieser Welt eine tödliche Illusion war.

Sie befanden sich im großen Speisesaal, saßen zu beiden Enden eines langen Tisches. Rechts Cara'uhn, links T'harkana, dazwischen eine festliche Tafel: gegrilltes Trinkk'tinika, Z'l'ik-Keulen, geschmorten Guj'juuk, Karaffen mit Götterwein. Doch keiner ließ sich das Mahl munden. Die Mienen der beiden Männer waren verdüstert, schwermütige Gedanken umwölkten ihren Geist, vertrieben gute Laune und Appetit.

»Es tut mir leid, dass Sie das miterleben mussten, Sha'kre«, sprach T'harkana abgespannt, während er lustlos in seinem Teller mit geschmorten Gul'juuk herumstocherte. »Leider sind solche Aktionen vonseiten der Tschanganer inzwischen an der Tagesordnung.«

Vor einer Stunde war drei Blocks vom Palast entfernt eine Autobombe hochgegangen, zerstörte zwei militärische Antigrav-Fahrzeuge der Besatzungstruppen, die genau in jenem Augenblick vorbeikamen. Sieben Soldaten wurden getötet, vier weitere verwundet.

»Was gedenken Sie dagegen zu tun?«, wollte Cara'uhn wissen.

»Das übliche«, entgegnete T'harkana schnöde. »Nichts!«

»Nichts?«, echote Cara'uhn verwundert.

»Was sollen wir auch schon tun? Die Verantwortlichen finden und zur Rechenschaft ziehen? Auf jeden Rebellen, den wir exekutieren, folgen zwei neue. Sollen wir als Exempel ein Dutzend Tschanganer zusammentreiben und sie erschießen? Das nährt den Zorn der Tschanganer nur noch mehr.

Welche Schritte wir auch unternehmen, um der Rebellion Herr zu werden, sie sind ohne Nutzen, der tschanganische Widerstand ist nicht zu brechen. Im Gegenteil! Er wird von Tag zu Tag stärker.«

»Was ist mit der Blockade? Zeigt sie denn keine Wirkung?«

»Die Blockade? Pah! Sie ist völlig nutzlos!«, polterte T'harkana. »Der Waffenschmuggel konnte kaum unterbunden werden. Vielleicht wäre sie effektiv, wenn ein kompetenter Mann die Aktion leiten würde, doch Sha'kre Cara'hiruus ist das genaue Gegenteil davon.« Ein Lächeln umspielte die Lippen des T'khhal'toor. »Dass Sie ihn bei unserem ersten Treffen der Lüge überführten, hat mein Herz erfreut.«

*Und es erfreut mein Herz, das zu hören*, dachte Cara'uhn bei sich. Dass auch T'harkana nicht viel von seinem verfemten Schwager hielt, brachte ihm Genugtuung.

»Ich werde ehrlich zu Ihnen sein … Cara'uhn. Tschangan ist kaum noch zu halten. Meiner Meinung nach sollten wir von hier verschwinden.«

Was T'harkana ihm da erzählte, war für Cara'uhn nichts Neues. Zu dem Schluss war er selbst schon gelangt.

Es erfüllte ihn mit einer gewissen Befriedigung, dass es Leute gab, die seine Ansichten teilten, sie könnten noch wertvolle Verbündete werden. T'harkana war womöglich ein Mann, der genauso wie er den Geruch des Todes witterte, den das Empire schon seit geraumer Zeit absonderte.

Er vernahm den Widerhall von Schritten. Seine Gedanken stürzten in die Gegenwart zurück. Er lauschte aufmerksam, erfasste den schnellen Takt der Schritte. Jemand lief. Für einen Kehhl'daaraner hatte Cara'uhn ein erstaunlich gutes Gehör.

Die Terrassentür wurde aufgestoßen, ein junger Kehhl'daaraner stürmte auf die Terrasse. Schieres Entsetzen manifestierte sich in seinem Gesicht.

*Schlechte Nachrichten*, ersah Cara'uhn sogleich.

»Der T'khhal'toor ist tot!«, brach es aus dem Jungen hervor. Sein Name lautete Malara'kon. Er war der Adjutant T'harkanas, Cara'uhn hatte ihn gestern Abend kennengelernt. Keuchend schnappte Malara'kon nach Luft, fuhr sich mit der rechten Hand übers Gesicht. Zitterte, atmete schwer. Er machte den Eindruck, als würde er sogleich in Panik verfallen.

»Tot? Was ist passiert?«, fragte Cara'uhn perplex. Diese Neuigkeit überraschte ihn.

»Es ... es war ... Selbstmord!«, erklärte Malara'kon stockend. »Er hat Terkerzin zu sich genommen. Ich habe eine Flasche davon auf seinem Schreibtisch gefunden.«

»Terkerzin?«, entgegnete Cara'uhn nachdenklich. »Ein schnell wirkendes Gift, der Tod tritt schon nach wenigen Sekunden ein. Ein einfacher, schmerzloser Tod.«

Cara'uhn bedachte Malara'kon mit gewichtigem Blick. »Bring mich zu ihm!«

Malara'kon nickte stumm, bedeutete Cara'uhn ihm zu folgen.

Die drei Kehhl'daaraner verließen die Terrasse, durcheilten den angrenzenden Raum.

Wie alles in diesem Palast strahlte auch jenem Raum beispiellose Pracht aus.

Keiner der Kehhl'daaraner würdigte dieser Pracht einen Blick, geschwind schritten sie durch den Raum, auf den Flur hinaus, der von Säulen flankiert wurde und ebenso opulent war wie der Raum, den sie soeben verlassen hatten.

Als Cara'uhn am Abend zuvor diesen Palast das erste Mal betrat, wurde er vom Prunk überwältigt. Selbst im Herrscherpalast des K'korr'shee'kehhl'daar hatte er nie solch eine Schönheit zu Gesicht bekommen. Jeder Winkel im Regierungspalast von Parikan zeugte vom immensen Reichtum der ehemaligen Tschanganischen Republik.

Das Geräusch von schweren Stiefeln auf Marmor hallte an den Wänden wider, als die drei Kehhl'daaraner den Korridor entlang eilten.

Ihr Marsch endete bei einer kolossalen Tür an der Ecke, wo der Gang eine Biegung nach Links vollführte. Mächtig war diese Tür in der Tat. Sie hatte derart gewaltige Ausmaße, dass der Begriff Tor wohl zutreffender wäre.

Malara'kon stemmte sich gegen einen der beiden Türflügel, schob die Tür einen Spalt weit auf. Er trat als Erster in jenen Raum, in dem etwas Schreckliches geschehen war. Cara'uhn und Cara'hiruus folgten im gewissen Abstand.

Der Raum hinter der Tür – Cara'uhn kannte ihn bereits. Es war der Speisesaal, in dem Cara'uhn am Tag zuvor zusammen mit dem T'khhal'toor ein Mahl einnahm, wo die beiden Männer ihr Gespräch über die Probleme auf Tschangan führten, wo es Stunden vor dieser Unterredung zum Streit mit Cara'hiruus kam.

T'harkana saß an jenem Platz, an dem er bereits gestern beim Dinner weilte, im großen Stuhl am rechten Kopfende des Tisches. Der Anblick des verblichenen T'harkana ließ Cara'uhn erschaudern.

Der ehemalige Regent von Tschangan hing zusammengesunken im Stuhl, den Kopf zur Seite geneigt. Weit aufgerissene Augen starrten leer in den Raum. Die Augen eines Toten: kalt – entseelt, das Feuer des Lebens erloschen. Der Mund offen, Geifer leckte über die Mundwinkel.

Cara'uhn war einem Irrtum erlegen. Nein! – T'harkanas Sterben war kein Leichtes gewesen. Der Tod kam nicht plötzlich. Lange rang er mit dem Leben, bis er schließlich obsiegte. Ein leichter Tod! Gab es so etwas überhaupt?

T'harkana schied aus dem Leben, obwohl er keineswegs des Lebens überdrüssig war. Das Gesicht des Toten verriet, dass er sich bis zuletzt an seine Existenz klammerte. Das war zumindest Cara'uhns Sicht der Dinge.

Doch wenn er nicht sterben wollte, weshalb hatte er dann Selbstmord begannen?

Eine Frage, die Cara'uhn nicht beantworten konnte.

Cara'uhns Blick fiel auf einen Thorr'khall, den der Tote in einer Hand hielt, die auf dem Schoß ruhte.

Sanft entriss er dem Leichnam das Gerät. Er bemerkte, dass es eingeschaltet war. Eine Textdatei war noch immer geöffnet. Ein Brief!

Cara'uhn las ihn laut vor:

*Um mich herum zerfällt alles und ich kann nichts dagegen tun, Tschangan ist für das Empire verloren. Ich habe als Regent dieses Planeten versagt, und die Strafe für Versagen ist der Tod. Verzeihe mir G'lina, meine geliebte Frau. Verzeih mir, dass ich die Schande eines selbst gewählten Todes über unsere Familie gebracht habe. Die Schande des Versagens als Regent wiegt schwerer als die Schande des Todes. Ich hoffe, du verstehst, dass ich nicht anders handeln konnte.*

*T'khhal'toor T'harkana, Regent von Tschangan, am 78. Tag im Jahre des Reiches 5479.*

Ernüchtert schmiss Cara'uhn den Thorr'khall auf den Tisch. »So ein Narr!«, brummte er in einem äußerst gedämpften Ton, sodass sein Schwager ihn nicht hören konnte. Denn er wusste, dass dieser ihm widersprechen würde. War er doch gleichfalls ein Narr, der dachte, dass Versagen mit dem Tod bestraft werden musste. Doch galt dies ausschließlich für seine Untergebenen, denn ein Cara'hiruus war unfehlbar.

Wut kam über Cara'uhn. Er formte seine Hände zu Fäusten, grub die Finger so fest in die Handballen, dass es schmerzte.

Doch all der Zorn galt nicht T'harkana und dessen Wahnsinnstat sondern dem Wahnsinn im Allgemeinen, dem das Volk der Kehhl'daaraner heimgefallen war.

Einst gab es für einen Kehhl'daaraner keine größere Schande, als durch die eigene Hand zu sterben, aufgrund solch einer Tat entehrte man sich und seine Familie für Generationen. In den letzten Jahren kam es in bestimmten Kreisen jedoch zu einem Wandel im Denken, der Tod war plötzlich etwas Ehrenhaftes. Triebfeder dieser Entwicklung war Anaka'ruuhn. Der K'korr'shee'kehhl'daar war besessen vom Ehrenkodex der Taan-Shanarr, für die der Selbstmord ein religiöser Akt darstellte. Wer sich selbst tötet, wurde in die Reihen der Götter aufgenommen.

Infolge Anaka'ruuhns Säuberungsaktionen, die zahlreiche seiner Günstlinge in Machtpositionen hievte, verbreitete sich dieses Gedankengut wie eine Seuche unter den Offizieren der imperialen Flotte. Es waren vor allem die Jungen, die diesem neuen Denken folgten. Nicht wenige von ihnen verachteten die Traditionen der Alten, nutzten deren Todesfurcht perfide aus, um sie gefügig zu machen, so wie Anaka'ruuhn es bei Laka'ran getan hatte – oder sein Schwager bei seinen Leuten.

Cara'uhn wusste, dass Cara'hiruus seinen Untergebenen mit dem Tod drohte, wenn sie nicht taten, was er von ihnen verlangte. Nicht selten blieb es nicht nur bei Drohungen, Cara'hiruus ließ schon viele seiner Männer hinrichten.

Sicher, Verrat und grobe Pflichtverletzung wurden schon immer hart bestraft, meistens mit dem Tode. Doch Leute wie Cara'hiruus fällten Todesurteile oft willkürlich, weil sie in den Irrglauben verfielen, mit Terror Disziplin aufrechterhalten zu können.

Wahnsinn!

Dass die imperiale Flotte zahlreiche Offiziere verlor, weil sie dem neuen Denken folgten, sich selbst entleibten, um ihre Ehre wiederherzustellen, war gleichfalls Irrsinn. Viele Leben wurden unnötig einer zerstörerischen Ideologie geopfert. Am selbst gewählten Tod war nichts Ehrenhaftes. Selbstmord war ein Zeichen von Schwäche. Nur Feiglinge wählten den Freitod.

T'harkanas Selbstmord verdeutlichte, dass auch er ein Anhänger dieser neuen Ideologie gewesen war.

Welch eine Enttäuschung!

Nach seinem Gespräch mit T'harkana, hatte Cara'uhn angenommen, in ihm einen verwandten Geist gefunden zu haben, einen möglichen Verbündeten im Kampf gegen Anaka'ruuhn.

Nun wusste er, dass T'harkana zu diesen Speichelleckern gehörte, die nur durch Anaka'ruuhns Gunst an die Macht gelangt waren. Zumindest war es in seinen Augen so. Er ahnte nicht, dass T'harkana keinen Selbstmord beging, sondern vom Blutorden ermordet wurde. Anaka'ruuhn war seiner überdrüssig geworden und ließ ihn beseitigen.

Cara'uhn richtete das Augenmerk wieder auf Malara'kon. »Er war verheiratet?«, kam leise tönend eine Frage über seine Lippen.

Malara'kon nickte, schluckte gequält, bevor er eine Erwiderung von sich gab. Es war für ihn kein Leichtes, seinem Mund Worte zu entlocken, zu sehr hatte der vermeintliche Selbstmord des T'khhal'toor ihn mitgenommen. Die Kehle war trocken, die Zunge fühlte sich taub an, die Sprechorgane hatten Mühe, auch nur einen Buchstaben zu formen. »Seine … seine Frau lebt mit den beiden Kindern auf …« Er sog schnell Luft in die Lunge, um sie flüchtig wieder auszustoßen »… Kehhl'daar R'kari. Ich werde sofort veranlassen, dass sie eine Nachricht vom Tode ihres Mannes herhält.«

*Kehhl'daar R'kari! Eine glückliche Welt,* nistete sich ein schwerblütiger Gedanke in Cara'uhns Geist ein.

Kehhl'daar R'kari war der Name des vierten Planeten des Sternensystems T'urk Ba'hl Kehhl'daar G'sol, einer erdengroßen Welt mit gemäßigtem Klima, üppiger Vegetation. Sie lag circa siebzig Lichtjahre von den Zentralwelten entfernt, an der Grenze zu einem Teil des Alls, der von den Kehhl'daaranern R'kol'kuuh's'x genannt wurde – das Land der Schatten. Dort begann das unerforschte Gebiet, die unbekannten Gewässer, die auf keiner Karte verzeichnet waren, Myriaden von Sternensystemen, die noch niemand aus dem Spiralarm besucht hatte. Kehhl'daar R'kari befand sich so weit abseits des galaktischen Geschehens, dass der Krieg nicht bis dort hin vorgedrungen war.

Zwei Männer der Palastwache traten in den Raum.

»Go'sa Malara'kon hat uns mitgeteilt, dass etwas mit dem T'khhal'toor nicht stimmt«, erklärte einer von ihnen.

»So ist es!«, bestätigte Cara'uhn.

»Was genau?«, wollte der Wachmann wissen. Er schnappte entsetzt nach Luft, als er den Leichnam im Stuhl erblickte.

»Was ist passiert?«, fragte der andere mit zittriger Stimme, vom Schock befallen.

»Selbstmord!«

Für eine Weile verharrten alle Anwesenden in Schweigen, unfähig angesichts dessen, was hier geschehen war, die richtigen Worte zu finden.

Es war ausgerechnet Malara'kon, dem es gelang, der schmerzenden, in der Seele dröhnenden Ruhe, ein Ende zu bereiten. »Können Sie bitte die Leiche entfernen?«

Es sprach deutlich aus ihren Augen, dass die Wachmänner nicht sonderlich erfreut über diese Aufgabe waren.

Zögernd traten sie an die Leiche heran. Einer der Männer umfasste den Toten mit den Armen um die Taille, der andere ergriff die Beine des verschiedenen T'khhal'toor bei den Knöcheln. Der Eine hievte den drahtigen Körper T'harkanas aus dem Stuhl, der andere packte dessen Beine. Unter Ächzen – die Leiche war schwerer als es den Anschein hatte – trugen die Wachmänner den ehemaligen Regenten des Planeten Tschangan aus dem Raum.

Cara'uhn, Cara'hiruus sowie Malara'kon betrachteten den Vorgang mit ausdruckslosen Mienen. Schwiegen.

Als die Krieger den Raum verlassen hatten, wandte sich Cara'uhn wieder Malara'kon zu. »Erzählen Sie mir genau, was geschehen ist.«

»Das ... war so«, setzte der ehemalige Adjutant des T'khhal'toor nach einem Moment des Zögerns an. »Wie jeden Morgen um diese Zeit begab ich mich zum Büro des T'khhal'toor. Wie üblich sollte er bereits dort sein, um mit seiner Arbeit zu beginnen. Meine Aufgabe ist es immer, mit ihm den Tagesplan durchzugehen. Ich ging also zum Büro, konnte ihn dort jedoch nicht antreffen. Deswegen ging ich in den Speisesaal. Normalerweise frühstückte der T'khhal'toor in seinem Büro, doch gelegentlich nahm er es auch im Speisesaal ein; wenn er Lust auf ein ausgiebiges Frühstück hatte. Ich trat in den Speisesaal und fand ...« Ein Augenblick des Zauderns. »... die Leiche. Den Rest kennen Sie ja.«

Cara'uhn nickte. »Wer übernimmt nun die Amtsgeschäfte?«, ließ er eine Frage folgen.

»An für sich ist das die Aufgabe von T'khhal'taar Jele'ruuhn. Der ist aber in seiner zweiten Tätigkeit als Botaniker zu einer längeren Expedition in den Nordosten des Kontinents aufgebrochen und wird erst am Ende dieses Ask'sher-Zyklus zurück erwartet. Leider sind wir außerstande, ihn über den Vorfall zu informieren, weil er keine Kommunikationsgeräte bei sich führt. Er will nämlich bei seiner Tätigkeit nicht gestört werden«, gab Malara'kon Auskunft.

Cara'uhn schnaubte verächtlich. Das war ja nicht anders zu erwarten. Die hohen Beamten des Empires waren korrupt, egoistisch und unfähig. Es wunderte ihn gar nicht, dass dieser Jele'ruuhn lieber irgendwo Pflanzen sucht, anstatt sich um Verwaltungsaufgaben zu kümmern.

Ein verwegener Gedanke nahm in seinem Hirn Form an. Wie wäre es, wenn er vorübergehend selbst die Arbeit des T'khhal'toor übernahm? Das wäre ihm bei der Umsetzung seiner Pläne unter Umständen nützlich.

Nein! Das konnte er nicht, dafür hatte er keine Befugnis. Zudem würde diese Tat Cara'hiruus gegen ihn aufbringen. Und das Letzte, was er im Moment brauchte, war ein Cara'hiruus, der ihm Ärger machte.

*Tu es!*, wisperte ihm plötzlich eine Stimme zu. Eine Stimme, die aus seinem Inneren zu kommen schien. *Tu es! Das ist ein Befehl!*

Cara'uhn gab ihrer Bitte nach. *Ja, ich werde es tun!*, sandte sein Geist eine Antwort.

»Dann werde ich die Amtsgeschäfte übernehmen, bis der T'khhal'taar zurückkehrt«, verkündete er.

Cara'hiruus schnappte entsetzt nach Luft. Wie konnte sein Schwager so etwas wagen? »Das kannst du nicht tun, dazu hast du kein Recht!«

»Das ist wahr!«, gab Cara'uhn unumwunden zu. »Dessen ungeachtet werde ich es tun, verehrter Schwager.«

»Damit wirst du nicht durchkommen«, knurrte Cara'hiruus erbost.

»Womöglich nicht. Doch bin ich stets für Überraschungen gut, werter Schwager.« Mit loderndem Blick, der den eisigen Hauch des Hasses verströmte, stierte Cara'uhn seinen widerlichen Schwager an. Hätte er die Möglichkeit dazu, er würde ihn zum S'kir'kre degradieren und zur Müllabfuhr versetzen, wo er hingehört.

Er wandte seinem Schwager demonstrativ den Rücken zu, ließ sich in jenem Stuhl nieder, in dem sich noch vor Kurzem die Leiche von T'khhal'toor T'harkana befand. »Und nun lasst mich alleine!«, forderte er. »Es gibt viel zu tun.«

Cara'hiruus reagierte mit einem despektierlichen Knurren. Mit hoch erhobenem Kopf, die Schritte ausladend, stolzierte auf die Tür zu. »Kommen Sie, Malara'kon! Lassen wir diesen Putschisten allein!«, keifte er den Go'sa an.

Dieser reagierte nicht sofort, war verwirrt, wusste nicht, wie er sich verhalten soll. War es angesichts der Lage richtig, dass Cara'uhn einfach so die Kontrolle übernahm, oder war er ein Revoluzzer, wie Cara'hiruus behauptete?

Schließlich entschied er sich, Cara'hiruus' Aufforderung Folge zu leisten, trottete hinter ihm her.

Die Ereignisse der letzten Minuten wurden von einem Mitglied des Blutordens, der sich in einem geheimen Raum im Zentrum des Palastes aufhielt, von dessen Existenz nicht einmal der verstorbene T'khhal'toor Kenntnis hatte, mit hochempfindlichen Abhörgeräten aufgezeichnet. Die Daten wurden umgehend nach Kehhl'daar Prime geschickt, landeten nur wenige Stunden später auf dem Schreibtisch des K'korr'shee'kehhl'daar.

Als Anaka'ruuhn den Bericht las, grinste er zufrieden. Alles lief nach Plan, Cara'uhn handelte genau so wie beabsichtigt.

## Vier

*Krieg und Pest sind die Gehilfen des Todes.*

—	pykejonisches Sprichwort

Adilan
Hauptstadt der Pykejon Republik
22. Dezember 2299
9:32 ZULU-Zeit

Adilan, die Perle Pykejons, das Herz der mächtigen Pykejon-Republik – glanzvolles Adilan!

Für viele Leute war sie die prächtigste Stadt im ganzen Spiralarm. Selbst das goldene Parikan verblasste im Glanze von Adilan.

Es war die Stadt der großen Tempel, die Stadt der duftenden Gärten und es war die Stadt der herrschaftlichen Villen.

Adilan lag am Rande des gewaltigen, mehr als dreißigtausend Quadratkilometer umfassenden Saskaque-Hochplateaus, der Stadtteil Ramasaa befand sich genau am östlichen Rand der Hochebene. Viele der Villen wurden in der Nähe des mehr als tausend Meter tiefen Abgrundes errichtet, wegen der Aussicht.

Ein gewaltiger Fluss, der Sakkasee, durchströmte – von den mächtigen Vijunsuree-Bergen kommend – das Saskaque-Hochplateau, um dann bei Adilan als mächtiger Wasserfall in den Lasaraseesaa-See zu münden. Der Lasaraseesaa-Wasserfall war mit einer Fallhöhe von eintausendvierundzwanzig Metern der höchste des Planeten und gehörte zu den Wahrzeichen von Adilan. In seiner Nähe befanden sich der große Tempel der Wassergöttin Majaksee Akorisa sowie die Gärten der Majaksee Akorisa mit ihren berühmten Wasserspielen.

Adilan wurde vor etwa sechstausend Jahren, als das erste Zeitalter Minosoraa in das Zweite Shorinaa überging, vom legendären König Amakolus gegründet, der die Stadt zum Zentrum seines Reiches machte.

Nahezu zweitausend Jahre lang war sie das Herz des mächtigen Tolesa Imperiums, seit etwa tausend Jahren die Hauptstadt der Pykejon Republik.

Der Untergrund dieser riesigen Metropole, in der mehr als dreißig Millionen Pykejon lebten, war ein unüberschaubares Durcheinander aus uralten Katakomben, ein endloses Labyrinth aus Stollen und Gängen. Nur wenige Bewohner waren sich deren Existenz bewusst, noch weniger kannten sich in den verwinkelten Schächten im Untergrund der Hauptstadt aus.

Schon immer waren diese Katakomben Orte geheimer Treffen. Okkulte Gruppen hielten hier ihre Rituale ab, Geheimbünde trafen sich zu konspirativen Versammlungen.

Einer jener Geheimbünde war der Orden der Schattenkrieger, eine uralte Vereinigung, deren Ursprung in der längst vergangenen Regierungszeit von König Amakolus zu suchen war.

Die Schattenkrieger waren die Erben der Leibwache des Königs. Sie hatten sich zur Aufgabe gemacht, uraltes Wissen zu bewahren, Wissen aus der Zeit, als die Neffa-reem – die alten Götter des Anfangs – Pykejon besuchten. Die meisten Leute wussten nichts davon, ahnten nichts von den Jahrtausenden alten Dokumenten, die die Schattenkrieger aufbewahrten. Selbst von der Existenz der Schattenkrieger hatten die Bürger von Adilan keine Ahnung, die Schattenkrieger galten gemeinhin als Mythos.

So sollte es auch sein! Das Wissen, welches die Schattenkrieger aufbewahrten, durfte nicht an die Öffentlichkeit gelangen. Noch war Pykejon nicht reif für die Wahrheit.

Makeelus war einer von ihnen, ein Agent des Ordens, um genau zu sein. Einer der Besten!

In den letzten zwei Monaten war er auf der Erde unterwegs, um wichtige Informationen zu beschaffen, uralte Dokumente, die helfen sollen, ein Puzzle zusammenzufügen, das seit Urzeiten darauf wartete, vervollständigt zu werden.

Makeelus war weit gereist, zahlreiche Mühen musste er auf sich nehmen, Risiken eingehen. Vor allem der Einbruch in das Archiv des Neuen Vatikans erwies sich als gefährliches Unterfangen. Doch all diese Mühsale hatten sich gelohnt. Die alten Schriften, die er sicherstellen konnte, waren durchaus in der Lage, wichtige Stücke zu dem Puzzle hinzufügen, das die Götter damals am Beginn des Zweiten Zeitalters Shorinaa – als sie fortgingen – dem Volk der Pykejon hinterließen.

Nachdem er alles zusammengetragen hatte, was von Nutzen war, buchte er umgehend einen Flug nach Hause. Er wollte so schnell wie möglich zurück in die Heimat, auf der Erde gefiel es Makeelus nicht. Er war kein Freund der Menschen, ungeachtet der Tatsache, dass sie die Verbündeten der Pykejon waren. Er war der Ansicht, dass ihr schneller Aufstieg zum mächtigsten Volk im Spiralarm sie arrogant gemacht hatte. Dummerweise war es der Menschheit Schicksal, über den Spiralarm zu herrschen, waren die Terraner doch die von den Göttern dazu auserkorene Spezies. Das ging deutlich aus den alten Schriften hervor. Makeelus verachtete sie dafür umso mehr.

Er blickte durch ein Bullauge des Shuttleschiffes, das vor fünfzehn Minuten vom Spaceliner abgekoppelt hatte und nun Adilan entgegen fiel. Das goldene Licht der beiden Sonnen des Chi Eridani-Systems flutete in die Passagierkabine. Er sichtete flauschige Wolken, die über den seltsamen rosa Himmel zogen. Ein wohliges Lächeln zog sich über seine Lippen. Tiefe Zufriedenheit erfasste ihn. Makeelus war wahrlich glücklich, wieder zu Hause zu sein.

Er war nicht der einzige Passagier. Eine Frau mittleren Alters und ein untersetzter Mann mit aufgeschwemmtem Gesicht leisteten ihm Gesellschaft.

Dieser Mann trug die typische Kleidung von Cysakejon, die Frau stammte offenkundig auch nicht von Pykejon, sie wirkte eher wie eine Amelikejon.

In dem Moment richtete die Frau eine Frage an den Fetten: »Waren Sie schon mal auf der Heimatwelt?«

»Nein«, verneinte dieser. »Und Sie?«

»Ich war schon des Öfteren hier. Ich habe Verwandte in Adilan.«

Die Frau wandte sich Makeelus zu. »Und was ist mit Ihnen, waren Sie schon mal in Adilan?«

»Es ist meine Heimatstadt«, entgegnete er lakonisch.

»Dann können Sie uns sicher verraten, was die Sehenswürdigkeiten sind«, klinkte sich der Mann ins Gespräch ein.

»Sehenswürdigkeiten?«, reagierte Makeelus indigniert. »Noch nie etwas von den Gärten der Majaksee Akorisa gehört?«

»Ehrlich gesagt nein«, reagierte Fettwanst beschämt.

»Dann wird es Zeit, dass sich das ändert. Die Gärten muss man gesehen haben.«

»Danke!«, sprach der Dicke von Cysakejon. Ein dämliches Grinsen nahm sein Gesicht in Besitz.

*Touristen!*, dachte Makeelus geringschätzig. *Lästige Zeitgenossen.*

Das Shuttle vollführte einen Schwenk, steuerte nun den Raumhafen an. Es überflog den Sakkasee, schwebte über die Dächer des Villenviertels Gulusaa hinweg, Makeelus' Heimatbezirk.

Makeelus gehörte zur wohlhabenden Oberschicht von Adilan. Offiziell war er Händler für Computerzubehör, verdiente damit nicht schlecht, sein Haus zeugte davon. Es handelte sich um eine herrschaftliche Villa im pykejonischen Stil.

Das Shuttle ließ Gulusaa hinter sich, schwebte nun über den äußeren Bereich des Raumhafens. Durch das Bullauge erkannte Makeelus deutlich jene hässliche Betonwüste, die sich über mehrere Quadratkilometer erstreckte. Der Raumhafen, Vunus-Belenus Spaceport, war zweifellos der reizloseste Teil der Stadt. Reine Zweckmäßigkeit – null Ästhetik.

Das kleine Raumschiff änderte abermals den Kurs, steuerte auf eine Gruppe von Gebäuden zu, die sich am östlichen Rand des Landefeldes befanden. Diese Bauwerke wirkten wie eine Ansammlung von Pilzen, die aus der Betonwüste herausragten.

An die Stängel dieser *Pilze* schmiegten sich vier schmucklose Bauten. Sie waren lang gestreckt, viereckig – und sie strebten in die Himmelsrichtungen. Die Ankunftshallen des Spaceports.

Das Shuttle verringerte die Geschwindigkeit, schwebte sachte einem der Terminals entgegen. Als Landestützen den Boden berührten, sich die Luke des Shuttles mit der Schleuse des Terminals verband, da erzitterte es leicht. Ein untrügliches Zeichen dafür, dass sie angekommen waren. Das leise Zischen der Pneumatik war zu vernehmen, als die Luke sich öffnete.

Makeelus kramte seine Sachen zusammen, begab sich zum Ausgang. Als er das Shuttle verlassen hatte, atmete erst einmal kräftig durch. Schön, wieder die vertraute Luft zu atmen.

Es ging weiter zur Zollabfertigung. Die Zollformalitäten nahmen kaum Zeit in Anspruch. Anschließend lenkte er seine Schritte zum Xoloze-Bahnhof.

Bei dem Xoloze handelte es sich um eine Art Schwebebahn, von einem Antigravfeld in der Schwebe gehalten, die sich mit extrem hoher Geschwindigkeit durch eine luftleere Röhre bewegte.

Es gab dieses Transportmittel in der ganzen Stadt. Ein wahres Spinnennetz an Xoloze-Linien durchzog Adilan. Die Xoloze waren das wichtigste öffentliche Verkehrsmittel in der Hauptstadt der Pykejon Republik.

Leider!

Als Makeelus am Bahnhof ankam, musste er zu seinem Verdruss feststellen, dass an der Haltestelle ein ziemlicher Andrang herrschte. Es wird schwer werden, einen Platz im nächsten Xoloze zu ergattern. So wie es aussah, würde er etwas später am Treffpunkt ankommen.

Kaum war eine Kapsel eingetroffen, die Tür geöffnet, da fluteten Menschenmassen in die Kapsel. Im Nu war sie gerammelt voll. Makeelus hatte sich bis zur Tür durchgekämpft, als diese sich wieder schloss, die Kapsel davon schoss. Wie befürchtet! Er musste auf die Nächste warten. Ungeduldig starrte er auf seinen Chronometer. Anterus mochte es nicht, wenn man ihn warten ließ.

Kaum war der nächste Xoloze in der Haltestelle eingetroffen, schlüpfte er flink wie ein Wiesel hinein.

Lautlos setzte sich das Vehikel in Bewegung, glitt in der transparenten Röhre über das Raumhafengelände hinweg. Ziel des Xoloze war das Stadtzentrum.

Dort, in Appartement 1-9-3 des Republik-Towers, dem höchsten Gebäude von Adilan, wird er sich mit Delekus, dem engsten Vertrauten von Anterus, treffen. Delekus hatte die Aufgabe, Makeelus zu Anterus zu bringen.

Anterus hielt sich stets an geheimen Orten auf, die nur eine Handvoll Eingeweihte kannten. Delekus war einer der wenigen Schattenkrieger, die immer wussten, wo der Meister zu finden war.

Der Meister – Anterus! – war ein Mann von gelegentlich absonderlichen Verhalten, gesegnet mit hundertzweiundachtzig Lebensjahren. Selbst für einen langlebigen Pykejon ein stattliches Alter.

Trotz seines fortgeschrittenen Alters und dem abstrusen Wesen war er eine Autoritätsperson. Jeder im Orden fürchtete ihn.

Das sollte man auch, Anterus durfte man nicht unterschätzen.

Makeelus wusste aus eigener Erfahrung was passiert, wenn man sich Anterus widersetzt, war er doch selbst Zeuge, wie dieser einen Verräter eigenhändig tötete.

Damals, als er Zeuge davon wurde, griff Schreck nach ihm – Schreck und Verwunderung. Denn der gebrechlich wirkende Mann offenbarte Kräfte, die Makeelus ihm nie zugetraut hätte. Anterus brach dem wesentlich jüngeren Delinquenten ohne große Mühe das Genick.

Nach einer Weile veränderte sich die Gegend merklich. Die Lagerhäuser und Geschäfte rund um den Raumhafen wichen schmucken Villen, und je näher sie dem Zentrum der Stadt kamen, umso höher wurden die Bauten. Aus einstöckigen Villen wurden Zweistöckige. Die Villen verschwanden, wichen mehrstöckigen Mietskasernen.

Der Xoloze hatte das Raumhafenviertel hinter sich gelassen, schwebte nun auf einer Hochtrasse durch die Häuserschluchten des Alten Viertels. Hier standen die Häuser dicht an dicht, schraubten sich mehrere Hundert Meter in den Himmel. Hier lag der Ursprung von Adilan, es war jedoch nach dem Raumhafen der wohl unansehnlichste Teil der Stadt. Diese gigantischen Zinshäuser, in denen die weniger privilegierte Schicht von Adilan wohnte, waren kaum architektonische Meisterwerke. Das Alte Viertel hatte auch die höchste Bevölkerungsdichte aller Stadtteile von Adilan. Hier lebten circa zwanzigtausend Bewohner auf dem Quadratkilometer.

Doch das Alte Viertel war nicht Makeelus' Ziel, sondern der Regierungsbezirk, der vom Alten Viertel umschlossen wurde. Der Regierungsbezirk war durch Kanäle und Parkanlagen deutlich vom Rest der Stadt abgetrennt. Dort befand sich der Senat, die Ministerien, wichtige Bürobauten sowie die Wohnungen der Regierungsbeamten. Auf einer Insel inmitten eines Seitenarms des Sakkasee, der die östliche Begrenzung des Regierungsbezirks darstellte, lag das Hauptquartier der republikanischen Flotte.

Während seiner etwa zwanzig Minuten andauernden Fahrt bot sich Makeelus die Gelegenheit zu rekapitulieren, was er auf der Erde erfahren hatte.

Die alten Legenden der Sumerer über die Annunaki, die einst auf die Erde kamen und den Menschen schufen, deckten sich mit den alten pykejonischen Geschichten über die Neffa-reem, das war schon seit Langem bekannt. Tatsächlich gab es eine Verbindung zwischen den Begriffen Neffa-reem und Nephilim, der alten hebräischen Bezeichnung für eine mythologische Rasse von Halbgöttern die einst vor der Sintflut die Erde bevölkerten. Es war also davon auszugehen, dass die Neffa-reem ehedem die Erde besuchten. Doch auch das war für Makeelus keine Überraschung. Die ersten Dokumente, die er aus der Bibliothek des Neuen Vatikans gestohlen hatte, bargen für ihn kaum Überraschungen, sagten sie doch nicht viel mehr als das, was schon aus den heiligen Schriften der Schattenkrieger bekannt war. Doch dann entdeckte er Schriften, die viel Neues über die Neffa-reem offenbarten. Es hieß, die Götter seien tot, dass das rätselhafte Volk der Neffa-reem ausgestorben sei. Doch dem war nicht so, sie existierten nach wie vor. Aus dem Verborgenen lenkten sie das Schicksal der Völker des Spiralarms. Und sie verfolgten einen Plan, in dem die Menschheit eine wichtige Rolle einnahm. Besser gesagt, *ein* Mensch, ein ganz Besonderer. Wie dieser Plan aussah, davon hatte Makeelus keine Ahnung. Er wusste jedoch, wer der Mensch war, dem das Interesse der Neffa-reem galt.

Eine Computerstimme riss ihn aus seinem gedanklichen Monolog, verkündete, dass sie sich der nächsten Haltestelle nährten, dem Republik-Tower, der sich unweit des Senatsgebäudes befand. Innerhalb dieses gigantischen, mehr als eintausend Meter hohen Wolkenkratzers befand sich ein wichtiger Xoloze-Knotenpunkt.

Der Xoloze bremste ab, hielt an. Türen öffneten sich. Makeelus sowie ein Dutzend andere Pykejon strömten auf den Bahnsteig. Die ungefähr gleiche Zahl drängte sich in den Xoloze, welcher sich kurz darauf wieder in Bewegung setzte, der nächsten Station entgegen.

Mit den wichtigen Unterlagen in einem Aktenkoffer unter dem Arm machte Makeelus sich auf den Weg zu einem Lift. Mit ihm fuhr er in die zweiundsechzigste Etage, wo sich das Appartement 1-9-3 befand.

Jenes Appartement war die Behausung von Delekus, der offiziell als Regierungsbeamter arbeitete. Der Republik-Tower war die Wohnstatt zahlreicher Mitarbeiter des Senats.

Als Makeelus das Appartement betrat, wurde er von einem verärgerten Delekus empfangen. »Sie haben sich mächtig Zeit gelassen«, schimpfte er.

»Sie wissen doch selbst, wie viel Verkehr oft in der Stadt herrscht. Es war mir unmöglich, rechtzeitig einen Xoloze zu ergattern«, rechtfertigte sich Makeelus.

»Wie dem auch sei«, sprach Delekus beschwichtigend. »Anterus wartet. Er ist schon sehr gespannt auf die Ergebnisse Ihrer Recherchen.«

Die Schattenkrieger verließen Delekus' Appartement. Delekus holte einen Datenchip aus einer Hosentasche hervor, steckte ihn in einen Schlitz, der neben der Tür zu seinem Appartement in die Wand eingelassen war. Makeelus vernahm, wie die Tür ins Schloss fiel. »Man kann nie vorsichtig genug sein.«

Makeelus' Lippen formten ein müdes Lächeln. Ja! Politiker waren nicht die einzigen Gauner, die sich in dieser Gegend herumtrieben. Das Alte Viertel und somit auch der Regierungsbezirk war für die hohe Kriminalität berüchtigt. Zwar war die Präsenz der Ordnungshüter im Regierungsviertel höher als im jedem anderen Stadtteil, doch schreckte diese Tatsache zwielichtige Gestalten kaum ab. Die Versuchung war einfach zu groß. Nirgendwo sonst in der Stadt konnten Diebe bessere Beute machen.

Die Schattenkrieger stromerten durch die schmalen, nur spärlich beleuchteten Korridore.

Makeelus mochte dieses Gebäude nicht sonderlich, er kam sich hier immerzu eingeengt vor.

Sie betraten einen Lift. Es war derselbe, mit dem Makeelus nur wenige Minuten zuvor nach oben gefahren war. Er beförderte sie in den Untergrund, in das weitläufige Kellergewölbe des Gebäudes. Als sich die Lifttüren öffneten, wehte Makeelus ein muffiger Geruch entgegen, der typische Kellerduft. An sich war es den Bewohnern des Towers nicht gestattet, mit dem Lift in den Keller zu fahren, das war allein dem Wartungspersonal vorbehalten. Doch Delekus wäre kein Schattenkrieger, würde er sich nicht überall Zugang verschaffen können.

Der Keller dieses Gebäudes erwies sich als regelrechtes Labyrinth. Der Untergrund des Republik-Towers war mit zahlreichen Gängen durchzogen, an den Wänden und an der Decke liefen zahlreiche Rohrleitungen entlang, sich hier zurechtzufinden war kompliziert. Jedoch nicht für Delekus! Zielstrebig streifte er durch die Gänge, auf eine unscheinbare Wand zu. Er stemmte sich dagegen, eine Geheimtür offenbarte sich. Andere Leute würden jetzt mit Erstaunen reagieren, jedoch nicht Makeelus, denn für ihn war diese Tür keine Überraschung, er war schon oft durch sie getreten.

Dahinter kam eine Treppe zum Vorschein. Sie war aus massivem Stein und schon da als der Republik-Tower noch nicht existierte. Der Architekt des Republik-Towers war einer von ihnen und hatte dafür gesorgt, dass sowohl bei den Bauarbeiten dieser Zugang zu den Katakomben nicht von Unbefugten entdeckt wird, als auch, dass man ihn nach Fertigstellung des Gebäudes noch benutzen konnte.

Eine zarte Staubschicht bedeckte die Steinquader, an der Wand war eine simple Fackel befestigt. Ein modriger Duft stieg Makeelus in die Nase, gegen den sich die faulige Luft im Keller als geradezu angenehm auswies.

Es war zapperduster im Geheimgang, die Stufen verloren sich schon nach wenigen Metern in undurchdringlicher Schwärze.

Delekus ergriff die Fackel, zündete sie an, rötliches Licht vertrieb die Dunkelheit. Der Schein der Fackel offenbarte, dass die Treppe lang war – sehr lang!

Die Männer begannen mit dem Abstieg. Ihr Weg führte sie immer weiter hinab in die Unterwelt von Adilan.

Nachdem sie eine unbestimmte Zeit lang die Treppe hinab geschritten waren, gelangten sie in einen in den Felsen gehauenen Stollen. Die Luft war geschwängert mit dem Staub der Jahrhunderte.

Wie so oft, wenn er durch diese geheiligten Höhlen schritt, fragte sich Makeelus, wie viele Generationen von Schattenkrieger schon durch diesen Gang gewandert waren.

Nach weiteren Minuten hatten sie ihr Ziel erreicht: eine große Grotte, die sich einige Meter unter dem Platz vor dem Republik-Tower befand. Die Vielzahl von Leuten, die tagtäglich über den Plaza schritten, hatte keine Ahnung, was sich unter ihren Füßen abspielte.

Delekus machte die Fackel aus, hier in der Grotte benötigte er sie nicht, eine Fülle anderer erhellte sie, spendete mehr als genug Licht. Im Lichtschein tanzten gespenstische Schatten an den Wänden, verliehen diesem Ort eine sinistre Aura.

»Du bist zurück, werter Makeelus!«, hallte plötzlich eine kräftige Stimme durch die Grotte.

»Ja, Meister!«, sprach Makeelus ehrfürchtig. Er wusste, zu wem diese Stimme gehörte. Der Blick ging hinüber zu der ihm gegenüberliegende Felswand, zu dem Spalt, der den Zugang zu einem weiteren Gang markierte – zu der Treppe, die von dort nach unten führte.

Eine Gestalt trat aus dem Gang – heraus aus den kohlschwarzen Schatten ins Licht der Fackeln.

Sie war in eine nachtfarbene Robe gekleidet, das Symbol der Schattenkrieger mit goldenem Faden auf die rechte Brust gestickt. Eine Kapuze über ihr Haupt gestülpt, sodass man das Gesicht kaum sehen konnte. Aus dem rechten Ärmel des Ornats ragte eine bleiche, knochige Hand heraus. Sie umklammerte einen Stock, an dessen Ende sich ein Knauf befand, der den Kopf eines Asannurese – des gehörnten Löwen – das Wappentier von Pykejon, darstellte.

Die Person schritt die Treppe hinab, nährte sich einem steinernen Altar, der sich genau vor einem natürlichen Wasserbecken befand. Wassertropfen fielen regelmäßig von den über dem Becken hängenden Stalaktiten.

Der Geheimnisvolle schob die Kapuze zurück, erlaubte somit den beiden anderen Pykejon einen Blick auf das Gesicht – offenbarte seine Identität.

Hier stand er – Anterus! – der Führer der Schattenkrieger. Trotz seines hohen Alters umgab ihn noch immer die Aura enormer Macht, seinem Charisma konnte man sich nicht entziehen.

Er hatte die für Pykejon typische kalkweiße Haut, die sich über den Schädel spannte. Die Wangen waren eingesunken, tiefe Furchen zeigten sich in der Haut. Alles untrügliche Zeichen des Alters. Wangen und Kinn bedeckte ein für Pykejon vom männlichen Geschlecht alltäglicher Vollbart von hellgrauer Tönung. Auf der Stirn zeichneten dicke, von der Nase ausgehende Wülste ein V. Die Augen mit gelben Pupillen saßen tief in den Höhlen. Sie blickten entschlossen zu den Männern gegenüber.

»Ich will sehen, was Ihr von der Erde mitgebracht habt!«, sprach Anterus gebieterisch, bedeutete Makeelus vorzutreten.

Makeelus öffnete seinen Aktenkoffer, holte drei MDDs heraus. In ehrfürchtiger Pose schritt er zum Altar, legte sie dort ab. Sie enthielten 1 Terabyte an Informationen, nicht nur von seiner Reise zur Erde, sondern auch welche von anderen Missionen.

»Diese Geräte enthalten alles, was ich in den letzten sechs Monaten gesammelt habe, Meister. Das oberste MDD beinhaltet die Daten der Erd-Mission«, erklärte Makeelus.

»All diese Informationen sind für unseren Orden von großer Bedeutung – Bruder!«, antwortete Anterus ernst, schaltete das besagte MDD ein. Er musterte die Aufzeichnungen genau, runzelte ab und zu überrascht die Stirn. Makeelus und Delekus standen in ehrfürchtigem Schweigen da und warteten, bis Anterus alles durchgesehen hatte. Sie warteten eine Stunde.

Als Anterus mit seiner Durchsicht fertig war, sprach er: »Sehr interessant! Und Sie sind sicher, dass all diese Schriften authentisch sind?«

»Ja, das bin ich, Meister. Ich bürge mit meinen Leben für die Authentizität der Schriften.«

»Nun gut. In Ihren Aufzeichnungen steht, dass die Neffa-reem einen Plan verfolgen, dass sie den Menschen irgendein Vermächtnis hinterlassen haben, das für die Ausführung dieses Planes von Bedeutung ist, und dass ein einziger Mensch in diesem Plan eine wichtige Rolle spielt. Und Sie wissen, wer dieser Mensch ist.«

»So ist es, Meister«, bestätigte Makeelus.

»Ein Offizier der Space Navy. Einer unserer Leute in der Navy soll diese Person im Auge behalten. Ich denke, dass der Admiral dazu am besten geeignet ist.«

»Ist es nicht seine Aufgabe, nach den Schriften von Anaque zu suchen?«, warf Makeelus ein.

»Die Schriften von Anaque sind wichtig, er muss sie finden«, stimmte Anterus zu. »Doch habe ich das Gefühl, dass der Schutz dieser Person von weitaus größerer Bedeutung ist. Sie könnte für die Zukunft der Galaxis von Bedeutung sein.

Unsere alten Schriften sprechen von einer großen Dunkelheit, die über die Galaxis kommen wird. Es werden zahlreiche Zeichen erwähnt, die das Aufkommen der Dunkelheit ankünden. Wir in diesem Raum wissen, dass in den letzten Jahren Dinge geschehen sind, die darauf hinweisen, dass die Dunkelheit bereits nah ist. Dieser Mensch könnte den Schlüssel für die Rettung vor der Finsternis besitzen. Deswegen darf ihm kein Leid geschehen. Unsere Leute sollen alles in ihrer Macht Stehende tun, um diesen Offizier der Space Navy zu schützen.«

»So wie Sie es wünschen, wird es geschehen«, verkündete Delekus.

»Sehr schön«, entgegnete Anterus, wandte sich ab, ging den Weg, den er gekommen war.

Bevor er in den anderen Stollen verschwand, drehte er sich nochmals um und sprach bestimmt: »Und haltet mir diesen Cadan Sweeney weiterhin im Auge, der Mann ist eine Gefahr. Er dient der Dunkelheit, das spüre ich!«

Anterus wandte sich endgültig um, schritt die Treppe empor. Kurz darauf wurde seine Gestalt von der Dunkelheit verschluckt, nur noch der schwache Schein einer Lampe, die ihm den Weg durch die Dunkelheit wies, war zu erkennen. Doch auch der verschwand. Anterus verschmolz mit der Finsternis, wurde eins mit den Schatten.

## Fünf

Irgendwo im Dschungel von Tschangan
22. Dezember 2299
9:43 ZULU-Zeit

Die Luft war feucht und schwül, typisch für den Regenwald. Seine Kleidung total durchnässt. Schweiß hatte an bestimmten Stellen dunkle Flecken gebildet.

Nicht nur die Hitze trug Schuld daran, auch das Missbehagen, das Curwen befallen hatte, seitdem sie in diesem Dschungel herumirrten, animierten seine Schweißdrüsen zur verstärkten Arbeit. Ihm war warm und kalt zugleich. Die derzeitige Situation gefiel ihm gar nicht.

Kurz nach Sonnenaufgang hatten sie sich wieder in Bewegung gesetzt. Curwen konnte es kaum erwarten, in diese Ortschaft zu kommen. Er wollte diesen grünen Albtraum, der sich tschanganischer Dschungel nannte, so schnell wie möglich hinter sich lassen.

Sein rechter Zeigefinger schabte über die Stirn. An diese Raccaner-Verkleidung hatte er sich noch immer nicht gewöhnt.

Die Ohren vernahmen mit einem Mal ein unheimliches Geräusch. Es klang gar nicht gut. *Nicht schon wieder!*, fuhr es ihm missgelaunt durch den Kopf.

Thenga hatte das Geräusch ebenfalls registriert. »Die Kehhl'daaraner können uns wohl nicht in Ruhe lassen«, kommentierte er verdrießlich.

Curwen nahm ein Fauchen wahr. Es war nicht das, was er fürchtete. Es war etwas Schlimmeres. »Nein! Das ist kein Kehhl'daaraner.«

Das Geräusch schien von oben zu kommen. Er legte den Kopf in den Nacken, wurde sich sogleich bewusst, woher dieses Fauchen kam, als er in zwei gierige gelbe Augen sah. Auf einem Ast über ihren Köpfen stand eine Raubkatze: silbergraues Fell mit schwarzen Flecken, Säbelzähnen und Hörnern. Es war ein Xogiqua, eins der gefährlichsten Raubtiere von Tschangan. Gestern das Gurixanxu, heute dieses Vieh. Na toll! Besser konnte der Tag nicht beginnen.

Mit seinen dämonischen Augen beluchste es Curwen, ein markerschütterndes Knurren entwich dem Mund. Das Xogiqua war auf Beute aus. Curwen war die Beute!

Er richtete seine Waffe auf das Untier, um es abzuwehren. Doch es war zu spät! Das Xogiqua stürzte sich auf ihn, zerrte ihn zu Boden. Das Gewehr wurde ihm aus den Armen gerissen, wirbelte durch die Luft, landete im hohen Gras.

Die Bestie stand auf Curwen, die rasiermesserscharfen Säbelzähne ganz in der Nähe seines Kopfes, Geifer tropfte auf die Kleidung. Aus dem Mund des Xogiqua entwich ein aasiger Gestank. Curwen packte das Tier beim Kopf, rang mit ihm, Mensch und Raubkatze wälzten sich am Boden. Curwen wandte seine ganze Kraft auf, versuchte sie abzuschütteln – doch die Bestie war zu stark!

Thenga hegte die Absicht, mit seiner Waffe auf das Xogiqua zu feuern, kam jedoch schnell zu Ansicht, dass dies nicht klug wäre. In diesem Durcheinander bestand die Gefahr, versehentlich Curwen zu treffen.

Curwen tastete mit einer Hand nach seinem im Gürtel steckenden Messer, die andere hielt mit aller Kraft die Zähne des Xogiqua von seinem Gesicht fern.

Schleim bedeckte das Gesicht, die Säbelzähne kamen ihm gefährlich nahe. Er konnte das Messer nicht ergreifen. Ein Zahn schlitzte ihm die linke Wange auf.

»Steh nicht da rum! Tu was!«, schrie er.

Thenga traf eine Entscheidung. Ein Plasmastrahl jagte knapp über die Kämpfenden hinweg. Doch das Xogiqua ließ nicht ab. Jedoch war es für eine Sekunde irritiert – eine Sekunde, in dem der Druck nachließ und Curwen endlich den Schaft seines Messers zu fassen bekam.

Er reagierte schnell.

Ein schmerzerfülltes Jaulen hallte durch den Wald, als sich die Klinge seitlich in die Rippen des Untiers bohrte.

Curwen stieß erneut zu. Noch ein drittes Mal. Erst dann rührte sich das Xogiqua nicht mehr. Er stemmte den auf ihm liegenden Kadaver von sich, richtete sich auf, machte einige kräftige Atemzüge. Nach diesem kräftezehrenden Kampf bettelte die Lunge nach Sauerstoff.

Er sah schrecklich aus, Hände und Hemd waren voller Blut.

Das blutverschmierte Messer steckte er weg, fluchte: »Je eher wir aus diesem verdammten Urwald wieder raus kommen, umso besser.«

»Du sprichst mir aus der Seele«, stimmte Thenga zu.


Ein kleines Transportschiff d-goriaanischer Bauart schipperte durch die Unendlichkeit, sein Ziel war Tschangan. An Bord befanden sich nur zwei Lebewesen: Ein D-Goriaaner und eine Kreatur, die zwar wie ein Pykejon aussah, aber keiner war. Sie gehörte einer gänzlich anderen Spezies an – einem Volk, von dem niemand wusste, dass es existierte.

Er wurde Samakus genannt. Von all jenen, die ihn nicht wirklich kannten. Jene, die wussten, wer er tatsächlich war, nannten ihn Enmesch.

Er weilte zu jener Stunde in diesem winzigen Quartier, das ihm dieser ungustiöse D-Goriaaner zugewiesen hatte, lag auf dem Bett. Er versuchte seine mentalen Fühler auszustrecken, um alles was um ihn herum existierte zu erfassen, war bestrebt, nach Strings zu greifen, jenen seltsamen eindimensionalen Fäden aus reiner Energie, aus dem das Universum gewebt war – wollte auf diese Weise eine Verbindung zur Allmacht des Kosmos herstellen. Doch es funktionierte nicht!

Er war sich im Klaren, weshalb es nicht klappte. Er benötigte enorme Kraft, um sein humanoides Erscheinungsbild aufrechtzuerhalten, für andere Dinge fehlte demgemäß die Energie. Das missfiel ihm zutiefst, spürte er doch nicht mehr die Kraft der zwei Universen, konnte nicht mehr so gut wie alles Leben im Kosmos der Körperlichen erfassen, so wie es in seiner normalen Gestalt der Fall war. Er fühlte sich wie ein Blinder.

Große Zufriedenheit wird ihn umfassen, sobald dieser Auftrag beendet war und er wieder er selbst sein konnte. Er hasste es zuweilen, der letzte Neffa-reem zu sein, der einige Zeit lang in einer körperlichen Hülle existieren konnte. All die anderen hatten diese Fähigkeit längst verloren. Deshalb war er für sein Volk so wichtig. Er war der einzige, der aktiv eingreifen konnte.

Die primitive, in die Wand neben der Tür eingebaute Sprechanlage, erwachte knisternd zum Leben.

Die erboste Stimme des D-Goriaaners erklang aus dem Lautsprecher. »Jetzt haben wir den Salat! Ein Patrouillenschiff hat uns entdeckt. Ich hätte mich nie zu dieser Tour überreden lassen sollen.«

Im Cockpit des d-goriaanischen Frachters bediente der D-Goriaaner unablässig die Kontrollen, versuchte mit allen möglichen Tricks dem kehhl'daaranischen Schiff zu entkommen, doch machte er sich kaum Hoffnung, dass ihm dies gelang.

»Das ist das Ende!«, jammerte der gelbhäutige Alien. Seine mit Schweiß durchnässten leuchtend gelben Haare klebten an der Stirn. Die zwei Herzen hämmerten in der Brust im wilden Rhythmus.

Er verspürte eine Erschütterung, ein bläuliches Licht flutete ins Cockpit. V-Lark wusste sogleich, was geschehen war.

Das d-goriaanische Schiff – eine Nussschale! – nicht viel größer als ein Shuttle der imperialen Flotte, wurde von einem Fangstrahl in das Innere des imperialen Kreuzers gezogen. Der Fangstrahl lenkte das Schiff behutsam in einen Hangar, setzte es ab.

Es wurde bereits erwartet – von einem schwer bewaffneten Entertrupp.

Der Anführer des Trupps, Cara'kharr genannt, beäugte mit skeptischer Miene das Raumschiff, das wenige Schritte vor ihm aufsetzte. Noch nie zuvor hatte er solch eine Schrottmühle zu Gesicht bekommen. Unglaublich, dass dieses Ding fliegen konnte, handelte es sich doch um ein Flickwerk in Reinkultur. Es sah fast so aus, als wären da zwei Schiffe zusammengeschweißt worden.

Doch war es nicht von Belang, wie dieses fremde Schiff aussah, wichtig war nur die Tatsache, dass es versucht hatte, illegal ins kehhl'daaranische Territorium einzudringen. Cara'kharr fragte sich: weshalb? Welche kriminellen Absichten verfolgte die Besatzung dieses Seelenverkäufers? Nun ja, sie werden es bald herausfinden.

Cara'kharr gab der Besatzung Anweisung, das Schiff unverzüglich zu verlassen.

Keine Reaktion!

Nachdem er mehrere Minuten gewartet hatte, ohne dass es zu einer Reaktion kam, befahl er zwei seiner Männer, voranzugehen und die Luke aufzubrechen. Wenn die Crew sich weigert, herauszukommen, dann kommen sie eben rein.

Langsamen Schrittes, die Waffen schussbereit, nährten sie sich dem Frachter. In dem Moment fuhr eine Rampe am Heck blitzschnell herunter, krachte auf den Boden. Der D-Goriaaner stürmte heraus.

Cara'kharr vernahm das Rattern eines antiken Maschinengewehrs. Die Männer, die Cara'kharr vorausgeschickt hatte, wurden von den Projektilen durchsiebt, zu Boden geschleudert. Blut strömte übers Deck, leere Patronenhülsen kullerten herum.

Wie von Sinnen feuerte der D-Goriaaner unablässig auf die Kehhl'daaraner. Tödlich getroffen sank ein weiterer imperialer Soldat zu Boden, sein Leben ausgelöscht von den Kugeln einer altertümlichen Waffe.

Ob vorsintflutlich oder nicht, der D-Goriaaner richtete mit seinem Maschinengewehr großen Schaden an.

Trotzdem hatte er nicht die geringste Chance. Als sich die Kehhl'daaraner aus ihrer kurzen Starre der Verblüffung lösten, erwiderten sie das Feuer. Die Strahlen mehrerer Plasmawaffen schlugen in den Körper des D-Goriaaners ein. Eine Hitze von zehntausend Grad breitete sich in den Eingeweiden aus, verbrannte jede Körperzelle. Innerhalb von Sekunden verwandelte sich der massige Leib von V-Lark in ein Häufchen Asche.

Die Kehhl'daaraner stürmten das Schiff, durchkämmten jeden

Winkel. In einem geradezu kryptomeren Mannschaftsquartier entdeckten sie einen Pykejon, der sich sofort ergab. Er schien die einzige Person sein, die sich noch an Bord aufhielt. Jedenfalls konnten die Soldaten sonst niemanden aufspüren.

Nun lag der Mann auf den Knien, die Hände auf dem Rücken gefesselt. Cara'kharr stand vor ihm, sah ihn grimmig an. »Weshalb haben Sie illegal die Grenze überquert?«, fuhr er den Pykejon an.

Der vermeintliche Pykejon blieb davon unbeeindruckt, erwiderte trotzig: »Das geht Sie gar nichts an!«

Cara'kharrs Antwort war ein abfälliges, von Arroganz durchdrungenes Lächeln. »Wenn du störrisch sein willst? Von mir aus! Doch wirst du dir noch wünschen, es wäre dir genauso ergangen wie deinem Kameraden. Dein Tod wird weitaus schmerzvoller – und langsamer! Es sei denn, du sagst mir was ich hören will.«

*Ihr könnt mich nicht töten*, ging es Enmesch durchs Gehirn, das nur Illusion war. *Wenn diese körperliche Hülle zerstört wird, kehre ich zu meiner eigentlichen Existenz zurück.*

Er war unwichtig! Nur das Amulett, das er in seiner Kleidung gut versteckt war, hatte Bedeutung. Es musste dem rechtmäßigen Besitzer übergeben werden.

Enmesch konnte in die Gedanken der Kehhl'daaraner blicken, kannte deshalb ihre Absichten. Sie wollten ihn nach Tschergun schaffen, Tschangans Zwillingsplanet. Es gab also keinen Grund für Beunruhigung, alles geschah so, wie es vorbestimmt war. Denn er wusste, dass der Mann, dem er das Amulett überreichen soll, auch bald dort eintreffen wird.


Ein Shuttle von der TILL'KARA setzte im Hangar der RAAK'KON, dem Flagschiff von Cara'hiruus' Flottenverband, auf. Es zischte, ein Luk öffnete sich, Rakk'kre Rata'ron trat aus dem Pendelschiff.

Sha'kre Cara'hiruus hatte den Stellvertreter von Sha'kre Cara'uhn zu einem persönlichen Gespräch gebeten.

Rata'ron hatte keine Ahnung, was der Grund für dieses Anliegen war, doch beschlich ihn ein Verdacht – ein schrecklicher Verdacht!

Ihm gegenüber, am anderen Ende des Hangars, neben einem Schott, da befand sich Sha'kre Cara'hiruus.

Rata'ron bekam den Schwager von Cara'uhn zum ersten Mal zu

Gesicht. Und was er sah, war wenig beeindruckend. Der Mann war klein, hager, aus dem Gesicht ragte eine ziemliche Harkennase heraus. Cara'hiruus war eine nicht sonderlich ansehnliche Person. Doch seine Körperhaltung und der Blick drückten den unerschütterlichen Glauben an sich selbst und den Willen zur Macht aus.

Cara'hiruus klopfte sich mit der rechten Faust auf die Brust und verbeugte sich leicht. Dann sprach er: »Tallk'mel xe ro z'nu, ›Die Ehre sei mit Euch!‹ «, im weniger gebräuchlichen Südlichen Kharr Kehhl'daaranisch. Es war die bei den Kehhl'daaranern übliche Begrüßungsformel. Rata'ron erwiderte den Gruß.

»Weshalb habt Ihr mich hergebeten?«, wollte Rata'ron wissen.

»Ich möchte mit Ihnen über Cara'uhn reden«, erwiderte Cara'hiruus hart.

*Ich habe es geahnt!*, ging es dem Rakk'kre durch den Kopf.


Der private Speisesaal von Cara'hiruus befand sich direkt hinter der Brücke. Ein recht schlichter Raum mit einem Metalltisch und einigen Stühlen. Die rückwertige Wand war ein einziges Fenster, gefertigt aus transparentem Siliziumkarbid, das einen erhabenen Blick auf Tschangan erlaubte.

Rata'ron hatte noch nie ein imperiales Schiff gesehen, das über solch einen Raum verfügte. Offenbar handelte es sich bei dieser Räumlichkeit um eine von Cara'hiruus initiierte Modifikation.

Cara'hiruus saß am rechten Ende des Tisches, direkt vor dem Fenster. Rata'ron dem Sha'kre gegenüber. Auf dem Tisch standen einige schlichte Speisen.

»Wie lange kennen Sie Sha'kre Cara'uhn schon?«, erkundigte sich Cara'hiruus bei seinem Gast.

Rata'ron schluckte einen großen Brocken seines gegrillten Trinkk'tinika[1] herunter, bevor er antwortete: »Seit etwa dreißig Vol'maak-Zyklen. Er war bereits bei meinen Ausbildungsflügen an der imperialen Flottenakademie mein Kommandant. Und Sie?«

»Seitdem ich seine Schwester geheiratet habe«, entgegnete Cara'hiruus erheitert.

---

1 Ein auf Kehhl'daar Prime beheimatetes vogelartiges Getier, dessen Fleisch zu den Grundnahrungsmitteln zählt.

Er genehmigte sich einen Schluck Götterwein, der weniger exquisit war als S'kal'ujun-Wein, bevor er weitersprach: »Das ist jetzt fast drei Vol'maak-Zyklen her. Bis heute kann er nicht verstehen, weshalb seine Schwester ausgerechnet mich geheiratet hat. Er kann mich nicht ausstehen.«

Cara'hiruus machte erneut eine Pause, genehmigte sich einen weiteren Schluck des Götterweins, setzte dann die Schale ab, ergriff eine Trinkk'tinika-Keule und nagte sie bis auf den Knochen ab. Der landete Sekunden später auf dem Teller mit den Essensresten. »Hat sich der Sha'kre in all den Jahren manchmal merkwürdig verhalten?«, fragte Cara'hiruus und kam damit zum Grund ihres Treffens.

»Inwiefern?«, reagierte Rata'ron mit einer Gegenfrage.

»Ich meine, ob er sich jemals so verhalten hat wie jetzt.«

»Sie wollen wissen, ob er sich jemals irrational verhalten hat!«, stellte Rata'ron fest. Über Cara'uhns eigenmächtige Übernahme der Regierungsgewalt auf Tschangan war er unterrichtet. Wie Cara'hiruus war auch er der Meinung, dass Cara'uhn kein Recht dazu hatte.
»Nein! Niemals!«, verneinte Rata'ron energisch. Er hielt inne, dachte nach. »Nun ja, nicht ganz«, fuhr er unsicher fort.

»Ich höre Rakk'kre!«

»Seit dem Tod seiner Frau ist er nicht mehr derselbe. Er ist melancholisch, launisch und neigt zudem dazu, die Befehle des imperialen Oberkommandos infrage zu stellen. Früher wäre er nie auf die Idee gekommen, Kritik zu üben. Ich habe das Gefühl, er macht die imperiale Führung für ihren Tod verantwortlich.«
»Cara'uhn hat seine Frau über alles geliebt, ihr Tod hat ihn schwer getroffen. Diese Tragödie kann sein derzeitiges Verhalten jedoch nicht erklären.«

»Nein, das kann es nicht«, stimmte Rata'ron zu. »Jedoch glaube ich nicht, dass sein Verhalten wahrlich irrational ist. Es scheint aus unserer Sicht widersinnig zu sein, für Cara'uhn wahrscheinlich nicht. Ich habe den Verdacht, dass er etwas plant.«

Cara'hiruus fuhr sich mit der rechten Hand über das Kinn, schien über etwas nachzudenken. »Was auch immer meinen Schwager zu dieser Aktion veranlasst hat. Eins ist klar! Wir können ihm die Sache nicht durchgehen lassen. Wir müssen etwas unternehmen.«

Rata'ron bekundete mit einem Nicken seine Zustimmung.

»Setzten Sie sich mit dem imperialen Oberkommando in Verbindung und informieren Sie es über alles, was hier vor sich geht«, befahl Cara'hiruus.

»Wird sofort erledigt«, entgegnete Rata'ron entschlossen.

»Ich werde inzwischen versuchen, den T'khhal'taar zu erreichen. Danach werde ich mit meinem Schwager ein ernstes Wort reden.«

## Sechs

Sein Name lautete Julun'kur'sraa. Er gehörte dem Volk der Kehhl'sherraner an. Schon seit mehr als zwanzig Jahren diente er in der Raumflotte der Autonomen Kehhl'sherranischen Sternensysteme.

Er war ein typischer Kehhl'sherraner. Seine Schuppenhaut hatte die für Kehhl'sherraner charakteristische gelblich-grüne Tönung. Die Hörner waren nach unten geneigt. Julun'kur'sraa war schlank und groß gewachsen.

Seit Beginn des Krieges gegen die Kehhl'daaraner arbeitete er als Verbindungsoffizier für die United Space Navy.

Diese Aufgabe hatte ihn auf das Schlachtschiff HYPERION, Flagschiff der 9. Flotte verschlagen. Die 9. Flotte befand sich im Moment ungefähr eins Komma vier Lichtjahre vom kehhl'daaranischen Sonnensystem Rask'ruhl Kehhl'daar entfernt, wo sich eine große Versorgungsbasis befand. Die 9. Flotte hatte den Befehl, diesen Stützpunkt zu erobern.

Die Informationen über den Stützpunkt stammten vom kehhl'sherranischen Geheimdienst, dessen Berichte für die Navy stets vom großen Nutzen waren.

Er sah sich aufmerksam auf der Brücke des Space Navy-Schlachtschiffes der Olympus-Klasse um. Die achtzehn Männer und Frauen aus den verschiedensten Welten gingen konzentriert ihrer Arbeit nach, achteten nicht auf den Kehhl'sherraner, der im hinteren Bereich der Brücke in der Nähe des Liftes stand.

Doch! Eine Person schenkte ihm seine volle Aufmerksamkeit. Manik Maathavi, ein geschmeidiger baumlanger Mensch, dunkelhäutig mit kahlen Schädel – Schlitzaugen.

Maathavi war vor drei Tagen mit einem anderen Schiff eingetroffen und trieb sich seitdem hauptsächlich in einer extra für ihn zur Verfügung gestellten Kabine im Bauch des Schiffes herum. Julun'kur'sraa hatte keine Ahnung, was der Mann an Bord der HYPERION zu suchen hatte.

Der dunkelhäutige Mensch, der bei Admiral Thell'reel stand, hatte den Kopf dem Kehhl'sherraner zugewandt, bedachte ihn mit einem undefinierbaren Blick, lächelte geheimnisvoll.

Nun sah auch der Vicardaner zu Julun'kur'sraa. Der Membran, der sich dort befand, wo bei anderen Wesen der Mund war, blähte sich auf, tiefe Brummlaute erschallten. Aus dem Übersetzer erklangen die Worte: »Bald werden wir das Rask'ruhl Kehhl'daar-System erreichen. Dann werden wir sehen, wie genau die Informationen Ihrer Leute sind.«

»Ziemlich genau! Kehhl'sherraner leisten immer perfekte Arbeit«, entgegnete Julun'kur'sraa pikiert.

»Ich wollte Sie und Ihr Volk nicht beleidigen«, versicherte Admiral Thell'reel. »Ich weiß, dass kehhl'sherranische Agenten ihre Arbeit immer gewissenhaft verrichten, die Berichte die sie liefern stets ausführlich und korrekt sind. Doch das Leben lehrt uns, dass es immer wieder zu Überraschungen kommen kann.«

Julun'kur'sraa nickte. Es war kein kehhl'daaranisches Nicken, welches auch eine typische Geste seines Volkes war – ihre kehhl'daaranische Abstammung konnten die Kehhl'sherraner nicht verleugnen –, sondern ein Menschliches. Julun'kur'sraa hatte schon so lange mit Menschen zu tun, dass er sich ihre Gesten inzwischen zu eigen gemacht hatte.

»Ich denke, meine Anwesenheit auf der Brücke ist im Moment nicht erforderlich. Deswegen werde ich mich für eine Weile zurückziehen. Informieren Sie mich, wenn wir das Zielsystem erreicht haben«, gab der Kehhl'sherraner im neutralen Ton von sich.

»Natürlich!«, antwortete ihm der Admiral.

Julun'kur'sraa nickte erneut. Dann machte er kehrt und trat in den Lift. Als die Tür sich hinter ihm geschlossen hatte, der Lift sich in

Bewegung gesetzt, da atmete er kräftig durch. Es tat so gut, die Brücke verlassen zu haben, länger hätte er es dort nicht ausgehalten. Nicht in der Gegenwart dieses … Gewächs!

Julun'kur'sraa hasste Admiral Thell'reel, so wie er alle Vicardaner hasste.

Das Volk der Vicardaner war das Widerlichste in dieser Galaxis. Ein Volk von Verrätern – Verrätern am Kehhl'daaranischen Empire!

In einem blutigen Unabhängigkeitskrieg konnten sie das Joch der Kehhl'daaraner abstreifen. Danach hatten sie sich mit der Union verbündet. Seitdem übten sie Rache an den Kehhl'daaranern, wann immer sich Gelegenheit dazu bot. Die Vicardaner begingen in den beiden Kehhl'daaranischen Kriegen grausame Verbrechen gegen die Kehhl'daaraner und die Offiziellen der Union sahen dabei zu. Eine Ungeheuerlichkeit! Deshalb hasste er auch die Union über alles, Julun'kur'sraa – der Halb-Kehhl'daaraner!

Auf Deck acht stieg er aus dem Lift, hastete den Korridor entlang. Nach wenigen Metern gelangte er zur Kabine 8-23, seine Kabine. Automatisch öffnete sich die Tür, welche er verriegelte, nachdem er die Kabine betreten hatte. Er brauchte Zeit für sich selbst.

Er legte sich aufs Sofa, im Bestreben sich zu entspannen. Doppelagent war eine nervenaufreibende Tätigkeit. Schließlich bestand jederzeit die Möglichkeit, dass er enttarnt wird und somit sein Leben verliert. Trotz der ständigen Gefahr tat er mit Eifer seine Pflicht, denn er wusste, dass es richtig handelte.

Er schloss die Augen. Die Ruhe wird ihm gut tun.

Als er von einem Geräusch geweckt wurde, waren nicht einmal zehn Minuten verstrichen. Er brummte ärgerlich, erhob sich.

Die Kommunikationseinheit gab ein klagendes Piepsen von sich. Zuerst dachte er, dass Admiral Thell'reel etwas von ihm wollte, doch als er an den Monitor trat und die seltsamen Symbole auf ihm erblickte, wusste er, dass jemand anderer ihn sprechen wollte. Sein Vorgesetzter, Admiral Cala'rak'mal.

Niemand in der Space Navy ahnte, dass Cala'rak'mal, oberster Verbindungsoffizier der Raummarine Kehhl'sherrias zur United Space

Navy gleichzeitig Anführer einer Gruppe von zwanzig Kehhl'sherranern war, die heimlich für die Kehhl'daaraner arbeiteten.

Wenn Cala'rak'mal ihn kontaktierte, wusste Julun'kur'sraa nie, ob der Admiral ihn wegen offiziellen Angelegenheiten sprechen wollte, oder wegen der verborgenen Tätigkeiten.

Dass der Kanal, auf dem Cala'rak'mal sendete, den höchsten Verschlüsselungsalgorithmus verwendete, wies jedoch darauf hin, dass eher das Letztere der Fall war.

Julun'kur'sraa gab seinen persönlichen Code ein. Dann wartete er. Bei einer Übertragung auf diesem speziellen Kanal dauerte es ein wenig, bis eine Verbindung zustande kam, weil das Signal quasi über Schleichwege zum Empfänger gelangte. Niemand an Bord der HYPERION sollte von dieser Übertragung wissen, weshalb sie geschickt maskiert wurde.

Als das Bild von Admiral Cala'rak'mal auf dem Monitor erschien, wusste er, dass der Admiral keine guten Nachrichten hatte.

Cala'rak'mal hielt sich nicht mit Höflichkeitsfloskeln auf, kam sofort zur Sache: »Es läuft nicht so wie geplant, doch das war zu erwarten. Der Plan ist nun mal riskant.«

Julun'kur'sraa wusste, was Cala'rak'mal meinte, er musste nicht nach Details fragen. »Was ist schiefgelaufen?«

»Einiges! Doch das Schlimmste ist wohl, dass unsere Zielpersonen im Dschungel von Tschangan verschollen sind.«

»Hm!«, machte Julun'kur'sraa. »Das ist bitter. Wenn es so nicht funktioniert, müssen wir einen anderen Weg finden.«

»Genau! Und das ist deine Aufgabe. Du hast den ursprünglichen Plan ausgearbeitet, und ich erwarte von dir, dass du auch einen Alternativplan entwickelst, falls die Sache tatsächlich scheitert. Die Offensivpläne des K'korr'shee'kehhl'daar sind vom Gelingen der Operation Münchhausen abhängig.«

»Keine Sorge! Ich habe schon einige Ideen. Es gibt viele Wege zum Ziel. Es wird klappen, so oder so«, versicherte Julun'kur'sraa.

»Ich verlasse mich auf dich. Lang lebe das Empire!«

»Lang lebe das Empire!«

# Sieben

*Ke'hinuc! Mit diesem Namen verbindet sich die tragische Geschichte eines einst großen Mannes. Kahh'kre Ersten Grades Ke'hinuc, geboren 2145 auf Kehhl'daar Prime, war ehemals einer der größten Heerführer des Kehhl'daaranischen Empire, sein militärisches Genie übertraf sogar das von Cara'uhn. Er war jedoch auch einer der Ersten, die erkannten, dass sich das Empire auf einem falschen Weg befand. Im Jahre 2294 inszenierte er seinen Tod und setzte sich ab, um von nun an auf Tschangan als Farmer zu leben. Die Umstände seines Todes 2299 sind bis heute nicht vollständig geklärt.*

Er war ein Flüchtling, ein Ausgestoßener. Vor langer Zeit kehrte er seinem Volk den Rücken zu, denn er wollte ihm nicht auf den Weg in den Abgrund folgen.

Seitdem lebte er versteckt im Dschungel von Tschangan umgeben von Tschanganern – Leuten, welche die Kehhl'daaraner bis aufs Blut hassten.

Er war Kehhl'daaraner!

Er konnte es den Tschanganern nicht verübeln, dass sie so über sein Volk dachten, angesichts all der Grausamkeiten, welche die Kehhl'daaraner dem Volk der Tschanganer zufügten.

Sein Name war Ke'hinuc. Er gehörte zum Stamm To'mel'sa, der die fruchtbaren Gebiete an der Quelle des Flusses Bra'mak südöstlich des Nordpols von Kehhl'daar Prime bevölkerte.

Der Stamm To'mel'sa war als ein Stamm der Handwerker und Kaufleute bekannt, aber auch große Heerführer entsprossen ihm.

Ke'hinuc war einst einer dieser Heerführer, zählte zu den bedeutendsten Befehlshabern der imperialen Flotte. Im Ersten Kehhl'daaranischen Krieg hatte er mehrere erfolgreiche Schlachten geschlagen und sich so den Respekt von K'korr'shee'kehhl'daar Heriki'ruuhn XII. erworben.

Diese Tage waren längst entschwunden, vom einstigen Ruhm nur noch Erinnerungen geblieben. Heute war er ein einfacher Farmer, der auf einem Landgut inmitten des tschanganischen Urwalds, etliche Kilometer von der nächsten Ansiedlung entfernt, exotische Früchte kultivierte.

Die Tschanganer, die für ihn arbeiteten, verachteten die

Kehhl'daaraner, allerdings nicht ihn, denn sie wussten, dass er anders war. Ke'hinuc war geläutert, tat Buße für die eigenen Untaten und die seines Volkes, und er unterstützte die Sache der Tschanganer.

Sein Sinneswandel begann, als nach dem Tode Heriki'ruuhns dessen Sohn Anaka'ruuhn den Thron bestieg, denn Ke'hinuc wusste welch Mann Anaka'ruuhn war. Anaka'ruuhn auf dem güldenen Stuhl des Herren der Kehhl'daaraner erwies sich als großes Unheil für das Empire. Anaka'ruuhn war machtversessen wie kein anderer. Doch das war bei Weitem nicht das Schlimme, sondern die Tatsache, dass Anaka'ruuhn wirr im Kopf war.

Dieses neue Empire, das Anaka'ruuhn aufzubauen beabsichtigte – Ke'hinuc wollte damit nichts zu tun haben. Anaka'ruuhns Empire war nicht das seine. Das Kehhl'daaranische Empire, das auf Ehre gegründet wurde, sein Empire!, starb mit Heriki'ruuhn.

Der Tag an dem sein Herr und Freund Heriki'ruuhn XII. den Weg allem Sterblichen ging, war auch der Tag, an dem der alte Ke'hinuc dahinschied. Nur eine Woche später inszenierte er seinen Tod und setzte sich auf Tschangan ab. Der neue Ke'hinuc war geboren, ein neues Leben begann.

Er liebte diese neue Existenz, liebte die Ruhe an diesem Ort – eine Harmonie, die er nie mehr missen mochte.

Doch nun schien es vorbei zu sein mit der Ruhe.

Er befand sich in der Lage, die imperialen Kommunikationskanäle zu belauschen, war deshalb darüber informiert, dass vor Kurzem ein Raumschiff in der Gegend abgestürzt war. An Bord dieses Schiffes befand sich vermutlich ein Spion der United Space Navy. Man ging davon aus, dass dieser Mann den Absturz überlebt hat. Aus dem Grund durchsuchten imperiale Soldaten den Dschungel.

Ke'hinuc war nervös. Hegte er doch die Befürchtung, dass die Soldaten durch Zufall auf seine bislang im Verborgenen liegende Farm stoßen könnten, oder dass der Flüchtige auf seiner Flucht über die Farm stolpert und so seine Häscher genau hierher lockt.

Seine Unruhe wuchs, als ein Arbeiter meldete, zwei verdächtige Gestalten in der Nähe der Farm gesichtet zu haben. Es waren keine Menschen. Sie sahen eher wie Raccaner aus. Doch der Schein konnte trügen. Wenn sich tatsächlich Angehörige der Space Navy auf Tschangan aufhielten, waren sie ganz bestimmt maskiert.

Ke'hinuc wanderte unruhig in seinem Büro umher. In seinem Gesicht manifestierte sich die immer größer werdende Sorge. Er blieb stehen – ein Moment des Innehaltens, des Sinnierens. Dann warf er einen Blick zu dem stämmigen Tschanganer, der auf seine Anweisungen wartete. »Nimm dir ein paar Männer und schnapp dir diese Raccaner. Ich will wissen, wer sie sind und was sie inmitten des Dschungels tun«, sprach er entschlossen, nachdem er eine Entscheidung gefällt hatte.

»Wird gemacht!«, bestätigte der Tschanganer, vollführte eine Verbeugung, entfernte sich.

Curwen hatte in einem Fluss das Blut des Untiers abgewaschen. Die Kratzer, die von seinem Kampf mit dem Xogiqua stammten, wurden von Thenga mit dem von den Kehhl'daaranern entwendeten Medikit versorgt.

Nachdem er sich gewaschen hatte und seine Wunden versorgt waren, fühlte er sich wie neu geboren. Er schulterte seine Waffe, ließ frische Luft in die Lunge strömen. Für den Moment stand er nur da und lauschte das Plätschern des Flusses. Welch Wohltat dieser kurze Augenblick der Ruhe doch war. Der Hauch eines Lächelns zeigte sich in seinem Gesicht.

Thenga stand neben ihm am Ufer des Flusses. Nun ging er in die Hocke, griff mit den Händen ins Wasser, formte sie zu einer Schüssel. Sie fuhren zum Mund. Thenga spürte die belebende Wirkung des Wassers, als es seine Kehle hinunterfloss. Er erhob sich wieder, folgte seinem Captain, der bereits weitergegangen war, schloss zu ihm auf.

»Übernimm du ab jetzt die Führung!«, entschied Curwen.

»Wieso? Damit sich beim nächsten Mal so ein Raubtier auf mich stürzen kann?«, reagierte Thenga indigniert.

Curwen reagierte mit einem Grinsen.

»Wie du willst«, brummte Thenga, nahm von Curwen den Thorr'khall und das Messer entgegen.

Sie erklommen eine Böschung. Sogleich kam das Messer zum Einsatz. Mit ihm durchtrennte Thenga ein Bündel Lianen, die von einem mächtigen Baum herunterhingen und ihnen im Weg waren.

Lianen und anderes Grünzeug waren auch der Grund, weshalb sie nicht so schnell vorankamen wie erhofft, nur allzu oft mussten sie sich mühsam eine Schneise durch den Dschungel schlägern oder einen anderen Weg einschlagen, wenn es überhaupt kein Durchkommen mehr gab.

Nach einem langen Gewaltmarsch, Curwen schätzte, dass sie bereits eine Stunde unterwegs waren, blieb Thenga überraschend stehen. Er steckte das Messer sowie den Taschencomputer weg, ergriff stattdessen das Plasmagewehr. Irgendwas hatte seine Aufmerksamkeit erregt.

»Was ist los?«, rief Curwen Thenga zu.

»Da ist etwas, das es laut diesem Computer nicht geben darf«, erklärte Thenga.

»Was?«, wollte Curwen wissen.

Er benötigte keine Antwort, denn er sah es wenig später selbst. »Eine Lichtung. Na und?«, sprach er gelangweilt.

»Sieh sie dir genau an!«, forderte Thenga. »Es ist keine natürliche Lichtung, hier wurde der Wald gerodet.«

Thenga hatte recht, es gab hier deutliche Spuren einer Rodung. Der Boden war kahl bis auf wenige Pflanzen.

»Wir sind meilenweit von der nächsten Ansiedlung entfernt. Also wer ist für diese Rodung verantwortlich?«, gab Thenga eine berechtigte Frage von sich.

»Keine Ahnung!«, antwortete Curwen. »Auf jeden Fall gefällt mir das nicht.«

Sie gingen, Thenga seine Waffen im Anschlag weiter, raus aus dem grünen Wirrwarr.

Curwen blieb stehen, sah sich um. Rechts von ihm erblickte er einen Stoß gefällter Bäume. Er schaute zu Boden, beugte sich hinab, nahm etwas Erde in die eine Hand. Zerrieb sie zwischen den Fingern. Er brummelte. »Sieht so aus, als würde hier jemand etwas anbauen wollen.«

Thenga nickte.

Curwen hatte ein mieses Gefühl. In ihm kroch die Furcht vor einem Hinterhalt hoch.

Er erhob sich wieder. Nun brachte auch er den Plasmakarabiner in Anschlag. Aufmerksamer Blick. Langsam schritt er weiter. Er war auf der Hut. Mit jedem Schritt wuchs dieses Gefühl, dass gleich etwas Schlimmes geschehen wird.

Das Gefühl trog nicht!

Er vernahm das Suren einer Plasmawaffe, Energiestrahlen jagten über ihn hinweg. Sie standen unter Beschuss!

Curwen haderte mit sich selbst. Wie blutige Anfänger waren sie in die Falle gegangen, und das schmeckte ihm gar nicht.

»Wieso muss bei dieser Mission alles schiefgehen!«, wetterte er.

Schnell wurde ihm bewusst, dass die Angreifer nicht die Absicht hatten, sie zu töten. Es wurden lediglich Warnschüsse abgegeben. Wäre dem Gegner daran gelegen, sie zu töten, Curwen und Thenga wären längst im Elysium angekommen.

Die Kanonade ebbte ab und eine anonyme Stimme rief: »Ergeben Sie sich!« Sie kam aus dem Urwald auf der ihnen gegenüberliegende Seite der Lichtung.

Curwen zögerte. Blickte sich um. Dieser Stoß mit gefällten Baumstämmen war nicht weit entfernt. Er könnte ihnen Deckung bieten. »Dein Vorschlag?«, flüsterte er Thenga zu.

Thenga antwortete nichts, schürzte die Lippen.

»Hm!«, machte Curwen. Begehrlich äugte er zu den Baumstämmen.

»Das schaffen wir nicht!«, kam es aus Thengas Mund.

Curwen knurrte ärgerlich, spannte die Muskeln, bereit einen Sprint hinzulegen.

Er … wollte loslaufen, doch in dem Moment bohrte sich ein Plasmastrahl direkt vor seinen Füßen in den Boden. Er verspürte eine unangenehme Wärme in den Fußsohlen. Ein zweiter Schuss drillte sich direkt vor Thenga ins Erdreich.

Ein Dritter ging knapp über seinen Kopf.

Er verstand die Botschaft.

Begleitet von einem frustrierten Aufstöhnen schmiss Curwen sein Gewehr zu Boden. Thengas Waffe folgte kurz darauf.

»Sehr vernünftig«, erschallte erneut die Stimme ohne Körper.

Etwa ein Dutzend Tschanganer kamen nun aus dem Unterholz hervor, die Waffen bedrohlich auf die Menschen gerichtet.

Sie waren nicht sonderlich gut ausgerüstet, besaßen hauptsächlich alte Projektilwaffen, nur zwei von ihnen waren mit Plasmagewehren bewaffnet. Es handelte sich ausnahmslos um Zivilisten, wie Curwen anhand ihrer Kleidung feststellen konnte, wahrscheinlich Arbeiter von der Farm. Dass sich in der Nähe eine Farm befand, davon war

Curwen inzwischen überzeugt.

Sie bildeten einen Halbkreis um die Menschen, wahrten dabei einen gewissen Sicherheitsabstand.

Einer von ihnen trat vor, bückte sich, sammelte die Waffen ein. Er sah ziemlich jung aus, nach menschlichen Maßstäben war er noch ein Teenager. Die Waffen wurden an einen Tschanganer weitergereicht, der nicht viel älter aussah.

Ein stämmiger Tschanganer mit kantigem Gesicht, der eindeutig älter war, schälte sich nun aus der Menge. »Was haben Sie hier zu suchen?«, fuhr er die Menschen im herrischen Ton an.

»Wir haben einen Ausflug gemacht«, entgegnete Curwen frech.

Dem Tschanganer gefiel dieses kecke Kontra nicht, verzichtete jedoch auf eine ebenso unverschämte Antwort. Stattdessen schnaufte er abfällig.

»Was haben Sie mit uns vor?«, wollte Thenga wissen.

Das war eine gute Frage. Curwen war sich sicher, dass der Tschanganer sie nicht beantworten wird.

»Darüber wird mein Chef entscheiden«, erklärte der Tschanganer. Sein grimmiger Gesichtsausdruck ließ keinen Zweifel aufkommen, dass er die vermeintlichen Raccaner nicht ausstehen konnte.

Das charakteristische Geräusch eines Antigrav-Triebwerkes schob sich in Curwens Ohr.

Der Tschanganer legte den Kopf in den Nacken, sah in den Himmel. »Da kommt er übrigens«, verkündete er.

Tatsächlich! Ein schnittiger, torpedoförmiger Antigrav-Gleiter mit Stummelflügel schwebte über die Baumwipfel hinweg, setzte anschließend einige Meter von ihnen entfernt auf. Eine Flügeltür öffnete sich, ein drahtiger Kehhl'daaraner entstieg dem Fluggerät. Seine Schuppen hatten eine dunkelolivgrüne Tönung, die Hörner waren kurz und dick, in einem hohlwangigen Gesicht saßen zornig blickende Augen. Er trug eine schlichte braune Kleidung, die der ähnlich sah, in die auch die Tschanganer gekleidet waren.

Der Kehhl'daaraner blieb wenige Schritte vor Curwen und Thenga stehen, stemmte die Hände in die Hüften, schob das Kinn vor. Die Augen verengten sich, die Menschen wurden von ihm mit strengem, forschenden Blick bedacht. Ein despektierliches Grunzen stieg nach einigen Sekunden aus den Tiefen seiner Kehle nach oben. Er wandte den Kopf. Der Blick war nun auf den großen Tschanganer gerichtet. »Sehr gut gemacht, Ödakin. Ich wusste, dass ich auf dich zählen kann. Die Aufmerksamkeit von dir und deinen Männern soll honoriert werden. Bei der nächsten Gehaltsabrechnung bekommt ihr fünfzig Prozent Zuschlag.«

»Zu gütig, Ill'jak«, entgegnete Ödakin unterwürfig.

Der Kehhl'daaraner drehte den Kopf wieder zu Curwen und Thenga. »Was machen zwei Raccaner inmitten des Dschungels von Tschangan?«

Curwen gab keine Antwort. Jedenfalls keine Verbale. Der trotzige Blick war Antwort genug.

Der Kehhl'daaraner ließ ein geringschätziges Schnauben entweichen, dem Stille folgte – Stille und misstrauisches Mustern. Der Kehhl'daaraner schnupperte. Nach einer Weile durchbrach seine harte Stimme die Stille. »Ich bin mir jedoch nicht sicher, ob Sie beide das sind, als das Sie sich ausgeben. Die imperialen Truppen suchen nach Terranern, die sich irgendwo im Dschungel versteckt halten. Sie könnten die Gesuchten sein.«

»Sie gehören nicht zur imperialen Flotte!«, stellte Curwen fest.

»Nein. Aber einst gehörte ich dazu, in einem anderen Leben.«

»Sie sind ein Deserteur«, folgerte Thenga.

»So ist es. Doch mehr werden Sie im Moment nicht von mir erfahren. Es sind genug Worte gewechselt worden. Wir reden weiter, wenn Sie wieder wach sind.«

»Was soll das heißen?«, fragte Curwen im kämpferischen Ton.

Der Kehhl'daaraner reagierte nicht auf die Frage, stattdessen bat er den jungen Tschanganer, der im Besitz der Waffen beider Space Navy-Offiziere war, ihm eine auszuhändigen. Der Tschanganer kam der Bitte umgehend nach.

Der Kehhl'daaraner fummelte am Plasmagewehr herum, justierte einige Schaltungen. Anschließend richtete er den Lauf der Waffe gegen Curwens Brust. Der rechte Zeigefinger drückte den Abzug durch.

Ein grüner Strahl traf Curwen. Er verspürte einen brennenden Schmerz, der sich vom Brustkorb ausgehend im gesamten Körper ausbreitete. Übelkeit, Schwindel, bemächtigten sich seiner. Millisekunden später knickten die Beine ein, das Bewusstsein wurde ausgelöscht.

# Acht

Behutsam entfernte er mit einer Gartenschere einen abgestorbenen Zweig von der Pflanze.

Er liebte es, in seinem Garten vor einem der zahlreichen Nebengebäude des Shhe'mahl'taar zu arbeiten. Dabei konnte er am besten entspannen.

Der alte Kehhl'daaraner sah nach oben. Schwarze Wolken zogen von der Küste des U'kal Meeres kommend über den ockerfarbigen Himmel. Es wird Regen geben. Gut für seine Orchideen. Die Lippen formten ein zufriedenes Lächeln.

»Vater!«, vernahm er aus der Ferne. Sein Kopf fuhr herum. Der Alte erblickte einen jungen Kehhl'daaraner. Der Mann trug die blaue Uniform der Flotte, die jedoch zusätzliche Ornamente an den Schultern aufwies: ein in gelb gehaltener Ttoll'seek, darunter zwei gekreuzte Schwerter, über dem Ttoll'seek ein stilisiertes Auge. Dieses Symbol wies ihn als Angehörigen des Nachrichtendienstes aus. Flotten Schrittes kam der Junge zwischen den Blumenbeeten hindurch auf den Alten zu.

Dieser steckte die Gartenschere in einen Beutel seiner Schürze, entnahm ihr ein Tuch, mit dem er sich den Schmutz von den Händen wischte.

»Vili'uhn! Was führt dich zu mir?«, sprach der Alte flott.

Vili'uhn verbeugte sich, vollführte die kehhl'daaranische Ehrenbezeugung.

»Sag mir den Grund, weshalb du mich aufsuchst«, sprach der Alte gütig.

»Ich möchte Bericht erstatten.«

»Sprich!«

»Die Mission auf Tschangan verläuft zufriedenstellend, Sha'kre Cara'uhn verhält sich genau wie geplant. Der Gedankenkontrollchip funktioniert ohne Störungen. Uns machen jedoch Sha'kre Cara'hiruus und Rakk'kre Rata'ron gewisse Sorgen. Sie könnten Cara'uhn

Schwierigkeiten machen.«

»Dann sollen sie beseitigt werden, falls notwendig. Was ist mit T'harkana? Wurde die Order des K'korr'shee'kehhl'daar ausgeführt?«

»T'harkana ist tot!«

»Gut! Was ist mit der anderen Sache auf Tschangan?«

Vili'uhn wurde verlegen. »Äh … diese Sache läuft nicht so gut«, druckste er.

Das Gesicht des Alten war nicht mehr so freundlich. »Was ist passiert?«, fragte er in einem gefährlichen Ton.

»Die Menschen sind verschollen.«

Der Alte knurrte. »Es war die Idee von Cala'rak'mal. Wenn die Sache scheitert, wird er es sein, der deswegen den Kopf verliert. Mach ihm das klar.«

Vili'uhn verdeutlichte mit einem Nicken, dass er verstanden hat.

»Sonst noch was?“

Vili'uhn verneinte.

»Gut! Du kannst gehen.«

»Wie du wünschst, Vater!«

Der Anführer des Blutordens holte die Gartenschere aus dem Beutel in der Schürze und wandte sich wieder seinen Orchideen zu.

*William Chaykin, Sohn des ehemaligen Großadmirals Dagobert Chaykin, wurde am 10. 9. 2235 in Brisbane Australien geboren.*

*Auf Wunsch seines Vaters trat er mit neunzehn Jahren in die Akademie der United Space Navy ein.*

*Er war nur ein mittelmäßiger Absolvent, trotzdem stieg er schnell die Karriereleiter hoch.*

*Nach seinem Abschluss diente er vier Jahre lang als Steuermann auf der IRONCLAD …*

City of New Newyork
24. Dezember 2299
15:34 Ortszeit

Heute wurde Weihnachten gefeiert, doch Vizegroßadmiral Chaykin war kaum in Festlaune.

Seit zwei Tagen gab es kein Lebenszeichen von Curwen und Thenga, sie waren wie vom Erdboden verschluckt.

Gerade erfuhr er Neuigkeiten bezüglich der beiden Offiziere, die darüber Aufschluss gaben, wieso es seit zwei Tagen keinerlei Kontakt gab. Was er zu hören bekam, klang nicht gut – ganz und gar nicht! Er warf einen besorgten Blick zum Computermonitor auf dem Schreibtisch. Das Gesicht eines Tschanganers war dort zu sehen. Er war der Überbringer der schlechten Nachricht.

»Sind Sie sich da sicher?«, fragte Chaykin gerade.

Die Antwort des Tschanganers war mit Rauschen und Knistern unterlegt, deshalb nicht gut zu verstehen. Dennoch war sie unmissverständlich. »Nein! Aber vieles spricht dafür. Wir müssen davon ausgehen, dass Curwen und Thenga tot sind.«

Chaykin seufzte. »Ich danke Ihnen für diese Information.«

»Noch ist nicht alles verloren. Vergessen Sie nicht, dass dies unbestätigte Meldungen sind, Curwen und Thenga könnten noch leben. Es gibt, soweit ich weiß, bei den Menschen ein Sprichwort, das gut zu dieser Situation passt: Die Hoffnung stirbt zuletzt.«

Ein gezwungenes Lächeln huschte über Chaykins Lippen. »Sie haben womöglich recht. Danke nochmals für alles. Chaykin Ende.«

Das Bild des Tschanganers verschwand, der Monitor wurde schwarz.

Die Nachricht, die ihm Timahll Jakadin übermittelt hatte, war wenig erbaulich. Curwens Mission schien auf tragische Weise gescheitert zu sein. Laut den Informationen, die der Geheimdienst der Rebellen besaß, wurde das Rebellenschiff, mit dem Curwen und Thenga nach Tschangan gebracht werden sollten, vor zwei Tagen im Orbit des Planeten zerstört.

Wenn dies der Wahrheit entsprach, waren Curwen und sein Erster Offizier tot, die Mission damit gescheitert. Eine Katastrophe, nicht nur weil zwei wertvolle Menschen verloren gegangen wären, sondern auch aufgrund der Tatsache, dass die Informationen, die Curwen und sein Kumpan hätten besorgen sollen, von größter Wichtigkeit waren.

Chaykin hatte jedoch den Ruf, dass er ein Mann war, der nicht so schnell die Hoffnung aufgab. Er kannte Curwen, wusste, dass dieser Mann selbst in ausweglos erscheinenden Situationen eine Lösung fand. Daran klammerte er sich.

# Neun

Planet Algol B III
24. Dezember 2299
15:36 ZULU-Zeit

Er verabscheute diese Welt! Es schien hier nur Regen zu geben. Seit seiner Ankunft hatte es – bis auf kurze Unterbrechungen – unablässig geregnet. Aus Eimern schüttete es, sodass sich die Ausgrabungsstätte in ein Schlammloch verwandelt hatte. Deshalb unterbrachen die Archäologen ihre Arbeit, warteten auf besseres Wetter. Zudem war heute Weihnachten, kein Tag, an dem man arbeitete.

Es sei denn, man hieß Jethro Silver. Er war überzeugter Atheist, hielt überhaupt nichts von religiösen Festen wie Weihnachten. An sich würde es ihm nichts ausmachen, wenn er zu Weihnachten nicht zu Hause war. Doch an jenem Tag sah die Situation etwas anders aus. Er wäre überall lieber als an diesem Ort.

Er saß an einem einfachen Metalltisch in einem der Zelte in der Nähe der Ausgrabungsstätte. Alleine! Alle anderen waren bei einer Weihnachtsfeier im Hauptzelt, auch Sweeney.

Im Gegensatz zu Jethro war Sweeney überzeugter Katholik. Es wurde gemunkelt, dass er recht gute Kontakte zu Papst Johannes XXVIII. pflegte.

*Sweeney ist der Einzige hier, der wirklich einen Grund hat, Weihnachten zu feiern. Fast alle Wissenschaftler sind Aliens. Die verwenden Weihnachten nur als Vorwand für ein Gelage. Verdammtes Alien-Pack!*, dachte Jethro erzürnt.

Als Atheist hielt Jethro nicht viel von der Kirche, doch in einem Punkt war er mit ihr überein: Der Kontakt zu anderen Spezies war nicht gut für die Menschen.

Der erste Kontakt mit den Pykejon hatte ein Jahrtausende altes Gefüge ins Wanken gebracht, der Mensch war nicht mehr die Krone der Schöpfung. Es gab da draußen Völker, die älter und mächtiger waren als die Menschen.

Die Bibel sagte, dass Gott den Menschen erschuf, doch wer hatte dann all die anderen Rassen geschaffen? Gemäßigte Theologen waren der Meinung, dass alle Spezies Gottes Kinder waren. Wenn die Bibel von der Schaffung der Welt sprach, dann meinte sie damit nicht nur die Erde sondern das ganze Universum.

Es gab jedoch viele konservative Kräfte, die das nicht gelten ließen, sie interpretierten die Bibel wortwörtlich, Gott hatte den Menschen geschaffen, von anderen Intelligenzwesen war nicht die Rede. Jethro wusste, dass der Papst und die meisten seiner Gläubigen dem Lager der Konservativen zuzuordnen waren. Nicht verwunderlich! Die wenigen Menschen, die sich in diesem atheistischen Zeitalter noch zu einer Religion bekannten, taten das umso radikaler.

Er stocherte mit einer Gabel demotiviert in seinem Essen herum. Es war irgendeine Fertigmahlzeit, die auch dementsprechend schmeckte. *Hört das denn nie auf!*, murrte er im Gedanken. Es regnete nach wie vor in Strömen, schwere Tropfen trommelten auf das Dach des Zeltes.

Jethro vernahm ein Rascheln, blickte auf. Die Zeltplane im Eingangsbereich wurde zur Seite geschoben, eine Gestalt drängte sich durch den Eingang ins Trockene. Es war Cadan Sweeney.

»Ist die Feier schon vorbei?«, bemerkte Jethro.

»Nein! Aber ich wollte einen Moment alleine sein. Es schwirren mir etliche Gedanken durch den Kopf«, entgegnete Sweeney.

»Dieses geheimnisvolle Fresko?«

Sweeney nickte, schlenderte anschließend zu einer Kochnische, öffnete einen Kühlschrank und holte eines dieser Fertiggerichte heraus, schob es anschließend in den Mikrowellenherd.

Als die Mahlzeit fertig war, gesellte er sich zu Jethro, nahm ihm gegenüber Platz. Verdrießlich stocherte er in seinem Essen herum.

Eigentlich war er gar nicht hungrig, das Essen diente nur zur Ablenkung jener Gedanken, die ihn schon seit einiger Zeit beschäftigen – seit der Entdeckung des Freskos. Er hatte sich das Gehirn zermartert bezüglich der Frage, wie Curwens Gesicht auf jenes uralte Fresko gelangen konnte, doch es gab ihm keine Antwort. Verschiedene Theorien wurden aufgestellt, eine absurder als die andere.

Sie waren vielleicht abwegig, doch könnte eine davon stimmen. Nur mit einer unlogischen Hypothese konnte das, was die Archäologen hier entdeckt hatten, erklärt werden.

»Ich habe schon viele komische Sachen in meinen Leben erlebt, aber *das* ...« Er hielt inne, ließ einen Stoßseufzer entweichen. »Das ist bizarrer als alles, was ich bisher gesehen habe.«

»Was sagen unsere Archäologen dazu?«, fragte Jethro.

»Die? Die verhalten sich wie typische Wissenschaftler. Was sie nicht erklären können, ignorieren sie.«

»Und was ist mit dir? Was glaubst du?«

Sweeney ließ erneut einen Seufzer aus seinem Mund entweichen. »Was ich glaube? Ich weiß nicht, was ich glauben soll! Es könnte sich um das Ergebnis einer Zeitreise handeln – oder um Reinkarnation.«

»Reinkarnation?«, wiederholte Jethro. »*Das* glaubst du doch nicht wirklich?«

Sweeney hob und senkte die Schultern. »Ich weiß echt nicht mehr, was ich glauben soll.«

Als er Jethro sagte, dass er noch nie so etwas Seltsames gesehen hatte, gab er nur die halbe Wahrheit von sich. In seiner Jugend war er an einer Entdeckung beteiligt, die wahrscheinlich genauso außergewöhnlich war wie dieses Fresko. Nein! – Sie war sogar noch ungewöhnlicher. Seine Gedanken glitten mehr fünfundzwanzig Jahre in die Vergangenheit zurück, in die Zeit, als er noch ein kleiner Fähnrich an Bord des Space Navy Forschungsschiffes ERWIN SCHRÖDINGER war. Damals wurde das Forschungsschiff auf eine Mission zu einem seltsamen Kometen geschickt, der das pykejonische System durchquerte. Von wo er kam, war unbekannt. Deshalb hatte die ERWIN SCHRÖDINGER den Befehl erhalten, dieses mysteriöse Himmelsobjekt zu untersuchen. Zudem waren da noch diese seltsamen Signale, die eine unbemannte Sonde Tage zuvor aufgefangen hatte. Diese Mission zu jenem bizarren Kometen wird Sweeney sein Leben lang nicht vergessen. Der 28. April 2274 – der Tag, an dem sein Weltbild für immer ins Wanken geriet.


»Was gibt's Cadi?«, feixte David Moore, das arroganteste Arschloch, das Cadan Sweeney jemals untergekommen war. Dieser Arsch hatte offenkundig etwas gegen den jungen Forschungsassistenten, ständig stichelte er gegen Sweeney.

Er stand an der Tür zum Wissenschaftslabor drei und grinste Sweeney frech an.

»Nichts, was dich angeht, nichts was du kapieren würdest!«, schoss Sweeney zurück, richtete anschließend seine Aufmerksamkeit wieder auf eine Gesteinsprobe von einem Planeten, den sie vor einer Woche besucht hatten, die jetzt in einer Petrischale ruhte. Er schob sie unter das Elektronenmikroskop und fragte sich, was er zu sehen bekommen würde. Die Antwort war: nichts! Er hatte nicht die Gelegenheit, die Probe unter dem Mikroskop zu untersuchen, David Moore wusste das zu verhindern.

Der Mistkerl setzte sich neben Sweeney auf den Tisch und sprach frech: »Hältst dich wohl für einen ganz Schlauen?«

»Bin ich auch im Vergleich zu dir«, konterte Sweeney. »Hast du nichts zu tun?«

»Ich habe dienstfrei.«

»Und das Einzige, was dir in deiner Freizeit einfällt, ist mich zu ärgern?«

Moore grinste. »Ganz genau, Kumpel!«

»Dieses Schiff hat zweihundert Mann Besatzung. Es gibt bestimmt andere Leute, die du ärgern kannst.«

Moore wollte Sweeney eine Beleidigung an den Kopf werfen, doch kam er nicht dazu, eine Lautsprecherdurchsage machte ihm einen Strich durch die Rechnung.

»Ensign Sweeney! Bitte melden Sie sich auf der Brücke.«

*Ich soll mich auf der Brücke melden? Das ist noch nie vorgekommen*, grübelte Sweeney. Er fragte sich, was das zu bedeuten hatte.

»Hast du irgendeinen Scheiß gebaut, weshalb dich der Chef jetzt zu Schnecke macht?«, lästerte Moore.

»Was auch immer das zu bedeuten hat. Dich geht das gar nichts an!«, schoss Sweeney wütend zurück. Der Mann fing an, ihm tierisch auf die Nerven zu gehen.

Er erhob sich aus dem Stuhl, verließ das Labor ohne Moore noch eines weiteren Blickes zu würdigen.

Als Sweeney die Brücke betrat, hatte er einen ziemlich großen Kloß im Hals. Gleich wird er dem Captain gegenübertreten, ein seltenes Privileg. In dem einem Jahr, seitdem er auf diesem Schiff diente, hatte er erst dreimal mit dem Captain gesprochen. Er war kein Brückenoffizier, weshalb er nicht viel mit den höheren Rängen zu tun hatte.

Mit erhobenem Haupt ging er auf den Kommandostand zu, keiner sollte merken, dass ihm das Herz in die Hose gerutscht war. Als er den Führungsoffizieren gegenüberstand, führte er seine rechte Hand zur Stirn, vollführte den typischen militärischen Gruß.

Der Captain wandte seinen Blick von einer holografischen Darstellung des Kometen ab, richtete ihn nun auf Sweeney, erwiderte den Salut.

»Sie haben mich rufen lassen, Sir?«, gab Sweeney von sich. In einem kräftigen, selbstbewussten Ton, der seine Nervosität übertünchen soll.

Der Captain, ein hagerer Pykejon mit den Namen Anelius, nickte. Seine rechte Hand streckte sich nach einem Kontrollpult aus, die knochigen Finger tippten auf einigen Tasten herum. Das Bild des Kometen verschwand, stattdessen hingen nun einige chemische Formeln über dem Holotisch. Captain Anelius fischte eine davon heraus, vergrößerte sie. »Laut Ihrer Dienstakte sind Sie ein begnadeter Mineraloge. Deswegen frage ich Sie nach Ihrer Meinung bezüglich dieser Sache.«

»Was ist das?«, fragte er. Dabei sah er nicht den Captain an, seine Aufmerksamkeit war auf die über ihren Köpfen schwebende chemische Formel gerichtet. Er wusste, welches Element das war. Doch jeder der ein wenig Ahnung von Chemie hatte, konnte dieses Element bestimmen. Man hatte ihn sicher nicht auf die Brücke beordert, um zu erklären, um welches Element es sich handelt. Weshalb aber dann?

»Das haben wir bei einer Analyse der Zusammensetzung des Kometen entdeckt«, erklärte der Captain.

»A … aber das ist unmöglich!«, stammelte Sweeney, außerstande zu glauben, was er hier hörte. »Das ist Danee, ein Metall, das in diesem System nicht vorkommt. Danee gibt es, soweit wir wissen, nur auf einem Planeten: auf der Pykejon-Kolonie Amelikejon! Amelikejon ist jedoch fünfzehn Lichtjahre entfernt. Zudem hat man es noch nie in Kometen gefunden. Wie zum Teufel kommt es da rein?«

»Genau aus diesem Grund habe ich Sie rufen lassen. Ich hoffe, Sie können uns eine Erklärung liefern.«

»Tut mir leid, ich habe keine«, sprach Sweeney bedauernd, schüttelte den Kopf.

Er ging für den Moment in sich, dachte über dieses Rätsel nach. Ihm kam ein Gedanke, eine Idee, die absolut absurd war. Dennoch könnte es die Erklärung sein. »Es sei denn …«, nuschelte er.

»Es sei denn – *was?*«, reagierte der Captain interessiert, sah Sweeney fragend an.

»Ach nichts! Nur so ein Gedanke. Ein absurder Gedanke«, entgegnete Sweeney zurückhaltend.

»Ich will Ihren Gedanken hören!«, sprach der Captain verlangend.

»Das Danee könnte von einem Pykejon-Schiff stammen, das im Kometen eingeschlossen ist.«

»Das ist unmöglich! Pykejon-Schiffe bestehen aus Axanel«, protestierte der Erste Offizier, ebenfalls ein Pykejon.

Sweeney mochte ihn nicht sonderlich, denn der Mann war ihm irgendwie unheimlich. Den XO der ERWIN SCHRÖDINGER umwob eine Aura des Geheimnisvollen. In seinem Innersten hatte Sweeney das Gefühl, dass der Mann etwas verbarg.

»Ja, heute. Doch in der Frühzeit der Hyperluminar-Raumfahrt der Pykejon wurden Schiffe aus Danee gebaut. Die alten Pykejon erkannten schnell, dass sich dieses äußerst robuste Metall hervorragend zum Bau von Raumschiffen eignet. Aus diesem Grund wurde Amelikejon ziemlich schnell zu einer bedeutenden Kolonie. Danee wurde zu einem äußerst wichtigen Rohstoff.«

»Langweilen Sie uns nicht mit einem überflüssigen Geschichtsunterricht, Ensign!«, keifte der XO.

»Ihre Hypothese klingt für mich gar nicht mal so absurd. Sie könnten damit recht haben«, ging der Captain dazwischen, ein wohlwollendes Lächeln auf den Lippen. Seine mageren Finger wanderten abermals über das Kontrollpult, erneut erschien der Komet über ihren Köpfen, diesmal aus einer anderen Perspektive.

»Das GEODRD hat einen Spalt, der in einen Hohlraum führt, entdeckt. Ich möchte, dass Sie ein Shuttle nehmen und sich das mal ansehen.« Er sah den Ersten Offizier ernst an.

Der XO reagierte entsetzt. »Das meinen Sie doch nicht ernst! Ich soll in das Innere eines Kometen fliegen?«

»Es ist mein Ernst, Commander! Ensign Sweeney wird Sie begleiten.«

»Wie Sie befehlen«, antwortete der Commander. Im Flüsterton fügte er hinzu: »Heute scheinen alle den Verstand verloren zu haben.«

Ein kleines Shuttleschiff schwirrte einem Insekt gleich durchs All. Das Ziel war jener Spalt im Kometen, der einen Zugang zu einem Hohlraum in dessen Inneren bot.

An Bord des Shuttles waren drei Personen: der Erste Offizier Commander Porelius, Sweeney und eine Person, die Sweeney nicht dabei haben wollte: David Moore!

Sweeney fragte sich, weshalb der Captain diesem Kotzbrocken befohlen hat, sie auf die Mission zu begleiten, es gab keinen Grund einen Marine mitzunehmen. Hatte wohl etwas mit den Vorschriften zu tun.

Diese besagten nämlich, dass bei einer Außenmission in unbekanntes Gebiet stets ein Mitglied der Marines dabei sein muss, auch dann, wenn es augenscheinlich keine Veranlassung dafür gab. Vorschrift war Vorschrift.

Das verstand Sweeney, doch fragte er sich, weshalb es ausgerechnet dieses Arschloch namens Moore sein musste. Die Einheit der Marineinfanterie der ERWIN SCHRÖDINGER bestand aus dreißig Mann, es hätte sich bestimmt jemand anderer gefunden, der für sie den Aufpasser spielt.

Commander Porelius, der am Steuer des Shuttles saß, drosselte die Maschinen, manövrierte es behutsam durch den engen Spalt ins Innere des Kometen. Als sie den Hohlraum erreicht hatten, stockte allen der Atem, in diesem Kometen befand sich tatsächlich ein pykejonisches Schiff. Es lag auf einem Vorsprung, das Heck war im Eis eingeschlossen.

»Bei Aless Belkus, Schöpfer aller Pykejon! Sie hatten rech!«, entfuhr es dem Commander.

Sweeney erholte sich rasch von seiner Verwunderung, machte sich umgehend an die Arbeit. Seine Hände huschten über die Tasten der Wissenschaftskonsole. Die Sensoren des kleinen Raumschiffes wurden auf das Wrack ausgerichtet. Sweeney begann mit einem ausführlichen Scan. »Das Schiff liegt seit etwa tausend Jahren hier«, berichtete er, als ihm die ersten Ergebnisse vorlagen.

»Ich stimme Ihrer Analyse zu«, äußerte sich der Commander im leicht ärgerlichen Ton. Dass der Ensign mit seiner Hypothese recht lag, gefiel dem XO nicht sonderlich. »Ich erkenne diesen Schiffstyp. Es ist ein alter Kreuzer der Delearaa-Klasse. Diese ersten Überlichtschiffe wurden vor etwa tausend Jahren gebaut.«

»Was tun wir jetzt?«, fragte Moore, der nun zum ersten Mal seit ihrem Aufbruch sprach.

So kannte Sweeney ihn gar nicht, der großmäulige Moore war plötzlich ganz kleinlaut. Anscheinend hatte er nur Sweeney gegenüber eine große Klappe.

»Wir werden uns das genauer ansehen«, beantwortete der Commander Moores Frage. »Ich habe an Backbord eine Schleuse entdeckt, an der wir andocken können.«

Behutsam steuerte der Commander das Shuttle zur besagten Schleuse, dezente Erschütterungen durchfuhren den Schiffskörper, als das Shuttle sich mit der Luftschleuse des anderen Schiffes verband.

»Ich registriere keine Atmosphäre auf dem Schiff. War aber auch nicht zu erwarten«, informierte Sweeney den Commander.

»Also rein in die Raumanzüge!«, befahl Porelius.

Als alle ihre Raumanzüge angezogen hatten, öffnete Porelius die Luke im Boden des Shuttles. Die mit Eis überzogene Schleuse des Wracks offenbarte sich ihren Blicken. Er modifizierte seine Mikrowellenpuls-Pistole, machte sie zu einem Schweißbrenner. Er schnitt die Schleuse auf. Es war die einzige Möglichkeit, um ins Innere des alten Pykejon-Raumers zu gelangen.

Als er mit seiner Arbeit fertig war, trat Commander Porelius auf das ausgeschnittene Segment, das sich unverzüglich löste und in eine undurchdringliche Schwärze fiel.

Durch die Raumanzüge und dem Vakuum – das nun in beiden Raumfahrzeugen herrschte – hindurch drang kein Laut, als das Metallstück auf dem Boden aufschlug, aber in seiner Fantasie vernahm Sweeney deutlich einen metallischen Klang.

Commander Porelius schaltete seine am linken Ärmel angebrachte Lampe ein, strahlte in den Abgrund hinab. Der Lichtkegel der Leuchte durchschnitt die Düsterkeit, eine Leiter wurde dem Schwarz entrissen.

Sachte schritt er die Sprossen hinunter. Sweeney und Moore folgten in einigem Abstand.

Sie standen nun in einem finsteren Korridor, fahles Licht von drei Lampen verscheuchte einen Teil der Dunkelheit. Langsam bewegten sich die drei Männer weiter, die Lichtstrahlen ihrer Lampen tanzten an den Wänden, wurden vom Eis reflektiert, welches die Wände bedeckte.

Sweeney, der den Abschluss bildete, ließ den linken Arm und somit auch die Lampe nach links schweifen. Der Lichtstrahl der Lampe durchbohrte die Finsternis. Im schmalen Korridor, der von der Dunkelheit gesäubert wurde, kam ein Loch zum Vorschein. Wahrscheinlich handelte es sich dabei um einen Wartungsschacht.

Neugierig blieb er stehen.

Der Lichtstrahl der Lampe fuhr den Schacht entlang. In ihrem Schein tauchte etwas auf, das wie ein Fuß aussah. Sweeney ließ seinen Arm nach oben wandern.

Plötzlich starrte ihn eine hässliche Fratze entgegen – ein bleicher, bizarr entstellter Kopf, der an eine Dörrpflaume erinnerte. Den Mund zu einem grotesken Lächeln verzogen. Es war die Leiche eines Pykejon. Eine dünne Eisschicht umhüllte sie.

Sweeney hielt gegraut die Luft an.

Die beiden anderen drehten sich schlagartig zu ihm um. Sie hatten das erschrockene Aufstöhnen des Kameraden in ihrem Helm-Com vernommen.

»Was ist los, Ensign?«, fragte Porelius.

Sweeney bedeutete den Commander, in den Schacht zu blicken.

»Oh!«, entfuhr es dem Commander, als er ebenfalls die Leiche erblickte.

Jetzt, wo das Licht von drei Lampen den Schacht erhellte, sahen sie deutlich, was Sweeney gefunden hatte. Der Leichnam klammerte sich an die Sprosse eines vertikalen Schachtes.

»Sieht so aus, als wäre die Besatzung des Schiffes noch an Bord gewesen, als es im Eis eingeschlossen wurde«, betonte der Commander. »Diesen armen Kerl hat wohl der Tod ereilt, als er die Sprosse hinaufkletterte.«

»Aber wie ist dieses Schiff in den Kometen gelangt«, fragte Moore.

Es erstaunte Sweeney, dass dieser Simpel eine recht kluge Frage stellte. Eine, die ihm auch schon beschäftigt hatte.

Der Commander hob und senkte die Schulter. »Gute Frage! Ich wünschte, ich hätte eine Antwort. Das Ganze hier ist ein einziges Rätsel.«

Er kletterte in den Schacht, nahm die Leiche genauer in Augenschein.

Aufgrund des Vakuums und dem Eis war sie hervorragend erhalten. Es war noch Fleisch an den Knochen, darüber rissige, mit dunklen

Flecken gesprenkelte Haut. Der Tote stierte ihn aus zu Eis erstarrten Augen an. Bei einer mehr als tausend Jahre alten Leiche dürfte normalerweise überhaupt keine Haut vorhanden sein, kein Fleisch. Nur noch blanke Knochen.

Der Tote trug eine erdfarbige Uniform, darüber einen bronzenen Brustpanzer, Beinschienen, ebenfalls aus Bronze. In einem Waffengurt steckte ein Trommelrevolver.

Etwas, das auf dem Brustpanzer graviert war, erweckte Porelius' Aufmerksamkeit. Es waren Schriftzeichen. Pykejonische Schriftzeichen!

»CELOXELIJA!«, kam es Commander Porelius gehaucht über die Lippen.

»Wie bitte?«, gab Sweeney perplex von sich.

»CELOXELIJA!«, wiederholte der Commander. »Der Mann hat den Namen des Schiffes auf seinen Brustpanzer eingraviert. Es heißt CELOXELIJA.«

Er atmete tief ein, ließ die Luft stoßartig wieder heraus. »Bei Aless Belkus, dem Schöpfer aller Pykejon! Das ist tatsächlich die CELOXELIJA!«

Sweeney verstand nun gar nichts mehr. »Sie kennen dieses Schiff?«

Commander Porelius schlüpfte aus dem Loch, wandte sich Sweeney zu, stieß einen übermütigen Lacher aus. »Oh ja! Jeder auf Pykejon kennt dieses Schiff. Es ist eine Legende, im Sinne des Wortes. Niemand hätte je gedacht, dass es tatsächlich existiert. Das tut es aber. Wir befinden uns an Bord dieser Legende. Das ist wahrscheinlich die bedeutendste Entdeckung in der Geschichte Pykejons.«

»Diese Legende, um was geht es da?«, wollte Sweeney wissen.

»Laut dem Mythos wurde die CELOXELIJA losgeschickt, um die Heimatwelt der Neffa-reem zu suchen.«

Neffa-reem! Sweeney kannte diesen Begriff. Es war der Name der Astronautengötter, die uralten Sagen zufolge in grauer Vorzeit nach Pykejon kamen und den Pykejon die Zivilisation brachten.

Es gab zahlreiche Geschichten dieser Art im Spiralarm. In den Chroniken von Mol'kaat wird berichtet, das die Yoll'mell – die Leuchtenden – Kehhl'daar Prime besuchten, um die Kehhl'daaraner aus der Dunkelheit der Unzivilisiertheit ins Licht der Zivilisation zu bringen, wie es die Chroniken auszudrücken pflegten. Die Pon-

Arikaner hatten die Geschichten über die Shyllegi Jaa, und auf der Erde gab es die alten sumerischen Aufzeichnungen über die Annunaki und die altägyptischen Geschichten über Zep Tepi, die erste Zeit, als Götter und Halbgötter über Ägypten herrschten.

Sweeney hielt das alles für Märchen, nie wäre er auf die Idee gekommen, dass etwas Wahres dran sein könnte, dass sie alle in Verbindung zu einander standen. An diesem Tag wurde er eines Besseren belehrt.

»Wenn die Legende von der CELOXELIJA wahr ist, dann könnten es auch die Geschichten über die Neffa-reem sein«, sinnierte der Commander.

»Das ist doch nicht Ihr Ernst?«, wandte Sweeney ein.

»Wieso nicht? Es gibt da diesen Spruch: ›Es gibt mehr zwischen Himmel und Erde, als uns unser Schulwissen lehrt‹. Ein Schriftsteller von Ihrer Welt hat das einst gesagt.«

»Ich bin Katholik! Ich glaube an einem allmächtigen Gott, der mit unseren Sinnen nicht erfassbar ist, nicht an irgendwelche Astronautengötter, die vom Himmel auf die Erde gekommen sind, um den Menschen die Zivilisation zu bringen«, reagierte Sweeney ein wenig pampig.

»Ich habe nicht behauptet, dass die Neffa-reem Götter waren.«

Die Männer von der ERWIN SCHRÖDINGER wandten sich von der Leiche ab, setzten ihre Erkundung fort. Sie stießen auf mindestens ein Dutzend weitere Leichen. Viele von ihnen grausam entstellt. Eindeutig hatte auf diesem Schiff eine Katastrophe stattgefunden.

Sie entdeckten zudem einen Raum mit Stasiskammern, von denen keine Einzige noch funktionsfähig war.

Selbst wenn sie es wären, war kaum anzunehmen, dass jemand ein Jahrtausend in der Stasis überleben konnte.

Als sie schließlich die Brücke erreichten, machte Sweeney eine interessante Entdeckung. Der Hauptcomputer war noch intakt. Man musste ihn nur mit Energie speisen, um ihn wieder zum Laufen zu bringen.

»Sämtliche Prozessoren, Schaltkreise und Datenspeicher sind in einem hervorragenden Zustand, so als hätte man den Hauptcomputer erst gestern stillgelegt«, murmelte Sweeney, als er die Daten, die sein MDD gesammelt hatte, von Display herunter las.

»Holen Sie einen unserer Generatoren aus dem Shuttle und schließen Sie ihn an. Vielleicht können wir aufs Logbuch zugreifen und so herausfinden, was auf diesem Schiff geschehen ist«, befahl Porelius.

»Ich bin zwar kein Ingenieur, aber ich denke, dass ich das hinbekomme«, sprach Sweeney, machte sich sofort auf den Weg zurück zum Shuttle.

Minuten später kam Sweeney mit einem kleinen Kasten zurück. Er öffnete eine Klappe an der Oberseite des Kastens und holte ein Kabel hervor. Mit diesem Kabel verband er den Computer mit dem Generator. Die Brücke des Schiffes erwachte zum Leben, als die Energie des Generators durch ihre elektronischen Eingeweide fuhr. Der Bildschirm, vor dem Sweeney stand, erhellte sich. Texte, die in Pykijar-Elexe verfasst waren, erschienen. Sweeney konnte diese Schrift nicht lesen, weshalb er dem Commander die Konsole überließ. Der Commander scrollte durch den Text, überflog die Berichte, bis er bei einer Stelle innehielt. Offenbar hatte er etwas Interessantes gefunden.

»Was ist?«, fragte Sweeney neugierig.

Der Commander deutete mit dem Zeigefinger auf den Bildschirm.

Sweeney sah mehrere Zeilen mit ihm unverständlichen Schriftzeichen. »Tut mir leid Sir, ich kann das nicht lesen. Deswegen habe ich Ihnen ja den Platz an der Konsole überlassen.«

Der Commander lächelte nachsichtig. »Ich vergaß, dass Sie ja Mineraloge sind und nicht Linguist.«

»Was steht da?«, wollte Moore wissen. Er äußerte seine Bitte mit gebieterischer Stimme.

*Jetzt ist er wieder ganz der Alte*, dachte Sweeney geringschätzig.

»Hier steht: ›Wir haben am einhundertdreißigsten Tag unserer Reise das Wrack eines Raumschiffes gefunden, wie wir es noch nie zuvor gesehen haben. Es besitzt eine Form, die an einen Schneekristall erinnert, die Hülle besteht aus einer Legierung ähnlich einem Kristall. Noch nie hatten wir ein Objekt von solcher Erhabenheit gesehen. Doch das war nur der Anfang der Wunder. Als wir an Bord gingen, erlebten wir eine große Überraschung. Wir entdeckten die Leichen der Besatzung. Es waren Wesen, die denen ähnlich sahen, die in unseren alten Schriften als die Neffa-reem bezeichnet wurden. Wir hatten tatsächlich ein Schiff der Neffa-reem gefunden, wir hatten tote Götter gefunden.‹ Es steht hier noch … « Porelius scrollte weiter. »… dass sie die Leichen an Bord gebracht haben, um sie zu untersuchen. Einige waren darüber nicht sehr erfreut. Sie waren der Meinung, dass man die Götter nicht wissenschaftlich untersuchen soll. Das würde sie entweihen.«

Sweeney klappte vor Erstaunen die Kinnlade herunter. »Sie haben Leichen von Neffa-reem gefunden?« Er konnte nicht glauben, was er da zu hören bekam.

»Sie befinden sich im medizinischen Labor«, bestätigte Commander Porelius.

»Da waren wir noch nicht«, erwiderte Sweeney, noch immer außerstande, all das, was sie in den letzten Minuten in Erfahrung gebracht hatten, zu glauben. Er stellte sich zuweilen die Frage, ob das ein Traum war. Nein! Kein Traum. Ein Albtraum!

»Dann sollten wir uns dort mal umsehen.«

Sweeney nickte, wandte sich dem Ausgang zu.

Jäh vernahm er ein Überraschtes: »Oh!«

»Was ist los?«, reagierte Sweeney alarmiert.

»Da steht noch etwas Interessantes, besser gesagt etwas Beunruhigendes«, erklärte der Commander.

»Was?!«

» ›Wir fanden aber auch das *Ding!* «, zitierte Commander Porelius.

»Welches *Ding?*«

»In den alten Legenden wird als das Ding ein so schreckliches Monster bezeichnet, dass man es nicht beim Namen nannte, sondern nur als das *Ding*«, erklärte Porelius.

»Sie wollen doch nicht etwa behaupten, dass dieses Ding hier an Bord ist?«, fragte Sweeney nervös.

»Falls es irgendwo an Bord dieses Schiffes irgendein grässliches Vieh gibt, ist es schon vor langer Zeit krepiert«, warf Moore ein.

»Corporal Moore hat recht«, stimmte Porelius zu. »Lasst uns nach diesen Leichen sehen. Dann verschwinden wir von hier.«

»Es sei denn, dieses Monster ist ein Lebewesen, das nicht unseren Vorstellungen von Leben entspricht«, murmelte Sweeney so leise, das die anderen ihn nicht hören konnten.

Als sie im medizinischen Labor ankamen und diese Wesen auf den

Untersuchungstischen erblickten – es waren insgesamt drei – da wusste Sweeney noch nicht, dass er sogleich den Schock seines Lebens bekommen wird.

Er musterte einen der Fremden. Er hatte schneeweiße Haut, wirkte so gesehen wie ein Pykejon. Jedoch besaß das Wesen keinerlei Haupthaar, noch war irgendwo anders Behaarung festzustellen. Die Augen waren ebenfalls weiß, besaßen keine Iris, keine Pupillen. Jedenfalls nicht auf die Art wie Menschen sie hatten. Die Leiche wies zudem nicht die geringste Spur von Verwesung auf.

Er warf einen Blick auf den zweiten Fremden. Auch er war perfekt konserviert, sah aus, als würde er nur schlafen.

Das Wesen glich einem Menschen bis aufs Haar. Sweeney wusste, dass es keinesfalls ein Mensch sein konnte. Wie hätte ein menschliches Wesen schließlich an Bord dieses Schiffes gelangen können?

Irgendwas stimmte hier nicht.

Er nahm sein MDD zur Hand, untersuchte die beiden völlig unterschiedlichen Leichen.

Er erkannte, dass es die ein und dieselbe Spezies war. Doch wieso sahen sie dann so unterschiedlich aus?

Seine Aufmerksamkeit wanderte weiter zur dritten Leiche. Es war der Körper einer Frau, der ebenfalls sehr menschlich aussah. Sie hatte langes braunes Haar, das noch immer so schön war, wie an dem Tag als sie starb. Obwohl diese Frau schon seit Langem tot war, ging noch immer eine gewisse Schönheit von ihr aus.

Sweeney machte weitere Untersuchungen und erkannte, weshalb sich diese beiden Leichname von dem einen so stark unterschieden. Es war die gleiche Spezies, doch bei den menschlich Wirkenden gab es einen kleinen, jedoch gewichtigen Unterschied. Ihre DNA wies winzige Mengen menschlichen Erbgutes auf. Es hatte den Anschein, als hätten sie es hier mit Mensch-Neffa-reem-Hybriden zu tun.

Aus den Scans ging auch hervor, dass die Leichen der Neffa-reem älter waren als das Pykejonschiff. Wesentlich älter! Die sterblichen Überreste dieser drei Neffa-reem waren mehr als zehntausend Jahre alt. Das Schiff der Neffa-reem musste also schon Jahrtausende lang durchs All getrieben sein, bevor es von der CELOXELIJA gefunden wurde.

Erstaunlich! Diese Leichen waren zehntausend Jahre alt, doch keine

Spur von Zerfall. Wie war das möglich?

Die ganz große Überraschung gab es jedoch ein paar Tage später, als der Schiffsarzt Doktor Becker die von Sweeney gesammelten Daten näher untersuchte. Er entdeckte, dass die menschliche DNA im Genom des weiblichen Aliens zwar sehr große Ähnlichkeit mit der eines Homo sapiens aufwies, jedoch nicht vollständig identisch war. Das ließ den Schluss zu, dass sie von einer anderen Menschenart stammte. Becker ließ sich zur gewagten These hinreißen, dass der Homo sapiens erst durch die Kombination dieser DNA mit dem Genom der Aliens entstand.

Wenn sich diese These bestätigt, wäre das die größte Entdeckung aller Zeiten, würde es doch bedeuten, dass der Mensch von Außerirdischen abstammt.

Als Sweeney dies erfuhr, hatte er ein Gefühl, als würde es ihm die Füße vom Boden wegziehen. Diese Erkenntnis passte nicht in das Weltbild eines streng katholischen Iren.

Becker konnte die Ergebnisse seiner Untersuchung nicht mehr veröffentlichen. Er starb zwei Tage später unter mysteriösen Umständen. Die Aufzeichnungen wurden gelöscht.


»Gibt es etwas Neues bezüglich Scudmore?«, wollte Jethro wissen. Sweeney brauchte einige Sekunden, um in die Wirklichkeit zurückzufinden, reagierte träge auf Jethros Frage. »Was? Ach so, Scudmore! Im Moment gibt es nichts Neues.«

Jethros Blick war voller Skepsis. »Was du da machst, finde ich nicht gut?«

»Was findest du nicht gut?«, wollte Sweeney von seinem Freund wissen.

»Das Spielchen, das du mit Scudmore treibst. Es wäre besser, wenn dieser Thorri'korr – oder wie auch immer dieser kehhl'daaranische Kopfgeldjäger heißt – mit ihm kurzen Prozess macht.«

»Ich liebe es nun mal, mit meinen Opfern zu spielen«, rechtfertigte sich Sweeney.

»Die Katze soll nicht zu lange mit der Maus spielen, sonst entwischt die Maus«, gab Jethro zu bedenken.

Sweeney hörte ihm nicht weiter zu, seine Gedanken waren erneut in die Vergangenheit entschwunden. In die Wochen nach dem Vorfall.

Jene Entdeckung, die die ERWIN SCHRÖDINGER gemacht hatte, war von solcher Brisanz, dass sie auf Drängen des Senats von Pykejon als streng geheim eingestuft wurde. Die CELOXELIJA wurde geborgen und in eine Forschungseinrichtung in einem Sternensystem gebracht, das auf keiner Karte verzeichnet war. Dort wurde sie von Wissenschaftlern gründlich untersucht. Die Logbücher, soweit noch vorhanden, ausgewertet. Man erhoffte, dort einen Hinweis auf den Standort des Wracks des Neffa-reem-Raumschiffes zu finden. Es war sicherlich noch immer irgendwo dort draußen.

Als man Sweeney zum Chef des Space Navy Nachrichtendienstes ernannte, da wurden die Forschungsergebnisse für ihn zugänglich. Er erfuhr von Sektion O. Dadurch wusste er, dass seit der Entdeckung der CELOXELIJA geheime Forschungsexpeditionen überall im Spiralarm nach Hinterlassenschaften der Neffa-reem suchten, dass viele Erfindungen der letzten dreißig Jahre die Frucht dieser Suche waren. Es gab zahlreiche scheinbar tote Welten, die einst Kolonien der Neffa-reem waren. Auf ihnen hatte man wundersame Artefakte entdeckt.

Aus diesem Grund war Sweeney an Algol B III interessiert, denn er war sich sicher, dass die Neffa-reem auch hier waren. Er wollte auf dieser Welt Hinweise finden, Spuren, die zu einer Welt führen, nach der schon die Besatzung der CELOXELIJA gesucht hatte: die Heimatwelt der Neffa-reem – den Planeten der Götter!

Und er hoffte etwas über diesen riesigen Käfer, den man damals im Bauch der CELOXELIJA entdeckte, herauszufinden. War er identisch mit jener Kreatur, die vor beinahe fünf Jahren auf dem Planeten Montakeja eine Gruppe Archäologen und einen Trupp Space Rangers abgeschlachtet hat?

Er wollte hinter das Geheimnis des Monsters, das nicht genannt werden durfte, kommen.

# Zehn

Thijanus Raumwerft
24. Dezember 2299
15:46 ZULU-Zeit

Schlechte Laune hatte sich Dabulus bemächtigt. Und Schuld daran war einzig und allein Vizegroßadmiral Chaykin.

Seit zwei Tagen gab es keine Nachrichten von Curwen, zumindest ließ Chaykin ihm keine zukommen. Wenn Dabulus den Vizegroßadmiral nach dem Stand der Mission fragte, blockte dieser ab, sagte nur, dass er ebenfalls keine Informationen besaß.

Genau das machte Dabulus brummig. Er war überzeugt, dass Chaykin log, er mehr wusste, als er Dabulus sagen wollte. Und das wiederum bedeutete für Dabulus, dass etwas Übles vorgefallen war.

Er spürte es in seinen Knochen – Curwen schwebte in ernsthafter Gefahr. Und deshalb hatte Dabulus nicht nur üble Laune, er war auch beunruhigt. Missmut und Sorge – diese erbitterten Feinde des heiteren Gemüts setzen ihm momentan ordentlich zu.

Falls Curwen tatsächlich in ernsten Schwierigkeiten war, so konnte Dabulus ihm nicht helfen. Entgegen der früheren Abmachung hatte Chaykin ihm untersagt, mit der JIAXING nach Tschangan aufzubrechen. Womöglich sagte der Vizegroßadmiral ihm nichts, damit Dabulus nicht auf den dummen Gedanken kommt, schnurstracks nach Tschangan zu eilen, um seinen alten Kumpel aus den Fängen der Kehhl'daaraner zu befreien.

Verflucht sei Chaykin!

Vor dem exorbitanten Fenster, welches die gesamte Rückwand seines Büros einnahm, da stand Dabulus, das Gesicht voller Bitterkeit. Die rosa Augen blickten mit geringer Aufmerksamkeit zu den Docks. Er hatte einen Andockmast, an dem der Superdreadnought SAVANNAH verankert war, genau in seinem Blick. Das gewaltige Kriegsschiff war vor einer Stunde im Takaskejon-System eingetroffen.

Momentan befanden sich in den Thijanus Raumwerften mehr Schiffe als sonst üblich. Nicht verwunderlich angesichts der Tatsache, dass Takaskejon Aufmarschgebiet jenes riesigen Flottenverbandes war, der ins Ry'riona-System vorstoßen soll.

Neben dem Dreadnought war ein keilförmiges Raumschiff verankert. Die Außenhaut wies einen grünen Farbton auf, war mit ockerfarbigen und schwarzen Streifen verziert. In der Mitte des sphenoiden Rumpfes befand sich eine pulsierende blaue Kugel, am Heck wuchs ein Diskus heraus. Ein Schlachtschiff der Taan-Shanarr!

Die insektoide Rasse der Taan-Shanarr, Bewohner des Planeten Taan-Shanarr Rak-rolek Truk-tok Mel-kuksk, generell nur Taan-Shanarr Prime genannt – Dabulus empfand tiefe Abscheu gegenüber diesem Volk. Vor allem eine Person aus dem Volk der Taan-Shanarr hatte sich den Unmut des Space Navy-Admirals zugezogen. Der Erste Xankan Xu von Va-Ra-Ni Taan-Shanarr, Befehlshaber des Flottenverbandes der Insektoiden, welcher zurzeit im Takaskejon-System verweilte, war Ziel von Dabulus' Grimm.

Gestern Abend kam es zum ersten Treffen zwischen dem Pykejon und dem Taan-Shanarr. So wie die Diplomatie es verlangte, begegnete Dabulus dem Ersten Xankan mit gebührlicher Hochachtung.

Es war nicht leicht, den Schein von Respekt aufrecht zu halten, die wahren Gefühle zu verbergen – die Verachtung, die Bitternis.

Xu von Va-Ra-Ni Taan-Shanarr – inzwischen wusste Dabulus, dass der Name ein Adelstitel war, dieser Taan-Shanarr zu einem der bedeutendsten Adelshäusern auf Taan-Shanarr Prime gehörte – war ein schleimiger Pharisäer, wie die meisten Vertreter seiner Spezies.

Die Taan-Shanarr hatten den Ruf, eine Rasse von Opportunisten zu sein, deren Handlungen stets von der Überlegung, ob sie einen Vorteil brachten oder nicht, bestimmt wurden.

Das war auch das Motiv für ihren perfiden Bündniswechsel, nachdem sie fast fünf Jahre lang an der Seite der Kehhl'daaraner gekämpft hatten. Diesen niederträchtigen Aliens war die Erkenntnis gekommen, dass das Kehhl'daaranische Empire kurz vorm Zusammenbruch stand, sie nichts gewinnen konnten, wenn sie weiter auf der Seite der Echsen kämpfen würden. Also sind die den Kehhl'daaranern in den Rücken gefallen und kündigten die Waffenbrüderschaft kurzerhand auf. Bald darauf klopften sie bei der Union an der Tür.

Die Interstellare Union ging das neue Bündnis ohne zu zögern ein, etwas Besseres hätte dem Sternenbund nicht passieren können.

Viele hochrangige Vertreter der Space Navy waren der Meinung, dass der Krieg somit gewonnen war. Der Übermacht der Allianz aus

Union, Pon-Arikanern und Taan-Shanarr hatten die Echsen nichts entgegenzusetzen.

Dabulus war da skeptisch. Wie vertrauenswürdig waren die Taan-Shanarr als Alliierte? Wäre es nicht möglich, dass die Taan-Shanarr auch die Union hintergehen, wenn es sich für sie als vorteilhaft erwies? Dabulus traute den Taan-Shanarr nicht über den Weg.

Ja! Die Taan-Shanarr waren verlogen und opportun. Vor allem Xu von Va-Ra-Ni Taan-Shanarr, wie es für Dabulus den Anschein hatte. Dieser Taan-Shanarr hatte gestern Abend ein Glanzstück an Unredlichkeit und Opportunismus dargeboten. Die Schleimspur, die er zog, war gewaltig.

Die Diplomatie sagte Dabulus: Sei nett zu ihm! Sein Gefühl sagte ihm: Schmeiß den Taan-Shanarr bei der nächsten Luftschleuse hinaus.

Waren die Taan-Shanarr wirklich alle so? Schließlich war Xu von Va-Ra-Ni Taan-Shanarr der erste Taan-Shanarr, den Dabulus zu Gesicht bekam.

Was ihre Mentalität anbelangte, konnte Dabulus keine klare Aussage treffen, doch der Behauptung, dass sie sehr fremdartig aussahen, konnte er vollends zustimmen. Sie waren seltsame Wesen, die wie eine Kreuzung aus Krebs und Käfer wirkten.

Womöglich trug ihre physische Erscheinung Anteil an Dabulus' Ablehnung. Er ekelte sich vor Insekten.

Als wäre diese Unterredung nicht schon unerträglich genug gewesen, gab es am gestrigen Abend ein Treffen mit einem nicht minder unangenehmen Individuum – dem Ersten Kerashvu Amajik Mulusu vom 4. Illiniku der föderativen Raummarine von Pon-Arik. Während der Taan-Shanarr ein gottverdammter Speichellecker war, zeichnete sich der Pon-Arikaner durch eine für seine Rasse charakteristische Arroganz aus.

Die Pon-Arikaner waren der Überzeugung, die älteste und fortschrittlichste Kultur in diesem Teil der Galaxis zu sein. Dieses Dogma hatte den Dünkel zur Folge, sich für etwas Besseres zu halten.

Es war nicht leicht, mit einem Pon-Arikaner auszukommen, den ihre Herablassung konnte einem zur Weißglut bringen. Vor allem einen leicht erregbaren Pykejon.

Dabulus musste bei dem Treffen gestern all seine Willenskraft aufbringen, um zu verhindern, dass sein pykejonisches Temperament mit ihm durchging. Das hätte der grazile Ichthyoid nicht überlebt.

Der Taan-Shanarr, der Pon-Arikaner – beide hatten Dabulus den letzten Nerv geraubt.

Widerstrebend musste er sich jedoch eingestehen, dass diese zwei Nervenräuber auch ihre Vorzüge hatten. Xu und Mulusu galten als hervorragende Strategen, vor allem der Pon-Arikaner hatte einen exzellenten Ruf. Mulusu war nicht nur der Befehlshaber des 4. Illiniku, sondern auch oberster Militärberater des Göttlichen Kaisers Hurushu XXII. Das Oberhaupt der Pon-Arikaner vertraute in militärischen Fragen auf das Wort Mulusus. Mulusu hatte schon mehrere Male das Kommando über kombinierte Streitkräfte von Union und Pon-Arikanern übernommen, und auch den Vorstoß ins Ry'riona-System soll er zusammen mit Admiral Eevi Virtanen anführen.

Dabulus rümpfte angewidert die Nase. In der Luft waren noch deutliche Spuren der Zusammenkunft mit dem Pon-Arikaner auszumachen. Obwohl die Luftumwälzpumpen mit Maximum arbeiteten, lag nach wie vor ein penetranter Fischgeruch im Raum. Die Spuren der Ausdünstungen der Pon-Arikaner, als Ichthyoide verströmten sie nun mal einen recht intensiven Fischgeruch.

Dabulus wandte sich vom Fenster ab, tigerte unruhig herum.

Er hatte keine Ahnung, wie er handeln sollte. Sich an seine Befehle halten und einen Mann in Stich lassen, für den er fast ein Vater war, oder doch lieber die Anordnungen Chaykins ignorieren und Curwen zur Hilfe kommen?

Was soll er tun?

Bei Aless Belkus! Verdammt! Er wusste nicht einmal, ob Curwen wirklich in Gefahr schwebte. Er vermutete es bloß. Wegen einer dumpfen Ahnung Befehle zu missachten und sich auf eine riskante Mission nach Tschangan zu begeben, war wohl nicht das Klügste.

Ein leises Zirpen klang auf. Dabulus' Kopf fuhr herum. Das Zirpen kam vom Computerterminal auf seinem Schreibtisch.

Dabulus schritt, jede Menge Wut mit sich schleppend, zum Schreibtisch. Mit der rechten Hand fuhr er über die Tischplatte.

Es gab die verschiedensten Computermodelle mit den unterschiedlichsten Eingabemöglichkeiten. Die einen besaßen eine klassische Tastatur, andere konnte man mit der Sprache steuern, es gab auch

Computersysteme, die man mittels Gedanken steuern konnte – ein System, welches sich nie wirklich durchsetzen konnte – oder eben Computer, die per Gesten bedient wurden. Dabulus bevorzugte das Letztere, weshalb er den alten Terminal mit Tasteneingabe durch einen mit Eingabe per Gesten ersetzen ließ.

Ein holografischer Bildschirm war über dem Tisch erschienen. Mittels einer weiteren Handbewegung öffnete Dabulus eine Datei. Für einige Sekunden verschwand der holografische Bildschirm. Dabulus war darüber nicht überrascht, bei dieser Art von Datei war das zu erwarten. Als das Bild wieder stand, erblickte Dabulus das, was er erwartet hatte, einen Text in der Sprache der Pykejon. Er las ihn aufmerksam durch. Was ihm sein Meister mitzuteilen hatte, war eine ziemliche Überraschung. Ihm fiel es schwer, es zu glauben, doch wenn die alten Schriften dies sagten, musste es stimmen.

Nun hatte Dabulus keine Zweifel mehr. Nun wusste er genau, was zu tun war.

## Elf

Farak'shhe ne Kharr
Hauptstadt des Kehhl'daaranischen Empire
24. Dezember 2299

Es war ein herrlicher Tag auf Kehhl'daar Prime. Die Luft angenehm warm, die Sonnen standen im Zenit. Ihre wohlig wärmenden Strahlen prickelten auf S'leras geschuppter Reptilienhaut. Wie andere Reptilien auch empfanden Kehhl'daaraner Sonnenschein als überaus erfrischend.

Die junge Kehhl'daaranerin schlenderte durch den weitläufigen Garten des Palastes. Bunte Insekten umschwirrten sie, von irgendwo her erschallte der keckernde Laut eines Xocc'lla-Vogels.

Spaziergänge durch die Parkanlagen zählten zu den wenigen Vergnügungen, die ihr graues Dasein im Shhe'mahhl'taar mit ein wenig Farbe anreicherte, ein wenig Glück ihre geschundene Seele schmeichelte. Das wenige Glück, das ihr noch geblieben war.

Doch nicht an diesem Tag. Heute war sie voller Unruhe, das Gefühl von Gleichmut wollte sich nicht einstellen. Es waren diese Worte

Anaka'ruuhns bezüglich ihres Vaters, die dafür sorgten, dass sich Kümmernis in ihrer Psyche einnisten konnte. Die Befürchtung, dass Anaka'ruuhn ihrem Vater etwas Schreckliches antun könnte, hatte von S'lera Besitz ergriffen, ließ den an sich in bunte, leuchtende Farben gebadeten Garten in ihrem Auge in fahle, schwerfällige Kolorite ersaufen.

Bedächtig spazierte sie über den gepflasterten Weg zu einem Teich, der ihr besonders gut gefiel. Schon viele Male hatte sie ihm einen Besuch abgestattet.

Sie blieb am Ufer stehen, blickte über die Wasseroberfläche, erspähte ihr Spiegelbild.

Das Gesicht, welches sie wahrnahm – es kam ihr so seltsam fremd vor. Es war ihr, als sehe sie nicht ihr Ebenbild im Wasser, sondern das Gesicht einer anderen Person, die vom Grund des Teiches zu ihr hinauf blickte. Eine Empfindung, die nicht zum ersten Mal über sie kam. In all den Jahren der Gefangenschaft wurde sie sich selbst fremd. Der tägliche Kampf mit dem grausamen Schicksal raubte ihr körperliche und seelische Kräfte. Sie war nicht mehr das junge Mädchen, das zur Uni ging, um etwas aus sich zu machen. Sie war eine vorzeitig gealterte Frau, die sich manchmal wünschte, dass das Leben bald aus ihr entweiche, damit der ewig erscheinende Schmerz endlich ein Ende findet.

Sie entdeckte neben ihrem Spiegelbild etwas durch Wasser huschen. Einen Fisch mit violetten Schuppen, die gelb gesprenkelt waren, der zudem seltsame Stielaugen besaß. Die Kehhl'daaraner nannten diese Fische Quaal'saas.

Sie entsann sich, dass es diese Kreaturen auch in einem Weiher in der Nähe ihres Elternhauses auf Xiri'ählä gegeben hat.

Xiri'ählä! Die Kolonie, in der sie geboren wurde und aufwuchs, jene Welt, die von der Union verwüstet wurde. S'lera empfand keinen Hass gegen die Interstellare Union, denn was dort geschah, war die Reaktion der Völker der Union auf all die Verbrechen, welche die Kehhl'daaraner gegen sie verübt hatten. Sie wusste von der jahrhundertelangen Unterdrückung der Vicardaner, von den Repressalien gegenüber den Tschanganern und von den Kriegsverbrechen an d-goriaanischen Zivilisten während der Kämpfe um den d-goriaanischen Sektor. S'lera kannte die Grausamkeiten ihres Volkes.

Sie hätte allen Grund, die Union zu hassen, schließlich starb auch ihre Mutter auf Xiri'ählä. Doch S'lera war der Ansicht, dass es nicht die Space Navy war, die ihre Mutter tötete, sondern Anaka'ruuhn, denn er hatte jenen grausamen Krieg von Zaun gebrochen, dem auch S'leras Mutter zum Opfer fiel.

Sie vernahm Schritte in ihrer Nähe und Stimmen – Stimmen zweier Männer, die sie zu ihrem Leidwesen sehr gut kannte. Anaka'ruuhn und sein engster Vertraute, Saara'kidin, waren auch hier.

Sie verachtete diesen sinistren Saara'kidin genauso wie seinen Herrn. Saara'kidin war ein machthungriger Opportunist, der sich immer dort aufhielt, wo die Macht war. Anaka'ruuhn repräsentierte die Macht.

S'lera versteckte sich geschwind hinter einem Busch, die beiden durften unter keinen Umständen wissen, dass sie hier war.

»Ich hoffe, alles läuft nach Plan?«, lauschte sie Anaka'ruuhns Stimme.

»Bestens! Die Falle wird bald zuschnappen. Ich versichere dir, oh K'korr, die Union wird eine Überraschung erleben, die sie nie vergessen wird.«

»Freut mich zu hören!«, reagierte Anaka'ruuhn gut gelaunt.

Was musste S'lera da erfahren? Eine Falle für die Union? Es schien, als schwebte nicht nur ihr Vater in großer Gefahr, sondern auch die Union. Anscheinend plante Anaka'ruuhn etwas, das für die Union verheerend sein könnte. Hatte Anaka'ruuhn einen geheimen Plan, mit dem er hoffte, den Krieg doch noch zu gewinnen?

Wenn sie doch nur was unternehmen könnte.

Wo bei Kehhl'tak, dem Vater aller Kehhl'daaraner, war ihr Geliebter? Sie brauchte seine Hilfe. Dringend!

»Wieso verstecken Sie sich hinter einem Gebüsch, Lady S'lera?«, vernahm sie jäh eine harsche Stimme. Der Schreck fuhr ihr in die Glieder. Sie fuhr auf, wirbelte herum. »Kahh'kre Laka'ran! Was tun Sie denn hier?«, fragte sie, als sie den Mann, der sie erschreckt hatte, erkannte.

»Das kann ich Sie genauso fragen«, entgegnete Laka'ran streng.

»Ich war spazieren.«

»Und weshalb verstecken Sie sich?« Sein Blick verdüsterte sich, als er Anaka'ruuhn und Sara'kidin erblickte. »Ich verstehe«, brachte er gepresst hervor.

»Wissen Sie etwas von einem Plan, der Union schweren Schaden zuzufügen?«, wollte S'lera von Laka'ran wissen.

»Nein!«, entgegnete Laka'ran kurz angebunden. »Ich gehe jetzt lieber, bevor die beiden auf mich aufmerksam werden. Sie sollten auch verschwinden, Lady S'lera. Es könnte unangenehme Folgen haben, wenn Anaka'ruuhn den Verdacht bekommt, dass wir ihn und Sara'kidin belauscht haben.«

Lara'ran entfernte sich im Laufschritt.

Zorn stieg in S'lera hoch. Laka'ran könnte ihr helfen, doch wird er es nie tun. Zu groß war seine Furcht vor der Schande eines frühen Todes. *Feigling,* dachte sie schmählich.

## Zwölf

Das erste, was Curwen verspürte, als die Bewusstlosigkeit von ihm wich, war der pochende Schmerz hinter der Stirn. Er breitete sich schnell auf den ganzen Kopf aus.

Er dröhnte.

In dem Moment kam es ihm vor, als befände sich oberhalb seines Halses kein Schädel sondern eine Glocke, die in Schwingungen versetzt worden war. Gepeinigtes Stöhnen.

Der Blick war getrübt. Er nahm seine Umgebung durch einen milchigen Schleier wahr. Er konnte kaum Konturen ausmachen.

Als nach einer gewissen Zeit die Trübung von seinen Augen wich, da wurde ihm gewahr, dass er sich in einem Raum mit sterilen weißen Wänden befand. Er erfasste mit seinen wieder erwachten Sinnen eine schlichte Holztür, die mit einem simplen Vorhangschloss verriegelt war. Davor ein einfacher Stuhl. Mehr konnte er nicht ausmachen, denn er sah sich außerstande, sich zu bewegen.

Erst jetzt wurde ihm bewusst, dass er sich in einem Bett befand, auf dem Bauch liegend. Die Hände auf dem Rücken gefesselt, die Füße ebenfalls verschnürt, der Kopf ruhte auf der Seite mit Blick auf eben jene Tür und dem Stuhl.

Als er so auf dem Bett lag, fühlte er sich wie ein Paket.

Zahlreiche Gedanken gingen ihm durch den Kopf.

Wer war dieser Kehhl'daaraner? Was tat er hier unter all den Tschanganern? Und was war mit Thenga geschehen?

Er registrierte ein Geräusch, das verdächtig nach dem Quietschen der rostigen Beschläge einer sich öffnenden Tür klang.

Es musste noch einen anderen Zugang zu diesem Raum geben, denn die Tür, die er erblicken konnte, blieb zu.

Er hörte Schritte. Jemand war in den Raum gekommen. Doch Curwen konnte diesen jemand nicht erblicken, der Besucher befand sich außerhalb seines Gesichtskreises. Noch!

Der Unbekannte bewegte sich an ihm vorbei. Er sah nur Füße, Gesäß und Rücken.

Erst als der Besucher sich entfernte, sich auf den Stuhl setzte, da wurde Curwen die Identität der Person offenbart. Es war jener geheimnisvolle Kehhl'daaraner.

Er blickte den Terraner finster an. Dann wandte sich der Kopf herum. Der Mysteriöse richtete das Augenmerk auf die Tür hinter ihm. »Gut, dass meine Männer Sie sorgfältig verschnürt haben. Diese Tür führt nämlich ins Freie und ich möchte nicht, dass Sie uns verlassen. Jedenfalls jetzt noch nicht. Erst will ich Antworten auf einige Fragen.«

»Ich auch!«, konterte Curwen streitbar.

Der Kehhl'daaraner knurrte verärgert, sprang vom Stuhl auf, brachte in wenigen Schritten die Entfernung zwischen ihm und Curwen hinter sich. Er packte den Menschen beim Schopf, riss den Kopf hoch. Sein Gesicht war dem von Curwen sehr nah. Der Terraner sah dem Kehhl'daaraner tief in die gelben Reptilienaugen.

»Hier stelle nur ich die Fragen!«, zischelte der Reptiloid. Seine Finger lösten sich von Curwens Haaren. Der Kopf fiel unsanft auf die Matratze zurück.

Der Kehhl'daaraner setzte sich wieder auf den Stuhl. Ein resigniertes Seufzen kam zwischen den Lippen hervor. »Tut mir leid. Mit mir sind die Nerven durchgegangen.«

Curwen hatte das Gefühl, sich im falschen Film zu befinden. Sollte das eben eine Entschuldigung sein?

»Ich bin hierhergekommen, um dem Chaos im Spiralarm zu entfliehen, um weitab von all den Kriegen ein ruhiges, beschauliches Leben zu führen«, sprach Curwens Gegenüber nun in einem gedämpften Ton, der von seelischem Schmerz durchdrungen war. »Doch Sie haben dafür gesorgt, dass damit Schluss ist. — Captain

Zebediah Jonah Curwen!«

Der Schrecken durchfuhr Curwen wie ein Stromstoß. Der Kehhl'daaraner wusste, wer er war!

Im Gesicht des Kehhl'daaraners erschien ein triumphierendes Lächeln. »Ja! Ich weiß genau, wer Sie sind, trotz Ihrer Verkleidung.

Diese Tarnung ist genial. Vor allem der Geruchsblocker ist schlau ausgedacht. Trotzdem war es für mich ein Leichtes, festzustellen, dass Sie und Ihr Begleiter keine Raccaner sind.

Einfache Scanner kann man mit falschen Biosignalen täuschen. Ich habe jedoch eine gründliche Zellanalyse vorgenommen und so herausgefunden, dass Sie Menschen sind. Die DNA lügt nicht. Zudem funktioniert der Geruchsblocker nur eine gewisse Zeit, irgendwann schlägt Ihr wahrer menschlicher Geruch durch. Kehhl'daaranische Nasen lassen sich nicht so leicht betrügen.«

»Na gut! Sie haben dadurch herausgefunden, dass wir keine Raccaner sind. Wie ist es Ihnen jedoch gelungen, mich als Zebediah Curwen zu identifizieren?«

»Das war einfach. Ich habe ein Bild von Ihnen gemacht und anschließend den Computer damit beauftragt, ihr ursprüngliches Erscheinungsbild zu rekonstruieren. Als ich das Ergebnis hatte, wusste ich sofort, wer Sie sind. Jeder Rakk'kre in der imperialen Flotte kennt Sie.«

»Schön! Sie wissen, wer ich bin, ich aber nicht, wer Sie! Damit haben Sie einen Vorteil mir gegenüber.«

»Sie enttäuschen mich!«, reagierte der Kehhl'daaraner mit gespielter Entrüstung.

»Es tut mir leid. Ich weiß wirklich nicht, wer Sie sind. Das kommt aber wahrscheinlich davon, dass ihr Kehhl'daaraner für uns Menschen alle gleich aussieht.«

Gelächter erschallte aus dem Mund des Kehhl'daaraners. »Komisch. Dasselbe behaupten meine Leute auch von euch Menschen. Das kommt wahrscheinlich davon, dass wir ein Volk sind, das seine Umgebung mehr durch den Geruchssinn wahrnimmt als durch Sehen oder Hören. Und Menschen haben keine ausgeprägte individuelle Duftmarke wie Kehhl'daaraner, die riechen alle so ziemlich gleich.«

Er machte eine theatralische Pause, um den Worten, die nun folgten, die besondere Würze zu geben.

»Wenn Sie nicht wissen, wer ich bin, muss ich es Ihnen wohl sagen.«
Eine weitere Pause. Der Kehhl'daaraner machte es spannend.

»Ich bin – Ke'hinuc!«

Die Überraschung war gelungen, *das* hatte Curwen nicht erwartet.

»Ke'hinuc? Ich dachte Sie seihen tot.«

»Wie Sie sehen, bin ich sehr lebendig. Ich habe meinen Tod lediglich vorgetäuscht, um meine Ruhe vor der imperialen Flotte zu haben.«

»Thenga hat recht, Sie sind ein Renegat. Sie haben sich hier versteckt, um nicht gefunden zu werden.«

Es war offensichtlich, dass der Mann ein Fahnenflüchtiger war, doch war er auch Ke'hinuc? Behaupten konnte man viel, und Curwen hatte keine Möglichkeit, diese Behauptung zu überprüfen. Also musste er sie akzeptieren.

Ke'hinuc nickte. »Ihnen ist wohl klar, dass Sie mich in große Schwierigkeiten gebracht haben.«

Curwen wusste, wie Ke'hinuc das meinte. Die imperialen Truppen waren auf der Suche nach ihm und Thenga. Die Möglichkeit, dass sie im Verlauf der Suche über diese Farm stolpern, war gegeben. Wenn die imperialen Soldaten herausfinden, wer sich auf diesem Landgut versteckt hielt, war es um Ke'hinuc geschehen.

Schuldgefühle knapperten leicht an seinem Gewissen. In gewisser Weise war es seine Schuld, dass sich dieser Kehhl'daaraner nun in Gefahr befand.

Ke'hinuc erhob sich, zog ein Messer aus der Scheide seines Waffengurts.

Langsam trat er zu Curwen, das Messer drohend erhoben.
Curwen wurde nervös. Was hatte der Kehhl'daaraner vor? Ke'hinuc wird ihn doch nicht etwa töten? Nervosität verwandelte sich in Panik.

»Was haben Sie mit dem Messer vor?«, brüllte er entsetzt.

Ke'hinuc antwortete nicht. Grimmiger Blick.

Das Messer schnitt durch die Luft.


Manik Maathavi nestelte seine Uniformjacke auf, schmiss sie achtlos aufs Sofa. Dann begab er sich ins Badezimmer. Seine Hände fuhren unter den Wasserhahn, Wasser begann, hervorzusprudeln. Er benetzte sein Gesicht damit. Für eine Weile betrachtete er sich im

Spiegel. Im Gesicht zeigten sich ein paar Falten, vor allem um die Augen herum. Altersbedingte Falten, wie er zu seinem Verdruss eingestehen musste. *Manik! Ich glaube, du wirst langsam alt*, dachte er sich. Er verließ das Badezimmer wieder, begab sich zur Koje. In einem Fach unter dem Bett befand sich ein Koffer. Er holte ihn hervor, öffnete ihn. In ihm befanden sich persönliche Gegenstände: Hemden, Unterhosen, Hygieneartikel. Doch das war nur die halbe Wahrheit. In einem Geheimfach darunter lagerten Waffen, Spezialcomputer und jede Menge anderes Spielzeug eines Agenten.

Er nahm seine MWP-45-A Mikrowellenpistole heraus, überprüfte die Waffe. Das war eigentlich nicht nötig, diese Pistolen waren ziemlich zuverlässig. Es war ein Splen von ihm, sie jeden Tag zu überprüfen.

Nachdem er mit der Überprüfung fertig war, zufrieden feststellte, dass sie hervorragend im Schuss war, nahm er einen Datenkristall aus einem Lederbeutel.

Mit dem Kristall in der Hand schritt er zum Schreibtisch, legte ihn dort ab. »Decodieren!«, raunte er.

»Beginne mit der Decodierung«, bestätigte eine Computerstimme.

Manik Maathavi ließ sich in einen Stuhl sinken und wartete, bis der Computer fertig war.

Er musste nicht lange warten. Schon nach zwei Minuten meldete der Computer: »Decodierung beendet.«

»Zeig mir die Bilder!«, befahl Maathavi.

Kaum waren diese Worte ausgesprochen, da hing schon ein verwaschenes Bild in der Luft. Es zeigte eine Wüstenlandschaft, am Himmel hing eine rote Sonne. Im Zentrum der Aufnahme befand sich ein unförmiges Geländefahrzeug, mehrere Menschen in Raumanzügen davor. Doch das alles war für Maathavi nicht von Bedeutung. Wichtig war nur der unscheinbar wirkende Stein im rechten Bildausschnitt. Er gab dem Computer den Befehl, diesen Ausschnitt zu vergrößern.

»Hm!«, brummte er, als er den Stein exakt im Blickwinkel hatte. Es war eine Stele voll mit Schriftzeichen. Interessant, doch nicht außergewöhnlich. Er hatte keine Ahnung, weshalb seine Vorgesetzten wegen dieser Entdeckung so aus dem Häuschen waren.

Er rief ein weiteres Bild auf, das von der Expedition, die vor zwei Monaten auf Kapteyn b war, gemacht wurde. Als er das Bild sah, verstand er.

Die Klinge durchtrennte – die Fesseln!

Curwen entwich ein Stoßseufzer der Erleichterung. Diese spiegelte sich deutlich in seinem Gesicht, jedoch auch Verwirrung. Denn ehrlich gesagt: Er hatte in dem Moment, in dem Ke'hinuc mit dem Messer auf ihn zukam, fest damit gerechnet, dass der Kehhl'daaraner sein Lebenslicht löscht.

Der Kehhl'daaraner lachte hämisch. »Haben Sie tatsächlich gedacht, dass ich Sie töte?«

»Ich muss gestehen, das habe ich«, brachte Curwen gepresst hervor. Er setzte sich auf, massierte sich die Handgelenke, in die die Fesseln tiefe Abdrücke hinterlassen hatten.

»Ich bin ein ehrenwerter Mann. Ich töte keine wehrlosen Leute«, kam in Ke'hinuc die Entrüstung hoch.

Dass der Mensch ihm einen kaltblütigen Mord zutraute, schien den Kehhl'daaraner zu kränken.

»Weshalb haben Sie mich freigelassen? Sie hätten mich hier liegen lassen können, bis die imperialen Truppen auftauchen, während Sie sich aus dem Staub machen.«

»Sie sind nicht mein Feind«, begründete Ke'hinuc seine Tat.

»Ich bin ein Mensch! Menschen und Kehhl'daaraner sind schon seit Jahrzehnten Todfeinde.«

Die Stimme war ernst, die Miene düster, als Ke'hinuc antwortete. »Sich Ihr Volk zum Feind zu machen, war der größte Fehler, den wir Kehhl'daaraner je gemacht haben. Und wofür? Um einen Planeten an der Unabhängigkeit zu hindern, der für das Empire längst verloren war!«

Curwen wusste, auf was Ke'hinuc anspielte.

Im Grunde trug die Interstellare Union Schuld an der Feindschaft mit den Kehhl'daaranern, hatte sie doch im Unabhängigkeitskampf der Vicardaner für dieses Volk Partei ergriffen, was die Kehhl'daaraner den Menschen und ihren Verbündeten nie verziehen.

»Das Empire ist mein wahrer Feind, das Empire von Anaka'ruuhn III.« Die Worte waren erfüllt mit Zorn und Verbitterung.

»Klingt so, als wären Sie kein Freund von Anaka'ruuhn.«

»Anaka'ruuhn ist ein großes Unglück für das Empire. Er ist für das

Kehhl'daaranische Empire das, was Nero für das Römische war. Ein Irrer, der völlig unfähig ist zu regieren und deshalb sehr viel Schaden anrichtet.«

Wieder einmal wurde Curwen von diesem Kehhl'daaraner überrascht.

»Für einen Kehhl'daaraner kennen Sie sich erstaunlich gut mit irdischer Geschichte aus.«

»Als ich noch Kahh'kre  Ersten Grades der imperialen Flotte war, sah ich es als meine Aufgabe an, den Feind kennenzulernen. Wenn man weiß, wie er denkt, kann man auch erahnen, wie er kämpft«, verdeutlichte Ke'hinuc. »Und deswegen weiß ich auch, dass heute eins der höchsten religiösen Feste bei jenen Menschen gefeiert wird, die sich zum christlichen Glauben bekennen. Ich glaube, es wird Weidnachten genannt.«

»Weihnachten«, korrigierte Curwen.

Heute war der 24. Dezember. Curwen war sich dessen bis gerade eben gar nicht im Klaren. Der permanente Kampf ums Überleben hatte ihm das Zeitgefühl geraubt. Hinzu kam, dass er keine Ahnung hatte, wie lange er ohne Bewusstsein war. Ke'hinuc konnte da sicher für Aufklärung sorgen.

»Wie lange war ich weg?«

»Fast einen ganzen Tag. Der Betäubungsstrahl war etwas stärker als beabsichtigt«, gab Ke'hinuc breitwillig Auskunft. »Ich weiß zwar nicht, wie dieses Weihnachten gefeiert wird, aber ich bin mir sicher, dass ein Festmahl dazugehört. Ich habe deswegen eins für Sie und Ihren Kameraden zubereiten lassen. Sie sind sicher hungrig.«

Hatte Curwen richtig gehört? Zuerst wird er betäubt, wie ein Paket verschnürt, dann lädt der Kehhl'daaraner ihn zum Essen ein. Ein sonderbares Verhalten vonseiten des Kehhl'daaraners. Oder steckte irgendeine Absicht dahinter? Doch welche? Was bezweckte der Kehhl'daaraner mit dieser plötzlichen Freundlichkeit?

Curwen misstraute ihm so, wie er jedem Kehhl'daaraner misstraute. Die Echsen hatten nun mal den Ruf, verschlagen zu sein.

Ke'hinuc muss ein Telepath sein, denn genau in dem Augenblick sagte er: »Sie trauen mir nicht über den Weg.«

Curwens Antwort bestand lediglich aus einem Nicken. Sein Blick war hart.

»Ich sehe es an Ihren Augen.«

Telepathie war nicht vonnöten, um die Gedanken von Zeb. J. Curwen zu kennen. Wer Körpersprache deuten konnte, wusste, was sich im Kopf seines Gegenüber abspielte. Curwens Mimik hatte eine deutliche Sprache. Die zusammengekniffenen Lippen, der frostige Blick, die gefurchte Stirn: ›Ich kann dich nicht ausstehen!‹

Dem Kehhl'daaraner kam ein gefrustetes Stöhnen über die lindgrünen Lippen. »Ich kann Ihnen Ihr Verhalten nicht übel nehmen. Ich an Ihrer Stelle wäre auch mehr als argwöhnisch, wenn ein Mensch mich zu einem Mahl einlädt. Das Misstrauen zwischen unseren Völkern ist angesichts all der schlimmen Dinge, die geschehen sind, verständlicherweise ziemlich groß.«

Curwen grunzte verächtlich. Seine Gesichtsmuskeln verkrümmten sich zu einem spottsüchtigen Lächeln. »Vertrauen muss man sich verdienen. Misstrauen auch.«

»Was wollen Sie damit sagen?«, forschte Ke'hinuc. »Dass wir Kehhl'daaraner das Misstrauen verdient haben?«

»Ich kenne euren Ruf.«

»Sie wissen gar nichts … Curwen!«, zürnte Ke'hinuc. »Alles was Sie über die Kehhl'daaraner wissen oder zu wissen vorgeben, beruht auf Propaganda. Sie wissen bei Kehhl'tak einen Dreck über mein Volk.« Er fletschte die Zähne, knurrte. Das Gesicht — ein Sinnbild des Zorns.

Er zog kräftig Luft ein, ließ sie prustend gleich wieder heraus. Der Zorn ebbte ab.

»Ich werde Ihnen zeigen, dass die Kehhl'daaraner nicht so sind, wie Sie denken.«

»Da bin ich aber gespannt«, entgegnete Curwen spitz.

»Ich werde Sie bewirten und dann ziehen lassen. Niemand wird Sie aufhalten. Ich denke, das ist der beste Beweis dafür, dass ich keine feindlichen Absichten hege. Wenn ich Ihrer Tod gewollt hätte, wären Sie schon längst tot. Denken Sie darüber nach.«

»Ja, ich lebe noch! Doch, was ist mit meinen Kameraden? Vielleicht haben Sie ihn bereits töten lassen und mich nur deshalb verschont, weil Sie etwas von mir wollen. Und sobald Sie es haben, werden Sie auch mich töten lassen.«

Ke'hinuc lachte. »Ach, Sie Mensch! Sie sind geradezu paranoid. Hat

Ihnen das schon mal wer gesagt?«

Ke'hinucs Worte ohrfeigten Curwen. Der Vorwurf lastete schwer, weil der Kehhl'daaraner nicht der Erste war, der ihn äußerte.

»Sein Sie nicht in Sorge um Ihren Freund. Er ist wohlauf. Er ist früher erwacht und sitzt bereits an der Tafel.« Ke'hinuc vollführte eine einladende Geste. »Er wartet darauf, dass Sie zu ihm stoßen.«

*Das glaube ich erst, wenn ich ihn sehe!*, dachte Curwen zerknirscht. Er verfluchte sich für diesen Gedanken. Da war es wieder, dieses tiefe Misstrauen, welches so mancher als Paranoia definierte.


Curwen und sein Gastgeber Ke'hinuc traten durch ein Portal hindurch in einen großen Raum. Die Wände waren holzverkleidet, sechs hölzerne Säulen trugen das Gebälk, von der Decke hing ein Kronleuchter herab. Unter ihm stand ein rechteckiger Tisch, um ihn herum ein Dutzend Stühle. Eindeutig der Speisesaal des Anwesens.

Der Tisch war festlich gedeckt, von köstlichen Gerichten geradezu überfrachtet.

»Mein Koch hat sich die Mühe gemacht, ein Mahl nach Ihrem Geschmack zuzubereiten. Ich hoffe, dass es ihm gelungen ist.«

Curwens Blick wanderte über den Tisch. Er erblickte ein Speisetablett, auf dem mehrere Steaks lagen, daneben eine Schüssel mit Pommes und eine mit Salat.

»Wo haben Sie dieses Zeug aufgetrieben?«, fragte Curwen erstaunt.

»Diese Speisen sind nicht echt, es sind künstliche Repliken«, erklärte Ke'hinuc mit Bedauern. »Ich hoffe, dass sie trotzdem das Aroma haben, an das Sie gewohnt sind.«

Curwen erblickte Thenga am ihm gegenüberliegenden Ende des Tisches. Er saß dort ganz seelenruhig und ließ sich das Essen sichtlich munden. Curwen erlaubte sich ein Schmunzeln. Typisch Thenga! Der Mann war ein Vielfraß. Er hatte nie verstanden, wie ein Mensch soviel Nahrung zu sich nehmen konnte und trotzdem gertenschlank blieb. Thenga war ein Phänomen.

»Schmeckt aber nicht danach. Ganz im Gegenteil! Diese Steaks sind die Besten, die ich je gegessen habe«, gab Thenga mit vollem Mund einen schmeichelhaften Kommentar ab.

Curwen fand Thengas Verhalten unmanierlich. Seine Mutter hatte ihm strenge Tischregeln beigebracht, die von Thenga gerade auf

Gröbste missachtet wurden.

»Hat dir deine Mutter nicht beigebracht, dass man nicht mit vollem Mund spricht?«, tadelte er seinen Kumpan.

»Nein! Ich hatte wie du weißt nie ein. Und nun setzt dich zu mir und nimm einen Happen zu dir. Das Essen ist, wie ich schon sagte, fantastisch.«

Widerwillig setzte sich Curwen zu seinem Kameraden.

Er war zwar am Verhungern, wollte trotzdem nur ungern etwas von diesem Kehhl'daaraner annehmen. Er fühlte sich nicht wohl dabei.

Gewichtiger Blick zu Thenga, geflüsterte Worte. »Findest du das richtig?«

»Was?«

»Diesem Kerl da zu vertrauen.« Er warf einen diskreten Blick zu Ke'hinuc, der am anderen Ende des Tisches Platz genommen hatte.

»Sie brauchen nicht zu tuscheln. Ich kann zwar nicht hören, was Sie sich da zuflüstern, jedoch kann ich es mir denken.«

»Wirklich? Sie können wohl nicht aufhören, Telepath zu spielen!«, antwortete Curwen bissig.

Der Kehhl'daaraner verzog den Mund zu einem kaustischen Lächeln. »Ich bin Kehhl'daaraner, kein Kehhl'sherraner. Telepathie gehört nicht zu meinen Fähigkeiten. Doch ich bin gut darin, die Gesten meines Gegenüber zu deuten. Das hat mir in der Zeit, als ich noch Kahh'kre war, sehr geholfen. Und Sie sind ein leicht zu durchschauender Mann … Curwen!«

»Ach! Ist das so?«, erwiderte Curwen pikiert. So wie der Kehhl'daaraner die Worte formuliert hatte, klang es für Curwen so, als würde er den Menschen für ein schlichtes Gemüt halten. Er fühlte sich von Ke'hinuc beleidigt.

»Worüber haben wir beide gerade gesprochen?«, erwiderte er aggressiv.

»Sie fragten Thenga, ob es richtig ist, mir zu vertrauen.«

»Und? Können wir das?«

»Sie drehen sich im Kreis, Mister Curwen. Ich habe bereits zweimal versucht, Ihnen deutlich zu machen, dass ich keine feindlichen Absichten verfolge. Ich bin kein imperialer Offizier mehr, sondern ein einfacher Farmer, der hier in Ruhe Feldfrüchte kultivieren will. Sie, die Union, das Empire, – der Krieg! – interessieren mich nicht. Das alles gehört zu einem anderen Leben, das schon lange hinter mir liegt.« Bitternis belegte Ke'hinucs Stimme. Er versuchte diesem bornierten Terraner klarzumachen, dass es nichts zu befürchten gab. Doch allem Anschein nach gab es derart viel Hass und Misstrauen in ihm, dass diese Worte nicht in ihn dringen konnten. Die Barrieren, die Curwen, errichtet hatte, waren zu hoch.

»Sie müssen meinen Kumpel entschuldigen«, stieg Thenga in die Diskussion ein. »Zebediah Curwen ist das Misstrauen in Person.«

»Und du die Gutgläubigkeit«, schoss Curwen ergrimmt zurück. »Du lässt dich von diesem Kehhl'daaraner bewirten, als wärst du bei einem Freund zu Gast. Doch das ist er nicht. Er ist der Feind! Ungeachtet der freundlichen Worte, mit denen er uns umschmeichelt.«

Er wandte den Kopf. Ein feuriger Blick zu Ke'hinuc. »Sie wollen uns bewiesen, dass die Kehhl'daaraner ihren schlechten Ruf nicht verdient haben, doch ich sage, dass die Kehhl'daaraner genauso sind, wie man behauptet. Sie sind ein verschlagenes, verlogenes Pack. Jedes Wort, das aus ihrem Mund kommt, ist eine Lüge.«

Er erhob sich. Drohend richtete er den Zeigefinger auf Ke'hinuc. »Ich traue Ihnen nicht, Ke'hinuc!«, stieß er giftig zwischen den Zähnen hervor. Sein Lippen verformten sich zu einem hämischen Grinsen. »Ke'hinuc! Wer weiß, ob sie tatsächlich der große Kahh'kre Ersten Grades Ke'hinuc sind.«

»Zeb. J! Es reicht! Wir müssen ihn vertrauen, wir haben keine andere Wahl. Wir brauchen ihn!«, donnerte Thenga.

Curwens Kopf fuhr herum. Zorn funkelte in den Augen. Thenga warf glühende Wut zurück.

Curwen stierte Thenga eine Weile an. Knurrte. Stieß ein Schnauben aus. Der Zorn ermattete. Wieder einmal war Thenga die Stimme der Vernunft.

Curwen setzte sich, rückte eine Schale mit Pommes-Frites zu sich heran und schob sich ein paar in den Mund.

Jäh klang ein Trampeln über den hölzernen Boden auf. Ein stattlicher Tschanganer hastete in den Raum.

»Ill'jak! Wir haben imperiale Soldaten gesichtet. Sie kommen direkt hierher«, berichtete er mit bebender Stimme.

»Wann werden sie hier sein?« Trotz dieser erschreckenden Neuigkeit blieb Ke'hinuc ruhig.

»In circa einem Jonsah.«

»Es ist nun das eingetreten, wovor ich mich in all den Jahren meines Exils gefürchtet habe. Doch habe ich zum Glück Vorbereitungen getroffen. In einem halben Jonsah können wir von hier verschwinden«, sprach Ke'hinuc an Curwen gewandt. Der Blick wurde hart. »Sie sind wegen Ihnen hier … Curwen. Sie haben mich in diese Situation gebracht.«

»Genau aus diesem Grund traue ich Ihnen nicht«, sprach Curwen gehässig.

»Wollen Sie damit andeuten, dass ich sie hergelockt habe«, gab Ke'hinuc empört zurück. »Ich wäre verrückt, wenn ich so etwas täte.«

Curwen hob stoisch die Schultern. »Keine Ahnung, was ich denken soll. Wenn Sie tatsächlich Ke'hinuc sind, wären Sie tatsächlich verrückt, die Soldaten zu sich zu locken, doch gehören Sie in Wahrheit zu denen, dann sieht die Sache anders aus.

Doch das ist einerlei. Wir werden uns vom Acker machen, und niemand wird uns daran hindern. Schon gar nicht Sie! Haben Sie doch versichert, uns nicht aufzuhalten. Ich werde Sie beim Wort nehmen. Sollten Sie dieses brechen, werden Sie es bereuen.«

Tapfere Worte, die sich nicht so leicht in die Tat umsetzen ließen. Denn Tatsache war: Dort draußen lauerten feindliche Soldaten. Hier standen sie einem undurchschaubaren Kehhl'daaraner mit seiner Privatarmee gegenüber. Zwei Menschen ohne Waffen. Ihre taktische Lage war mehr als mies.

»Was beabsichtigen Sie zu tun? Sie sind ein Renegat. Wie wollen Sie dafür sorgen, in Freiheit zu bleiben, nachdem es offensichtlich ist, dass ihr Versteck entdeckt wurde?«, fragte Thenga.

»Ich werde das tun, was ich seit meinem vermeintlichen Tod getan habe. Mich weiterhin verstecken.«

»Wo?«

»Ich besitze noch ein Anwesen auf einer kaum besiedelten kehhl'daaranischen Kolonie. Es könnte mir als neues Versteck dienen. Zumindest für den Moment.«

Ke'hinuc wandte sich dem Tschanganer zu, der nervös auf eine Antwort seines Herrn wartete.

»Höchste Alarmstufe!«, befahl er mit fester Stimme. »Die Plasmawaffen, die wir haben, werden sofort auf tödliche Emission gestellt.

Beginnt umgehend mit der Evakuierung.«

Der Tschanganer nickte stumm. Verließ umgehend den Raum, um Ke'hinucs Befehle auszuführen.

»Sie wollen Ihre eigenen Leute töten?«, fragte Curwen erstaunt.

»Das sind nicht mehr meine Leute! Ich habe vor langer Zeit mit meinem Volk gebrochen«, rechtfertigte sich Ke'hinuc. »Genug Trübsal geblasen. Lasst uns das Mahl schmecken. So viel Zeit muss sein. Finden Sie nicht auch?« Ein gezwungenes Lächeln offenbarte sich auf den Lippen des Kehhl'daaraners.

War dieser Kehhl'daaraner verrückt oder einfach nur tollkühn. Eine feindliche Streitmacht war in Anmarsch und er gedachte in Ruhe zu speisen.

Curwen vollführte ein Schulterzucken und begann sich über eines der Steaks herzumachen.

## Dreizehn

Parikan
Hauptstadt von Tschangan
24. Dezember 2299

Unbehagen hatte tiefe Wunden in Thorri'korrs Gemüt geschlagen, die sich in einem grimmigen Gesicht nach außen spiegelten.

Vor Kurzem hatte er in einer Kneipe etwas aufgeschnappt, das gar nicht gut klang. Zwei Tschanganer unterhielten sich über einen Kampf zwischen einer dunkelhaarigen Erdenfrau und einem Xandarraner in einer Gastwirtschaft nur zwei Straßen weiter. Die Beschreibung der Frau klang verdächtig nach Cheyenne Hamilton.

Wie konnte das sein? War er doch bis dahin der festen Überzeugung, sie mit seinem Messer ins Jenseits befördert zu haben. Offenbar ein fataler Irrtum. Sie war bloß bewusstlos gewesen, als er sie verließ. Hamilton musste jedoch mausetot sein, sollte der Plan, den Cadan Sweeney ausgehegt hatte, funktionieren. Wenn sein Auftraggeber Wind davon bekommt, dass Hamilton noch lebt, wird er fuchsteufelswild reagieren.

Sweeney wird davon nichts erfahren, Thorri'korr hatte nicht vor, ihm von dieser unglücklichen Wendung zu berichten. Er wird seinen

Auftrag ausführen, Hamilton über den Jordan schicken und erst dann berichten. Sweeney wird von seinem Schnitzer an Bord von Scudmores Raumfrachter nie erfahren.

Er fragte sich jedoch, wie er dies anstellen soll. Um die Terranerin zu töten, musste er sie erst einmal in die Finger kriegen. Und das war in einer Metropole wie Parikan nicht einfach, Hamilton könnte überall sein.

Thorri'korr sah eine Möglichkeit. Der vermeintliche Kopfgeldjäger war in Wahrheit Agent des berüchtigten Blutordens, der seine Augen bekanntlich überall hatte. Seine Brüder vom Orden wären bestimmt in der Lage, Hamilton für ihn aufzuspüren. Es war an der Zeit, alte Freunde aufzusuchen.


Rata'ron starrte ungläubig auf den Computermonitor. Was er da zu lesen bekam, wollte er nicht so recht wahr haben. Das imperiale Oberkommando war mit Cara'uhns Aktion einverstanden.

Was Cara'uhn getan hatte, widersprach allen Regeln. Das Empire war keine Militärdiktatur, es gab eine strikte Trennung zwischen dem Militär und der zivilen Administration. Cara'uhn hatte diese Trennung aufgehoben, als er sich eigenmächtig zum T'khhal'toor machte.

Rata'ron verstand nicht, was da ablief. Wie konnte das Oberkommando so einen eklatanten Verstoß gegen die Prinzipien gutheißen?

Akrii'kre Sherka'kon, nach Cara'uhn und Rata'ron die Nummer drei in der Rangordnung – zudem der politische Offizier – stand hinter ihm. »Sie sehen besorgt aus«, stellte er fest.

Rata'ron wandte sich vom Bildschirm ab, blickte zu dem anderen Kehhl'daaraner.

Sherka'kon war ein klein gewachsener, korpulenter Mann mit kräftigen Hörnern, rundlichem Gesicht, aufgeweckt blickenden Augen. Er stammte aus der Xom'mal Provinz im Nordosten von Kehhl'daar Prime.

Sherka'kon diente schon seit fünfzehn Jahren unter Cara'uhn. Er war ein fleißiger, pflichtbewusster Offizier, der in all den Jahren einen tadellosen Job getan hatte. Rata'ron hegte keine Zweifel, dass Sherka'kon eines Tages das Kommando über die TILL'KARA führen wird.

»Ihnen ist sicher auch schon aufgefallen, dass der Sha'kre sich in letzter Zeit merkwürdig verhält«, entgegnete Rata'ron.

Sherka'kon nickte. »Jeder an Bord hat das bemerkt.«

Rata'ron erkannte im Gesicht des anderen denselben bekümmerten Blick wie bei ihm selbst.

»Und was sagen die Leute deswegen?«

»Die meisten sind der Meinung, dass Sha'kre Cara'uhn nicht mehr vertrauenswürdig ist, dass er beabsichtigt, Verrat zu begehen.«

Akrii'kre Sherka'kons Worte riefen bei Rata'ron ein Schaudern hervor. Offenbar waren viele Männer und Frauen an Bord der TILL'KARA der Meinung, dass Cara'uhn auf dem besten Weg war, ein Renegat zu werden.

Unruhig blickte sich Rata'ron auf der Brücke um. Obwohl es im Moment sehr hektisch zuging – Ingenieure waren gerade dabei die Schäden zu beseitigen, die durch die List des tschanganischen Schiffes verursacht worden waren – hing eine seltsame Stille über der Kommandozentrale, eine bedrückende unheilschwangere Atmosphäre.

Die nun folgenden Worte von Sherka'kon versetzten Rata'ron einen Stich ins Herz. »Einige von ihnen wären bereit, den Sha'kre bei seinem Verrat zu unterstützen.«

Rata'ron überkam das Gefühl eines unter seinen Füßen schwankenden Bodens. Verräter hier an Bord der TILL'KARA? Ausgerechnet auf der TILL'KARA!, einem Schiff mit tadellosen Ruf. Sha'kre Cara'uhn war einer von ihnen, davon war Rata'ron inzwischen überzeugt. Es musste was geschehen, und zwar schnell.

Er beschloss, Sha'kre Cara'hiruus zu kontaktieren. Er konnte Rata'ron sicher helfen, den sich anbahnenden Aufstand im Keim zu ersticken. Zusammen werden sie diese dreckigen Verräter in ihrem eigenen Blut ertränken.


Die Tür zu den Amtsräumen des T'khall'toor wurden aufgestoßen. Cara'hiruus stürmte herein, Rata'ron in seiner Begleitung.

Cara'uhn, der hinter dem Schreibtisch saß, ein paar Thorr'khalls studierte, blickte auf, herrschte seinen Schwager an: »Was soll das?«

»Ich muss mit dir reden, Schwager!«, entgegnete Cara'hiruus in einem nicht minder scharfen Ton.

»Über was?«

»Über das, was du hier treibst.«

»Darüber haben wir schon gesprochen und es gelüstet mich nicht, dieses Gespräch zu wiederholen.«

Cara'hiruus kam genau vor dem Schreibtisch zum Stehen. Er stützte sich mit den Händen an der Tischkante ab, bedachte Cara'uhn mit einem missfälligen Blick. »Das Oberkommando mag damit einverstanden sein, ich jedoch nicht. Ich bin nach wie vor der Meinung, dass das, was du hier tust, Verrat ist.«

Cara'uhn ignoriert seinen Schwager, konzentrierte sich weiterhin auf seine Arbeit.

Cara'hiruus verlor die Beherrschung, entriss Cara'uhn einen Thorr'khall, knallte ihn auf den Tisch. »Sieh mich gefälligst an, wenn ich mit dir rede!«

»Wie du schon erwähnt hast, ist das imperiale Oberkommando mit meiner Handlungsweise einverstanden. Also ist es *kein* Verrat! Du kannst nichts dagegen unternehmen. Hier lies!«

Cara'uhn hatte einen anderen Thorr'khall ergriffen, hielt diesen seinem Schwager nun vor die Nase.

Wütend schnappte sich Cara'hiruus das Datenspeichergerät, überflog die Worte, die dort geschrieben standen. »Du hast die Vollmacht bekommen, alles zu tun, um die Ordnung auf Tschangan wiederherzustellen?«

»So ist es! Wie es aussieht, bin ich in der Sympathie gewisser Kahh'kre gestiegen.«

Cara'hiruus beäugte seinen Schwager misstrauisch. Ihn überkam das ungute Gefühl, dass an der Sache was faul war. »Du lügst!« Cara'hiruus hatte recht: Cara'uhn log!

Cara'uhn hatte vom Oberkommando nie die Zustimmung zu diesem Staatsstreich bekommen, auch keine uneingeschränkten Vollmachten. Die Worte, die Cara'hiruus gerade gelesen hatte – sie waren pure Lüge. Eine dreiste Fälschung, von Cara'uhn angefertigt.

Er hatte geahnt, dass Rata'ron oder Cara'hiruus das Oberkommando benachrichtigen würden, weshalb er dafür gesorgt hatte, dass die Nachricht abgefangen wird und eine fingierte Antwort zurückgeschickt.

Ihm war natürlich bewusst, dass er mit dieser List auf die Dauer nicht durchkommt, früher oder später wird sein Schwindel auffliegen. Wenn einer der beiden das Oberkommando erneut kontaktiert, um es über die Vorgänge auf Tschangan zu informieren, dann wird Cara'uhns Lügengebäude wie ein Kartenhaus zusammenfallen, denn er konnte dieselbe List nicht zweimal anwenden. Deshalb war es angebracht von diesem Planeten zu verschwinden, bevor sein Betrug entdeckt wird.

Cara'uhn bedauerte, dass er gezwungen war, seinen alten Freund Rata'ron zu hintergehen. Es war jedoch notwendig.

Sein alter Freund Rata'ron! War er das noch? Oder doch eher ein Feind, vor den man sich in Acht nehmen musste?

Eine weitere Person betrat den Saal. Es handelte sich um Si'aark Jelli'gurul, dem Oberbefehlshaber der planetarischen Streitkräfte von Tschangan. »Ich muss Sie dringend sprechen, Sha'kre«, wandte er sich an Cara'uhn.

»Um was geht es?«

»Ich habe vor Kurzem eine Nachricht von Si'kra Perela'kon erhalten. Es ist ihm gelungen, die Fährte der mysteriösen Raccaner wieder aufzunehmen, hat sie leider kurz darauf erneut verloren.«

»Idiot!«, tobte Cara'uhn. »Und *das* soll Ihr bester Mann sein?«

»Es ist schwierig, im Dschungel Leute aufzuspüren, Perela'kon gibt sein Bestes«, nahm der Si'aark seinen Offizier in Schutz. »Er ist den wahrscheinlichen Weg der Raccaner gefolgt. Dabei stieß er auf eine Farm inmitten des Dschungels – eine Farm, die auf keiner Karte eingezeichnet ist. Si'kra Perela'kon vermutetet, dass sich die Flüchtigen dort versteckt halten.«

»Eine Farm, die es nicht geben soll. Interessant!«, murmelte Rata'ron sinnend.

»Vor allem verdächtig«, warf Cara'uhn ein. »Ich möchte, dass Ihre Männer diese mysteriöse Farm in Augenschein nehmen.«

»Ich habe das bereits veranlasst. Ein Trupp meiner besten Männer ist zur Unterstützung zu Perela'kon unterwegs. Sobald sie eingetroffen sind, wird die Farm gestürmt. Bin gespannt, was wir dort finden.«

»Nicht nur Sie. Auch ich bin neugierig!

Rata'ron! Besorgen Sie mir ein Tok'tur! Ich werde die Aktion selbst leiten.«

»Jagst du noch immer Phantomen nach?«, mokierte Cara'hiruus. »Würdest du dich der Suche nach dem Schmuggler mit der gleichen Leidenschaft widmen, hätten wir ihn bereits.«

»Curwen ist für uns viel wertvoller als dieser Schmuggler!«, hielt Cara'uhn unwirsch dagegen. »Wir könnten ihm möglicherweise wichtige Informationen über die Space Navy entlocken.«

»Curwen? Der Mann ist Staub! Was du da durch den Dschungel jagen lässt, sind zwei unwichtige Raccaner«, behauptete Cara'hiruus.

»Nein!«, widersprach Cara'uhn bestimmt. »Es sind zwei als Raccaner verkleidete Space Navy-Offiziere. Einer davon ist Curwen.«

»Du bist geradezu besessen von diesem Menschen.«

Cara'uhn verlor die Beherrschung, fuhr vom Stuhl hoch. »Halt den Mund und lass mich arbeiten!«

»Wie du willst. Doch eins lass dir gesagt sein! Auf Dauer wirst du mit diesem Verhalten nicht durchkommen. Eines Tages wirst du dich vor einem Militärgericht wiederfinden«, prophezeite Cara'hiruus. Er wandte Cara'uhn demonstrativ den Rücken zu, verließ im Laufschritt und einer mächtigen Wut im Bauch den Saal.

»Er hat recht, Ill'jak. Das Oberkommando ist im Moment noch bereit, ihre Eigenmächtigkeiten zu dulden, weil die Situation es erfordert. Doch wenn Sie sich zu weit aus dem Fenster lehnen, werden Sie Ihren Kopf verlieren. Und das fände ich schade. Denn trotz allem betrachte ich Sie noch immer als Freund.« Rata'ron machte die Ehrenbezeugung des kehhl'daaranischen Militärs, folgte Cara'hiruus anschließend nach draußen.

*Sollte alles nach Plan verlauft, wird es niemals dazu kommen,* dachte Cara'uhn.

Zorn, Verbitterung, umwölkte seinen Geist. Das Verhalten Rata'rons betrübte ihn. Es war offensichtlich, dass sein Untergebener sich mit Cara'hiruus verbündet hatte. Nach all den Jahren, in denen sie Seite an Seite gekämpft hatten, fiel Rata'ron ihm in den Rücken. Welch herbe Enttäuschung.

› »Trotz allem betrachte ich Sie immer noch als Freund« ‹, hatte Rata'ron zu ihm gesagt. Cara'uhn zweifelte an die Ernsthaftigkeit dieser Worte. Er konnte seinem alten Freund längst nicht mehr trauen.

# Vierzehn

Eine dunkle Seitenstraße, wie es viele in dieser verfluchten Stadt gab.

Thorri'khorr stand mit dem Rücken an eine Hausmauer gelehnt einem anderen Kehhl'daaraner gegenüber. Sein Blick war herausfordernd, argwöhnisch.

Sein Gegenüber war wie er ein Mitglied des Blutordens, und darum vertraute er ihm nicht. Seine Brüder und Schwestern waren Meister der Täuschung, die ihre Fähigkeiten nicht nur beim Feind einsetzten.

»Was willst du?«, donnerte der andere.

»Informationen!«, entgegnete Thorii'khorr kühl.

»Worüber?«

»Ich muss den Aufenthaltsort einer Terranerin wissen.« Thorri'khorr kramte einen Thorr'khall aus seinen Taschen hervor, schaltete das Gerät ein, reichte es dem anderen.

Der musterte das Bild von Cheyenne Hamilton aufmerksam. »Weshalb ist diese Terranerin so wichtig für dich?«

»Das werde ich dir nicht sagen! Du wirst mir doch auch nicht erklären, weshalb du auf Tschangan bist.«

Ein freches Grinsen spielte sich auf die Lippen des anderen. »Da hast du vollkommen recht, Thorri'khorr. Nur soviel sei dir gesagt: Ich und ein Dutzend andere Agenten des Ordens sind hier, um einen Spezialauftrag auszuführen, der vom K'korr'shee'kehhl'daar persönlich stammt.«

Thorri'khorr lachte innerlich. Er wusste über diesen Auftrag Bescheid. Dass Duhl'uhn und seine Leute auf Tschangan waren, um mit Sha'kre Cara'uhn ein falsches Spiel zu treiben, war für Thorri'khorr kein Geheimnis.

Thorr'khorr war nach dem Vater – wie die Mitglieder des Blutordens ihren Anführer nannten – Anaka'ruuhns engster Vertraute aus den Reihen des Ordens. Deshalb wusste er Dinge, die die meisten anderen Agenten nicht wussten.

»Na schön! Ich werde die Frau für dich finden«, versicherte Duhl'uhn.

*Und dann wirst du endlich sterben – Terranerin,* ging es Thorri'khorr in unfreudiger Erregung durch den Kopf.

Er stellte sich vor, wie er Hamiltons Kehle aufschlitzt. Dieser Gedanke machte ihn an. Thorri'khorr war der geborene Killer, töten bereitete ihm Vergnügen. Und genau das machte ihn so gefährlich.

## Fünfzehn

Parikan
Hauptstadt von Tschangan
24. Dezember 2299

Jennifer Brooks alias Cheyenne Hamilton schlenderte trübsinnig zumute durch die verwinkelten Straßen von Parikan. Schon seit fast zwei Tagen suchte sie nach einer Spur, die sie zum Attentäter führen könnte.

Nichts!

Sie hatte beinahe jeden Winkel der Stadt durchforstet, ohne den geringsten Erfolg. Der verfluchte Kehhl'daaraner schien vom Erdboden verschluckt worden zu sein. Sie kam immer mehr zur Einsicht, dass Scudmore recht hatte: Die Jagd auf diesen Kehhl'daaraner war ein aussichtsloses Unterfangen. Wahrscheinlich versprach die Suche nach der sprichwörtlichen Nadel im Heuhaufen mehr Erfolg.

Schon seit einiger Zeit spielte sie mit dem Gedanken, die Sache zu vergessen, mit eingezogenem Schwanz zu Scudmore zurückzukehren, um anschließend den Planeten zu verlassen, in Richtung Union.

Doch es war nur ein Gedanke – ein Gedanke, der ihr nicht gefiel. Vor allem missfiel es ihr, Scudmore gegenüber einzugestehen, dass er recht hatte. Nein! Da war es ihr lieber, diese sinnlose Suche fortzuführen.

Zurzeit weilte sie im Zentrum von Parikan, schlenderte ziellos einen breiten Boulevard entlang. Beiderseits schraubten sich die tschanganischen Pagodenwolkenkratzer in den Himmel.

Eine seltsame Stimmung lag in der Luft. Die Gesichter der Leute, die über den breiten Boulevard schlenderten – es waren Mienen voller Ernst, Anspannung und Furcht. Der Himmel war wolkenlos, tropische Hitze drückte die Luft, doch in den Herzen der Bewohner Parikans war es ein grauer Herbsttag.

Überall konnte man Soldaten der verhassten Okkupanten erblicken. Ein Trupp von ihnen hatte gerade einen Tschanganer aufgehalten.

Die Echsen untersuchten ihn gründlich. Einer von ihnen, er waren insgesamt vier, drückte dem Tschanganer den Lauf seines Karabiners in den Bauch, den Finger am Abzug, begierig abzudrücken. Ein anderer hatte Spaß daran, den Tschanganer mit Schlägen auf den Hinterkopf zu traktieren.

Der Tschanganer knurrte ärgerlich. Der Kehhl'daaraner, der ihm die Waffe an den Körper hielt, lächelte tückisch. Er wartete nur darauf, dass der Tschanganer ausrastet, damit er einen Grund hatte, den Abzug zu betätigen.

Doch diesen Gefallen tat der Tschanganer ihm nicht. Besser gesagt, noch nicht! Wie lange konnte er seinen Zorn noch im Zaum halten?

Niemand wagte es hinzusehen, jeder versuchte, dieses Schauspiel zu ignorieren. Würden die Soldaten den Tschanganer auf offener Straße erschießen – niemanden würde es interessieren.

Auch Hamilton kümmerte es nicht. Was hätte sie auch schon tun können? Würde sie dem Tschanganer zu Hilfe eilen, würde sie sich selbst in Gefahr bringen. Wie leid es ihr auch tat, sie musste diesen Vorfall ignorieren, ihrem eigenen Leben zuliebe.

Mit schnellen Schritten ging sie weiter. Nach wenigen Metern vernahm sie ein Geräusch, das ihr durchs Mark ging: das Sirren einer sich entladenden Plasmawaffe. Diese Mistkerle hatten es tatsächlich getan.

Sie blieb einen Moment stehen, schlug in großem Bedauern die Augen nieder, atmete tief durch, um den aufkeimenden Zorn niederzudrücken. Dann ließ sie den Boulevard hinter sich, bog in eine schmale Seitenstraße ab, in der es ihrer Kenntnis nach einig üble Spelunke gab. In diesem Lokal hatte sie noch nicht nachgesehen.

In Parikan herrschten nicht nur im verrufenen Viertel schlimme Zustände, sondern in der ganzen Stadt. Seit der Machtübernahme durch die Kehhl'daaraner ging es mit der einst glorreichen Hauptstadt der tschanganischen Republik bergab. Sie war nur noch ein Schatten ihrer selbst.

Präsentierten sich die Hauptstraßen edel und gepflegt, so manifestierte sich in den Seitenstraßen das ganze Elend. Überall lag Müll, Zukujons – die tschanganischen Ratten – huschten am Boden herum. Inmitten des Unrats hausten zahlreiche Obdachlose.

Ein betrunkener Tschanganer kam aus dem Lokal, das Hamilton aufzusuchen beabsichtigte, taumelte johlend an ihr vorbei. Ein normaler Anblick. Die Stadt war voll mit nach allerlei Rauschstoffen süchtigen Individuen.

Nachdem der Tschanganer ihrem Blickfeld entschwunden war, befand sich Hamilton allein in dieser Gasse. Jedenfalls den Anschein nach, denn in ihr erwachte das unangenehme Gefühl, dass dem nicht so war. Der Puls beschleunigte sich. Sie fühlte sich verfolgt.

Ein unbehaglicher Blick über die Schulter. Da war nichts! Selbst die tschanganischen Ratten hatten sich verzogen.

Dieser Ort war von einer gespenstischen, Gefahr ausstrahlende Ruhe beseelt. Der Lärm vom Boulevard schallte nur als leises Flüstern in die quälend enge Gasse hinein.

Hamiltons Unruhe stieg. Der Eindruck, nicht allein zu sein, verstärkte sich. Das Unbehagen lag wie ein Albdruck auf ihrem Gemüt.


Die Information, die einer seiner Brüder ihm zukommen ließ, erwies sich als Gold wert. Mit ihrer Hilfe war es ihm gelungen, diese verfluchte Erdenfrau – Cheyenne Hamilton! – Thorii'khorr hasste diesen Namen inzwischen, auf dem Jinsiqin-Boulevard aufzuspüren. Er heftete sich an ihre Fersen.

Er überlegte, wie er sie am besten unschädlich machen konnte. Sich von hinten ran schleichen, das Messer zücken, sie hinterrücks erdolchen, erschien ihm am einfachsten. Nach vollbrachter Tat könnte er leicht im Strom der Passanten untertauchen. Niemand würde bemerken, was hier gerade geschah. Die Leute würden sich höchstens wundern, weshalb diese Frau so plötzlich kollabiert. Sie würden die tote Terranerin genauso ignorieren wie die Leiche eines Tschanganers, an die er gerade vorbei ging. Mehrere Soldaten standen um sie herum und machten Witze über den Toten.

Hamilton hinterrücks zu erdolchen wäre zwar am einfachsten, doch wäre es auch sinnvoll?

Er hatte sie schon einmal niedergestochen und das Miststück hatte überlebt.

Nein! Diesmal wollte er auf Nummer sicher gehen und sie mit seiner Plasmapistole vaporisieren. Dieses Mal wird er dafür sorgen, dass sich die Terranerin nicht dem Kuss von Sh'lirk entziehen konnte.

Doch das konnte er nicht in der Öffentlichkeit tun. Der Einsatz einer Plasmapistole würde zu viel Aufsehen erregen. Thorii'khorr war nicht erpicht darauf.

Er bemerkte, dass Hamilton in eine Seitenstraße einbog. Das war seine Gelegenheit.

Er wollte ihr folgen, doch als er eine Person erblickte, die im Begriff war, den gleichen Weg einzuschlagen, die Hamilton im diskreten Abstand folgte, da drehte er sich geschwind um und pirschte in die entgegengesetzte Richtung. Obwohl diese Person eine Kapuze über den Kopf gezogen hatte, erkannte Thorri'khorr sie sofort.

*Verdammt! Was macht der denn hier?*, fluchte er in Gedanken. Der Kerl sollte nicht hier sein. Thorri'khorr wurde bewusst, dass Hamilton nicht sein einziges Problem war.

Ein gefährliches Lächeln umspielte seine Lippen. Was soll's! Es bot sich ihm gerade die Möglichkeit, beide Probleme auf einmal aus der Welt zu schaffen.

Er ging hinter einem kastenförmigen Antigrav-Gleiter in Deckung, beobachtete sorgsam. Als er sicher sein konnte, dass der andere ihn nicht bemerkt hatte, folgte er ihm.

Behutsamen Schrittes folgte er Hamilton. So nah wie möglich, so weit wie sinnvoll. Er ging nahe der Wand, hatte zahlreiche Nischen im Auge. Wenn sie stehen blieb, sich umdrehte, musste er geschwind in eine der Nischen schlüpfen.

Genau das geschah in dem Augenblick. Flink wie ein Wiesel schob er sich in einen Spalt, drückte seinen Körper gegen ein Rohr. Brackiges Wasser ergoss sich auf seine Schuhe. Er vernachlässigte das stinkende Regenwasser. Seine Stiefel waren wasserfest, keine Gefahr, sich nasse Füße zu holen. Langsam, behutsam streckte er seinen Kopf aus der Nische. Erleichterung durchströmte ihn, als er registrierte, dass sie weitergegangen war. Sie hatte also nichts bemerkt.

Er wartete einige Sekunden, dann verließ er seine Deckung.

Ein Schaudern durchfuhr seinen Körper. Er hatte die dumpfe Ahnung von Gefahr. Doch diese ging nicht von der Frau aus, die vor ihm herging, zielstrebig die Kneipe am Ende der Gasse ansteuerte. Ihm war, als wäre er nicht nur Verfolger sondern auch Verfolgter.

Er verharrte. Der Kopf drehte sich. Hinter ihm war niemand. Doch wenn ihn tatsächlich jemand verfolgte, dann war dieser jemand bestimmt so geschickt wie er selbst.

Thorii'khorr drückte sich in die Nische, in der vor nicht einmal fünf Minuten der andere gestanden hatte. Unwillkürlich sog er den Mief des abgestandenen Regenwassers, das aus der Regenrinne gluckerte, in sich auf. Was für ein Gestank!

Er versuchte, dieses Aas mit Missachtung zu strafen. Es gab Wichtigeres als dieses stinkige Wasser.

Neugierig beluchste er, wie der andere sich an die Frau heranschlich. Was hatte er vor? Wollte er sie töten?

Unwahrscheinlich!

Oder vielleicht doch? Thorri'khorr war unschlüssig. Doch eins wusste er. Falls es tatsächlich in der Absicht des anderen lag, Hamilton zu töten, wird er das nicht zulassen. Sie war seine Beute. Die ließ er sich nicht wegnehmen. *Wenn du vorhast, sie zu töten. Vergiss es! Sie gehört mir!*

Furcht überströmte ihren Körper. Sie war sich inzwischen sicher, dass sie verfolgt wurde. Die rechte Hand glitt langsam nach unten zur Hüfte. In einem Gürtel steckte ein Messer.

Er befand sich ganz in ihrer Nähe, konnte ihren Atem hören, den betörenden Duft ihres Körpers riechen.

*Was tu ich hier eigentlich? Wieso stelle ich ihr nach wie ein Stalker?* Was er tat, war verrückt. – Und gefährlich!

Das wurde ihm auf unangenehme Weise bewusst, als er den kalten Stahl an seiner Kehle spürte.

Hamilton wirbelte herum, gleichzeitig ging der Arm mit dem Messer nach oben. Die Klinge drückte sich gegen die Kehle von Jayden Scudmore.

Er japste. Schweißperlen liefen an seinem Gesicht herunter, das an Farbe verloren hatte, in die Augen, die schreckgeweitet waren. *Verdammte Scheiße!*

»Du?«, schnappte Hamilton überrascht.

»Ja … ich!«, keuchte Scudmore.

Überraschung wandelte sich zu Wut. »Bist du wahnsinnig geworden? Was fällt dir ein, mir aufzulauern? Ich hätte dir beinahe die Kehle aufgeschlitzt.« Behutsam ließ sie das Messer sinken.

Scudmore ließ erleichtert Luft entweichen, faste sich an die Kehle. »Hab ich bemerkt«, krächzte er. Bei ihm gingen sämtliche Alarmlampen an, als er die Veränderung in Hamiltons Gesicht bemerkte. Wut war Schreck gewichen.

Hamilton schubste ihn unsanft zur Seite. Aus dem Augenwinkel erfasste er, wie das Messer durch die Luft sauste.

Er kam aus dem Tritt, fiel auf den Hosenboden. Er drehte den Kopf in die Richtung, die das Messer genommen hatte, sah, wie es sich in einen Müllcontainer bohrte. Hinter dem Container stand …

Eine gewaltige Welle aus Bestürzung brach über Scudmore zusammen. *Er? Er ist Hamiltons Killer? Ich hätte es wissen müssen. Natürlich schickt Sweeney seinen Lieblings-Assassinen, um mir das Licht auszublasen.*

In ihm brodelte es. Es wäre so einfach gewesen. Er hätte nur abdrücken müssen und die beiden wären Geschichte gewesen. Doch diese Frau … Sie hatte unglaublich schnell reagiert und ein Messer nach ihm geworfen. Es verfehlte ihn nur knapp.

Eine Tür schwang auf. Ein Tschanganer trat ins Freie. Thorii'khorr schoss, traf, …. Doch nicht das Ziel, das er treffen wollte. Statt Hamilton wurde der Tschanganer zerstrahlt.

Er zog den Abzug erneut durch, doch auch diesmal versagte er. Der Zorn wurde übermächtig. Jede Faser seines Körpers schien davon durchdrungen. Er hechtete der über den Boden krabbelnden Hamilton hinterher. Scudmore ignorierte er total. Er hatte einen Tunnelblick. Seine Sinne waren voll auf das Objekt seines Hasses konzentriert.

»Verflucht!«, vernahm er Hamiltons Stimme.

Hinter ihnen öffnete sich die Tür zur Destille. Ein dicklicher Tschanganer trat schwankend auf die Straße. Er lallte irgendein tschanganisches Lied. Seine Stimme erstarb abrupt, als sein Körper vaporisiert wurde. Wo er noch vor Kurzem gestanden war, da zerstob eine Aschewolke.

»Nimm die Beine in die Hand, wenn dir dein Leben lieb ist«, diktierte Hamilton.

Sie stürmte auf die Tür zu, rannte einen Tschanganer nieder, der wie angewurzelt in ihr gestanden hatte, warf sich auf ihn. Das rettete ihm das Leben. Denn Sekunden später durchlöcherte ein weiterer Plasmastrahl die Luft, und da wo er noch vor wenigen Augenblicken gestanden war, wäre er direkt in der Schussbahn gewesen. Zusammen mit Hamilton. Hätte der Strahl sie getroffen, er hätte sie beide verdampft.

Der tödliche grüne Energiestrahl durcheilte den Schankraum, schlug schließlich im Ausschank ein. Mehrere Spirituosen fingen augenblicklich Feuer. Panik brach aus. Sämtliche Kneipenbesucher rannten wie aufgescheuchte Hühner umher.

Hamilton krabbelte über den Boden unter einen Tisch. Suchend sah sie sich um. Wo zum Teufel war Scudmore? Sie war derart darauf konzentriert gewesen, sich aus der Schusslinie zu bringen, dass sie Scudmore aus den Augen verloren hatte.

Sie spürte eine Hand an ihrem rechten Fuß. Vor Schreck fuhr der Kopf herum. Schreck wurde Entsetzen, als sie sah, wer ihren Fuß festhielt.

»Diesmal gibt es kein Entkommen!«

*Wie ich diese Echsenfratze hasse,* dachte sie voller Zorn und trat Thorii'khorr mit dem freien Fuß ins Gesicht.

Der Kehhl'daaraner jaule auf, doch er ließ nicht los. Im Gegenteil! Der Griff verstärkte sich. Er war so voller Hass, dass dieser den Schmerz übertünchte. Er stand kurz davor, den Abzug seiner Pistole zu betätigen. Der Zeigefinger zuckte nervös.


Es war alles so schnell gegangen, dass er gar nicht so recht wusste, was hier eigentlich vorgefallen war.

Als die kurze Desorientiertheit von ihm gewichen war, sprang er auf und stürzte in die Kneipe.

Hamilton!

Hoffentlich war es nicht schon zu spät.


Sie trat ihrem Gegner statt ins Gesicht auf den Arm, mit dem er die Pistole hielt. Er schnellte nach oben. Ein Plasmastrahl jagte nur Zentimeter über ihren Kopf hinweg, versengte die Haarspitzen, brannte ein großes Loch in den Tisch.


Scudmore blickte sich in dem Chaos um. Kein Thorii'khorr! Keine

Hamilton! Dafür jede Menge Tschanganer, die in heller Aufregung waren. Zwei von ihnen versuchten verzweifelt, ein Feuer an der Theke zu löschen, der Rest war bestrebt, so schnell wie möglich aus der Kneipe rauszukommen. Ein besonders kraftvolles Exemplar hätte ihn umgerannt, wäre er nicht rechtzeitig ausgewichen. Dafür wurde er von einem anderen an der Schulter gestreift und er vollführte eine Pirouette. Nur mit Mühe konnte er sich auf den Beinen halten. Wäre er gestürzt, es wäre sein Tod gewesen. Denn er war sich sicher, dass die Meute ihn todgetrampelt hätte.

Er sah nur eine Möglichkeit, sich ihrer zu erwehren, auch wenn diese mit Bedacht auf die Körperkräfte der Tschanganer sicher nicht die Klügste war.

Er schlug einem Tschanganer die Faust ins Gesicht, einem anderen trieb er sie in den Magen. Einem Dritten drehte er den Arm auf den Rücken, stieß ihn gegen einen Artgenossen. Das alles innerhalb weniger Sekunden. Scudmores Nahkampftraining beim USNIA hatte sich wieder einmal bezahlt gemacht.

Ein weiterer Tschanganer wollte ihm eine verpassen, doch weil der sturzbetrunken war, ging der ungelenkte Schlag weit daneben.

Scudmore duckte sich weg, antwortete mit einer Kinnharke. Der Tschanganer johlte etwas Unverständliches auf Varii, hob die Fäuste für eine weitere Attacke, ließ dann jedoch die Hände sinken und stürmte auf die Tür zu. Er war zwar sternhagelvoll, jedoch noch so weit bei Sinnen, dass ihm klar war, dass es besser war, Fersengeld zu nehmen.

Scudmore achtete nicht weiter auf ihn, war weiterhin darauf konzentriert, in dem Chaos Hamilton zu finden.

Keine Spur!

In dem Moment drillte sich ein Plasmastrahl durch den Tisch vor ihm und dann in die Decke.

Die Deckenbalken waren aus Holz. Scudmore hegte keine Zweifel, dass die Decke auch bald im Flammen stehen wird.

Jetzt wusste er, wo Hamilton steckte.

Er wuchtete den Tisch zu Seite, erblickte Hamilton und den Kehhl'daaraner.

Thorii'khorr hatte sie am linken Bein gepackt, mit dem rechten trat sie nach ihm.

Ein harter Tritt ins Gesicht, Blut schoss aus der Nase. Thorii'khorr ignorierte das Blut, den Schmerz. Der Hass überlagerte all das. Er heulte wie ein wildes Tier, legte erneut auf die Terranerin an. Diesmal wird er nicht daneben schießen. Doch plötzlich spürte er einen Arm, der sich um seinen Hals legte …

Scudmore überlegte nicht lange. Der Assassine war derart auf den Kampf gegen Hamilton konzentriert, dass er die Gefahr, die hinter seinem Rücken lauerte, nicht bemerkte. Scudmore nutzte das gnadenlos aus. Ein Arm umschlang Thorii'khorrs Kehlkopf, die Hand auf den Hinterkopf …

Thorii'khorr wollte »Nein!«, schreien, doch es war zu spät. Mit einem lauten Knacken brach das Genick und sein Geist wurde vom fauligen Atem des Todes verweht.

Hamilton stieß einen Seufzer der Erleichterung aus, als der Körper des Kehhl'daaraners erschlaffte. Dann formten ihre Lippen ein freudiges Lächeln, das ihrem Retter galt.

Scudmore reichte ihr den Arm und half ihr auf.

Besorgt sah sie sich um. Die Kneipe hatte sich in eine Flammenhölle verwandelt. »Wir müssen so schnell wie möglich hier raus. Oder wir werden geröstet.«

»Du sprichst mir aus der Seele«, entgegnete Scudmore zustimmend. Kurz darauf schlug knapp neben ihm ein brennender Balken auf dem Boden auf. Suchend sah er sich um. Er wusste, dass sie nicht durch den Haupteingang entkommen konnten, denn dann würden sie kehhl'daaranischen Soldaten in die Arme laufen, die ganz bestimmt schon unterwegs waren.

Er hustete. Der immer dichter werdende Rauch brannte in seiner Lunge. »Die Küche!«, kam es mühsam aus seinem Mund.

»Was wollen wir in der Küche?«, fragte Hamilton, begleitet von einem heftigen Hustenanfall.

»Frag nicht. Folge mir einfach.«

Die beiden Terraner bahnten sich einen Weg durch das Inferno. Hitze und Rauch wurden unerträglich.

Hamilton fühlte sich auf die INFINITY zurückversetzt. Die Erinnerung an das schreckliche Plasmafeuer, in dem sie beinahe verbrannt wäre, ließ panische Angst aufwallen. Mit aller Willenskraft kämpfte sie dieses Gefühl nieder.

Scudmore stürzte durch eine Tür in einen Raum, der eindeutig die Küche war. Feuerstellen, Töpfe, Teller, zahlreiche Nahrungsmittel und mitten drinnen ein wimmernder Tschanganer.

»Was tun wir hier? Wie kann die Küche uns retten?«, fragte Hamilton rappelig. Sie hatte nicht die geringste Ahnung, was Scudmore vorhatte.

Dieser packte den wie ein Häufchen Elend am Boden kauernden Tschanganer beim Kragen, riss ihn auf die Beine und brüllte ihn an. »Wo ist die Sammelstelle für die Essensreste?«

Der Tschanganer antwortete nicht, wimmerte nur.

»Wo?«

»Da … da … da!«, brabbelte der Tschanganer und deutete auf eine Nische in der rechten hinteren Ecke der Küche.

»Was nützt uns ein Behälter für Essensreste? Wir müssen hier raus!«, mokierte Hamilton.

»Die Tschanganer werfen ihre Essensreste nicht einfach in einen Behälter, sondern gleich in die Kanalisation«, erklärte Scudmore.

Hamilton verstand. »Du willst durch die Kanalisation flüchten.«

Auch der Tschanganer verstand. Aus Verzweiflung wurde strahlende Zuversicht. »Ja! Das ist unsere Rettung. Dass ich nicht selbst darauf gekommen bin.«

»Die Angst hat das Gehirn gelähmt«, kommentierte Scudmore trocken.

Man begab sich zu einem Loch im Boden, aus dem ein fauliger Gestank strömte. Der Mief verschlug Hamilton fast den Atem. Jetzt wusste sie, weshalb tschanganisches Essen so grauslich war. War ja kein Wunder, wenn es neben einem stinkenden Loch zubereitet wurde.

Sie blickte nach unten zu einem Berg fauliger Nahrungsmittel, der aus brackigem Wasser herausragte. Der Anblick ließ Magensäure in ihrer Kehle steigen. Sie rang den Brechreiz nieder. Das Letzte, was sie jetzt brauchte, war, dass sie sich übergab. Sie bedachte den Tschanganer mit einem degoutanten Blick. »Ihr Tschanganer seid echte …« Das letzte Wort zerbiss sie zwischen den Zähnen. Ihr Blick ging zur Tür. Unter der Ritze zwischen Tür und Boden stieg Rauch auf. Hamilton war sich sicher, dass die andere Seite der Tür lichterloh brannte.

»Vergiss den Gestank und spring!«, forderte Scudmore. »Wir haben kaum noch Zeit.«

Als hätte diese Aufforderung nicht Hamilton sondern ihm gegolten, sprang der Tschanganer ins Loch hinab.

Hamilton vernahm ein Klatschen, als der massige Körper des Affenartigen auf dem Berg voll Unrat landete. Sie zuckte mit den Schultern und hüpfte hinterher. Sofort stieg der Brechreiz wieder in ihr hoch, als der ekelerregende Gestank vermodernden Essens ihre Nase terrorisierte. Sie schnellte auf und entfernte sich schleunigst von diesem Mief. Das Abwasser, das ihr bis zu Hüfte reichte, müffelte zwar auch, doch war dieser Gestank geradezu aromatisch verglichen zu dem, den der Abfallhaufen verströmte. Erneutes Klatschen, dann hörte Hamilton die Stimme Scudmores: »Ich hoffe, Sie wissen einen Weg zurück an die Oberfläche.«

»Wieso soll ich das wissen?«, gab sich der Tschanganer ärgerlich.

»Weil Sie in dieser Stadt leben.«

»Ich bin Koch, kein Klempner! Ich treibe mich normalerweise nicht in der Kanalisation herum.«

Scudmore schnaubte ärgerlich, packte den Tschanganer am Arm und schob ihn voran. »Egal! Momentan ist es nur wichtig, dass wir hier wegkommen.« Die Dringlichkeit seiner Worte wurden durch den rötlichen Schein, der ins Loch fiel – das Feuer hatte also die Küche über ihnen erreicht – untermauert. »Los! Weiter!«, trieb Scudmore sie an.


Ein üppiges Festmahl war genau das Richtige, um den fünfzigsten Geburtstag zu feiern. Vor allem in Zeiten wie diesen. Aufgrund der Blockade war es nicht einfach, bestimmte exotische Speisen aufzutreiben. Wenn doch, waren sie sauteuer. Man konnte sie sich nur noch zu besonderen Anlässen leisten, wie eben einen fünfzigsten Geburtstag. Für solch einen Anlass war nur das Beste gut genug.

Doch egal ob teuer oder billig, am Ende landeten die Reste in der Grube. Und so schüttete er Teller und Töpfe mit Essenresten aus, bis …

»Verdammt!«, hörte er plötzlich aus dem Loch heraufschallen.

Der Tschanganer ließ vor Schreck einen Topf in die Grube fallen.

»Verflucht! Lassen Sie das!«, vernahm er die verärgerte Stimme von irgendjemanden. Er blickte nach unten und sah einen Tschanganer sowie zwei Menschen – einen Mann und eine Frau –, am Grund der Abfallgrube stehen. »Wer sind Sie und was machen Sie dort unten?«

»Keine Fragen!«, bellte der menschliche Mann. »Holen Sie nur eine Leiter, damit wir hier raus können.«

Der Tschanganer tat wie ihm geheißen, entfernte sich, um eine Leiter zu holen.


Wie die alten Römer waren die Tschanganer ein Volk, das der Körperpflege in Gemeinschaftsräumen nachging. Es gab in tschanganischen Häusern Gemeinschaftslatrinen und Gemeinschaftsduschräume. Ihr Gastgeber wider Willen hatte Hamilton und Scudmore sowie den tschanganischen Koch in den sogenannten Hygienetrakt seines Hauses bringen lassen, damit sie sich dort dem Dreck entledigen konnten.

Nun standen Hamilton und Scudmore unter zwei dieser Duschen, die eher einem künstlichen Wasserfall ähnelten als das, was man auf der Erde unter Dusche verstand, und genossen es sichtlich.

»Ich hoffe, ich werde diesen Gestank wieder los«, raunzte Hamilton.

»Lieber lebendiger Stinker als toter Stinker«, neckte Scudmore. Begehrlich betrachtete er ihren ansehnlichen Körper: die üppigen, wohlgeformten Brüste, die breite Hüften, den knackigen Hintern, die langen Beine, die … Zwischen seinen Beinen regte sich etwas.

Als Hamilton seine Erektion bemerkte, lächelte sie amüsiert. Das Lächeln verschwand, wich einem harten Blick, als sie an all das dachte, was dieser Mann ihr angetan hatte. »Sieh es dir gut an! Du wirst es zum letzten Mal sehen!« Diese Worte waren erfüllt von Spott, und einem Hauch von Abscheu. »Sobald wir wieder wie normale Menschen riechen, geht jeder seinen Weg. Klar?«

»Klar!«, bestätigte Scudmore. Beschämt hatte er den Blick abgewandt. *Verbanne diese Frau aus deinem Kopf und deinem Herzen. Sie war nie deins, und sie wird es nie sein*, dachte er schwermütig. Mit schwacher, von Elegie gelähmter Stimme fuhr er fort: »Ich habe vor, einen Weg zu gehen, der sicherstellt, dass wir uns nie wieder sehen werden. Nicht in diesem Leben.«

Hatte Hamilton noch vor Kurzem so etwas wie Verachtung für Scudmore empfunden, so keimte nun angesichts dieser düsteren Worte Sorge um ihn auf. »Was willst du damit sagen?«

»Ich werde den Spiralarm verlassen. Ich werde den Beridas-Cluster aufsuchen.«

»Bist du verrückt?«, schnappte Hamilton. »Der Beridas-Cluster befindet sich weit hinter der blauen Linie im unerforschten Gebiet. Dort hin zu reisen ist gefährlich.«

»Für mich ist es dort sicher nicht gefährlicher als wenn ich im Spiralarm verweile.

Ich dachte, ich kann mich Sweeney entziehen, doch inzwischen bin ich der Ansicht, dass er mich jederzeit überall in diesem verdammten Spiralarm finden kann. Ich kann nur von seinem Radar verschwinden, wenn ich den Orionarm verlasse.« Scudmore drehte sich um und verließ den Hygienetrakt.

Es war das letzte Mal, dass Cheyenne Hamilton den Mann namens Jayden Scudmore zu Gesicht bekam.

## Sechszehn

W'ri'kani Sternensystem
Kehhl'daaranisches Empire
50,34 LJ von Sol entfernt
24. Dezember 2299
18:15 ZULU-Zeit

»Mit allem gebührenden Respekt, Admiral! Es war nicht klug, *das* zu tun«, monierte Valakus. Er war ein Offizier der Space Navy im Rang eines Captain, wie Dabulus ein Pykejon, und zudem dessen Stellvertreter.

Captain Valakus stammte aus einer einflussreichen Familie auf Pykejon. Sein Vater war Konsul Melikus, Oberhaupt der Pykejon-Republik.

Dabulus hatte ihn jedoch nicht deshalb zu seinem Stellvertreter ernannt, sondern weil er ein hervorragender Offizier war.

»Ich kann mich nicht erinnern, Sie nach Ihrer Meinung gefragt zu haben«, reagierte Dabulus brüsk. Er würdigte den Captain keines Blickes, guckte weiterhin durch das große Fenster aus transparentem Siliziumkarbid ins All hinaus. Er hielt es nicht für nötig, sich zu dem im Stuhl des Kommandanten sitzenden Captain umzudrehen.

»Sie handeln ohne Befehl!«, rügte Valakus.

»Zeb. J. Curwen ist in Gefahr! Und ich werde ihm helfen, egal was gewisse Leute im Oberkommando davon halten.«

»Das können Sie nicht wissen! Es gibt keinerlei Informationen über den Stand der Tschangan-Mission. Das kann sowohl gut als auch schlecht sein.«

»Es ist schlecht!«, sprach Dabulus im Ton der unumstößlichen Gewissheit. »Curwen braucht unsere Hilfe. Und ich werde sie ihm geben. Niemand wird mich von meinem Entschluss abbringen.« Die Worte verströmten den Hauch eiskalter Entschlossenheit. »Und jetzt Schluss mit der Diskussion! Noch ein Wort in dieser Sache und ich lasse Sie wegen Meuterei unter Arrest stellen! Wollen Sie das?«

Er drehte sich um. Aggressiver Blick zu dem anderen Pykejon.

Valakus' lilienweißes Gesicht wurde vor Schreck eine Nuance weißer. Er hätte nie gedacht, dass der Admiral so weit gehen würde. Offenbar lag ihm viel an seinem Freund Curwen.

»Sir! Wir haben drei kehhl'daaranische Schlachtschiffe im Erfassungsbereich des GEODRD«, rief der Mann an der Ortung.

»Verstanden!«, gab Dabulus im beherrschten Ton zurück. Blick rüber zur Taktik. »Aktivieren Sie die Tarnung. Bald werden wir sehen, was sie wirklich taugt.« Extrem gedämpft fügte er hinzu. »Wenn das Ding versagt, drehe ich dem Chief den Hals um.«

## Siebzehn

Irgendwo auf Tschangan
24. Dezember 2299

Ein herrliches Gefühl, wieder einmal in der freien Natur zu sein. Cara'uhn befand sich schon so lange im All, dass er fast nicht mehr wusste, wie ein Baum aussah.

Er zog den besonderen Duft des Waldes in seine Nase.
Hier roch die Luft ganz anders als an Bord der TILL'KARA. Nicht so

alt, verbraucht, wie es die recycelte Atmosphäre auf Raumschiffen an sich hatte. Auch mit der in Parikan war sie nicht zu vergleichen. In der Stadt besaß sie eine chemische Note, doch hier war es pure Natur, die Düfte der Zivilisation waren hier nicht zu erschnüffeln.

In dem Moment hätte er sich am liebsten ins Gras gelegt, die Gedanken kreisen lassen, den Krieg vergessen und die Süße der Harmonie genossen.

Für Entspannung war jedoch keine Zeit. Es gab Arbeit zu erledigen. Zudem war es nicht ratsam, sich hier ins Gras zu legen. Wie stimmig dieser Ort auch wirkte, Tschangans Flora und Fauna waren mörderisch.

Er stand neben einem bewaffneten Antigrav-Gleiter der imperialen Bodenstreitkräfte, Rata'ron sowie Perela'kon befanden sich bei ihm. In der rechten Hand hielt er einen Feldstecher. Mit ihm hatte er vor einigen Minuten die Lage sondiert.

Interessante Dinge hatten sich ihm offenbart: Eine weitläufige Farm, im Zentrum ein ansehnliches Hauptgebäude sowie mehrere Nebengebäude – von Feldern, auf denen exotische Früchte angepflanzt wurden – umschlossen. Auch mehrere Wachtürme hatte er im Fokus gehabt. Recht ungewöhnlich für ein Gehöft.

»Dieses Anwesen gehört einem Mann namens Go'soll. Er ist Farmer, stammt ursprünglich von Kori'quala«, informierte ihn Rata'ron gerade.

Cara'uhn schurzte die Lippen, die Augen verengten sich zu Schlitzen. Er dachte angestrengt nach. Mit dieser Farm stimmte etwas nicht, das spürte er in seinen Knochen. »Was haben Sie noch über diesen Mann herausgefunden?«

»Komischerweise nichts. Es gibt keine Unterlagen aus der Zeit, bevor er diese Farm übernahm. Keine Geburtsurkunde! Nichts!«

»Möglicherweise eine falsche Identität«, warf Perela'kon ein.

Cara'uhn nickte zustimmend.

»Ich habe Aufnahmen von der Gefangennahme dieser mysteriösen Raccaner durch die Tschanganer gemacht«, fuhr Perela'kon fort. »Dieser Kehhl'daaraner namens Go'soll war auch anwesend. Möglicherweise finden wir etwas heraus, wenn wir die Bilder vom Computer analysieren lassen.«

»Dann machen Sie das. Ich möchte gerne wissen, was es mit diesem

Go'soll auf sich hat.« Die Stimme des Sha'kre war schneidend.

Das Verhalten des Sha'kre Perela'kon gegenüber war frostig. Er konnte sich denken, weshalb. Cara'uhn nahm es ihm übel, dass er die beiden Raccaner, vermeintlichen Raccaner!, – weder Cara'uhn noch Perela'kon zweifelten daran, dass sie es mit verkleideten Terranern zu tun hatten – entkommen hat lassen.

Mit schaudern erinnerte er sich an den Vorfall in diesem Weiher.

Dieses verfluchte Gurixanxu!

Man möge ihn für verrückt halten! Perela'kon war überzeugt, dass dieses Monster die Flüchtigen beschützt hatte. Es ermöglichte ihnen die Flucht zu einem Wasserfall, hinter dem sich eine Höhle befand.

Weil sie keinen Zugang zur Höhle fanden, den Einzigen hatten die Flüchtigen verbarrikadiert, entschloss sich Perela'kon, die Jagd fürs Erste zu beenden. Eine Fehlentscheidung, wie er heute wusste.

Perela'kon schritt zum Antigrav-Gleiter. Er verband seinen Feldstecher über eine Schnittstelle mit dem Bordcomputer. Auf einem kleinen Monitor, der sich in der Mitte des Armaturenbretts befand, erschienen die Bilder, die er mit dem elektronischen Fernglas gemacht hatte.

Es dauerte nicht einmal eineinhalb Minuten, bis der Computer das Ergebnis lieferte. Es war ziemlich überraschend.

»Sie werden nicht glauben, was der Computer entdeckt hat«, wandte sich Perela'kon mit erregter Stimme an Cara'uhn.

Cara'uhn sah Perela'kon erwartungsvoll an. »Was?«

»Go'soll ist Ke'hinuc.«

»Ke'hinuc?«, platzte es ungläubig aus Rata'ron heraus. »Der ist doch tot.«

»Dann habe ich gerade einen Geist gesehen«, sprach Perela'kon ernst.


Auf der Farm des Ke'hinuc war nervöse Hektik ausgebrochen.

Einige Tschanganer schleppten Kisten zum Innenhof des Hauptgebäudes, wo mehrere Antigrav-Gleiter geparkt waren. Andere liefen bewaffnet umher. Die Waffen feuerbereit. Die Furcht vor den herannahenden Kehhl'daaranern trieb die Männer an.

Die Tschanganer wussten, dass der Mann, für den sie tätig waren, sich der Fahnenflucht schuldig gemacht hatte. Die imperialen

Soldaten werden ihn töten – und all diejenigen, die für ihn arbeiteten. Was da im Anmarsch war, war der beinahe sichere Tod, dem sie nur durch eine schnelle Flucht in den Dschungel entkommen konnten.

Doch vielen Tschanganer kam es gar nicht in den Sinn, zu fliehen. Sie wollten mit ihrem Leben einen Kehhl'daaraner schützen, der ihren Respekt gewonnen hatte. In den Jahren seines Exils auf Tschangan war er einer von ihnen geworden.

Curwen und Thenga befanden sich inmitten des Chaos und wussten nicht so recht, was sie tun sollten.

»Ich schlage vor, wir machen eine Fliege«, meinte Thenga, stopfte sich Pommes frites in den Mund. Noch immer saßen sie an der Tafel, sahen dem rastlosen Treiben zu.

»Ich denke, wir sollten ihnen helfen«, antwortete Curwen.

»Oh! Eine Wende um hundertachtzig Grad«, sprach Thenga scharfzüngig. »Vor Kurzem warst du dem Kehhl'daaraner gegenüber extrem misstrauisch und jetzt willst du ihm helfen?«

»Erstens bin ich wie du weißt ein launischer Mensch. Und zweitens denke ich taktisch. – Du hast recht, wir brauchen Ke'hinuc. Allein haben wir gegen die imperialen Soldaten keine Chance.«

»Was auch immer Sie tun, ich schlage vor, Sie tun es schnell«, schallte es von der Pforte zum Speisesaal zu ihnen herüber. Es war Ke'hinuc! Vor wenigen Minuten hatte er den Saal fluchtartig verlassen. Nun war er zurück.

»Wir werden Ihnen helfen«, bekräftigte Curwen. »Die Situation macht uns zu Verbündeten. Wenn wir alle heil aus der Sache rauskommen wollen, müssen wir zusammenarbeiten. Auch wenn es mir nicht gefällt.«

»Ich sehe, dass Sie Ihrem Ruf als großer Taktiker gerecht werden. Sie erfassen eine Situation und handeln entsprechend. Ich weiß auch schon, wie Sie mir helfen können. Wie gut sind Ihre Fähigkeiten als Schütze?«

»Ich denke ganz gut. Wieso?«

»Am Ostflügel des Komplexes habe ich eine Waffenplattform installieren lassen. Die Jungs dort könnten sicher Hilfe gebrauchen. Ich bringe Sie hin.«

Ke'hinuc eilte aus dem Raum.

Curwen erhob sich aus dem Stuhl, hechtete dem Kehhl'daaraner hinterher.

Thenga griff mit einer Hand in eine Schüssel Pommes, fischte ein paar heraus, stopfte sie sich in den Mund, dann folgte er Curwen.

Sie rannten durchs Gebäude. Eine schlichte Brettertür hindurch gelangten sie ins Freie. Weiter ging es über ein Feld.

Ihr Sprint endete vor einem eckigen Turm aus Metall, auf dem eine runde Plattform saß.

Flink wie ein Wiesel kletterte Ke'hinuc eine rostige Leiter hinauf. Curwen und Thenga folgten dicht auf.

Oben auf der Plattform angekommen, bemerkte Curwen zwei altmodische Maschinengewehre, die am Geländer angebracht waren, sowie etwas, das mittels einer Plane neugierigen Blicken entzogen wurde. Was auch immer sich darunter verbarg, es war gewaltig, nahm den größten Teil der Plattform ein, auf ihr gab es kaum noch Raum zum Stehen. Ein junger Tschanganer lehnte lässig an der Plane, ein zu einem Röhrchen zusammengedrehtes Blatt in seinem Mund. Am anderem Ende kräuselte Rauch nach oben. Das Ding verströmte einen Geruch, der an Weihrauch erinnerte.

»Wo ist Felakin?«, wollte Ke'hinuc von dem jungenhaften Tschanganer wissen.

Der Tschanganer reagierte mit einem Schulterzucken. »Keine Ahnung.« Er zog genüsslich an seinem Joint.

»Wahrscheinlich hat er sich aus dem Staub gemacht«, mutmaßte Ke'hinuc. »Ich kann es ihm nicht verübeln.«

Er wandte sich den Männern von der United Space Navy zu. »Doch das ist nicht weiter tragisch, nachdem Sie ja hier sind.«

»Keine Sorge! Wir werden den imperialen Truppen einen heißen Empfang bereiten«, versicherte Curwen.

»Davon bin ich überzeugt«, entgegnete Ke'hinuc. Seine Lippen formten ein pfiffiges Lächeln. »Viel Glück!«

»Ihnen auch.«

Keine leeren Worte. Curwen kam langsam zur Einsicht, dass Ke'hinuc es ernst meinte: Er war nicht ihr Feind. Der wahre Feind befand sich auf einem Hügel in der Nähe.

»Was ist unter dieser Plane?«, erkundigte er sich bei dem Tschanganer.

Der Tschanganer lächelte hintergründig. »Eine Überraschung!«

Er warf den Joint auf den Boden, dämpfte ihn mit seinem Fuß aus.

»Sie wird die Kehhl'daaraner zerquetschen wie mein Fuß diesen Wanqi.«

»Wir sind bereit«, meldete Perela'kon.

»Gut«, erwiderte Cara'uhn freudig erregt. »Angriff!!«

Mehrere bewaffnete Antigrav-Gleiter setzten sich in Bewegung, schwebten bedächtig über die Landschaft.

Neben ihnen marschierten Dutzende schwer bewaffnete Soldaten. Ihre schweren Stiefel knickten Gras platt. Wie eine Sturmfront nährte sich die Streitmacht der Farm.

Dass die Farm von mehreren Hektar offenes Land umgeben war, war zum Vorteil von Perela'kons Männern. Dadurch kamen sie schnell voran. Andererseits besaßen sie dadurch auch einen gewissen Nachteil: Die Soldaten hatten kaum Deckung.

Perela'kon machte sich deswegen jedoch keine Sorgen. Diese Bauern werden kaum Widerstand leisten.

Mit einem zufriedenen Lächeln sah Cara'uhn den Soldaten nach. Bald wird Curwen sein Gefangener sein. Diesmal entkommt er nicht.

»Es ist so weit!«, rief Curwen, als er sah, dass sich das kehhl'daaranische Aufgebot in Bewegung setzte.

Als wäre dies das Stichwort, entfernte der Tschanganer mithilfe der Terraner die Plane und warf sie einfach von der Plattform. Ein Plasmageschütz kam zum Vorschein.

Curwen riss erstaunt die Augen auf. Eine kehhl'daaranische Plasma-Flak des Typs Höllenspeer. Höllenspeer-Flakgeschütze waren schon ziemlich antiquiert, wurden sie schließlich schon im letzten Krieg eingesetzt, doch konnte man mit diesem Ding nach wie vor viel Schaden anrichten.

Der Tschanganer nahm auf einem Schalensitz hinter dem Geschützrohr platz. Seine Hände umfassten Griffe, die sich beiderseits des großen Monitors der Zielerfassung befanden. Das Geschütz schwenkte nach rechts, richtete sich aufs Ziel aus. Mithilfe des Zielcomputers nahm er einen der sich nährenden Antigrav-Gleiter ins Visier. Curwen und Thenga bezogen hinter den Maschinengewehren Stellung.

Mit einem ohrenbetäubenden Geräusch, das aus der Hölle herauf-
zuschallen schien, erwachte das Plasmageschütz zum Leben. Ein
Speer aus Feuer durchbohrte die Luft, traf den Gleiter an der Spitze
des feindlichen Trosses mit voller Wucht. Gieriges Plasmafeuer verschlang ihn. Eine Feuersäule stieg in den Himmel.

Brennende Trümmer stoben in alle Richtung, setzten Sträucher und
Bäume in Brand. Die Fußsoldaten stoben wie aufgescheuchte Hühner
auseinander, versuchten sich vor den wie Schrapnell herumfliegenden
Trümmern in Sicherheit zu bringen.

Curwen betätigte den Abzug seines Maschinengewehrs. Es ratterte,
schleuderte tödliche Projektile den Kehhl'daaranern entgegen.
Innerhalb kürzester Zeit hatte sich der kehhl'daaranische Angriff in
heilloses Chaos verwandelt.

Cara'uhn wurde Zeuge eines jämmerlichen Schauspiels. Fassungslosigkeit zeichnete sich in seiner Mimik ab, als er mit ansehen musste,
wie der Angriff im Chaos zusammenbrach.

Wut kochte hoch, verdampfte die Fassungslosigkeit. Nein! Das wird
Curwen nicht wagen! Cara'uhn hatte dem Menschen schon einmal
eine empfindliche Schlappe zu verdanken. Ein zweites Mal wird das
nicht passieren – *das* ließ Cara'uhn nicht zu!

»Für einen Haufen Bauern sind sie erstaunlich gut bewaffnet«,
kommentierte Rata'ron.

»Ja!«, zischte Cara'uhn aufgebracht. »Doch das wird ihnen nichts
nützen. Letztendlich werden sie verlieren.« Er aktivierte den
Kommunikator an seinem Handgelenk. »Macht sie fertig!«, brüllte er
hinein. »Zeigt keine Gnade.«

Die Geschütze der Antigrav-Gleiter schleuderten der Farm zahlreiche Energielanzen entgegen, Raketen begleiteten sie. Die Tore zur
Hölle wurden geöffnet.

»Sie gehen zum Gegenangriff über«, schrie Curwen, als die
Kehhl'daaraner begannen, aus allen Rohren zu feuern. Gleich einem
tödlichen Bienenschwarm schwirrten ihnen ein halbes Dutzend
Raketen entgegen.

Als wäre das nicht schon schlimm genug, mussten ihnen auch noch
Plasmastrahlen entgegen jagen.

Nein! Die Plasmastrahlen waren schlimmer! Denn Raketen ließen sich abschießen, gegen Plasmastrahlen gab es hingegen keine Abwehr.

Der Tschanganer hantierte wie verrückt an den Kontrollen des Plasmageschützes, versuchte alle Raketen abzuschießen. Plasmastrahlen und Raketen jagten aufeinander zu. Explosionen! Ohrenbetäubendes Donnern.

Dem Tschanganer war es wie durch ein Wunder gelungen, alle Raketen unschädlich zu machen. Doch das nutzte ihm nichts, die Plasmastrahlen fanden ungehindert ihr Ziel. Neben dem Turm, auf dem sich zwei Terraner und ein Tschanganer aufhielten, wuchsen Feuerpilze aus dem Boden.

»Wir sollten von dieser Plattform …« setzte Thenga an, verstummte, als es ganz in der Nähe eine Explosion gab. Er konnte die Hitze deutlich spüren.

»Sofort runter!!«, schrie Curwen aus voller Kehle.

Thenga reagierte nicht.

»Runter von diesem Turm! – Sofort!«, wiederholte Curwen.

Thenga wandte sich der Leiter zu.

»Nicht die Leiter! – Springen!«, dröhnte Curwen.

»Wir werden uns sämtliche Knochen brechen, wenn wir da runterspringen«, protestierte Thenga.

Curwen wusste, dass keine Zeit für Diskussionen war. Er stieß einen Arm vom Körper weg. Der Stoß traf Thenga am Rücken.

Thenga stolperte nach vorne, fiel über die Brüstung, stürzte nach unten.

Als er herunterstürzte, geschah das ungewohnt langsam. Eine Folge der niedrigen Schwerkraft auf Tschangan, die bei nur 0,75 G lag.

Curwen zögerte keinen Augenblick, sprang hinterher. Keine Sekunde zu früh, denn kurz darauf existierte der Turm nicht mehr.

Der Tschanganer hatte es bedauerlicherweise nicht geschafft. Er war im Plasmafeuer verdampft.

Thenga kam unglücklich mit dem Bauch voran am Boden auf, seine Rippen stießen gegen einen Stein. Es knackste. Er verspürte einen Schmerz. Doch er ignorierte es.

Curwen landete etwas sanfter in einem Gebüsch, zog sich dabei einige Hautabschürfungen zu. Er erhob sich, sah zum Turm, auf dem Flamen loderten. Es war richtig, runterzuhüpfen. Hätten sie es nicht getan, wären sie nun tot. Die geringe Schwerkraft von Tschangan war Dank. Bei einem Sprung aus acht Meter Höhe hätten sie sich bei Erdschwerkraft sämtliche Knochen gebrochen.

Cara'uhn blickte angestrengt durch den Feldstecher, erblickte eine Waffenplattform, die vom Feuer einer Explosion eingehüllt wurde. Zwei Raccaner, die sich kurz zuvor durch gewagte Sprünge retteten, dann wie von einer Tarantel gebissen davon hetzten, daraufhin durch eine Tür ins Farmhaus verschwanden.

Er machte ein nachdenkliches Gesicht, sinnierte. Für ihn bestand kein Zweifel, dass Curwen sich irgendwo in dieser Farm versteckt hielt. Auch bezweifelte er nicht, dass er als Raccaner verkleidet war. Wenn der Terraner sich auf den Welten des Kehhl'daaranischen Empires unbemerkt aufhalten wollte, war dies der perfekte Weg.

Er beendete die Erkundung, warf einen Blick auf Rata'ron, der abseits des Sha'kre neben einem Soldaten mit Granatwerfer stand, diesen Anweisungen erteilte. Rata'ron glaubte nicht an Cara'uhns These.

Doch nun hatte Cara'uhn eine Idee, wie er Rata'rons Skepsis ausräumen konnte.

»Perela'kon, haben Sie kurz Zeit?«, wandte er sich an den Si'kra.

Perela'kon richtete seine Aufmerksamkeit auf den Sha'kre. »Solange die Tschanganer nicht wieder Ärger machen: ja! Kann ich etwas für Sie tun?«

»Ich möchte, dass Sie für mich eine Theorie überprüfen.« Cara'uhn reichte ihm seinen Feldstecher.

Kurz darauf zuckte er zusammen, als ein Geschoss über seinen Kopf hinwegjagte, hinter ihm in einen Baum einschlug. Es knackte. Holzsplitter wirbelten ihm entgegen. »Verdammt! Vielleicht sollten wir das auf später verschieben. Im Moment haben wir etwas zu viel um die Ohren.«

»Keine Zeit ist besser als die Gegenwart, Sha'kre«, sprach Perela'kon. Ein freches Grinsen stahl sich auf seine Lippen. Er strahlte unerschütterliche Gelassenheit aus. Perela'kon war ein harter Knochen. »Das bisschen Speerfeuer der Bauern stört mich nicht.« Dass Sha'kre Cara'uhn leicht nervös auf den Beschuss reagierte, amüsierte ihn insgeheim.

»Ich denke, wir sollten uns einen dieser Antigrav-Gleiter schnappen und von hier verschwinden, denn es wird schön langsam heiß hier«, sprach Thenga gehetzt, während er sich Dreck von der Kleidung klopfte.

»Keine schlechte Idee!«, erwiderte Curwen im gleichen Ton. »Die Lage wird tatsächlich schön langsam kritisch.« In geduckter Haltung liefen sie zum Innenhof, auf dem mehrere Antigrav-Gleiter abgestellt waren. Curwen hoffte, dass sie noch nicht zerstört wurden, was jedoch im Bereich des Möglichen lag.

In der Nähe durchschlug ein Geschoss das Dach eines Nebengebäudes. Dachziegeln und anderes Zeug fegte über ihre Köpfe hinweg.

»Mir bleibt auch gar nichts erspart! In den letzten Tagen war ich so oft in Lebensgefahr wie noch nie zuvor. Mir scheint, der Sensenmann hat es auf mich abgesehen«, raunzte Thenga.

»Gib etwas Gas! Sonst erwischt er dich noch«, mahnte Curwen zu Eile.

Um den Innenhof zu erreichen, mussten sie das halbe Farmgebäude durchqueren, was sich als schwierig erwies, angesichts der Tatsache, dass es bereits zahlreiche Treffer einstecken musste, weshalb Teile davon eingestürzt waren sowie in Flammen standen.

Totales Chaos umgab sie. Angestellte liefen panikerfüllt umher. Jeder versuchte, hier wegzukommen, um sein Leben zu retten.

Viele dieser Leute waren bewaffnet, doch ihr Kampfesmut hatte sie verlassen, als die Kehhl'daaraner begannen, mit voller Härte zuzuschlagen.

Curwen nahm es ihnen nicht übel. Diese Leute waren nun mal Zivilisten und keine Soldaten. Sie hatten kaum Kampferfahrung.

Inmitten des Tumults machten Curwen und Thenga eine grausame Entdeckung. Der Raum, in dem Ke'hinuc noch vor Kurzem ein Festmahl veranstaltete – er war völlig zerstört. Inmitten des Raumes, die Beine unter Trümmern begraben, da lag die Leiche des Kehhl'daaraners. Sein Versuch, den ehemaligen Kampfgefährten zu entkommen, war gescheitert. Es war ihm nicht vergönnt, ein zweites Mal ein neues Leben zu beginnen.

Vielleicht besser so. Denn nun brauchte er sich nicht mehr zu verstecken.

Curwen und Thenga hatten keine Zeit, sich um die Leiche zu kümmern. Sie mussten weiter zu den Antigrav-Gleitern. Es eilte.

Sie bahnten sich einen Weg durch das gefräßige Feuer, das sich rasend schnell anschickte, die Farm zu vertilgen, rannten an brennende Stühle vorbei, weiter durch einen Korridor, eine Tür hindurch, gelangten in den Innenhof.

Was Curwen zu sehen bekam, war nicht erbaulich. Hier standen zwei Antigrav-Gleiter, von denen einer zerstört war, ein brennendes Wrack. Der zweite schien unbeschädigt zu sein. Also blieb ihnen nur noch dieser eine.

Curwen hoffte innig, dass der letzte verbliebene Antigrav-Gleiter tatsächlich keine Schäden aufwies. Würde sich herausstellen, dass auch er defekt war, blieb ihnen nichts anderes übrig, als wieder in den Dschungel zu flüchten. Keine schöne Aussicht.

Sie zwängten sich in den Gleiter. Curwens Finger betätigten mehrere Schalter. Erleichterung durchströmte ihn, als der Klang des Triebwerkes seine Ohren schmeichelte. Die Hände klammerten sich ans Steuerhorn, er zog es zu sich heran.

Der Gleiter hob ab. Düsen stießen ein wütendes Fauchen aus. Senkrecht schoss er nach oben. Dann raste er davon, mit neunhundert Stundenkilometer über die Bäume hinweg.

Es dauerte nicht lange, bis einige gegnerische Antigrav-Gleiter die Verfolgung aufnahmen.

Curwen erhöhte die Geschwindigkeit im Bestreben, einen Vorsprung herauszuholen. Mit mörderischem Tempo von Mach Eins Komma Fünf eilte der Gleiter dicht über die Baumkronen hinweg.

Thengas Finger krallten sich an den Armlehnen fest. Dieser halsbrecherische Flug machte ihn ziemlich nervös.

Die Kehhl'daaraner eröffneten das Feuer. Mehrere Salven hetzten durch die Luft, verfehlten den flüchtenden Gleiter mit den als Raccaner verkleideten Terranern nur knapp, schlugen stattdessen in Bäume ein, verwandelten diese in Fackeln.

Der Abstand verringerte sich.

Curwen drückte das Steuerhorn nach vorne.

»Was zum Teufel machst du da?«, kreischte Thenga.

Der flüchtende Gleiter jagte in einem halsbrecherischen Tempo durch eine Lücke in der Krone eines Mammutbaumes.

Thenga ahnte, welche Absicht Curwen verfolgte, doch fand er sie alles andere als klug. Mit eineinhalbfacher Schallgeschwindigkeit zwischen den Bäumen hindurch zu jagen war geradezu selbstmörderisch.

Vor ihnen explodierte ein Baum regelrecht, als gleich mehrere Plasmastrahlen in ihn einschlugen. Eine Feuerwolke breitete sich rasend schnell aus, und der Gleiter schoss direkt darauf zu.

Curwen reagierte instinktiv und ließ den Gleiter in einem fast Neunzig-grad-Winkel in die Höhe steigen. Doch waren sie schon zu nah. Die Unterseite des Gleiters tauchte in die Feuerwolke ein, die Hülle wurde angesengt.

*Das ist gar nicht gut,* kommentierte Curwens Hirn.

Der Antigrav-Gleiter schoss unbeirrt in den Himmel. Curwen spürte, dass die Luft langsam dünn wurde. Sie stießen in Höhen vor, die für einen Gleiter ohne Druckkabine nicht geeignet waren. Dieses Ding war fürs Gleiten in Bodennähe gebaut worden, nicht für Atmosphärenflug.

*Runter!*

Kaum hatte er diesen Gedanken gefasst, da blieb der Gleiter in der Luft stehen, um daraufhin wie ein Stein der Oberfläche entgegen zu fallen.

*Aber nicht so!*

Das war ja zu befürchten! Die feurige Liebkosung des Plasmas hatte den Antigrav-Generator beschädigt. Er war ausgefallen. Curwen musste ihn irgendwie wieder in Gang setzen oder es war aus.

*Aus und vorbei! Wir werden uns wie ein Meteor in den Boden rammen. Die Kehhl'daaraner können dann unsere Einzelteile aufsammeln,* gab sich Thenga nihilistisch.

Verzweifelt hantierte Curwen an den Antriebskontrollen herum. Es musste ihm gelingen, den Antigrav wieder online zu bringen. Und das so schnell wie möglich. Er hatte nicht viel Hoffnung, dass ihm das gelang.

Doch Fortuna war den Menschen gewogen. Plötzlich sprang der Antigrav-Generator von selbst wieder an. Curwen zog den Gleiter nach oben. In letzter Sekunde!

*Wo sind die Kehhl'daaraner?* Er konnte ihre Verfolger nicht ausmachen.

»Die Echsen haben abgedreht«, kam es aus Thengas Mund.

»Was?«

»Frag mich nicht warum. Fakt ist, dass die Kehhl'daaraner die Verfolgung aufgegeben haben.«

Die Antwort auf die Frage nach dem Warum war für Curwen nicht relevant. Sie waren entkommen, das allein zählte. Der Antigrav-Gleiter ging auf Kurs Richtung Parikan.


»Wieso haben Sie befohlen, die Verfolgung abzubrechen?«, fragte Rata'ron konsterniert.

Er konnte nicht glauben, dass der Sha'kre diesen Befehl tatsächlich erteilt hatte, hatten sie die Flüchtenden doch beinahe gehabt.

»Keine Sorge!«, entgegnete Cara'uhn gelassen. »Curwen ist uns nicht entkommen. Ich weiß, wohin er unterwegs ist. Nach Parikan! Dort werden wir auf ihn warten.«

»Woher wollen Sie wissen, dass Curwen am Steuer dieses Tok'tur saß?«, versetzte Rata'ron kritisch.

»Er war es! Da bin mir absolut sicher.«

»Bei allem Respekt, Sha'kre! Das sind Sie nicht! Sie haben nach wie vor keine stichhaltigen Beweise dafür, dass Curwen an Bord jenes Frachters war, der im Orbit zerstört wurde, dass er sich in einer Fluchtkapsel retten konnte.«

Cara'uhn lächelte seinen Stellvertreter an. »Noch immer skeptisch? Mein lieber Rata'ron, Sie sind nicht auf dem neuesten Stand. Ich habe Perela'kon gebeten, eine Computeranalyse der Bilder der Raccaner zu machen.« Cara'uhn drehte seinen Kopf in eine andere Richtung, rief aus voller Kehle: »Si'kra! Können Sie dem Rakk'kre Ihre Ergebnisse mitteilen?«

Perela'kon, der abseits von Cara'uhn und Rata'ron bei einem Antigrav-Gleiter stand, den Angriff koordinierte, kam der Aufforderung umgehend nach, ging schnellen Schrittes auf die beiden zu. Er zog einen Thorr'khall aus einer der vielen Taschen seiner Uniform. Diesen reichte er an Rata'ron weiter.

Neugierig geworden aktivierte Rata'ron das Gerät. Auf dem Display wurde ein Bild dieser Raccaner sichtbar. Doch etwas war an ihnen anders. Aus den Raccanern waren Menschen geworden, sehr bekannte Menschen.

»In der Annahme, dass diese Raccaner getarnte Menschen sind, habe ich dem Computer die Instruktion gegeben, ihr wahres Gesicht zu rekonstruieren«, erläuterte Perela'kon. »Dieses Bild ist das Ergebnis.«

Rata'ron beäugte das Bild nochmals eingehend. »Bei den Geistern meiner Vorfahren, Sie haben recht! Das ist Curwen!!«

»Und der Mann neben ihm ist Runako Thenga, sein Erster Offizier. Ich hätte es wissen müssen!«, sprach Cara'uhn über sich selbst verärgert.

»Was hätten Sie wissen müssen?«

»Dass Thenga bei ihm ist. Wo Curwen ist, ist auch sein Erster Offizier. Sie arbeiten stets zusammen. Wie dem auch sei! Geben Sie eine Fahndung nach diesen Männern heraus. Jetzt, nachdem wir sie eindeutig identifiziert haben, gibt es auf Tschangan keinen Platz mehr, wo sie sich verstecken können. Bald werden wir sie in unserer Gewalt haben.«

## Achtzehn

Parikan
Hauptstadt von Tschangan
24. Dezember 2299
19:20 ZULU-Zeit

Curwen ließ den Antigrav-Gleiter im gemächlichen Tempo über die Dächer der Stadt schweben, auf eine Landeplattform zu, die in der Nähe jenes Hotels lag, in dem Jakadin ein Zimmer für die beiden Space Navy-Offiziere gemietet hatte.

Der Gleiter hatte seinen Bestimmungsort erreicht. Aus Öffnungen an der Unterseite des Vehikels fuhren Landestützen heraus, berührten den Boden.

Eine Flügeltür schwang nach oben hin auf, Curwen kletterte aus dem Luftfahrzeug, atmete tief durch. Sofort wurde ihm bewusst, dass sie wieder in der sogenannten Zivilisation weilten, der modrige Geruch des Dschungels war dem chemischen Duft der Großstadt gewichen.

Durch eine Wendeltreppe gelangten sie nach unten auf eine Straße, in der hektisches Treiben herrschte.

Curwen stoppte am Fuße der Treppe. Wachsame Augen sondierten die Umgebung.

Jakadin hatte wahr gesprochen, als er kundtat, dass die Waffenschmiede in einem recht schludrigen Bezirk zu finden war. Curwen erblickte einige Spielhöhlen, anrüchige Lokale und ein Bordell an einer Straßenkreuzung. Es handelte sich um jene Ecke, an der dieses ominöse Waffenlabor zu finden war. Es lag sich nur zwei Häuser vom Bordell entfernt.

Zwielichtige Straßenhändler waren unterwegs, boten ihre Waren feil.

Zwielichtig?

Auf jeden Fall! Curwen war davon überzeugt, dass diese Händler allesamt Gauner waren, die nur darauf warteten, leichtgläubigen Leuten das Geld aus der Tasche zu ziehen.

»Gehen wir!«, rief er Thenga zu. »Die Arbeit ruft!«

Thengas Antwort war ein Kopfnicken.

Als Curwen und Thenga das Hotel betraten, wurden sie von einem Tschanganer, der hinter dem Tresen stand, mit griesgrämigem Grunzen begrüßt.

Curwen ignorierte die unfreundliche Begrüßung, sprach betont höfflich: »Ein Mann namens Welakin hat ein Zimmer für uns gemietet.« Welakin war ein Tarnname von Jakadin. Kurz nach ihrem Aufbruch von Illanikeb II/5 hatte Telakin ihnen erklärt, dass sie im Hotel sagen sollten, dass ein gewisser Welakin ein Zimmer für sie gemietet hat.

Der Tschanganer murrte erneut, warf einen Blick auf den Monitor des Computers, der vor ihm auf den Tressen stand. Es handelte sich um ein ziemlich altes Gerät, das seine besten Tage schon lange hinter sich hatte. Genau wie das Hotel, welches im wahrsten Sinne des Wortes eine miese Absteige war.

»Zimmer neunzehn«, nuschelte der Tschanganer, wandte sich um, griff nach einem altmodischen Schlüssel, der hinter ihm an einem Harken an einem Bord hing, händigte ihn Curwen aus. »Erster Stock, ganz hinten links.«

»Danke!«, antwortete Curwen knapp.

Es ging eine alte Treppe hinauf, die unter der Last seines Körpers zu ächzen begann. Ein schauerliches Knarren ging von ihr aus.

Der Tschanganer sah den Fremden scheel hinterher. Als sie im oberen Stockwerk verschwanden, sich dadurch seinen Blicken entzogen, richtete er die Aufmerksamkeit wieder auf den Computer, holte ein Fahndungsfoto, das die Besatzer vor Kurzem an alle Hotels in Parikan versendet hatten, auf den Monitor.

Er hatte sich nicht geirrt. Das waren die gesuchten Verbrecher, auf die ein Kopfgeld von hunderttausend Jakas ausgesetzt war.

Er griff zu seinem Kommunikator. Dieses hübsche Sümmchen wird ihm gehören.


Curwen steckte den Schlüssel ins Loch, vollführte damit eine Drehung nach links. Ein Knacken war zu vernehmen, als sich der Riegel nach hinten schob. Curwen zog den Schlüssel aus dem Loch und ließ ihn in die Hosentasche wandern. Er führte seine rechte Hand zum Türknauf, drückte ihn hinunter, öffnete die Tür. Ein muffiger Geruch wehte ihm entgegen.

Er ließ den Blick durch das Zimmer schweifen. Wie erwartet war es genauso schäbig wie der Rest des Hotels.

»Das erinnert mich an die Studentenbude, in der ich während meines ersten Semesters an der Space Navy-Akademie wohnte. War genauso ein Rattenloch«, meckerte Thenga, als er Curwens Blick folgte.

Überall waren Spinnweben, besser gesagt etwas, das danach aussah. *Gibt es auf diesem Planeten überhaupt so etwas wie Spinnen*, sinnierte Thenga. *Egal! Was immer das ist, es ist ekelig!* Das galt auch für die Betten. Sie erweckten den Anschein, als wären die Laken schon seit Jahren nicht mehr gewechselt worden.

Thenga rümpfte die Nase, mäkelte erneut. »Sag mal, welcher Teufel hat dich eigentlich geritten, als du ausgerechnet dieses Hotel zu unserem Quartier erwählt hast?«

»Das war ich doch gar nicht! Das war dieser Rebellengeneral.«

»Richtig, das habe ich doch glatt vergessen. Dieser Jakadin hat einen schrägen Geschmack.«

»Ästhetik war bei der Wahl des Hotels unwesentlich. Das Hotel liegt genau gegenüber unserem Objekt der Begierde, deswegen ist es der ideale Standort. Wir haben einen Auftrag zu erledigen, Luxus ist in diesem Fall unwichtig.«

*Zebediah hat recht*, ging ein in Resignation getauchter Gedanke durch Thengas Gehirn. *Ich werde wohl in den sauren Apfel beißen müssen.*

Curwen wandte sich dem Fenster zu, schob einen schmutzigen Vorhang zurück, warf einen Blick hinüber zu dem Waffenforschungsinstitut auf der anderen Straßenseite. Was er zu sehen bekam, war nicht gerade ermutigend. In dieses Gebäude einzudringen, wird sicherlich kein Kinderspiel.

Der Komplex erwies sich als Festung. Am Eingang waren zwei Wachmänner postiert. Über ihnen, auf dem weitläufigen Erker der ersten Ebene, patrouillierten sechs weitere. Diese Wachmänner trugen die Uniformen von kehhl'daaranischen Polizeieinheiten. Curwen war sich jedoch sicher, dass es sich bei diesen Leuten keineswegs um Polizisten handelte, bestimmt waren es Soldaten einer Spezialeinheit.

Wahrlich kein leichtes Unterfangen, doch Curwen war zuversichtlich, dass sie einen Weg finden.

»Das wird kein Spaziergang«, äußerte sich Thenga, der sich zu, Curwen gesellt hatte, um sich ebenfalls einen Überblick zu verschafften.

»Nein, auf keinen Fall«, stimmte Curwen zu. »Aber wo ein Wille ist, ist auch ein Weg. Wir brauchen nur einen guten Plan.«

»Hast du einen?«

»Noch nicht, aber sobald ich einen habe, bin ich mir sicher, dass er dir gefallen wird.«

»Wieso müssen wir uns überhaupt überlegen, wie wir in diesen Schuppen gelangen. Hätten das nicht die Typen im Hauptquartier für uns erledigen können?«

»Ich glaube nicht. Die Herren im Hauptquartier …«


Und wieder einmal wanderte Cheyenne Hamilton ziellos auf den Straßen von Parikan umher.

Wie soll sie Curwen finden? Wo soll sie ihn finden? War es sinnvoll, nach einem Mann zu suchen, der als tot galt? Die Tschanganer waren überzeugt, dass Curwen beim Abschuss des Frachtschiffes über Tschangan ums Leben kam.

Hamilton glaubte das nicht. Keine Sekunde lang! Curwen war am Leben und in dieser Stadt – und sie wird ihn finden!

Widerstrebende Gefühle nisteten sich bei ihr ein. Furcht! Zorn! Brennendes Verlangen nach einem Mann, den sie bis vor wenigen Tagen nicht gekannt hatte. All diese Gefühle vermengten sich zu einem labyrinthischen Gefühlswirrwarr.

Die Furcht und der Zorn wurden zunehmend überlagert von dem Wunsch, bei Curwen zu sein, seinen Körper an dem ihren zu spüren. Sexuelle Begierde!

Sie hatte die Empfindung, als würden seine Lippen die ihre berühren, seine Hände über ihre Brüste wandern.

»Hey! Pass auf, wo du langgehst!«, erschallte es von irgendwo her.

Als sie mit dem Tschanganer zusammenstieß, da wurde sie aus ihrem erotischen Tagtraum gerissen.

»T'schuldigung!«, murmelte sie verlegen.

Tagtraum? Die Bilder in ihrem Kopf kamen ihr nicht als solcher vor. Es dünkte ihr, als wären es Erinnerungen. Erinnerungen an eine heiße Nacht mit Zebediah Curwen, die es nie gegeben hat.

Sie spürte, dass etwas aus ihrer Nase tropfte. Der rechte Zeigefinger fuhr über die Nase, eine silberne Flüssigkeit blieb an ihm haften. *Was zum Teufel …?*

Die Furcht und der Zorn kamen zurück. Hamilton ging an einem schäbigen Hotel vorbei, bemerkte einige Soldaten, die gerade im Begriff waren, das Gebäude zu betreten.

In dem Moment, in dem sie die Krieger sah, wusste sie, dass Curwen in diesem Gebäude war, dass er in höchster Gefahr schwebte. Sie musste handeln.

Zu ihrem Leidwesen kannte Hamilton diese Bruchbude nur allzu gut, denn zu der Zeit, in der sie für Scudmore arbeitete, hatte sie oft da drinnen gehaust. Deshalb wusste sie über den Hintereingang bescheid.

Sie wartete, bis die Kehhl'daaraner aus ihrem Blickfeld traten, dann begab sie sich zum besagten Hintereingang. Durch ihn gelangte man in ein Treppenhaus.

Als sie durch die Tür hindurch war, am Treppenabsatz stand, da drangen vom ersten Stockwerk erregte Stimmen zu ihr herunter. Es waren die Laute eines Kehhl'daaraner und die einer Person, die sie gut kannte. Diese Stimme würde sie jederzeit wieder erkennen. Ihr Instinkt hatte sie also nicht betrogen, Curwen war hier, und in

Schwierigkeiten.

Langsam, vorsichtig, schritt sie die Treppe hinauf. Von ihren früheren Besuchen wusste sie, dass diese Treppe gerne knarrte. Doch das durfte sie auf keinen Fall, würde das Geräusch doch die Kehhl'daaraner auf sie aufmerksam machen. Kehhl'daaraner hatten zwar kein gutes Gehör, doch dieses grässliche Schnarren der altersschwachen Stufen würden womöglich selbst sie bemerken. Also hieß es leise zu sein.

Als sie den ersten Stock erreicht hatte, erblickte sie im Flur zwei Kehhl'daaraner. Ein Dritter befand sich im Zimmer, war gerade damit beschäftigt, Curwen zur Schnecke zu machen.

Bedacht schlich sie sich ran. Die rechte Hand fuhr zum Waffengürtel. Hamilton zog die Plasmapistole.

In dem Augenblick drangen Worte aus dem Raum, die ihr das Blut in den Adern gefrieren ließen. Denn plötzlich sprach der Kehhl'daaraner in perfektem Englisch: »Sie sind verhaftet!«

Da wusste sie, dass sie unverzüglich eingreifen musste.

Ein Klopfen an der Tür unterbrach Curwen. Jemand war da draußen. Die penetrante Art des Geklopfes ließ erahnen, dass es sich nicht um einen Höflichkeitsbesuch handelte. Derjenige, der vor der Tür stand, bestand darauf, dass sie unverzüglich geöffnet wird.

Ein ungutes Gefühl stieg in Curwen hoch. Es war möglich, dass es sich bei dem Besucher um einen Vertreter der kehhl'daaranische Sicherheit handelte. Diese Vermutung wurde sogleich bestätigt, als die Terraner die fordernde Stimme eines Kehhl'daaraners vernahmen. »Im Namen des Empires! Öffnen Sie unverzüglich die Tür, oder wir brechen sie auf.«

»Was wollen Sie von uns!«, rief Curwen.

»Das geht Sie nichts an! Öffnen Sie die Tür! Wie ich schon sagte: Wenn Sie der Forderung nicht nachkommen, sehe ich mich gezwungen sie aufzubrechen.«

Thenga sah Curwen verwirrt an. Er konnte sich aus dem Gespräch – das in einer Sprache geführt wurde, die er nicht verstand – keinen Reim machen: »Was ist los?«, fragte er.

»Razzia!«, erklärte Curwen lakonisch.

»Oh Mist!«

»Lassen wir ihn herein«, raunte Curwen. »Ich fürchte, wir haben keine andere Wahl.«

»Was ist, wenn er herausfindet, wer wir wirklich sind?«

»Hoffen wir, dass dies nicht geschieht.«

Thenga zuckte mit den Schultern, stieß einen Seufzer aus. Seine Füße setzten sich in Bewegung. Mit besorgter Miene stromerte er zur Tür, um sie für den Kehhl'daaraner zu öffnen.

Curwen zog seine Waffe, versteckte sie unter der Kleidung. Der kleine Finger legte sich auf den Abzug. Es handelte sich um eine kehhl'daaranische Plasmapistole, die im Handschuhfach des Antigrav-Gleiters gelegen hatte. Falls der Kehhl'daaraner herausfindet, dass sie nicht die waren, als die sie sich ausgaben, musste Curwen ihn so schnell wie möglich ausschalten. Das war womöglich die einzige Chance, heil aus der Sache rauszukommen.

Mit einem markerschütternden Wimmern öffnete sich die Tür. Curwen erinnerte das Geräusch an eine Szene aus einem alten Gruselfilm. Er bekam unwillkürlich eine Gänsehaut.

Der Kehhl'daaraner platzte in den Raum, blickte grimmig zu den Terranern.

Er trug die braune Uniform eines U'rah'kre der planetarischen Streitkräfte des Empires. Er war nicht alleine, über die Schulter des Kehhl'daaraners erblickte Curwen zwei weitere im Flur.

Eiskalter Blick des Anführers. »Z'rii F'llak'kuruk J'ksl!«[2]

Curwen und Thenga zückten ihre gefälschten Ausweise. Sie konnten nur hoffen, dass sie nicht als solche erkannt wurden, denn dann wären sie geliefert.

Der U'rah'kre steckte die Chipkarten nacheinander in ein Lesegerät, gab sie anschließend an ihre Besitzer zurück. Offenkundig war der Kehhl'daaraner auf die gefälschten Karten reingefallen. Curwen reagierte erleichtert.

»Sie kommen von der J'sal-Kolonie?«, fragte der Kehhl'daaraner.

Curwen antwortete mit einem kehhl'daaranischen Nicken.

Er wusste, dass die Körpersprache eines Kehhl'daaraners eine andere war als die eines Menschen.

Die Raccaner als die Geknechteten der Kehhl'daaraner hatten die

---

2 Ihre Ausweise bitte

Körpersprache ihrer Herren übernommen, weshalb sich Curwen bemühte, sich Kehhl'daaranisch zu bewegen. Typisch menschliche Gesten würden ihn verraten.

»Und was tun Sie hier in Parikan?«

»Wir sind nur auf der Durchreise, wollen weiter nach Kehhl'daar Prime.«

»Verstehe«, murmelte der Kehhl'daaraner.

Es hatte den Anschein, als würden die Terraner heil aus der Sache rauskommen. Curwen atmete erleichtert durch.

Der Schein trog!

Ein tückisches Lächeln, welches bei Curwen die Alarmglocken schrillen ließ, stahl sich ins Gesicht des Reptiloiden. Aus seinem Mund kamen Worte, die im flüssigen Englisch formuliert wurden. Verhängnisvolle Buchstaben, die den Menschen einen gebührenden Schock bereiteten.

Als die drei folgenschweren Worte in seine Ohren drangen: »Sie sind verhaftet!«, da wich die Farbe aus Curwens Gesicht. Eine seltsame Empfindung nistete sich in seiner Brust ein. Er hatte das Gefühl, als würde sein Herz für den Bruchteil einer Sekunde aussetzte, um dann wie verrückt gegen die Rippen zu hämmern, als wollte es aus seinem Körper ausbrechen. Es war ihm, als würde es schreien: › »Ich will hier weg!« ‹

Es pumpte Blut und Adrenalin in Rekordtempo durch den Körper. Düstere Gedanken eilten durch seine Gehirnwindungen: *War es das? Unsere Mission gescheitert, wir beide in ein kehhl'daaranisches Gefangenlager deportiert. Oder wir werden gleich vor ein Erschießungskommando gestellt!*

Er würde das Erschießungskommando vorziehen, denn diese Lager waren als Todeslager bekannt, wo den Gefangenen ein langsamer Tod erwartete. Da war es ihm lieber, erschossen zu werden. Das ging schnell und relativ schmerzfrei.

In ihm keimte ein schlimmer Verdacht. Hatte der Kehhl'daaraner von Anfang an gewusst, wer sie waren, ihnen nur etwas vorgespielt?

Er war sich sogar sicher, dass dem so war. Wieso sonst hätte der Kehhl'daaraner auf Englisch sagen sollen, dass sie verhaftet sind.

Der Schock verwandelte sich in Wut. *Dieser hinterhältige Kerl hat uns verarscht!*, fluchte er in Gedanken.

»Was passiert, wenn wir uns der Verhaftung widersetzten?«, sprach er widerborstig. Er war nicht bereit, so einfach aufzugeben.

»Dann werden Sie sterben und mir eine Menge Arbeit ersparen.«

»Das glaube ich nicht!«, erschallte unerwartet die Stimme von einer weiteren Person vom Flur herein. Curwen konnte sie nicht erblicken. Wahrscheinlich befand sie sich genau hinter den Kehhl'daaranern.

Eine weibliche Stimme. Und sie hatte einen verdammt vertrauten Klang.

Kaum war die letzte Silbe der Worte verklungen, da konnte man das Geräusch einer sich entladenden Plasmapistole vernehmen.

Die jungen Soldaten sackten getroffen zusammen.

Bruchteile von Sekunden später erfasste ein weiterer Plasmastrahl ihren Anführer. Hitze breitete sich in seinem Körper aus, bunte Flecken tanzten vor den Augen herum, schienen ihn mit ihrem fröhlichen Tanz zu verhöhnen.

Der stämmige Kehhl'daaraner verdrehte die Augen, strauchelte. Der massige Körper fiel vornüber, schlug vor Curwens Füssen auf dem Fußboden auf.

Curwens Blick fiel auf den mysteriösen Schützen, der nun über die Kehhl'daaraner hinweg in den Raum trat. Es war Jennifer Brooks alias Cheyenne Hamilton. Wie vermutet.

Sie hielt die Plasmapistole lässig in der Hand. »Probleme Jungs?«, fragte sie in einem ungezwungenen Tonfall.

Ihr standen zwei Raccaner gegenüber, doch sie wusste genau, wer diese Gestalten wirklich waren. Curwens New Newyorker Akzent war für sie unverkennbar.

»Was tust du hier?«, stellte Curwen eine Gegenfrage. Er war überrascht sie zu sehen, hatte nicht erwartet, dass sich ihre Wege jemals wieder kreuzen würden. Er hatte es aber gehofft, innig gehofft. Er empfand nun mal eine tiefe Zuneigung zu dieser Frau.

»Ich war zufällig in der Nähe.«

»Interessanter Zufall«, erwiderte Curwen voll Argwohn. Er war kein Mann, der an Zufälle glaubte, auch dann nicht, wenn es Glückliche waren.

»Einer, der euch das Leben gerettet hat.

Ich war gerade in der Gegend, als ich gesehen habe, dass diese drei hier ins Hotel stürmen.«

Sie warf einen Blick auf die Kehhl'daaraner zu ihren Füssen. Sie waren nicht tot, lediglich betäubt. In einigen Stunden werden sie wieder zu sich kommen, einen mächtigen Kater haben, wie nach einer rauschenden Nacht. Sie beugte sich nach unten, nahm dem Anführer ein Messer ab. Es könnte noch nützlich sein.

»Weil ich nun mal ein neugieriges Wesen bin, folgte ich ihnen heimlich, wurde Zeuge eurer Verhaftung. Natürlich war ich mir sofort im Klaren, dass ich etwas unternehmen muss, um euch zu retten.«

»Du hast recht. Dieser Zufall hat unser Leben gerettet«, stimme Curwen zu. Ein charmantes Lächeln zeichnete sich auf sein Gesicht. »Ich weiß nicht, was passiert wäre, wenn du nicht gekommen wärst.«

»Wir sind hier nicht sicher. Wir sollten verschwinden!«, drängte Thenga zum Aufbruch.

»Runako hat recht. Die Kehhl'daaraner wissen, dass wir hier sind. Wir sollten uns ein neues Versteck suchen.«

»Ich kenne hier in der Stadt einige gute Schlupfwinkel. Wenn ihr wollt, bringe ich euch zu einem«, schlug Hamilton vor.

»Wie mir scheint, kennst du dich hier ziemlich gut aus.«

»Kein Wunder! Ich war ja auch schon oft in dieser Stadt, im Auftrag von der falschen Schlange Scudmore.«

»Apropos Scudmore! Wie geht es dem alten Halunken? Ist er auch hier?«

»Er ist abgehauen.«

»Wie bitte soll ich das verstehen?«

»Das ist eine lange Geschichte. Um sie zu erzählen, fehlt uns die Zeit. Ich erzähle sie dir später.«

Curwen nickte. »Richtig! Sobald das hier überstanden ist, möchte ich mit dir ein ausführliches Gespräch führen.«

»Über was?«

»Über viele Dinge.«

»Genug der Worte!«, unterbrach Thenga unwirsch. »Hauen wir ab!«

Curwen und Hamilton bekundeten mit ihrem Nicken Zustimmung. Sie stiegen über die Kehhl'daaraner hinweg, das Treppenhaus hinab, verließen das Hotel so unauffällig wie möglich durch jene Hintertür, durch die sich Hamilton nur wenige Minuten zuvor geschlichen hatte. Sie landeten in einer Seitenstraße.

Thenga meldete sich erneut zu Wort. »Ich finde, es wäre besser, wenn Brooks uns lediglich sagt, wie wir dieses Versteck finden können und sich dann von uns trennt. Es wäre sicherer für sie.«

»Was willst du damit sagen?«

»Die Kehhl'daaraner suchen nur nach uns, nicht nach ihr. Es wäre nicht richtig, sie in diese Sache hineinzuziehen.«

Thenga hatte recht! Diese Sache ging Brooks alias Hamilton an sich nichts an. Ihr Auftrag war ein anderer. Wenn sie ihnen half, brachte sie sich unnötig in Gefahr.

Hamilton hatte zwar keine Ahnung, in welchem Auftrag Thenga und Curwen nach Tschangan gekommen waren – ihre Vorgesetzten hatten sie nicht informiert – jedoch hegte sie keinen Zweifel, dass er von enormer Bedeutung war. Sie hielt es für sinnvoll, Curwen bei seiner Mission zu unterstützen.

»Was Thenga sagt, ist wahr«, wandte er sich an Brooks vulgo Hamilton. »Du hast mit der Sache nichts zu tun. Wenn du uns jedoch hilfst, gelangst auch du in die Schusslinie der Kehhl'daaraner.«

»Ich will dich aber nicht im Stich lassen«, protestierte Hamilton.

»Ich weiß!«, entgegnete Curwen sanft. »Aber du musst es. Es ist zu deinem Wohl.«

»Okay! Ich gehe«, murmelte sie betrübt.

Curwen kam ihr ganz nah, berührte sanft ihr Kinn.

Hamilton sah zu ihm auf.

Als Hamilton ihm in die Augen blickte, hatte sie wieder einmal das unergründliche Gefühl, Zebediah Curwen schon ein ganzes Leben lang zu kennen und nicht erst seit ein paar Tagen. Hamilton fühlte sich auf seltsamerweise mit ihm verbunden.

Ihre Lippen berührte die Seine, ein feuriger Kuss war die Folge. Am liebsten wären sie in dieser Seitenstraße geblieben, hätten sich bis in alle Ewigkeit geküsst, diese verrückte Galaxis vergessen, sich der Liebe hingeben.

Doch Thenga holte sie in die Realität zurück. »Das war ja zu erwarten«, foppte er. »Leider ist keine Zeit für ein Schäferstündchen. Die Kehhl'daaraner sitzen uns im Nacken. Vergessen?«

Curwens Lippen lösten sich von denen Hamiltons, verdrießlich blickte er zu Thenga. »Unromantischer Kerl!«

»Ich war dreimal verheiratet. Mir ist die Lust auf Romantik vergangen«, konterte Thenga trocken. »Miss Brooks, wo können wir uns am besten verstecken?«

»Ganz in der Nähe gibt es ein Haus in dem sich Mitglieder des tschanganischen Widerstandes verschanzen. Es liegt am Ende einer schmalen Seitengasse. Einer Sackgasse. Das Haus, in dem sich der Rebellenschlupfwinkel befindet, bildet den Abschluss.

Ihr findet es am besten, wenn ihr nach einem Tempel des Wakiqua-Kultes Ausschau haltet, der eine Straße weiter liegt. Seht ihr einen Turm, der wie das Minarett einer Moschee aussieht, habt ihr den Tempel gefunden. Das Haus zu finden, wird dann nicht mehr so schwer sein.

Wenn ihr dort seid, klopft dreimal an die Tür. Wenn man sie öffnet, erkundigt ihr euch nach Kekadin. Er ist der Anführer der Gruppe.«

»Woher kennst du diese Leute?«, fragte Curwen.

»Sie sind meine Kontaktleute hier in Parikan. Die legalen Tarn-geschäfte, die ich stets für Scudmore zu erledigen hatte, wurden über jene Leute abgewickelt. Das wurde zwischen Scudmore und Jakadin so ausgehandelt. Zudem fungiere ich als Kurier, der geheime Nach-richten dieser Widerstandszelle an die Zentrale schickt.«

»Die händigen einer Schmugglerin einfach so geheime Informationen aus?«, fragte Thenga überrascht.

»Diese Infos sind auf Datenkristallen gespeichert, die ich nicht lesen kann, also keine Gefahr für sie.«

»Verstehe!« Curwen gab Hamilton als Adieu einen Kuss auf die Wange.

»Viel Glück euch beiden«, sprach sie zum Abschied.

»Wünsch ich dir auch«, reagierte Curwen, bedachte sie mit einem aufmunternden Lächeln. Er wandte sich um. Zusammen mit Thenga verließ er die Seitenstraße.

Mit kummervoller Miene sah Hamilton den beiden hinterher. Zum zweiten Mal an diesem Tag musste sie sich von jemandem ver-abschieden. Und wie bei Scudmore wusste sie nicht, ob sie Curwen je wiedersehen wird.


Curwen und Thenga standen an einer Straßenkreuzung unweit des Hotels, blickten sich aufmerksam um.

»Einen hohen Turm hat sie gesagt. Ich kann aber nirgends einen entdecken«, murmelte Curwen.

»Dort!!«, rief Thenga aus.

Curwen wandte sich um, blickte nun in dieselbe Richtung wie Thenga, erblickte ebenfalls den Turm. Er sah tatsächlich wie ein Minarett aus.

Curwen klopfte seinem Kameraden auf die Schulter: »Gut gemacht. Das heißt, dass dieses Haus mit den Rebellen nicht mehr weit sein kann. Lass uns also zu diesen Kekadin und seinen Leuten gehen. Und zwar schnell! Hier auf offener Straße habe ich ein ungutes Gefühl. Es kommt mir vor als würden wir beobachtet werden.«


Wenn Curwen wüsste, wie recht er hatte. Nicht weit entfernt saß Si'kra Perela'kon im Fond eines Antigrav-Gleiters mit offenem Verdeck, der über Parikans Dächern schwebte. Gespannt blickte er zu dem Monitor, der in die Mittelkonsole eingebaut war. Er zeigte eine Übertragung einer der Tausenden Drohnen, die ständig über die Dächer von Parikan hinweg schwirrten. Er wurde Zeuge des Gesprächs zwischen Curwen und Hamilton. Deswegen war er sich im Klaren, wo Curwen und Thenga hin wollten. Er und seine Leute werden vor den Menschen dort sein und alles für einen heißen Empfang vorbereiten.

Perela'kon hob den rechten Arm auf die Höhe des Mundes. Mit dem linken Zeigefinger aktivierte er den Armreifkommunikator. Er musste Sha'kre Cara'uhn umgehend über die Beobachtung der Drohne informieren. »Wir haben Curwen und Thenga lokalisiert. Der Hinweis des Hotelbesitzers war richtig, die Terraner sind hier. Leider konnten sie die Männer, die ich ins Hotel geschickt habe, um sie zu verhaften, überwältigen.«

»Idioten!«, erschallte es aus dem Gerät.

»Keine Sorge! Eine Drohne hat ihre Flucht beobachten. Ich weiß, wohin sie wollen. Curwen und Thenga sind zu einem Schlupfwinkel der Aufrührer hier in der Nähe unterwegs.«

»Sehr gut. Das gibt uns die Möglichkeit, gleichzeitig eine Widerstandszelle zu zerschlagen.«

»Es war eine Frau bei ihnen. Sie hat kurz mit ihnen gesprochen, ihnen den Hinweis auf diesen Unterschlupf gegeben. Sie ist wahrscheinlich dafür verantwortlich, dass diese Space Navy-Offiziere meinen Männern entkommen konnten. Sollen wir ihretwegen etwas unternehmen?«

Eine Pause folgte, der Sha'kre dachte über die neue Information nach. »Sie wird ebenfalls auf die Fahndungsliste gesetzt. Vermutlich ist sie ein Spion.«

»Wird erledigt«, bestätigte Perela'kon, beendete die Kommunikation. Er befahl dem Fahrer, den Antigrav-Gleiter zu dem Wakiqua-Tempel zu fliegen. Sie werden nicht einmal fünf Minuten benötigen, um dort hinzugelangen. Die Menschen hingegen werden in diesem Trubel zu Fuß für die Bewältigung dieser Wegstrecke in etwa zehn Minuten benötigen. Sie hatten also ein Zeitfenster von gerademal fünf Minuten, um die Rebellen zu überwältigen und die Falle aufzustellen. Perela'kon hoffte, dass sie es in dieser extrem knappen Zeit schaffen. Sie mussten. Er durfte Sha'kre Cara'uhn nicht schon wieder enttäuschen.


Bedokin war einer von Kekadins Männer. Vor etwa einem Jahr beschloss er, sich der Rebellion anzuschließen. Kurz nachdem seine Frau von einem betrunkenen  Soldaten der verfluchten Besatzungsarmee geschändet und ermordet wurde. Bis zu dem Zeitpunkt hatte er sich nicht an der Okkupation gestört.

Einst betrieb er einen kleinen Schreinerladen im Regierungsviertel, der ganz gut lief, auch Kehhl'daaraner gehörten zu seiner Kundschaft. Nie gab es Probleme mit ihnen. Bis zu jenem schicksalhaften Frühlingsmorgen, an dem seine Frau von einem dieser Reptiloiden auf grausame Art und Weise ums Leben gebracht wurde.

Seitdem war er voller Hass, der Wunsch nach Rache war der einzige Grund, weshalb er noch lebte. Er wollte so viele Kehhl'daaraner wie möglich ins Jenseits befördern. Kekadins Gruppe bot ihm reichlich Gelegenheit dazu.

Zusammen mit ihm und vier weiteren Tschanganern hatte er schon zahlreiche Bombenanschläge verübt. Erst vor zwei Tagen sprengte seine Gruppe eine Bar in die Luft, die ein beliebter Treffpunkt von kehhl'daaranischen Soldaten war, achtzehn Kehhl'daaraner kamen dabei ums Leben.

Im Moment saß er im Keller jenes Hauses, das als Operationsbasis diente, auf einer Kiste und fummelte an einem Zeitzünder herum.

Seine Widerstandszelle war gerade dabei, den nächsten Anschlag vorzubereiten. Vom charakteristischen Geräusch von sich entladener Plasmawaffen wurde er aufgeschreckt. Er wusste sofort, was das zu bedeuten hatte: Die Kehhl'daaraner hatten sie aufgespürt!

Er ließ den Zeitzünder fallen, griff zu der Waffe, die neben ihm auf der Kiste lag.

Doch es war zu spät. Ein Kehhl'daaraner kam die Treppe heruntergestürmt, eröffnete ohne zu zögern das Feuer.

Ein hochenergetischer Plasmastrahl traf ihn, ließ den Körper verdampfen. Nun war er wieder mit seiner Frau vereint.


Kekadin lag am Boden, die Hände auf dem Rücken gefesselt. Einer der Kehhl'daaraner stemmte den linken Stiefel in Kekadins Kreuz, ein Plasmagewehr war auf den Kopf des Tschanganers gerichtet. Seine Bewegungsfreiheit wurde dadurch massiv eingeschränkt. Keine Möglichkeit der Gegenwehr. Er war den Echsen ausgeliefert.

Man hatte ihn am Leben gelassen. Über das Warum brauchte er sich keine Gedanken machen. Er wusste genau weshalb. Die Kehhl'daaraner erhofften sich von ihm Informationen über andere Widerstandszellen. In dieser Hinsicht musste er sie jedoch enttäuschen, sämtliche Zellen operierten unabhängig voneinander, er wusste rein gar nichts über die anderen. Selbst wenn er etwas wüsste, die Kehhl'daaraner würden nichts erfahren. Seine Kenntnisse gedachte er mit ins Grab zu nehmen.

Ein Gedanke beschäftigte ihn. Wie waren die Kehhl'daaraner auf seine Zelle aufmerksam geworden?

Er hatte gedacht, dass alles Mögliche getan wurde, um einer Entdeckung zu entgehen. Hatte man sie verraten? Wenn ja, wer war der treulose Hund?

»Und nicht vergessen! Sha'kre Cara'uhn will sie lebend«, hörte er einen Kehhl'daaraner sagen.

Wen wollten die Kehhl'daaraner lebend? Was bei Qanxu Minquan ging hier vor sich?

Es klopfte dreimal an der Tür.

Der Kehhl'daaraner, der ihn bislang mit seinem Fuß auf den Boden gedrückt hatte, trat nun von ihm herunter, griff nach einem Messer, beugte sich hinunter, durchtrennte die Fesseln. »Aufstehen!«, belferte er.

Der Not gehorchend erhob sich Kekadin.

Der Kehhl'daaraner packte ihn mit seiner geschuppten Hand am rechten Arm. »Geh zur Tür!«

Widerwillig schlürfte Kekadin zur Tür. Er schob eine Klappe auf Augenhöhe zur Seite, warf durch den entstandenen Schlitz einen Blick nach draußen. Er erspähte zwei Raccaner. Er fragte sich, was die beiden hier wollten.

In dem Moment kam ihm eine Nachricht in Erinnerung, die über das geheime Kommunikationsnetzwerk der Rebellen verbreitet wurde. Es hieß, dass die Kehhl'daaraner fieberhaft nach zwei Offizieren der Space Navy suchen, die sich irgendwo in Parikan aufhielten. Beide sollen als Raccaner verkleidet sein. Diese Männer, die vor der Tür standen: Waren es die Gesuchten?

Falls dem so war, dann hatten die Kehhl'daaraner seine Zelle nur zu dem Zweck ausgehoben, um den Space Navy-Männern eine Falle zu stellen.

Kekadin wünschte, er könnte die Terraner warnen, doch das war unmöglich. Er spürte den Lauf einer Plasmapistole in seinem Rücken. Ein falsches Wort und er war tot.

»Wir wollen zu Kekadin«, sprach der Kleinere von ihnen.

Wenn diese Männer tatsächlich die gesuchten Space Navy-Offiziere waren – Kekadin zweifelte inzwischen nicht mehr daran – dann hatten die Spezialisten für Tarnung exzellente Arbeit geleistet. Nichts deutete darauf hin, dass diese Männer keine Raccaner waren.

»Ich bin Kekadin«, antwortete er mit zittriger Stimme. Die Furcht ließ sich kaum verbergen.

Wenn dieser Mensch klug war, müsste er an Kekadins Verhalten erkennen, dass etwas nicht in Ordnung war und entsprechend vorsichtig reagieren.

Dieser Mensch war scharfsinnig. Die Ahnung von Gefahr blitzte in seinen Augen auf.

Argwöhnisch musterte er durch den Spalt den Tschanganer, sah die Furcht in dessen Augen.

Curwen und Thenga hatten den Ort, den Hamilton beschrieben hatte, erreicht, ein recht schmuckloses Haus am Ende einer recht schmalen

Gasse. Er fühlte sich nicht wohl in seiner Haut, wusste er doch, dass die Kehhl'daaraner nach ihnen suchten. Vermutlich waren in diesem Augenblick Hunderte imperiale Soldaten damit beschäftigt, ganz Parikan auf den Kopf zu stellen, um sie zu finden.

Es war eindeutig, dass ihre Tarnung aufgeflogen war. Die Kehhl'daaraner wussten, wer sich hinter der Raccanerverkleidung verbarg.

Nun galt es, ihren Auftrag zu erledigen, anschließend schleunigst abzuhauen. Je länger sie auf Tschangan verweilten, umso größer war die Gefahr, entdeckt zu werden. Curwen hatte jedoch nicht den Hauch einer Ahnung, wie sie von diesem Planeten verschwinden können. Dazu benötigten sie ein Raumschiff, das sie nicht hatten. Vielleicht waren diese Tschanganer in der Lage ihnen zu helfen.

Er klopfte an die schlichte Holztür.

Einen Moment lang geschah nichts, dann vernahm er Schritte. Kurz darauf lugte ein Tschanganer mit seinen dunklen Augen durch einen nur dreißig Mal dreißig Zentimeter großen Schlitz in der Tür.

»Wir wollen zu Kekadin«, erklärte Curwen.

»Ich bin Kekadin«, antwortete der Tschanganer sichtlich nervös. Die Angst war ihm ins Gesicht geschrieben.

Curwen stutzte. Dass sich diese Tschanganer angesichts ihrer Lage in steter Alarmbereitschaft befanden, war klar, doch als Curwen diesem Tschanganer in die Augen blickte, sprach pure Angst aus ihnen – Todesangst!

Es gab für den Tschanganer keinen Grund, Todesängste durchzustehen, es sei denn, ein Kehhl'daaraner stand hinter ihm und bedrohte ihn mit seiner Waffe.

Die Erkenntnis kam mit einem Schlag, und sie war schrecklich. Hinter dieser Tür lauerte eine Falle.


»Öffne die Tür!«, forderte der Kehhl'daaraner, der hinter Kekadin stand, ihm die Plasmapistole ins Kreuz drückte. »Und keine Tricks! Ich habe einen nervösen Finger!«

*Tu dir keinen Zwang an,* ging es Kekadin durch den Kopf. *Ihr werdet mich sowieso töten. Wieso nicht gleich?*

Seine rechte Hand fuhr mit schwankenden Bewegungen zum Türknauf, drückte ihn nach unten. Anspannung lag in der Luft. Kekadin schluckte heftig, sein Fell war mit Angstschweiß durchtränkt.

Die Tür öffnete sich knarrend einen Spalt weit. Der Kehhl'daaraner hinter Kekadin stieß ihn unsanft zur Seite, riss die Tür ganz auf, stürzte sich auf die vermeintlichen Raccaner.

Der eine, der mit Kekadin gesprochen hatte, wollte zur Waffe greifen. Doch es war zu spät! Wie ein Raubtier sprang der Kehhl'daaraner ihn an, drängte den maskierten Terraner zu Boden.

Weitere imperiale Soldaten gesellten sich zu ihm, überwältigten den anderen ebenso schnell.

Es war vorbei! Jetzt waren auch diese getarnten Space Navy-Offiziere in den Händen der Kehhl'daaraner.


Es ging blitzschnell. Mehrere Kehhl'daaraner stürmten aus verschiedenen Richtungen auf Curwen und Thenga zu, überwältigten sie in Kürze, es gab nicht die geringste Möglichkeit zur Gegenwehr.

Die Jagd war vorüber, die Kehhl'daaraner hatten sie in ihren Reptilienhänden.

Curwen lag auf dem staubigen Boden, hatte Sand im Mund. Ein Kehhl'daaraner hielt Curwens rechten Arm mit eisernem Griff auf den Rücken, drehte ihn in Richtung Schulter. Es schmerzte.

»Eure Flucht ist zu Ende!«, verkündete einer der Kehhl'daaraner.

»Macht schon, ihr Hunde! – Tötet uns! So verfährt man im Empire ja mit Spionen«, knurrte Curwen.

»Wir werden euch nicht töten! Der Sha'kre will euch lebend. Ich weiß zwar nicht weshalb, und es gefällt mir ehrlich gesagt nicht, doch werde ich tun, was mir befohlen wurde und euch dreckige Säuger am Leben lassen.«

*Der Sha'kre!*, schoss es Curwen durch die Gehirnwindungen. *Sha'kre Cara'uhn!*

Der war schon seit Langem hinter ihm her. Deutlich erinnerte Curwen sich an die Begegnung mit der TILL'KARA in der Nähe des Tschangan-Nebels, auch die Zweite im Orbit von Tschangan war ihm nur allzu gut in Erinnerung.

Cara'uhn wollte ihn lebend! Diese Vermutung hatte Curwen schon angestellt. Doch fragte er sich: weshalb?

Die Kehhl'daaraner hoben ihn hoch, worüber er nicht unglücklich war, war er es doch schön langsam satt, Dreck zu fressen. Er erblickte einen stattlichen Kehhl'daaraner, der die Gasse entlang gewandert kam. Er trug die Uniform eines Sha'kre.

Curwen wusste, wem er hier vor sich hatte, kannte er dieses Gesicht doch aus zahlreichen Nachrichtensendungen. Sha'kre Cara'uhn! Unter anderen Umständen würde er sich geehrt fühlen. Cara'uhn war eine Legende.

Der Sha'kre blieb dicht vor Curwen stehen, musterte ihn ganz genau. »Wer auch immer für diese Tarnung verantwortlich ist, er hat hervorragende Arbeit geleistet.«

»Was wollen Sie von uns? Aus welchem Grund lassen Sie uns am Leben?«

»Das werden Sie früh genug erfahren«, erwiderte Cara'uhn abweisend.

»Curwen stellt eine berechtigte Frage«, schaltete sich ein anderer Kehhl'daaraner ins Gespräch ein. Er trug die Uniform eines Rakk'kre.

Curwen erkannte in ihm den Mann wieder, der Unmut über den Befehl, die Terraner am Leben zu lassen, geäußert hatte. Die Stimme verriet ihn.

»Ich muss meine Entscheidungen Ihnen gegenüber nicht rechtfertigen«, fuhr Cara'uhn den Mann an.

»Ganz im Gegenteil!«, konterte der andere. »Es gibt viele Dinge, die Sie rechtfertigen müssen, nicht nur mir gegenüber.«

Curwen hörte interessiert zu. Ein Streit zwischen dem Sha'kre und seinem Untergebenen. Offenbar gab es zwischen ihnen schwerwiegende Differenzen.

»Bringt sie in den Palast! Sperrt sie in eins der alten Verliese im Untergeschoss.«

Der Rakk'kre schnaubte unerquicklich, gab ein kehhl'daaranisches Nicken von sich. Er bedeutete zwei Soldaten, Curwen und Thenga zu fesseln. Sofort wurden ihnen Handschellen angelegt.

# Neunzehn

Algol B III
Terrestrisches Datum: 24. Dezember 2299
20:19 ZULU-Zeit

Auf Algol B III brach ein neuer Tag an. Einer dieser fünfzehn Stunden Tage.

Sinkflutartige Regenfälle waren tagelang auf das Land niedergeprasselt, doch heute zeigte sich der Himmel klar. Keine Spur einer Wolke.

Der Hauptstern des Algol-Systems, ein hellblauer Stern der Spektralklasse B8, lugte blass zwischen den schneebedeckten Gipfeln eines Bergmassivs im Osten hervor. Die zweite Sonne, der rötlichgelbe Klasse K2 Stern lag noch unterhalb des Horizonts. Das Himmelsgewölbe über den Bergen war mit einem seltsam violetten Farbton gepinselt, die algolische Version der Morgenröte.

Die wärmenden Strahlen der fernen Gestirne strichen über die erwachende Landschaft, verscheuchten langsam den Morgenfrost. Bodennebel lag über der Ausgrabungsstätte, sein seidiger Schleier umhüllte die Ruinen.

Cadan Sweeney stand an der Kante eines Felsvorsprungs, sah zum Loch im grünen Teppich hinab. Vor Monaten war hier noch dichter Urwald. Bevor die Archäologen an die Arbeit gehen konnten, mussten sie die Ruinen erst dem Dschungel entreißen.

In der zurückliegenden Nacht hatte er kaum Schlaf gefunden, Gedanken hatten ihn gequält, ließen nicht zu, dass der Schlaf sich seines Körpers bemächtigte, der jedoch danach lechzte. Dieses Bild! Jenes bizarre Fresko, welches das Konterfei von Zebediah Curwen zeigte – Sweeney konnte nicht aufhören, sich deswegen das Hirn zu zermartern. Ständig kreisten Theorien über den Ursprung in seinem Kopf herum, doch sie gelangten stets in eine Sackgasse. Je mehr er über dieses Rätsel nachdachte umso verwirrender wurde es.

Diese Archäologen erwiesen sich als ein fleißiges Völkchen. Zu jener frühen Stunde waren sie bereits eifrig bei der Arbeit. Ein halbes Dutzend hatte sich über die Ausgrabungsstelle verteilt, versuchte den über fünf Jahrtausende alten Überbleibseln einer einstigen Kultur auf dieser Welt ihre Geheimnisse zu entlocken. Der Nebel und der Frost störten sie kaum.

Leiter der Ausgrabung war ein D-Goriaaner mit dem Namen B-Rak.

Lange Zeit galt Professor B-Rak als einer der anerkanntesten Archäologen auf D-Goriaa, Berühmtheit erlangte er durch die Entdeckung der legendären Königsstadt Hal.Bal.Tar. Bis zu dem Tag, an dem ihm nachgewiesen wurde, dass er Ausgrabungsstücke veräußert hatte. Seitdem galt er in der wissenschaftlichen Zunft seiner Welt als geächtet. Als Sweeney ihm den Job des Leiters dieser Ausgrabung offerierte, nahm der D-Goriaaner sofort an, bot ihm diese Anstellung doch die Möglichkeit, wieder als Altertumsforscher tätig zu sein.

Sweeney hätte lieber einen Menschen mit der Leitung der Ausgrabung betraut, doch es fand sich keiner, zumindest kein Seriöser, dem man trauen konnte. B-Rak konnte er zwar auch nicht uneingeschränkt vertrauen, doch solange dieser nicht wieder etwas mitgehen ließ, war der D-Goriaaner der Beste für den Job.

Der überwiegende Teil der Teilnehmer an dieser Expedition waren Aliens. D-Goriaaner bildeten die Mehrzahl. Nur fünf Forscher stammten von menschlichen Welten.

Sweeney verabscheute Außerirdische, doch die Situation erforderte es, mit ihnen zusammenzuarbeiten. Wegen der Dinge, die im USNIA geschehen waren, galt er als Verbrecher. Im Gebiet der Terranischen Liga konnte er sich kaum frei bewegen, bestand doch jederzeit die Gefahr, dass man ihn wegen Landesverrat verhaftet, weshalb er nur wenige Tage im Monat in seinem Haus in New Sydney verweilte. Der Aufenthalt in diesem Haus war jedes Mal ein Risiko.

Das Algol-System gehörte jedoch offiziell zur Konföderation von D-Goriaa, in deren Territorium er seine Aktivitäten weitestgehend verlegt hatte.

Es gab für die Terranische Liga zwar die Möglichkeit, über den Rat der Union einen Auslieferungsantrag zu stellen, doch dazu müssten die Behörden auf der Erde wissen, dass er sich im d-goriaanischen Raum aufhielt. Solange die irdischen Behörden nicht wussten, wo er sich befand, war er auf Algol III B und in seinem Operationszentrum auf Xun-Goriaa ungestört.

B-Rak und die anderen Aliens hatten von einem Cadan Sweeney

noch nie gehört, von ihnen ging keine Gefahr aus. Bei den Menschen sah es ein wenig anders aus. Sweeneys Entlassung war lange Zeit ein großes Thema in sämtlichen Medien der Liga. Aus dem Grund wollte er nur ungern Menschen für diese Ausgrabung anagieren. Jemand könnte ihn erkennen und an die Behörden verraten. Darum hatte er einen Spion bei den Archäologen eingeschleust. Die geheimnisvolle Auftragskillerin Lea Dark wird schon dafür sorgen, dass sein Geheimnis gewahrt blieb.

Sweeney beobachtete die Archäologen bei der Arbeit. Einige schaufelten tiefe Löcher, befreiten die Hinterlassenschaften einer ausgestorbenen Kultur vom Schutt der Jahrhunderte. Andere wiederum pflügten mit einfachen Schubkarren durch den sich langsam lichtenden Nebel, um den Schutt, den ihre Kollegen aufgetürmt hatten, wegzuschaffen. Wiederum andere bearbeiteten die Ruinen mit Spatel und Besen. Ruhig und konzentriert gingen die Archäologen ihrer Arbeit nach, ein relativ beschaulicher Arbeitsplatz. Nur gelegentlich störten aufgeregte Rufe eines Wissenschaftlers, der etwas Interessantes entdeckt hatte, die Ruhe.

Sweeney gähnte herzhaft, er war hundemüde, wurde jedoch sofort hellwach, als er bemerkte, dass es plötzlich Aufruhr bei den Archäologen gab. Einer von B-Raks Mitarbeiter, ein mittelgroßer hagerer Vicardaner, der etwas abseits eine Stele untersuchte, rief seinen Chef zu sich.

Tiefe Brummlaute durchschnitten die Stille. Es war ein Klang wie von einer Posaune. Diese Geräusche wurden von einem Translator, den der Vicardaner in der Brust implantiert trug, in englische Worte übersetzt.

Diese Pflanzenwesen, die von den meisten anderen Spezies als Vicardaner bezeichnet wurden, hatten keine Stimmbänder, nicht einmal einen Mund, auch keine Nase. Dort wo sich bei anderen Kreaturen der Mund und die Nase befanden, da hatten die Vicardaner eine Membran, mit der sie Töne erzeugen konnten. Weil sie keinen Mund besaßen, nahmen sie auch keine Nahrung zu sich, Vicardaner ernährten sich durch Fotosynthese.

Der Vicardaner, übrigens der Einzige in der Gruppe, deutete auf etwas am Boden neben der Stele. Was hatte er entdeckt? Eine weitere Absurdität?

Sweeney verließ den Vorsprung, kletterte die Felsen hinunter, sprintete hinüber zu dem Auflauf, der sich um den Vicardaner gebildet hatte. Seine schweren Stiefel schnitten eine Schneise in den Bodennebel.

»Was haben Sie gefunden?«, wandte er sich an Professor B-Rak.

Der D-Goriaaner bedeutete ihm, zu Boden zu blicken.

Sweeneys Augen folgten dem ausgestreckten rechten Zeigefinger des D-Goriaaners. Nun sah er, was die Archäologen so in Aufregung versetzte. Im Boden befand sich eine Steinplatte. Es war keiner dieser Pflastersteine, die das ganze Ausgrabungsgelände bedeckten. Diese hier verschloss etwas, darauf wies ein erodierter Henkel hin. »Was soll das sein? Ein Gully oder der Zugang zu einer unterirdischen Kammer?«, fragte Sweeney.

»Eine gute Frage«, antwortete der D-Goriaaner. »Das werden wir wissen, sobald die Platte entfernt ist.«

Der Vicardaner trötete erneut. »Mittels Henkel werden wir diese Platte nicht entfernen können. Der ist so erodiert, dass er zu Staub zerfällt, sobald jemand ihn berührt.«

»Ich bin überrascht, dass er das nicht längst ist. Nach fünf Jahrtausenden müsste dieses Stück Metall vom Rost zu Staub zerfressen sein«, entgegnete Professor B-Rak.

»Ist wohl ein sehr widerstandsfähiges Metall«, meinte der Vicardaner. »Ich schlage vor, wir hebeln die Platte auf.«

B-Rak nickte zustimmend, befahl Brecheisen heranzuschaffen.

Kurz darauf standen zwei Mitarbeiter vor der Platte, schwere Brecheisen in den Händen. Sie wurden in einen Spalt getrieben. Die beiden D-Goriaaner drückten die Stangen nach unten, die massive Steinplatte wurde emporgehoben. Eine schweißtreibende Arbeit, denn mit einem Ausmaß von drei Mal drei Meter und einer Stärke von dreißig Zentimetern hatte sie einiges an Gewicht.

»Verdammt! Dieses verfluchte Ding ist extrem schwer«, zeterte einer der Männer. »Wie konnten diese zwergartigen Wesen mit Entenschnäbeln sie so einfach hochheben?«

*Eine recht gute Frage*, sinnierte B-Rak. Diese kleinen zierlichen Wesen waren womöglich nicht so schwach gewesen wie sie wirkten.

»Mit einem Antigrav wäre es leichter«, meinte der andere.

»Sie wissen ja, was solch ein Ding kostet«, entgegnete B-Rak trocken.

Die beiden D-Goriaaner ächzten, als sie mit aller Kraft die Brecheisen nach unten drückten. Drei weitere Archäologen schoben ihre Hände in den Spalt, den die Kollegen geschaffen hatten. Mit vereinten Kräften drückten sie die schwere Platte zur Seite.

Als die Platte entfernt war, schlug den Anwesenden ein aasiger Geruch entgegen.

»Riechen tut´s nach Gully«, kommentierte Sweeney.

»Es lässt sich noch nicht sagen, was genau das ist«, reagierte B-Rak. »Wir müssen uns das erst genau ansehen.«

Seine seltsamen, mandelförmigen, komplett blauen Augen richteten sich auf ein dunkles, bodenloses Loch. Die Personen, die um ihn herumstanden, folgten seinem Blick. Alle fragten sich, welches Geheimnis in diesem Loch verborgen lag.

Im Licht der violetten Morgensonne war ein Schacht zu erkennen, die Wände bestanden aus behauenem Basaltgestein. Der Boden war nicht zu erkennen, Dunkelheit verbarg ihn.

»Wir brauchen Licht, erst dann haben wir Gewissheit«, sprach B-Rak.

Normalerweise waren D-Goriaaner in der Lage, selbst in größter Dunkelheit zu sehen, dank ihrer Infrarot-Augen, doch B-Rak litt zeit seines Lebens an einer unheilbaren Augenkrankheit, die diese Fähigkeit massiv einschränkte. B-Rak sah im Dunkeln nicht viel besser als ein Mensch.

Einer der Archäologen schaffte eine Lampe herbei, leuchtete damit in das Loch hinab. Im Lichtkegel tauchte der Boden auf, – und ein Gang, der in östliche Richtung wegführte. An einer Wand waren total verrostete Sprossen zu erkennen.

»Gully!«, folgerte Sweeney mit einem Wort.

»Meiner Meinung nach nicht«, widersprach B-Rak. »Wir müssen da runter. Nur so erlangen wir Gewissheit.« Er befahl, ein Seil heranzuschaffen.

Es dauerte keine fünf Minuten und es war schon ein anderer D-Goriaaner mit einem Seil zur Stelle. Es wurde herabgelassen. B-Rak nahm die Lampe entgegen, klemmte sie sich an seinen Gürtel, begann mit dem Abstieg.

»Ich begleite Sie«, rief Sweeney hinterher, besorgte sich ebenfalls eine Lampe und folgte dem D-Goriaaner.

Langsam kletterte er am Seil hinunter.

Am Boden angekommen, wandte sich Sweeney um, blickte mit dem Professor in das dunkle Loch vor ihnen. Die Lichtstrahlen der Lampen tasteten sich durch die Dunkelheit, holten eine Treppe aus ihr hervor. Wo mag sie wohl hinführen?

Man begann, die Treppe hinunter zu steigen, hinab in das Unbekannte.

Zentimeterdicker Staub, der sich in all den Jahrtausenden abgelegt hatte, lag auf den Stufen. Die Stiefel wirbelten ihn auf, wie ein Nebelschleier umwölkte er sie.

Nachdem sie eine Weile geradeaus gegangen waren, vollzog die Treppe eine Wende nach links. Immer weiter drangen sie in den Untergrund vor, Sweeney fragte sich, wann sie am Ende dieser Treppe gelangen. Sie schien endlos zu sein.

Endlich, nach einer gefühlten Ewigkeit, in der sie Stufe um Stufe nach unten schritten, erreichten sie einen großen Felsendom.

Doch der war nicht das Ende ihres Weges. Im Lichtschein der Lampe konnte Sweeney erkenne, dass der Gang auf der anderen Seite der Höhle weiterführte.

*Wohin mag er wohl führen?*, sinnierte Sweeney.

In dem Moment fühlte er sich auf die CELOXELIJA zurück versetzt. Furcht schlich sich bei ihm ein. Werden sie auch hier etwas finden, das ihn in seinem Weltbild erschüttert?

Der Gang endete in einer Sackgasse.

Vor ihnen lag eine Wand, die mit farbenprächtigen Bildern bemalt war. Sweeney betrachtete die Darstellungen. Bilder von den ehemaligen Bewohnern von Algol B III, kleinwüchsige Reptiloiden mit Schnauzen, die wie Entenschnäbel geformt waren und einen Knochenkamm, der wie eine Haifischflosse aus ihrem Schädel ragte. Merkwürdige Geschöpfe.

Neben einem der ausgestorbenen Ureinwohner erblickte Sweeney eine groß gewachsene menschenähnliche Gestalt. Kalkweiße Haut, keine Haare. Eindeutig ein Neffa-reem.

Hier war der Beweis! Diese Zivilisation hatte Kontakt mit einer raumfahrenden Rasse – den Neffa-reem!

Sweeney ersah auf diesem Bild auch Dinge, die er nicht verstand.

Der Neffa-reem hatte die Hände erhoben, über ihm schwebte ein Kelch. Ein Tropfen irgendeiner Flüssigkeit, es schien Blut zu sein, drieselte in ihn hinein. Links oberhalb des Kelches befand sich ein Zeichen, das wie ein Schlüssel aussah, daneben eine seltsame Spirale. Wenn man diese Symbole miteinander verband, ergab das ein auf den Kopf gestelltes Dreieck. In der Mitte dieses Dreiecks befand sich das mysteriöseste Bild von allem. Ein bizarres Zeichen, wie Sweeney es noch nie zuvor gesehen hatte.

Die Inschrift, die unter jenem Bildnis prangte, könnte vielleicht Aufschluss über dessen Bedeutung geben, doch Sweeney war nicht in der Lage sie zu lesen.

Drei Zeichen, die so angeordnet waren, dass sie ein Dreieck bildeten. Ein fremdartiges Symbol, das bei genauerer Betrachtung wie drei ineinander verschlungene Dreiecke aussah, das musste irgendeine Bedeutung haben. »Was halten Sie davon?«, wandte er sich an den Professor.

»Das weiß ich noch nicht. Ich muss erst einmal die Inschrift entziffern. Es sieht jedoch sehr interessant aus.«

»Dann tun Sie es! Sorgen Sie für Antworten. Dafür bezahle ich Sie schließlich«, entgegnete Sweeney barsch.

Der Professor kniete sich vor der Wand hin, begann zu lesen. »Wirklich sehr bemerkenswert und geheimnisvoll«, murmelte er.

»Also, was steht da?«, fuhr Sweeney den Archäologen gereizt an. Der D-Goriaaner soll es nicht so spannend machen.

»Ich kann Ihnen sagen, was da steht, interpretieren müssen Sie es selbst.«

»Sagen Sie endlich, was hier steht!«

»Hier wird etwas von den drei heiligen Kindern der Götter erzählt: Die Tochter, der gute und der böse Sohn. Sie alle tragen ein Teil des Schlüssels in sich, geben ihn von einer Generation an die Nächste weiter, bis an den Tag, an dem das Geheimnis offenbart werden soll. Dann werden die drei Nachkommen zusammentreffen und die Teile vervollständigen, damit sie das Tor zum Geheimnis öffnen können.«

»Sie haben recht, Professor. *Das* ist sehr geheimnisvoll.«

*Drei Kinder der Götter?*, sinnierte Sweeney. *Ob es sich dabei um drei dieser Hybriden handelt, aus denen die modernen Menschen hervorgegangen sind? Was ist aber mit diesen drei Teilen von dem Schlüssel, den sie von Generation zu*

*Generation weiterreichen? Welches Geheimnis soll zu gegebener Zeit offenbart werden?* Weitere Rätsel, über die er nachdenken konnte.

Sweeney betrachtete dieses mysteriöse Bild noch einmal. Diesmal fiel es ihm auf. Diese komische Spirale sah aus wie die Doppelhelix der DNA.

Ihm kam eine Idee.

*Kann das sein?*, fragte sein Gehirn. Der Kelch mit dem Blut – die Doppelhelix! Waren die Teile jenes ominösen Schlüssels in der DNA von drei Menschen verborgen? Hatte dieser Schlüssel etwas mit der genetischen Anomalie, von der einer von einer Million Menschen betroffen ist, zu tun?

Diese Anomalie stand im Zusammenhang mit den Neffa-reem, denn jeder Mensch, der diese Abnormität in seinem Genom besaß, gab eine kaum messbare Strahlung ab – eine Strahlung, die nur in Verbindung zu Neffa-reem Technologie auftrat.

Sweeney erkannte noch etwas. Dieses Zeichen aus drei ineinander verschlungenen Dreiecken war nicht Teil der Wand, sondern eine in die Wand eingefasste Steinplatte. Er berührte sie. Das Symbol sank in der Wand ein.

»Was haben Sie getan?«, sprach B-Rak bebend.

»Das werden wir bald erfahren!«, antwortete Sweeney, nicht minder erregt.

Ein tiefes Grollen hallte an den Wänden wider. Die Mauer mit dem geheimnisvollen Bild begann sich zu bewegen, schob sich zur Seite. Ein weiterer Raum kam zum Vorschein. Erwartungsvoll trat man in die Kammer.

Die Lampe des Professors fuhr herum. Im Schein der Leuchte schälte sich eine Art Sarkophag aus der Dunkelheit. Der Lichtkegel wanderte weiter. Weitere Gegenstände wurden der Düsterkeit entrissen: metallene Statuen, Kelche, in denen Schmuckstücke deponiert waren. Im Licht der Lampe schillerte all das.

Dieser Ort schien eine Begräbnisstätte zu sein. Doch wer hatte hier seine letzte Ruhe gefunden? Es musste eine wichtige Person gewesen sein, sonst hätte man sich nicht solche Mühe gegeben, dieses Grabmal so opulent auszustatten.

Die Wände hatte man mit prachtvollen Malereien ausgestaltet.

Zusätzlich zu den goldenen Statuen und Schmuck lagerten in

diesem Grab auch noch zahlreiche Gebrauchsgegenstände: Tonkrüge mit Getreide, das noch gut erhalten war, Gegenstände für die persönliche Pflege, Kleidung, die ebenfalls kaum Zerfallserscheinungen aufwies.

Offenkundig wollten die Erbauer dieses Mausoleums, dass es der Person, die hier bestattet wurde, im Leben nach dem Tod an nichts mangelt.

»Das gibt's doch nicht!«, entfuhr es B-Rak.

»Was gibt es nicht?«, fragte Sweeney konsterniert.

»Diese Inschrift an der Wand!« B-Rak zeigte zu einer Stelle an der Wand rechts. Dort befand sich das Bildnis einer recht menschlich wirkenden Frau, darunter Schriftzeichen.

»Was ist damit? Lassen Sie sich nicht alles aus der Nase ziehen!«

»Sie ist Sumerisch!«

Ein sumerischer Text in einem Grabmal Lichtjahre von der Erde entfernt. Es wurde immer abstruser.

B-Rak fuhr sich mit einer Hand nervös durchs knallrote Haar. »Eine sumerische Inschrift hier auf Algol III B, das ist … ist völlig unmöglich!«, stammelte er. »Erst dieses Bodenfresko, das einen lebenden Menschen zeigt, obwohl es fünftausend Jahre alt ist. Und jetzt *das!* Ich verstehe das nicht!«

Dies sollte jedoch nicht die letzte rätselhafte Entdeckung bleiben.

Sie nahmen den Sarkophag im Augenschein.

Es war ein behauener Steinblock, drei Meter lang, eineinhalb Meter breit und hoch, in dem zahlreiche Figuren eingemeißelt worden waren. Sweeneys Hand berührte den Sargdeckel. Er war glatt, fühlte sich nicht wie Stein an. Seine Finger strichen Staub weg.

Im Licht der Lampe, die B-Rak über den Sarkophag gerichtet hatte, kam eine schillernde Oberfläche zum Vorschein. Sie erweckte den Anschein, als wäre sie aus Kristall.

Sweeney wischte mit einem Ärmel noch mehr Staub weg.

Nun erkannte er, dass der Deckel transparent war, demzufolge einen Blick ins Innere bot.

B-Rak richtete seine Lampe auf das was sich im Sarg befand.

Die Einstrahlungen der Lichtquelle durchdrangen den durchsichtigen Deckel, fielen auf einen Kopf.

Es war kein Totenschädel, nicht die hässliche Fratze eines mumifizierten Leichnams, sondern der perfekt konservierte Körper einer jungen, menschlich wirkenden Frau. Nicht das geringste Anzeichen von Verwesung war zu erkennen. Das zarte, puppenhafte Gesicht – es wirkte, als wäre es das Antlitz eines Schlafenden, nicht das eines Toten. Erstaunlich!

Ihr schulterlanges blondes Haar strahlte trotz der Jahrtausende in diesem Sarkophag noch immer wie zu Lebzeiten. Der Leichnam war in eine purpurrote, mit goldfarbenen Stickereien geschmückte Robe gehüllt, trug um den Hals eine Kette, die mit glänzenden Edelsteinen besetzt war. Auf der Brust ruhte, von beiden Händen umklammert, eine Art Zepter. Wer auch immer diese Frau war, sie musste eine hohe Persönlichkeit gewesen sein.

»Ischtar!«, hauchte B-Rak geradezu ehrfürchtig.

»Wie bitte?«

»In dieser summerischen Inschrift steht, dass dies das Grabmal der Göttin Ischtar ist«, erläuterte B-Rak. »Ich wünschte, ich wüsste, wie das möglich ist.«

Ischtar! Sie war eine der wichtigsten Gottheiten des alten Babylons. Die Sumerer nannten sie Inanna.

Sweeney wusste, was hier vor sich ging. Er hatte schon lange den Verdacht, dass es einen Zusammenhang zwischen den Neffa-reem und den Annunaki gab. Die mehr als sechstausend Jahre alten Geschichten aus dem Zweistromland waren keine Märchen, sie hatten einen wahren Kern, und dieser Sarg war der Beweis.

Diese Entdeckung durfte nie publik werden, das hätte verheerende Auswirkungen auf die menschliche Gesellschaft. Sie musste ein Geheimnis bleiben, auch wenn der Preis zur Wahrung dieses Geheimnisses ein Leben war.

Er fischte einen Gegenstand aus einer Tasche seiner ärmellosen Jacke. Er sah einem Kugelschreiber ähnlich. Tatsächlich handelte es sich um eine Pistole.

Er trug diese Minipistole, die man prima verstecken konnte, stets bei sich. Sicher ist sicher, sagte er sich stets. Er war froh, dass er sie immer bei sich trug, hatte sie sich doch bei zahlreichen Gelegenheiten als nützlich erwiesen.

B-Rak riss erschrocken die Augen auf, als ihm bewusst wurde, dass Sweeney eine Waffe auf ihn richtete. »Was soll das? Was haben Sie vor?«, fragte er mit schriller Stimme.

»Tut mir leid. Was wir hier gefunden haben, darf nie der Öffentlichkeit offenbart werden.«

»Was soll das heißen?«, kreischte der D-Goriaaner. Er war der Panik nah. Er ahnte, was Sweeney vorhatte. Die Lampe rutschte ihm aus der Hand, landete auf dem Deckel des Sarkophags. Er versuchte zu flüchten, hoffte in der Dunkelheit Zuflucht zu finden.

Doch Sweeney war schneller, drückte ab. Der giftgrüne Schein eines Plasmastrahls erhellte die Gruft, traf den Gelehrten. Noch in der Bewegung zerfiel der Körper von B-Rak zu Staub, vermischte sich mit den Jahrtausende alten Ablagerungen auf dem Sarkophag und dem Boden.

Nach getaner Arbeit steckte Sweeney die Waffe zurück in die Jackentasche, ergriff die Lampe, die im Begriff war, vom Sarg herunter zu kollern. Nun galt es, eine plausible Erklärung für den Tod von B-Rak zu finden. Auch dafür, dass es sich nicht lohnte, diesen Stollen weiter zu erforschen. Nie wieder soll jemand hier runterkommen.


Sweeney kletterte aus dem Loch. Er war voller Dreck und Schweiß. An der rechten Wange klaffte eine Schnittwunde. Er heuchelte eine erschrockene Miene.

»Was ist passiert? Wo ist Professor B-Rak?«, fragte einer der Archäologen.

»Der Schacht ist eingestürzt! Professor B-Rak wurde von den Trümmern erschlagen«, erklärte Sweeney im hastigen Ton.

»Tojohma a-rakk! Was haben Sie dort unten gefunden?«, harkte der Altertumsforscher nach.

»Nichts! Rein gar nichts! Dieser Gang ist eine Sackgasse. B-Rak ist für nichts gestorben. Ich hatte das Glück, dass ich vor ihm gegangen bin, sonst hätte es auch mich erwischt.«

Jethro Silver, der inzwischen zu den Wissenschaftlern gestoßen war, machte eine argwöhnische Miene. Die Geschichte gefiel ihm nicht.

# Zwanzig

Parikan
Hauptstadt von Tschangan
24. Dezember 2299
20:23 ZULU-Zeit

Steuerdüsen fauchten. Surrend fuhren Landestützen aus dem Rumpf. Kurz nachdem die drei Antigrav-Gleiter aufgesetzt hatten, erstarb das Heulen der Triebwerke.

Begleitet vom Zischen der Pneumatik öffneten sich Luken, Soldaten in braunen Uniformen schoben sich durch enge Öffnungen ins Freie, bezogen um die Gleiter herum Stellung. Die bislang geschulterten Plasmakarabiner wurden in Anschlag gebracht. Mit grimmiger Entschlossenheit nahmen die Krieger ihre Umgebung in Augenschein. Wenn jetzt jemand es wagen würde, sie anzugreifen, er würde es bitter bereuen.

Dem einen Gleiter, der zwischen den anderen gelandet war, entstiegen zwei Gestalten, denen man Handschellen angelegt hatte. Dem Gleiter rechts davon zwei Kehhl'daaraner, die die blaue Dienstkleidung der imperialen Flotte trugen.

Zeb. J. Curwen blickte mit einem flauen Gefühl im Magen zu dem ansehnlichen Gebäudekomplex, der vor ihm in die Höhe ragte. *Der berühmte Regierungspalast von Parikan! Das ist er also*, dachte er bei sich. Dass man ihn hierher bringen würde, hatte er nicht erwartet.

Sein Blick ging hinüber zu Cara'uhn, der mit einem hünenhaften Soldaten mit scharfen Gesichtszügen zusammenstand, sich mit ihm unterhielt.

Es brodelte in ihm. Am liebsten hätte er geschrien: › »Was willst du von uns, du Hund?!« ‹

Cara'uhn spürte den Blick von Curwen auf sich ruhen. Er wandte den Kopf in dessen Richtung. In den gelben Augen gloste der Triumph. Sofort drehte Curwen den Kopf in eine andere Richtung.

Cara'uhn wandte seine Aufmerksamkeit wieder dem stattlichen Soldaten zu, wechselte noch einige Worte.

Der Soldat vollführte die kehhl'daaranische Ehrenbezeugung. Er brüllte einen Befehl auf Kehhl'daaranisch.

Mehrere Soldaten lösten sich aus dem Kreis um die Antigrav-Gleiter, postierten sich um ihn und Thenga. Einer von ihnen drückte ihm das Gewehr in den Rücken, bellte: »Geh!«

Der Terraner zischelte einige Verwünschungen, setzte sich schwerfällig in Bewegung.

Man ging über den menschenleeren Platz, stieg eine kolossale Freitreppe empor und durchschritt einen formvollendet bearbeiteten hölzernen Torbogen.

Curwen hatte keine Augen für dieses Zeugnis herausragender tschanganischer Baukunst, sein Geist quälte sich mit einer essenziellen Frage: Was erwartete ihn hinter den Mauern des Palastes?

Sein Blick in die Zukunft war ein Blick in den Abgrund.

Es gab nur einen Grund, weshalb sie noch am Leben waren, weshalb man sie nicht gleich exekutierte, als man sie an der Tür zu diesem Rebellenversteck aufgriff. Cara'uhn wollte etwas von ihnen. Erst wenn er es hatte, wird er sich ihrer entledigen.

Als er so dahin schritt, von zwei Soldaten eskortiert, da machte sich schiere Verzweiflung in ihm breit.

Er zehrte an seinen Fesseln. Angstschweiß trat ihn auf die Stirn. Er hatte sich in seinem Leben noch nie so hoffnungslos, so verloren gefühlt.

Als sie ein weiteres Tor passierten, da war ihm, als würde er durch die Pforte zur Hölle schreiten.


Ein Kämpfer des tschanganischen Widerstandes stand an einem Fenster in einem Gebäude gegenüber des Palastes. Seine dunklen Augen beobachteten aufmerksam die Vorgänge auf dem Platz.

Dass man zwei Raccaner in den Palast brachte, war ungewöhnlich, jedoch nichts, womit er seinen Vorgesetzten behelligen musste. Also unterließ er es, Meldung zu machen.

Er hörte, wie eine Tür geöffnet wurde. Ein anderer Tschanganer trat in den Raum. »Irgendwas Interessantes?«, fragte dieser.

»Hm!«, machte der andere. »Könnte sein. Soeben sind drei Gleiter auf dem Platz vor dem Palast gelandet. Sie bringen zwei Raccaner hinein.«

»Zwei Raccaner sagst du?«

»Ja!«

»Drei Gleiter als Eskorte für zwei Raccaner. Das ist ungewöhnlich.«

»Soll ich Volakin informieren?«

»Gute Frage!« Einen Augenblick des Sinnierens. »Nein! Jedenfalls jetzt noch  nicht.

Ich bin mir sicher, dass man diese Raccaner zum Verhör bringt und dann nach Tschergun. Ich …«

»Weshalb bist du dir da sicher, dass man sie im Palast verhört und dann nach Tschergun bringt?«

»Wäre es den Kehhl'daaranern nur daran gelegen, diese Raccaner zu töten, würden sie sich nicht die Mühe machen, sie in den Palast zu bringen. Ich will, dass du sie genau beobachtest, wenn sie wieder rauskommen. Mit diesen Raccanern stimmt etwas nicht, das spüre ich in meinen Hörnern.«

Hätten die Tschanganer gewusst, dass diese vermeintlichen Raccaner in Wahrheit die Space Navy-Offiziere Zeb. J. Curwen und Runako Thenga waren – sie hätten nicht gezögert, umgehend Meldung zu machen.


Sie trabten durch prachtvolle Korridore. Böden aus silbern schimmernden pon-arikanischen Marmor, mit goldenem Stuck und eleganten Fresken verzierte Decken. Prunk, wohin das Auge blickte.

Curwen erblickte all das, doch nahm er es nicht bewusst in sich auf. Seine Aufmerksamkeit war auf den Mann gerichtet, der vor ihm ging. Dem Mann, der das Todesurteil über ihn fällen wird. Der Blick auf den Rücken von Cara'uhn war wie der Blick in einen Schlund, auf dessen Grund der Tod wartete.

Curwen fühlte sich seltsam. Es wallte heiß der Hass in ihm, zugleich ließ die Todesfurcht ihn frösteln.

Er hatte die Hände zu Fäusten geballt, zusammengekniffene Lippen. Das Herz schlug ihm bis zum Hals, das Blut pochte in seinen Schläfen.

Man kam zu einer riesigen Tür. Grimmig drein blickende Wachmänner standen vor ihr. Als man näher kam, streckten Hände sich nach Türschnallen aus. Das Portal wurde geöffnet.

Dem Blick des Terraners offenbarte sich ein Saal mit verspiegelten Wänden. Fresken zierten die Decke. Gleich einer Ehrengarde standen Statuen aus einem jadeähnlichen Material beiderseits der Tür. In der

Mitte des Raumes befand sich ein Tisch, der aus edlem Junighong-Holz gefertigt worden war. Einlegearbeiten, die eine Landkarte von Tschangan bildeten, schmückten die Tischplatte. Mehrere Kerzenständer, die wie Drachen aussahen, standen auf ihm. Ein Dutzend Stühle herum.

»Ich dachte, wir sollen die Gefangenen in einem der Verliese unterbringen. Was machen wir dann hier?«, mokierte der Rakk'kre.

»Erstens habe ich Hunger, weshalb ich mir ein Mahl bereiten lasse, und zweitens will ich mich mit den Menschen in einer ungezwungenen Atmosphäre unterhalten, bevor wie sie in den Kerker stecken«, rechtfertigte sich Cara'uhn.

»Ungezwungene Atmosphäre? Gefangene verhört man! Man führt keine netten Unterhaltungen mit Ihnen. Ich frage mich, was mit Ihnen los ist, Sha'kre. Sie haben sich früher nie so … so …«

»Irrational verhalten?«, nahm Curwen den Faden auf.

»Sie haben hier nichts zu melden … Mensch!«, knurrte Rata'ron. »Doch haben Sie recht! Das ist genau das, was ich sagen wollte.«

Cara'uhn reagierte nicht auf die harschen Worte Rata'rons. Gelassen ließ es sich auf dem Stuhl am rechten Kopfende des Tisches nieder. Er betätigte einige Tasten des Kommunikators, der um sein rechtes Handgelenk geschnallt war. »Es wird einige Zeit dauern, bis das Essen kommt. Inzwischen werden wir uns unterhalten.«

»Was auch immer Sie von mir wissen wollen. Ich werde Ihnen nichts sagen«, knurrte Curwen.

»Das ist Zeitverschwendung! Erschießen wir sie und Schluss«, warf Rata'ron ein.

Cara'uhn hieb mit der Faust auf den Tisch. »Rata'ron! Ich werde Ihre Insubordination nicht mehr länger dulden. Noch ein Wort der Widerrede und ich lasse Sie von all Ihren Pflichten entbinden. Zwei der Wachen bleiben hier. Alle anderen verlassen den Raum.«

Rata'ron schnaubte vor Entrüstung, wandte sich der Tür zu.

Perela'kon gab seinen Männern Anweisungen. Wie befohlen blieben zwei Soldaten im Raum, während der Rest mit Rata'ron und Perela'kon gingen.

»Setzten Sie sich«, sprach Cara'uhn zu Curwen.

»Nein danke!«, reagierte dieser abweisend.

»Setzen Sie sich!« Cara'uhn bellte einen Befehl auf Kehhl'daaranisch.

Einer der Soldaten stieß Curwen das Gewehr in den Rücken. Eine unmissverständliche Geste.

Curwen trat an den Tisch heran, wollte sich auf einen Stuhl so weit weg wie möglich von Cara'uhn setzten, doch der Kehhl'daaraner gab ihm mit deutlichen Worten zu verstehen, dass er damit nicht einverstanden war. »Nicht hier! Neben mir!«

Curwen seufzte. Tat was ihm befohlen.

› »Was wollen Sie von uns?« ‹, wollte er fragen, doch der Kehhl'daaraner schnitt ihm das Wort ab, bevor nur ein einzelner Buchstabe seinen Mund verlassen konnte.

»Ich weiß, was Sie sagen wollen, doch auf diese Frage werden Sie jetzt keine Antwort bekommen. Alles zu seiner Zeit.« Cara'uhns Blick ging zu Thenga, der noch immer vor dem Tisch stand, von dem einen Soldaten, der hinter ihm stand, verächtlich beguckt. »Diese Aufforderung galt auch für Sie.«

»Was, wenn ich mich strikt weigere, mich neben Sie zu setzen? Lassen Sie mich dann töten?«

»Nein! Trotzdem hätte Ihre Weigerung unangenehme Folgen für Sie.«

»Setz dich neben diesen …« Die Beleidigung, die Curwen auf der Zunge lag, ließ er unausgesprochen. »Bei Ke'hinuc hastest du kein Problem, sich daneben ihn zu setzen.«

»Das war etwas anderes.«

»Inwiefern?« Es war nicht Curwen, der diese Frage stellte, sondern Cara'uhn.

»Er war Zivilist, und deshalb nicht zwangsläufig mein Feind,« erklärte Thenga.

»Kehhl'daaraner ist Kehhl'daarner«, sprach Curwen abfällig.

In dem Moment öffneten sich hinter ihnen zwei Türen, Diener kamen mit Tabletts herein. Auf einem stand ein Kelch, in dem einige blaue Eier lagen. Augenscheinlich das Ovulum des Alak'kuril-Vogels. Ein anderer Diener trug auf seinem Brett einen Krug und einen Trinkbecher. All das wurde Cara'uhn gereicht. Die Diener neigten ehrfurchtsvoll das Haupt. Cara'uhn gab mit einer rüden Geste zu verstehen, dass die Diener den Raum verlassen sollen. Sogleich taten sie wie befohlen.

Cara'uhn griff in den Kelch, bekam eines der Eier zu fassen. Er schlug es auf dem Tisch auf, die Schale zerbrach. Die Schale wurde entfernt. Dann stopfte er sich das Ei als Ganzes in den Mund. Bei fünf weiteren Eiern erfolgte das gleiche Ritual. Nach jedem Ei spülte er mit der Milch einer Phar'rak-Kuh, dem Inhalt dieses Kruges, nach.

Die Zeit verstrich, Cara'uhn genoss sein Mahl, nahm von den Menschen keine Notiz.

Das gefiel Curwen nicht.

»Wollen Sie uns lediglich dabei zusehen lassen, wie Sie sich Eier ins Maul stopfen, oder wollen Sie uns auch mal sagen, weshalb wir hier sind?«

Cara'uhn bedachte den Menschen mit einem spöttischen Lächeln. »Hier in diesem Raum? Sicher nicht, um mit mir ein Mahl zu teilen. Ich erwarte von Ihnen Antworten auf einige Fragen. Frage Nummer eins …!« Cara'uhn erhob seinen rechten Zeigefinger. »Was führt Sie ins Tschanganische System?«

»Auf diese Frage werden Sie keine Antwort bekommen!«

»Doch das werde ich!«, widersprach Cara'uhn. »Sie müssen gar nichts sagen, um mir die Antwort zu liefern, ihre Taten sind Antwort genug. Sie und Thenga sind zwei Space Navy-Offiziere, nur zwei, die mit einem Schiff der tschanganischen Rebellen versucht haben, nach Tschangan zu gelangen. Ich schließe daraus, dass Sie im Dienste Ihres Nachrichtendienstes einen Geheimauftrag zu erfüllen haben.«

»Man benötigt keine außergewöhnliche Kombinationsgabe, um zu diesem Schluss zu kommen«, reagierte Curwen abschätzig.

»In der Tat!«, stimmte Cara'uhn zu. »Doch die Antwort auf die Frage nach der Art des Geheimauftrages ist schwerer zu finden. Ich vermute mal, dass die Navy und die Tschanganer zusammen etwas aushecken.«

Curwen lächelte verächtlich. »Kein Kommentar!«

Cara'uhn erhob sich. »Ich habe keine Lust mehr, mich mit Ihnen zu unterhalten.«

»Ich auch nicht!«, antwortete Curwen bissig.

»Mein erster Offizier hatte recht. Ich hätte Sie gleich in den Kerker stecken sollen. Schafft sie weg!«

# Einundzwanzig

Curwen war hundeelend zumute.

Er befand sich in einem stinkenden finsteren Loch, saß auf einem Etwas, das wohl ein Bett sein soll. Tatsächlich handelte es sich lediglich um ein simples Gestell, welches aus Brettern zusammengezimmert war, die am vermodern waren. Eine Matratze lag darauf, die ebenfalls im Begriff war, in Fäulnis überzugehen.

Jawohl! Er saß in einem verdammten dunklen Loch, das die Bezeichnung Verlies zu Recht verdiente. Ein winziger, eckiger Raum, vielleicht gerademal fünf Mal fünf Meter im Durchmesser, dafür ziemlich hoch. Wände aus schlichten Granitblöcken.

Der Raum war total verdreckt, überall lag Staub – zentimeterdick. Ein abstoßend muffiger Geruch lag in der Luft. Zudem hatte Curwen das Gefühl, das es hier nach Pisse roch. Der Ursprungsort dieser unangenehmen Ausdünstungen schien die Matratze zu sein.

Schummeriges Licht. Eine einzelne primitive Fackel beim Eingang erhellte das Verlies. Offenbar gab es hier in diesen uralten Kerkern im Untergrund des Palastes keine Elektrizität.

Rote Feuersglut flackerte in einem eigenwilligen Takt hin und her, Rauch stieg auf, verschwand in einem Loch in der Decke. Es war viel zu hoch oben, als dass man es erreichen konnte.

Leises Knistern!

Schemen tanzten an den Wänden.

Die Luft in diesem abscheulichen Loch war nicht allein mit den Dünsten des Moders durchdrungen, er war auch vom Schweißgeruch der Angst erfüllt.

Curwen zog die Nase kraus. Er bildete es sich nicht ein, diese scheiß Matratze roch tatsächlich nach Urin. Und er saß darauf. Igitt!

Sein Blick ging hinüber zu Thenga, der ihm gegenüber an die Wand gelehnt auf dem harten kalten Stein saß, die Hände im Schoß gefaltet, den Kopf gesenkt. Thenga sah genauso jämmerlich aus wie er selbst. War das verwunderlich? Die Kehhl'daaraner hatten sie in ein dunkles Loch geworfen, in dem sie ...   Ja was? Sterben werden? Wahrscheinlich ja. Curwens Blick in die Zukunft war nicht sonderlich positiv. Die Zuversicht, die ihm normalerweise zueigen war, begann sich zu verflüchtigen. Er musste all seine Willenskraft aufwenden, um sie festzuhalten. Sobald er die Hoffnung verlor, waren sie wahrlich am Ende. Das durfte nicht geschehen.

Er erhob sich langsam von dem grauenhaften Ding, das ein Bett sein soll, schlürfte hinüber zu Thenga, setzte sich neben ihm auf den Boden. Blicke begegneten sich. Lippen blieben stumm. Totenstille! Wie geschaffen für dieses klägliche Loch.

»Momentan sind wir echt am Arsch«, kam es geflüstert über Curwens spröde Lippen. Sein Körper war ausgedörrt. Schon seit Stunden hatte er nichts mehr getrunken.

»Momentan?« Thenga lachte bitter. »Wir *sind* am Arsch, jetzt und für alle Zeit. Ich denke nicht, dass wir aus dieser Situation heil rauskommen. Gevatter Tod wird uns bald auf seiner Liste abharken.«

»Alter Miesepeter«, tadelte Curwen. »Es gibt immer einen Weg, wir müssen ihn nur finden.« Er erhob sich, sah sich aufmerksam um. »Es muss einen Weg hier raus geben.«

Thenga kicherte hämisch. »Es gibt für uns nur einen Weg hier raus – als Leiche!«

Curwen wandte den Kopf. In seinen Augen brannte der Zorn. Ihm gefielen Thengas Worte nicht. Sie gefielen ihm nicht, weil sie mehr der Wahrheit entsprachen als ihm lieb war. Äußerlich gab er sich optimistisch, doch in seinem Inneren war die Hoffnung genauso verloschen wie bei Thenga. Der Wille, sie festzuhalten, erwies sich als zu schwach. Thengas Worte fegte sie hinweg wie ein starker Wind das Herbstlaub. In die Lücke in seinem Geist stürzte Verzweiflung.

Er setzte sich wieder auf dieses muffelige Bett, murmelte mutlos: »Vermutlich hast du recht. – Oh Gott! Wer hätte gedacht, dass es so endet. Ich hätte erwartet, dass ich mit meinem Schiff untergehe, doch nicht, dass ich in einem finsteren Loch verrecke.«

Ein ärgerliches Knurren erschallte aus seinem Mund, es folgte ein Fluch. Gedanken an Hamilton erwachten in seinem Geist. Würde sie wissen, was ihm und Thenga zugestoßen war, könnte sie etwas unternehmen, um sie beide zu retten. Doch vermutlich hatte sie keinen Schimmer von der Notlage, in der sie beide sich befanden.

Die Gedanken an diese Frau wandelten sich. Die Frage nach dem wer tauchte auf. Wer war Cheyenne Hamilton?

Keine Antwort!

Cheyenne Hamilton! Ein Rätsel!

Feurige Gedanken!

Immer wenn Curwen an sie dachte, kam sein Blut in Wallung, regte sich Leidenschaft.

Er liebte diese Frau. Er liebte sie, wie keine Frau zuvor. Und bei Gott, er hatte jede Menge gehabt.

Verrückt! Wie konnte er eine Frau abgöttisch lieben, die er erst vor Kurzem kennengelernt hatte, von der er nur wenig wusste? Die Antwort lag in einer anderen Zeit, in einem anderen Leben, Tausende von Jahren in der Vergangenheit.

Er blickte auf, als er ein Geräusch vernahm.

Die Tür ging auf, Cara'uhn trat ins Verlies.

Curwen sprang auf, blickte den Kehhl'daaraner herausfordernd an.

Cara'uhn knurrte. Seine Rechte ballte sich zu einer Faust. Kurz darauf spürte Curwen sie in seiner Magengrube. Er krümmte sich vor Schmerz.

»Ein gutes Gefühl!«, zischelte Cara'uhn boshaft.

»Mistkerl!«, kam es keuchend aus Curwen heraus.

Cara'uhn schlug erneut zu. Curwen fiel auf die Knie, presste schmerzgepeinigt die Hände gegen den Bauch. Der Kehhl'daaraner reagierte darauf mit einem infamen Lächeln.

»Lasst uns allein!«, diktierte Cara'uhn dem Soldaten, der für ihn die Tür geöffnet hatte.

Der Mann zögerte. Es schien ihm nicht zu behagen, den Sha'kre mit den Gefangenen allein zu lassen. »Ill'jak?«, fragte er unsicher.

»Haben Sie nicht gehört, was ich gesagt habe?«, fuhr Cara'uhn den Mann an.

Der Soldat machte ein beschämtes Gesicht, deutete eine Verbeugung an. Er drehte sich um, trat durch die Tür. Kurz darauf fiel sie krachend zu. Cara'uhn und die Terraner waren nun die Einzigen im Kerker.

Cara'uhn holte eine Spritze aus einer Tasche.

»Was haben Sie vor?«, fragte Thenga beunruhigt.

Cara'uhn antwortete nicht, rammte Curwen die Spritze in den rechten Oberarm.

Der Terraner heulte auf vor Schmerz.

»Was haben Sie getan?«, schrie Thenga außer sich.

Vom Geschrei alarmiert, stürzte der Soldat ins Verlies, richtete die

Waffe auf Thenga, der kurz davor stand, sich auf Cara'uhn zu stürzen.

»Habe ich nicht gesagt, Sie sollen uns allein lassen?«, fauchte Cara'uhn.

»Aber, Ill'jak! Der Mann will Sie angreifen!«, rechtfertigte sich der Soldat.

»Na und?«, reagierte Cara'uhn abfällig. »Das sind zwei Menschen, die nicht so stark sind wie wir.«

Thenga wusste, dass Cara'uhn recht hatte. Kehhl'daaraner waren körperlich stärker als Menschen, weshalb Menschen im Nahkampf oft die schlechteren Karten hatten.

Thengas Blick ging zu Curwen, der noch immer auf den Knien war, sich vor Schmerz krümmte, keuchte.

»Was haben Sie ihm gegeben? Raus mit der Sprache!«

»Ich habe dafür gesorgt, dass er bald wieder wie ein Mensch aussieht«, erklärte Cara'uhn.

Da verstand Thenga. Cara'uhn hatte Curwen ein Mittel gespritzt, welches die genetische Tarnung rückgängig machte.

Curwen schrie.

Thenga warf einen besorgten Blick auf seinen Kameraden. Er sah ganz deutlich die Veränderung des Gesichtes. Die Wülste an der Stirn bildeten sich zurück, die Haut wurde bleicher. Man konnte zusehen, wie Haare auf magische Weise kürzer wurden. Nach nicht einmal fünf Minuten war die Verwandlung abgeschlossen, Curwen sah wieder wie Curwen aus.

Curwen erhob sich schwerfällig, der Blick ging zu Cara'uhn. Unbändiger Zorn. »Ist das Ihre Foltermethode?«, presste er zwischen den Lippen hervor.

»Da haben wir Kehhl'daaraner einfachere Methoden«, entgegnete Cara'uhn kühl. Er drehte sich zu dem Soldaten um, der nach wie vor die Waffe auf Thenga gerichtet hatte. »Raus!«

Der Soldat schnaubte unwillig, steckte die Plasmapistole in das Holster zurück. Zum zweiten Mal wurde er von Cara'uhn aus den Raum gescheucht. Die Tür fiel krachend zu.

Cara'uhn griff in die Taschen seiner Uniform.

Curwen stierte ihn neugierig aber auch argwöhnisch an. »Noch ein Folterinstrument?«

Cara'uhn reagierte nicht auf diese Worte. Als seine rechte Hand wieder zum Vorschein kam, umklammerten die Finger eine kleine Kugel aus bläulich glänzendem Material, in die seltsame Symbole eingraviert waren.

Curwen konnte diese Symbole als pon-arikanische Schriftzeichen identifizieren. Um was es sich bei dem Ding auch immer handeln mag, es war nicht kehhl'daaranisch.

»Sie werden sich sicher fragen, was das hier ist«, wandte sich Cara'uhn im schneidigen Ton an Curwen.

»In der Tat«, bestätigte Curwen.

Cara'uhn drückte einen Knopf an der Oberseite der kleinen Kugel ein, ein rotes Lichtband erschien am Äquator. Cara'uhn bückte sich, legte die Kugel vor sich auf dem Boden ab.

»Diese Kugel ist ein Wunderwerk pon-arikanischer Technik. Es soll mich vor Lauschern schützen.«

Jetzt wusste Curwen, was es mit dieser Kugel auf sich hatte. Cara'uhns Hinweis auf Lauscher löste das Rätsel. Es war ein sogenannter Akustikdämpfer. Ein Akustikdämpfer erzeugte ein Kraftfeld, welches alle Geräusche im Inneren des Feldes für jemanden, der sich außerhalb davon befand, nicht mehr hörbar machte. Das ideale Gerät für jemanden, der Geheimnisse bewahren wollte. Deshalb wurde es bevorzugt von Agenten der pon-arikanischen Geheimdienste verwendet.

»Denn was ich Ihnen nun mitteile, ist nur für Ihre Ohren gedacht. Es wäre mein Tod, wenn meine Leute davon erführen.«

Curwen wurde neugierig. *Interessant!* Er war gespannt, was nun folgte.

»Ich beabsichtige nämlich, Verrat zu begehen.«


Mulsh'uhn ärgerte sich über die Unvernunft des Sha'kre. Er fand es nicht klug, dass Cara'uhn allein bei den Gefangenen war. Das war leichtsinnig. Doch Cara'uhn war nun mal Sha'kre und er nur S'kir'kre. Also musste er den Anweisungen Cara'uhns Folge leisten, auch wenn es ihm gegen den Strich ging.

Mulsh'uhn wurde nervös. Es war ungewöhnlich ruhig. Das gefiel ihm nicht. Ob er nachsehen soll, ob alles in Ordnung ist?

Lieber nicht!

*Verrat?* Curwen traute seinen Ohren nicht. *Cara'uhn?*

Cara'uhn stand im Ruf, dass seine Treue dem Empire gegenüber über jeden Zweifel erhaben war. Cara'uhn wäre der Letzte, der Verrat begehen würde.

Curwen konnte nicht anders. Er musste lachen.

»Was gibt es da zu lachen?«, fuhr der Kehhl'daaraner den Menschen erbost an.

»Tut mir leid. Den legendären Cara'uhn kann ich mir nicht als Verräter vorstellen. Er ist mit Leib und Seele Soldat, der mit Stolz seinem Empire dient.«

»Sie haben recht, Curwen. Ich war stolz, dem Empire zu dienen. Die Betonung liegt auf war. Die Dinge haben sich geändert, *ich* habe mich geändert.«

Curwen wurde wieder ernst. »Inwiefern? Was veranlasst den legendären Cara'uhn, an Verrat zu denken?«

Cara'uhn seufzte niedergedrückt. Kraftlos ließ er sich auf dem klapprigen Bett nieder. In dem Augenblick war Cara'uhn kein stolzer kehhl'daaranischer Offizier, sondern ein gebrochener Mann.

»Es gibt zahlreiche Gründe.

Wissen Sie, in den letzten Jahren ist in meinen Leben viel passiert; Dinge, die mein Weltbild verändert haben. Ich habe allmählich begriffen, wie sinnlos dieser Krieg ist, wie dekadent die imperiale Regierung.

Wenn man seine Familie in einem unnötigen Krieg verliert, beginnt man sich zu fragen, ob es richtig ist, einem System zu dienen, das dafür die Verantwortung trägt. Erst wenn Leute, die einem nahe stehen, sterben, wird einem die Grausamkeit des Krieges wahrlich bewusst.

Bei fremden Personen sieht man das Grauen aus der Distanz, es berührt einen nicht wirklich. Wenn man seine Frau und die beiden Söhne im Krieg verliert, ändert sich dadurch die Perspektive. Wissen Sie, was ich meine?«

Cara'uhn bedachte den Menschen mit einem ernsten Blick. Er entdeckte in dessen grünen Augen einen Hauch von Mitgefühl.

Tatsächlich regte sich bei Curwen Mitleid für einen Mann, der eigentlich sein Todfeind war.

Cara'uhns Familie wurde ein Opfer des Krieges. Welch grausames

Schicksal! Kein Wunder, dass der Sha'kre desillusioniert war.

Wie würde Curwen reagieren, erginge es ihm wie Cara'uhn?

Eine Frage, der er sich nicht stellen wollte, denn er hatte Angst vor der Antwort.

Er hoffte, dass er nie in dieselbe Lage gerät.

Die Vorstellung, dass die zwei Menschen, die ihm im Leben am meisten bedeuteten – seine Mutter und seine Schwester – in einem dunklen Grab liegen, wo sie langsam vermodern, alles was einst menschlich an ihnen war verloren – sie war unerträglich.

Curwen verstand den Schmerz des Kehhl'daaraners. Und er konnte verstehen, weshalb er den Gedanken an Verrat hegte.

Wenn der Krieg längst verloren war, jeder Gedanke an eine Wende Wunschdenken, jeden Tag Tausende sinnlos ihr Leben opfern, dann konnte einem das Gemetzel nur noch absolut sinnlos erscheinen und der Wunsch entstehen, diesem Wahnsinn zu entkommen. Wer wollte sein Leben schon für eine verlorene Sache opfern?

»Ich will, dass dieser Krieg endlich ein Ende hat.« In Cara'uhns Augen erglühte der Zorn. »Ich will Anaka'ruuhn stürzen, diesen Verrückten, der uns alle ins Unglück gestürzt hat in seinem wahnhaften Streben nach absoluter Macht.«

*Also* das *ist der ultimative Verrat. Ein Staatsstreich!*, dachte Curwen bei sich.

Was Curwen nur dachte, das sprach Thenga offen aus. »Ein Putsch also!«

Cara'uhn bestätigte mit einem Nicken. »Ich tu das nicht gerne, sehe jedoch keine andere Möglichkeit. Nur wenn Anaka'ruuhn vom Thron entfernt wird, kann das Morden gestoppt werden. Anaka'ruuhn selbst wird niemals kapitulieren, denn er erkennt die Wahrheit nicht, glaubt noch immer an einen Sieg. Er wird von den Kehhl'daaranern verlangen, bis zum letzten Mann zu kämpfen, im Glauben, dass die totale Aufopferung des kehhl'daaranischen Volkes ihm den Sieg bringen wird. Es heißt, auf Kehhl'daar Prime werden Bürgermilizen gebildet, die die Zentralwelten bei einer möglichen Invasion verteidigen sollen. Anaka'ruuhn hat die Vorstellung, dass er die alliieren Flottenverbände in einer entscheidenden Schlacht um Kehhl'daar Prime vernichten kann.

Ich bin nicht dieser Ansicht. Es wird zu einem sinnlosen Gemetzel kommen, an dessen Ende das Empire komplett in Trümmern liegt.«

*Cara'uhn hat recht, der Kerl ist verrückt*, ging es Curwen durch den Kopf. Anaka'ruuhn war ein größenwahnsinniger Diktator wie Hitler, Stalin, Pol Pot und all die anderen unrühmlichen Gestalten in der irdischen Geschichte. Auch die Galaxis war nicht vor Männern gefeit, die nach absoluter Macht strebten und bereit waren, zur Erreichung dieses Zieles Millionen zu opfern.

»Was beabsichtigen Sie zu tun, sobald Sie Ihr Ziel erreicht haben, Anaka'ruuhn gestürzt ist?« wollte Curwen wissen.

Was Cara'uhn konkret vorhatte, war extrem wichtig, könnten seine Pläne doch das zukünftige Verhältnis zwischen der Interstellare Union und dem Kehhl'daaranischen Empire beeinflussen.

»Ich werde mit Ihren Leuten einen Waffenstillstand aushandeln, danach das Empire in die Demokratie führen«, erläuterte Cara'uhn.

Demokratie? Hatte der Kehhl'daaraner tatsächlich das Wort Demokratie in den Mund genommen? Curwen konnte es nicht fassen, das war für einen Kehhl'daarner total ungewöhnlich. Deswegen reagierte er auch mit Unglauben. »Sie wollen aus dem Empire eine Demokratie machen. Das ist doch nicht Ihr Ernst?«

»Doch das ist!«, sprach Cara'uhn nachdrucksvoll. »Die Galaxis hat sich in den letzten zweihundert Jahren sehr verändert ...«

»Wem sagen Sie das.«

»... und deswegen müssen auch wir uns ändern. Mein Volk ist seit Jahrhunderten in – wie soll ich es ausdrücken? – in einer kulturellen Starre. Wir müssen uns ändern oder das Empire landet auf der Müllhalde der Geschichte.«

Curwen wusste, wie Cara'uhn dies meinte.

Das Empire war eine aggressive, expansionistische Macht. Seit Jahrhunderten eroberten die Kehhl'daaraner, um das Reich zu vergrößern. Das Empire dehnte sich in all dieser Zeit immer weiter aus. Bestand es in den frühen Tagen nur aus Kehhl'daar Prime und Valkor, so erstreckte es sich heute über Tausende Welten in einem Bereich von Hunderten Kubikparsec. Doch nun stieß die Expansion an ihre Grenzen, denn jetzt stand das Empire Mächten gegenüber, die der Eroberungslust der Kehhl'daaraner einen Riegel vorschoben. Ein Umstand, den die Kehhl'daaraner nicht gewohnt waren, denn lange Zeit unterwarfen sie eine Welt nach der anderen, ohne auf Widerstand zu stoßen. In ihrer Unfähigkeit, die Veränderungen zu begreifen, ignorierten sie die Stärke ihrer Gegner, betrieben die Expansionspolitik rücksichtslos weiter, schlitterten infolge dieser sturen Leugnung der eigenen Schwäche von einer Niederlage in die Nächste. Das Empire wird durch diese ständigen verlustreichen Kriege aufgerieben. Wenn das Volk der Kehhl'daaraner nicht lernt, mit anderen Völkern in Frieden zu leben, wird es sich eines Tages selbst vernichten.

»In Ordnung! Nehmen wir mal an, ich glaube, was Sie sagen. Was haben wir mit der Sache zu tun?«

»Um meinen Plan in die Tat umzusetzen, brauche ich Verbündete. Deshalb beabsichtige ich nicht nur in den eigenen Reihen nach Mitstreitern zu suchen, sondern auch die Tschanganer für meine Sache zu gewinnen.

Ich weiß, dass sie mit den Rebellen in Kontakt stehen. Ich will, dass sie mir Informationen geben, die mich befähigen, selbst mit ihnen in Kontakt zu treten. Genauer gesagt: Ich will den Standort ihres Hauptquartiers.«

»Mal angenommen, ich würde Ihnen geben, wonach sie verlangen. Was springt dabei für uns raus?«

»Ein perfekter Fluchtplan!«

Curwen reagierte verwirrt. »Wie bitte?«

»Ich werde Sie und Ihren Kameraden nach dieser Unterredung nach Tschergun, dem tschanganischen Mond, bringen lassen. Genauer gesagt ins dort befindliche Straflager Z'ran II. Von dort ist noch niemanden die Flucht gelungen. Mit dem Fluchtplan, den ich für Sie ausgearbeitet habe, müsste das jedoch möglich sein.«

Cara'uhn log, es gab keinen Fluchtplan – noch nicht! Er war vollauf damit beschäftigt, seinen Umsturz zu planen, sodass er bislang keine Zeit hatte, dies zu erledigen.

War es notwendig, Curwen und Thenga zur Flucht zu verhelfen? Er könnte sie ohne Weiteres auf diesem Felsbrocken vermodern lassen. Es wäre kein Problem, den Menschen einen nutzlosen Fluchtplan zu geben. Doch lügen entsprach nicht Cara'uhns Art, er war ein Ehrenmann. Wenn er eine Vereinbarung traf, hielt er sich auch daran.

Er wusste bereits, was er tun konnte. Es war nur ein kurzes Gespräch notwendig.

»Ich werde ein Treffen zwischen Ihnen und einem Mann, den ich gut kenne, arrangieren. Er ist der Oberaufseher des Lagers. Er kennt alle Sicherheitsvorkehrungen. Er wird Ihnen zeigen, wie Sie entkommen können«, führte Cara'uhn weiter aus.

»Wie können wir sicher sein, dass Sie uns nicht belügen?«

»Gar nicht! Sie müssen mir einfach vertrauen.«

»Wie können wir sicher sein, dass dieser Oberaufseher ehrlich ist?«, schob Thenga ein.

»Der Mann hat eine Lebensschuld bei mir, hab ihn dadurch in der Hand. Er wird tun, was ich von ihm verlange. Ihr Transport nach Tschergun geht in vier irdischen Stunden. Ich schlage vor, dass Sie sich bis dahin ausruhen.«

Cara'uhn erhob sich vom muffeligen Bett.

»Das ist alles, was es zu sagen gibt. Im Moment jedenfalls. Kurz vor Ihrem Aufbruch werde ich Sie nochmals aufsuchen. Bis dahin haben Sie Bedenkzeit. Sie können mein Angebot annehmen oder auch nicht, das ist Ihre Entscheidung. Eins muss Ihnen jedoch klar sein: Wenn Sie mein Angebot ausschlagen, werden Sie auf Tschergun sterben.«

Er nahm den pon-arikanischen Akustikdämpfer wieder an sich, schritt zur Tür, hieb mit der Faust dagegen.

Sie öffnete sich umgehend.

»Wir sind hier fertig!«, sprach er zu Mulsh'uhn, der erleichtert dreinblickte.

Kurz drehte sich Cara'uhn um, bedachte Curwen mit einem gewichtigen Blick. Die gelben Reptilienaugen schienen zu sagen: › »Sie wissen, was das Beste für Sie ist.« ‹


Rata'ron stürmte ins Amtszimmer des T'khhal'toor.

Cara'uhn blickte von einem Thorr'khall auf, legte das Gerät zur Seite, richtete die Aufmerksamkeit nun auf seinen Stellvertreter. Die Augen strahlten Verärgerung aus.

»Ich habe das Oberkommando über Ihren Erfolg informiert«, sprach Rata'ron förmlich, den Zorn Cara'uhns völlig ignorierend.

»Wieso haben Sie es nicht meinen Schwager gesagt?« Die Worte waren voller Hohn.

»Er muss im Moment nichts davon wissen. Sie sind mein Sha'kre, nicht er, Ihnen muss ich Bericht erstatten.«

Cara'uhn lächelte spöttisch. »Wie schön, dass Sie das noch wissen.«

Rata'ron stütze seine Hände an der Tischplatte ab, sah seinen Vorgesetzten herausfordernd an. »Noch sind Sie mein Vorgesetzter. Doch wenn Sie so weitermachen, werde ich mich fragen müssen, ob ich Ihnen gegenüber weiterhin loyal sein kann. Meine Loyalität zu Ihnen endet, wenn Sie Ihre zum Empire verloren haben.«

Cara'uhn erhob sich, der Blick verfinsterte sich. »Sind Sie hier und stören mich bei der Arbeit, um mir *das* zu sagen?«

»Unter anderem«, bestätigte Rata'ron. »Es geht auch um Curwen und Thenga. Ich habe es schon getan, doch werde ich es nochmals sagen: Ich bin nicht einverstanden mit dem, was Sie mit den Menschen vorhaben. Curwen und Thenga sind Spione und sollten deshalb sofort exekutiert werden. So verlangt es das Protokoll.«

»Was ich mit ihnen tue, ist allein meine Sache!«, reagierte Cara'uhn aufgebracht. »Wegtreten, Rakk'kre!«

»In Ordnung! Ich gehe. Doch werde ich Sie im Auge behalten.«

*Ich dich auch*, ging es Cara'uhn durch den Kopf. *Ich dich auch, mein alter Freund.* In dem Augenblick wurde Cara'uhn schmerzlich bewusst, dass Rata'ron kein Freund mehr war, sondern ein gefährlicher Feind.

## Zweiundzwanzig

Cheyenne Hamilton saß auf einer Parkbank irgendwo im Qualikonk-Jonki Park, der grünen Lunge der Stadt Parikan. Es war früher Abend, die Luft angenehm warm, das Himmelszelt war mit einer Unzahl Sterne drapiert, zahlreiche Straßenlaternen tauchten den Park in ein heimeliges Licht.

Hamilton grübelte.

Sie hatte nicht die geringste Ahnung, was sie als Nächstes tun soll. Soll sie ihren tragbaren Hyperluminar-Funk-Sender benutzen, um sich bei ihren Vorgesetzten zu melden, sie um Instruktionen zu bitten? Nein! Lieber nicht! Zu riskant! Die Kehhl'daaraner könnten den Sender orten. Zudem war es fraglich, ob es ihr überhaupt gelang, eine Verbindung zu einer Relaisstation der Union herzustellen. Tschangan lag bereits außerhalb der Kommunikationsreichweite.

Sollte sie einfach abhauen?

Eine Strähne ihres pechschwarzen Haares fiel ihr ins Gesicht, sie wischte sie mit einer Hand weg.

Gab es für sie einen Grund, noch länger auf dieser Welt zu verweilen? Ja, den gab es! Einen gewichtigen Grund sogar: Zebediah Curwen!

Als sie zum Versteck von Kekadin kam, um nach dem Rechten zu sehen, musste sie entsetzt feststellen, dass niemand da war. Das Gebäude war leer, nichts deutete darauf hin, dass hier einst jemand gewohnt hat. Sofort wurde ihr bewusst, was das zu bedeuten hatte: Die Kehhl'daaraner hatten das Versteck gefunden!

Doch was war mit Curwen und Thenga geschehen? Befanden sie sich noch im Versteck, als die Kehhl'daaraner es stürmten, oder hatten sie die Gefahr rechtzeitig erkannt und sind geflüchtet?

Eine Frage, die sie sehr beschäftigte, auf die es jedoch keine Antwort gab. Im schlimmsten Fall waren Curwen und Thenga tot.

Keine Antwort auf die Frage, die ihr Hirn marterte. Keine Möglichkeit herauszufinden, was mit den beiden geschehen war, keine Gewissheit, stattdessen quälende Unklarheit. Oder gab es doch die Aussicht, ein Licht zu finden, das die Finsternis der Unwissenheit erhellt. Sollte sie Jakadin kontaktieren? War er womöglich dieses Licht?

Genug gegrübelt, sie musste eine Entscheidung fällen.

Eine Entscheidung wurde getroffen.

Morgen früh wird sie zu dem tschanganischen Raumjäger, den sie im Dschungel zurückgelassen hatte, zurückkehren, mit ihm den Planeten verlassen. Was dann kommt, darüber konnte sie nachdenken, wenn sie im All war.

Hoffentlich war der Jäger noch da. Wenn die Kehhl'daaraner ihn inzwischen entdeckt hatten, steckte sie mächtig in der Klemme. In diesem Fall musste sie einen anderen Weg runter von diesem Planeten finden.

Sie stützte die Ellbogen an den Knien ab, schlug die Hände vors Gesicht, begann zu schluchzen.

Sie wollte es nicht, war sie doch eine starke Frau, keine Heulsuse, doch sie vermochte sich nicht dagegen wehren. Das Gefühl von Verzweiflung brach in Form von Tränen an die Oberfläche. *Cheyenne — Mädchen! Was tust du da?*, fragte sie sich selbst. *Reiß dich zusammen!*

Zebediah Curwen, er war der Grund, weshalb sie auf einer Parkbank in Parikan hockte und heulte. Der Gedanke, dass Zebediah Curwen möglicherweise tot war. Eine unerträgliche Vorstellung.

Verdammt doch mal! Sie war in diesen Mann verknallt. Einen Typen, der zehn Jahre älter war als sie, aber furchtbar sexy, wie sie sich eingestehen musste. Einen Mann, den sie eigentlich nicht kannte.

Sie kämpfte die Tränen nieder, setzte sich auf, presste Luft aus ihren Lungen, strich ihre nach vorne hängende Mähne wieder nach hinten.

Der Blick wanderte durch den Park. Sie genoss für einen Augenblick das Panorama.

Der Wunsch, dieser Park möge sich in irgendeiner Stadt auf der Erde befinden, Zebediah bei ihr, er sie in den Armen halten, bemächtigte sich ihrer.

Sie blickte zu den zahlreichen Besuchern, die allesamt kein zufriedenes Gesicht machten, zu den seltsamen bunten Vögeln, die auf Leuchten saßen, auf dem Rasen herumspazierten.

Zwei kehhl'daaranische Soldaten gelangten in ihren Fokus. Sie versteifte sich, bekam ein ungutes Gefühl. Etwas stimmte nicht, die Soldaten kamen direkt auf sie zu. Hamilton witterte Gefahr.

Die Kehhl'daaraner blieben vor ihr stehen. Der eine verschränkte die Arme vor die Brust, der andere stemmte sie in die Hüften, beiden war gemein, dass sie Hamilton boshaft anstierten.

»Würden Sie bitte mit uns kommen!«, sprach der eine, der die Hände an seinen Hüften hatte. In seinem Gesicht saß eine große hässliche Knollennase.

»Weshalb sollte ich das?«, fragte Hamilton widerborstig. Nach außen hin strahlte sie Unerschütterlichkeit aus, doch innerlich war sie höchst erregt.

So dumm! Sie war so schrecklich dumm!

Sich in einem Park, der sich in einer Stadt befand, in der es vor feindlichen Soldaten nur so wimmelt, auf einer Bank zu setzen und zu grübeln, war ein saudummes Verhalten. Sie hatte sich von ihren Gefühlen übermannen lassen und war dadurch nachlässig geworden. Nun hatte sie den Salat.

»Weil Sie verhaftet sind!«, erklärte der Kehhl'daaraner.

»Weshalb?«

»Ihnen wird Spionage für die Interstellare Union sowie Zusammenarbeit mit den tschanganischen Rebellen vorgeworfen.«

Hamilton war schockiert. Die Kehhl'daaraner schienen zu wissen, wer sie war. Nun hatte sie einen ziemlich guten Grund, schleunigst von dieser Welt zu verschwinden. Die Bestürzung ließ sie sich nicht anmerken. Im betont müden Tonfall entgegnete sie: »Das ist Quatsch! Ich bin ein einfaches Mitglied der Terranischen Handelsgilde, das hier seinen Geschäften nachgeht. Und weil die Gilde im Konflikt zwischen Union und Empire neutral ist, habe ich das Recht, hier zu sitzen und den Abend zu genießen. Nicht jeder Terraner auf Tschangan ist ein Spion.«

»Wir beide wissen, dass das nicht wahr ist«, reagierte einer der Kehhl'daaraner spitz.

*Da sind wir wohl einer Meinung!*, dachte Hamilton bei sich. Sie blickte trotzig zu den Kehhl'daaranern.

»Los! Aufstehen!«

Hamilton erhob sich langsam, geschmeidig wie eine Katze. Dann nahm sie Fersengeld!

Das ging derart geschwind, dass die Kehhl'daaraner einen Moment brauchten, um zu kapieren, was da gerade geschehen war.

Hamilton sprintete über einen Kiesweg. *Nichts wie raus aus diesem Park.* Sie musste eine Seitenstraße erreichen. Dort könnte sie die Verfolger möglicherweise abschütteln.

Die Soldaten hatten die Überraschung verdaut, hetzten hinter ihr her.

Einer von ihnen zog seine Waffe, feuerte. Ihr heißer Energiestrahl pflügte durch die Luft.

Ein Schwarm jener fremdartigen Vögel wurde aufgescheucht. Sie breiteten ihre Schwingen aus, erhoben sich in die Lüfte. Ein Rauschen wurde durch die Luft getragen, als mehrere Dutzend Vögel in den Himmel entschwanden.

Passanten stoben in alle Richtungen davon. Von einer Minute auf die andere hatte sich die friedliche Atmosphäre in ein heilloses Chaos verwandelt.

Ein Energiestrahl schlug in einem Baum direkt neben Hamilton ein. Holzsplitter wirbelten durch die Gegend. Der Geruch von verkohltem Holz stieg in die Luft.

Hamilton zog ihre eigene Waffe, erwiderte das Feuer. Der Mikrowellenstrahl verfehlte die Kehhl'daaraner, schlug stattdessen in einem Teich ein. Das Wasser kochte.

Nicht lange, und die Kehhl'daaraner schossen erneut. Ein Plasmastrahl jagte knapp über ihren Kopf weg, versengte Haarsträhnen. *Verdammt!*, wetterte ihr Hirn.

Sie musste die Verfolger irgendwie loswerden.

Sie hüpfte über einen Busch, bog um die Ecke, steckte ihre Waffe weg. Das Feuer zu erwidern brachte nichts. Versuchte schneller zu laufen.

Sie warf einen Blick über die Schulter, die Kehhl'daaraner fielen zurück.

Sie sah einen Baum vor ihr, hatte eine Idee. Sprang hoch, bekam einen Ast zu greifen.

Wieselflink kletterte sie den Baum hoch, versteckte sich hinter dem Blätterwerk. Wartete!

Sie spähte nach unten, sichtete die beiden Kehhl'daaraner unter sich. Sie blickten suchend umher. Der eine stieß einen Fluch aus, dann blickte er nach oben – genau zu Hamilton!

Sie ließ sich fallen, landete genau zwischen den Kehhl'daaranern.

Ein Fuß sauste durch die Luft, traf einen Kehhl'daaraner im Rücken. Er fiel nach vorne in den Kies, seine dicke Nase bohrte sich in den Untergrund.

Hamilton wartete nicht, bis er wieder hoch kam, griff sogleich seinen Kumpel an. Sie packte ihn bei den Hörnern, zerrte seinen Kopf nach unten. Parallel sauste ihr Knie Richtung Gesicht des Kehhl'daaraners. Als sich Nase und Knie trafen, da splitterten Knochen, spritzte Blut. Kein schöner Anblick.

Sie stieß ihn von sich. Das Reptil plumpste auf den Hosenboden.

Der Kehhl'daaraner hielt sich mit beiden Händen die Nase, als hätte er Angst, sie könnte ihm abfallen. »V'rak tal'sar'ak!«, nuschelte er verächtlich.

Hamilton verstand kein Östliches Kharr-Kehhl'daaranisch, aber was auch immer dieser Kehhl'daaraner von sich gegeben hatte, schmeichelhaft war es sicher nicht.

Sie drehte sich zu dem anderen Kehhl'daaraner um, der gerade im Begriff war, nach seiner Waffe zu greifen – die sich in den Kies gedrillt hatte so wie sein Riecher.

Doch Hamilton war flinker, bückte sich geschwind, luchste ihm die Waffe vor dem Zinken weg.

Der Kehhl'daaraner fluchte, fasste mit den Händen nach ihrem

Bein. Sein Kollege sah eine Chance, wollte sich von hinter auf Hamilton stürzen.

Diese Chance war schnell vertan, Hamiltons Instinkte funktionierten ausgezeichnet. Sie schob ihre Waffe aus dem Halfter, streckte sie dem Kehhl'daaraner entgegen, der Lauf der erbeuteten Waffe bohrte sich in eins der Nasenlöcher des anderen.

Er sah Hamilton wutentbrannt an. Knurrte! Das aus seiner Nase schießende Blut, das über den Mund lief, ignorierte er.

Hamilton schleuderte den Kehhl'daaranern eines der wenigen kehhl'daaranischen Worte, die sie beherrschte, entgegen. »B'k'me!« *Verschwindet.*

»Jeder Soldat auf diesem Planeten sucht nach Ihnen«, behauptete Knollennase. »Sie haben keine Chance zu entkommen!«

»Ich werde entkommen! Ich werde jedem kehhl'daaranischen Soldaten, der sich mir in den Weg stellt, den Arsch versohlen, so wie ich es bei euch gemacht habe«, konterte Hamilton großspurig.

Sie war jedoch nicht so selbstsicher, wie sie sich gab. Denn sie wusste, dass der Kehhl'daaraner im Grunde recht hatte, sie war in ziemlichen Schwierigkeiten. Sie verstärkte den Druck gegen den Zinken von Knollennase, knurrte: »Loslassen!«

Der Kehhl'daaraner gehorchte, seine Hand löste sich von Hamiltons Knöchel.

Sie musste zum Raumjäger, so schnell wie möglich. Bis morgen warten, wie sie es ursprünglich vorhatte, war nun nicht mehr möglich. Je eher sie den Planeten verließ, umso besser. Mit jeder Minute, die sie hier verweilte, wuchs die Gefahr.

Sie steckte die Waffen weg, bahnte sich einen Weg durch die Menge, die sich um den Ort des Kampfes gebildet hatte. Die Schaulustigen waren hauptsächlich Tschanganer, die den Eindruck machten, als hätte ihnen die Vorstellung gefallen.

Wie ein Sprinter bei einem Hundertmeterlauf fegte sie über eine Wiese, überquerte eine Straße, wobei sie beinahe einige Passanten über den Haufen gerannt hätte, verschwand in einer dunklen, spärlich beleuchteten Seitenstraße. Sie keuchte, schnappte nach Luft, das Herz pochte wie ein Irrer in der Brust. Sie lehnte sich gegen eine Wand, atmete tief durch.

Cheyenne Hamilton warf geflissentlich einen Blick zurück auf die

Hauptstraße, hielt nach Kehhl'daaranern Ausschau. Noch konnte sie keine entdecken, doch zweifelsfrei werden sie bald hier auftauchen. Die beiden, die sie vermöbelt hatte, werden bestimmt Verstärkung anfordern. Wenn die eintrifft, na dann…

Kehhl'daaraner konnte sie keinen erblicken, jedoch einen Tschanganer, der mit zielsicherem Gang ihr entgegen schritt. Sein Gesicht kam ihr bekannt vor. Sie hatte ihn schon mal gesehen. Gerade eben, in der Menge der Schaulustigen. Er hatte frech gegrinst.

Weil sie nicht wusste, was sie von dem Mann halten soll, zog sie eine der zwei Waffen.

Der Tschanganer hob die Hände über dem Kopf, sprach beschwichtigend: »Keine Sorge! Ich bin auf Ihrer Seite.«

»Wer sind Sie?«, fauchte Hamilton.

»Es ist nicht wichtig, wer ich bin, sondern was ich bin«, antwortete er geheimnisvoll.

»Und was sind Sie?«

»Ein Mitglied des Widerstandes.«

Hamilton fiel ein Stein von Herzen, der Lauf ihrer Waffe senkte sich. Ihre Lage hatte sich soeben etwas gebessert.

Sie lauschte gutturale Laute. Kehhl'daaraner!

»Wir sollten von hier verschwinden!«, rief der Tschanganer und verfiel in Trab.

Hamilton seufzte verdrossen, folgte ihm. Terranerin und Tschanganer hetzten weiter in die dunkle Gasse hinein.

Sie spürte die Kehhl'daaraner im Nacken. Die Zuversicht, die aufkeimte, als sich dieser Tschanganer als Rebell zu erkennen gab, war verwelkt. Sie sah kein Entkommen.

Plasmastrahlen strichen über sie hinweg. Kehhl'daaraner waren für gewöhnlich miese Schützen. Diese Tatsache verschaffte ihr jedoch nur wenige Sekunden Schonfrist. Schon bald wird heißes Plasma ihre Existenz auslöschen. Dreimal war sie dem Tod knapp entkommen. Ein viertes Mal wird der Sensenmann nicht zulassen. Diesmal entkam sie ihm nicht.

Der Tschanganer griff nach einem Kommunikator, brüllte etwas hinein.

Augenblicke darauf mischte sich in das Surren kehhl'daaranischer Plasmawaffen das vertraute Fauchen von MW-Waffen der Space

Navy. Ein warmer Lufthauch küsste ihre rechte Wange. Ein schmerz-gepeinigter Schrei klang hinter ihr auf.

Vor ihnen tat sich ein rundes Loch auf.

»Da rein! Schnell!«, schrie der Tschanganer. Kurz darauf wurde er vom Loch verschluckt.

Hamilton seufzte innerlich. *Nicht schon wieder!* Flucht durch die Kanalisation! Das hatte sie heute schon. Und sie war nicht erpicht darauf, diese ekelige Erfahrung zu wiederholen. Doch noch weniger war sie auf den Tod erpicht, also sprang sie hinterher.

## Dreiundzwanzig

Curwen lag auf diesem Ding, das sich Bett schimpfte, starrte zu Decke.

Er versuchte sich zu entspannen, ein wenig zu schlafen. Denn Schlaf hatte er bitter nötig. Doch daran war nicht zu denken. Nicht in dieser Situation! Die Sorge um die Zukunft raubte ihm den Schlaf.

In Kürze wird man sie in dieses Lager auf Tschergun bringen. Ob sie je wieder von dort weg kamen, lag im Ungewissen. Ihr Schicksal lag in den Händen Cara'uhns und diesem Aufseher. Sie waren diesen beiden Kehhl'daaranern auf Gedeih und Verderb ausgeliefert.

Er setzte sich auf. Der Blick richtete sich auf Thenga, der mit den Rücken gegen die kalte Mauer gelehnt auf dem Boden saß. Die Augen waren geschlossen. Ein leises Schnarchen kam aus dem Mund.

Typisch Runako Thenga! Er strahlte in so ziemlich jeder Situation unerschütterliche Gelassenheit aus. Allzu oft hatte Curwen sich ge-wünscht, so gelassen zu sein wie sein Kumpel.

Meistens war er es nicht! Zebediah Curwen hatte das Temperament eines Dampfkessels.

Das Gesicht seines Kameraden, das noch immer raccanisch war, zeigte deutliche Spuren der vergangenen Tage. Mehrere Schnitt-wunden, eine dicke Beule am Kopf – alles stumme Zeugen der auf-regenden Abenteuer der letzten Zeit.

Curwen erhob sich, blickte zu dem Loch in der Decke. Fahles Licht fiel hinein.

War es noch Tag oder schon Nacht? Eine Frage, die er nicht beantworten konnte. In diesem Drecksloch von Gefängnis war ihm das Zeitgefühl abhandengekommen.

Die Ohren vernahmen ein Klicken und Knarren. Der Kopf fuhr zur Tür herum.

Soeben hatte ein Soldat sie geöffnet. Mit erhobenem Haupt, Selbstsicherheit ausstrahlend, trat Cara'uhn in den Kerker. »Lasst mich einen Moment mit den Gefangenen allein!«

»Das kann ich nicht zulassen, Ill'jak!«, sprach der Soldat bestimmt.

»Wieso muss ich meine Entscheidungen immer rechtfertigen? Wenn ich mit den Gefangenen einen Moment lang alleine sein will, haben Sie das zu akzeptieren!«, zürnte Cara'uhn.

»Natürlich!«, entgegnete der Soldat zerknirscht, drehte sich zu dem anderen Soldaten um, der in der Tür stand.

Curwen erkannte in ihm den Soldaten wieder, der beim ersten Treffen der Terraner mit dem Sha'kre in diesem Verlies anwesend war. Der Blick des Mannes war voller Misstrauen. Dass Cara'uhn zweimal verlangte, mit den Gefangenen allein zu sein, ließ die Soldaten argwöhnisch werden.

Der Soldat murmelte seinem Kameraden etwas zu, dann verließen sie den Kerker. Die Tür fiel ins Schloss.

Cara'uhn blickte zu Thenga. »Ich vergaß, Ihnen dieselbe Behandlung zuteilwerden zu lassen wie Ihrem Captain. Ich schätze, Sie wollen genauso wenig wie er noch länger mit dem Gesicht eines Raccaners herumlaufen.«

»Man gewöhnt sich daran«, antwortete Thenga gleichmütig.

»Also wollen Sie weiterhin das Gesicht eines Sklaven«, sprach Cara'uhn spitz.

»Geben Sie mir Ihre Spritze«, kam es verdrossen aus dem Mund des Afroterraners.

Ein spöttisches Lächeln fuhr über die Lippen des Kehhl'daaraners. Er fischte das Mittel für die Rückverwandlung aus einer Tasche und verabreichte es Thenga.

Runako Thenga stöhnte gequält, als er sich wieder in einen Terraner verwandelte.

Nachdem dies erledigt war, kam erneut der Akustikdämpfer zum Einsatz.

»Es ist Zeit, mir Ihre Entscheidung mitzuteilen«, sprach Cara'uhn mit harter Stimme.

»Meine Entscheidung? Ich schätze, da gibt es nichts zu entscheiden«, konterte Curwen bissig.

»Richtig, Captain! Ich habe Sie in der Hand.« Cara'uhn griff in seine Taschen, holte einen Thorr'khall hervor und hielt ihn triumphierend vor Curwens Nase.

»Was ist das?«, fragte der Terraner. Er griff nach dem Thorr'khall. Kam ihn nicht zu fassen. Cara'uhn zog die Hand zurück.

»Eine Nachricht an den Mann, der Sie aus Z'ran II herausbringen wird.«

»Was steht da drin?«

»Das hat Sie nicht zu interessieren. Sie sollen diese Nachricht nur überbringen. Der Mann erwartet Sie in der Versorgungsbasis drei.«

»Wieso nicht im Gefangenlager?«

»Ich habe meine Gründe. Genauer gesagt, mein Kontaktmann hat seine Gründe.«

»Sie wollen uns als Gegenleistung für die Informationen, die wir Ihnen liefern, die Möglichkeit geben, aus diesem Gefangenlager zu fliehen. Unser Preis ist jedoch höher«, platzte es aus Thenga heraus.

Curwen hatte keine Ahnung, was Thenga mit dieser Aktion bezweckte, doch ahnte er, dass es etwas Geniales sein musste. Curwen wusste, dass Thenga oft geistvolle Ideen hatte, auf die er selbst nie kommen würde.

»Wie meinen Sie das?«, fragte Cara'uhn argwöhnisch.

»Wir sind hergeschickt worden, um Informationen über eine neue Waffe zu besorgen, die Ihre Flotte entwickelt. Es handelt sich dabei um einen sogenannten Solar-Kollaps-Gefechtskopf. Vielleicht können Sie uns Auskunft darüber geben«, gab der Terraner mit ebenholzfarbiger Haut Auskunft.

Darum ging es Thenga also. Wieso war Curwen nicht selbst auf diese Idee gekommen?

Er war froh, diesen Mann als Ersten Offizier zu haben, denn Thenga hatte ihn im Laufe der Jahre sehr oft aus der Patsche geholfen. Curwen wäre ohne Thenga nur halb so gut.

»Die gewünschte Information kann ich Ihnen nicht geben«, reagierte Cara'uhn abweisend.

»Weshalb?«, fragte Curwen streitbar.

»Weil ich sie nicht habe. Von dieser Waffe höre ich jetzt zum ersten Mal. Ich würde Ihnen diese Information geben, wenn ich sie hätte.«

Curwens Blick war misstrauisch. »Das glaube ich Ihnen nicht.«

»Ich versichere Ihnen, ich weiß nichts über diese Waffe.«

»Na schön! Lassen wir das eben. Geben wir uns mit diesem Fluchtplan zufrieden,« gab sich Curwen geschlagen. Er traute Cara'uhns Worten zwar nicht, doch war er nicht in der Position mit ihm zu diskutieren. Also ließ er es bleiben.

»Was ist mit diesem Waffenforschungslabor?«, ging Thenga mit einer Frage dazwischen.

»Was soll damit sein?«, reagierte Curwen mit einer Gegenfrage.

»Der Sha'kre könnte vielleicht dafür sorgen, das wir leichter hineingelangen.«

»Können Sie das?«, wollte Curwen von dem Sha'kre wissen.

»Tut mir leid. Ich fürchte für dieses Labor gilt das Gleiche wie für die Gefechtsköpfe. Ich weiß nichts darüber. Für mich klingt das alles nach einem Projekt unserer Geheimdienste. Mit denen habe ich nicht im Geringsten etwas zu tun, und ich will es auch nicht.«

Curwen konnte verstehen, weshalb Cara'uhn nichts mit den imperialen Geheimdiensten zu tun haben wollte. Die Geheimdienste waren berüchtigt und gefürchtet. Sie waren das Rückgrat des Regimes. Sie sorgten dafür, dass jede Opposition unterdrückt wurde. Am meisten gefürchtet war der Nachrichtendienst der imperialen Flotte, der sogenannte Blutorden.

Die Bezeichnung Blutorden hatte dieser Geheimdienst zurecht, denn tatsächlich gab es in dieser Organisation eine stark religiöse Komponente. Die Verehrung des kehhl'daaranischen Kriegsgottes spielte eine zentrale Rolle.

Die Agenten des Blutordens wurden schon im Kindesalter rekrutiert – meistens holte der Orden Kinder, die er für geeignet hielt, aus Waisenhäusern – im Laufe der Jahre auf absoluten Gehorsam gedrillt. Die Agenten des Ordens waren fanatische Diener des Empires, denen es nie in den Sinn kommen würde es zu verraten.

Wurde zumindest behauptet.

Diese Behauptung schien nicht ganz der Wahrheit zu entsprechen, denn irgendwer im Orden musste doch untreu geworden sein. Wie sonst hätten Informationen über den Solar-Kollaps-Gefechtskopf an die tschanganische Rebellen gelangen können?

Schade, dass dieser potenzielle Verräter lediglich mitteilte, dass es diese Waffe gab. Hätte er auch die Spezifikationen der Waffe geliefert, hätte sich Curwens Mission erübrigt und er wäre jetzt nicht in dieser beschissenen Lage.

»Dann bleiben wir eben bei der ursprünglichen Vereinbarung. Sie verschaffen uns eine Fluchtmöglichkeit aus Z'ran II und wir geben Ihnen dafür die nötigen Infos für eine Kontaktaufnahme mit den Rebellen.«

»Wir haben also eine Übereinkunft«, schloss Cara'uhn.

»Ja, die haben wir! Eine Übereinkunft. Die ich nicht freiwillig eingehe. Sie lassen mir aber gar keine andere Wahl. Ablehnen wäre fatal.«

»So ist es«, bestätigte der Kehhl'daaraner.

Der Kehhl'daaraner streckte dem Terraner die Hand hin.

Nach einem Moment des Zögerns ergriff Curwen sie.

Hiermit war ihr Zweckbündnis besiegelt. Curwen hoffte innig, dass es kein Fehler war. Und er hoffte, dass Cara'uhns Versuch, die Tschanganer für seine Sache zu gewinnen, scheitert. *Sie werden ihn umbringen,* dachte er bei sich.

Er war sich sicher, dass die Tschanganer Cara'uhn den Sinneswandel nicht abkaufen werden, am allerwenigsten Jakadin. Curwen rechnete damit, dass Jakadin den Kehhl'daaraner zwar in die Illanikeb-Basis lassen wird, jedoch nur, um ihn gefangen nehmen, verhören und anschließen hinrichten zu können.

»Sie haben mit Ihrem Handschlag eine Übereinkunft getroffen, Mister Curwen. Ich habe meinen Teil davon erfüllt. Mein Mann auf Tschergun wird Ihnen wie versprochen helfen, aus Z'ran II zu entkommen. Jetzt sind Sie an der Reihe, Ihren Teil zu erfüllen.«

Curwen zögerte mit der Antwort. Zweifel lasteten schwer auf ihm. *Kehhl'daaranern kann man nicht trauen,* tauchte ein alter Glaubensgrundsatz in seinem Geist auf.

Kehhl'daaranern kann man nicht trauen! Bislang war für ihn dieser Gedanke Gewissheit, doch jene hatte durch die Begegnung mit Ke'hinuc Risse bekommen.

Der alte Kehhl'daaraner hatte recht! All das, was Curwen über die Kehhl'daaraner zu wissen glaubte, beruhte auf Vorurteilen. Tatsächlich wusste er nichts über dieses Volk.

Doch Curwen war jemand, der den Carakter einer Person gut einschätzen konnte, und sein Instinkt sagte ihm, dass Cara'uhn ein hinterlistiger Fuchs war, der es verstand, seine Gegner zu täuschen. Und er kannte Cara'uhns Buch, die ›42 Strategeme des Cara'uhns‹. Das Buch war voller Tipps, wie man seinen Gegner hinters Licht führt.

*Wenn ich ihm den Standort des Rebellenhauptquartiers verrate, könnte ich für die Zerschlagung der Rebellion verantwortlich sein, wenn sich herausstellt, dass er uns die ganze Zeit verarscht hat.*

»Was ist los, Curwen? Haben die Götter Ihnen die Fähigkeit zu sprechen genommen? Sie wollen doch nicht etwa einen Rückzieher machen? Sollte das der Fall sein, werde ich den Männern vor der Tür umgehend befehlen, Sie beide zu erschießen.«

»Nein, nein«, stammelte Curwen. Kalter Schweiß benetzte die Stirn, ein unangenehmes Prickeln durchfuhr seinen Körper. Gänsehaut! Die Anspannung hatte ihn im Griff. *Ich muss es tun, um am Leben zu blieben. Oder? Wer garantiert mir, dass Cara'uhn uns nicht doch noch hinrichten lässt, sobald er hat, was er wollte?* Er wusste echt nicht, was er tun soll.

*Sag endlich, was ich wissen muss. Es ist extrem wichtig. Die Zukunft des Empires hängt davon ab. Ich muss es wissen, koste es, was es wolle.* In Cara'uhns Augen gloste der Zorn. »Sie weigern sich also, mir die gewünschte Information zu geben. Wie Sie wollen! Damit haben Sie Ihr Schicksal besiegelt.« Cara'uhn wandte sich zur Tür.

»Illanikeb!«, stieß Curwen hervor. »Wenn Sie mit den Rebellen Kontakt aufnehmen wollen, müssen Sie nach Illanikeb gehen.«

Ein zufriedenes Lächeln legte sich auf Cara'uhns Lippen. Er wandte sich wieder Curwen zu. »Illanikeb? Dieses trostlose Sonnensystem, in dem es keine bewohnbaren Planeten gibt. Wieso sollten sich ausgerechnet dort Rebellen aufhalten?«

»Vielleicht, weil niemand sie dort vermutet«, spekulierte Curwen.

»Klingt einleuchtend«, entschied Cara'uhn. »Ich hoffe für Sie, dass Sie gerade die Wahrheit gesagt haben. Sollte ich herausfinden …«

»Wenn das Glück mir hold ist, sitze ich wieder im Stuhl des Kommandanten bevor Ihnen bewusst wird, dass ich Sie betrogen habe. Sie können dann nichts mehr tun«, fiel Curwen ihm ins Wort.

Cara'uhn begriff, dass er dem Terraner genauso ausgeliefert war wie dieser ihm.

Sie staksten über den Vorplatz, die Treppe hinunter.

Curwen erspähte einen Antigrav-Gleiter, der wie ein fliegender Schuhkarton aussah. Es hatte am Fuße der Treppe geparkt. Eindeutig ein Gefangentransporter. Womöglich derselbe, mit dem man sie vor gerade mal vier Stunden hierher gekarrt hatte.

Mit mürrischer Miene stieg Curwen in das Fluggerät. Schwere Türflügel wurden zugeschlagen, verriegelt, Dunkelheit senkte sich herab. Kein Fenster, nur eine kleine Deckenleuchte, die bläulich schimmerte, erhellte das Innere.

Curwen und Thenga saßen nun auf einer kalten Metallbank im rückwärtigen Teil dieses fliegenden Kastens, ein Soldat saß ihnen gegenüber, der sie mit finsterem Blick bedachte.

Curwen seufzte entmutigt, wie schon oft in den letzten Tagen. Seine Stimmung war am absoluten Nullpunkt angelangt.

Ein sanftes Vibrieren ging durch die Bodenplatten, als die Landestützen eingefahren wurden, Steuerdüsen zündeten. Eingehüllt von einem Antigravfeld, das den tonnenschweren Antigrav-Gleiter so leicht wie eine Feder machte, schwebte er seinem Ziel entgegen.

Weil es keine Fenster gab, konnte Curwen nicht sehen, wohin sie schwebten. Doch das war nicht nötig, er wusste ohnehin, welches Ziel der Transporter ansteuerte – den Raumhafen von Parikan!

Die Zeit kroch dahin. Curwen hatte das Gefühl, als würden aus Sekunden Minuten, aus Minuten Stunden.

Der Kehhl'daaraner starrte sie unentwegt mit Falkenaugen an.

Curwen ging das tierisch auf die Nerven. Am liebsten hätte er ihm an den Kopf geworfen, dass er mit dem Glotzen aufhören soll. Das hätte jedoch mit größter Wahrscheinlichkeit nichts bewirkt, die Reaktion des Soldaten wäre sicherlich Ignoranz gewesen. Im besten Fall! Im Schlimmsten hätte Curwen Prügel bezogen. Curwen und Thenga waren Gefangene, hatten daher nichts zu melden. Also versuchte er so gut wie möglich, diesen stählernen Blick zu ignorieren.

Der Klang einer sich öffnenden Tür drang an Curwens Ohren.

Grelles Licht flutete in die Kammer, Curwen kniff die Augen zusammen, der plötzliche Helligkeitswechsel verursache ein unangenehmes Brennen in ihnen. Er kniff sie zusammen.

Der Kehhl'daaraner hüpfte heraus. Es folgte eine unmissverständliche, recht rüde Geste, begleitet von nicht minder wüsten Worten, mit denen der Soldat den Menschen zum Verstehen gab, dass nun sie an der Reihe waren, dem Vehikel zu entsteigen. »Raus, ihr dreckigen Terraner!«

Curwen kletterte aus dem Gleiter heraus. Er sah direkt in den blendenden Strahl eines Flutstrahlers. Er war für das grelle Licht verantwortlich, das ihn vorhin in die Augen piekte. Erneut musste er die Augen schließen. Er wandte den Kopf ab. Langsam hoben sich die Augenlieder. Das Brennen ebbte ab, die Augen gewöhnten sich an das grelle Licht.

Über ihm wölbte sich das rabenschwarze Himmelszelt, gespickt mit zahllose funkelten Sternen. Tschergun stand als dunkelbraune Kugel von zweifachem Monddurchmesser östlich am Himmel. Hinter dem tschanganischen Zwillingsplaneten erstrahlte ein roter Fleck: der Tschangan Nebel!

Curwen bemerkte, dass er und Thenga nicht die einzigen Gefangenen waren, die nach Tschergun überstellt werden sollen.

Nicht weit von ihnen entfernt trottete ein halbes Dutzend Tschanganer über das Landefeld des Parikan-Spaceports. Alle waren sie an den Händen gefesselt, zudem trugen sie Halsbänder, an denen Ketten befestigt waren. Mit ihnen wurden die Gefangenen an einander gekettet.

Kalter Zorn stieg in Curwen hoch, als er diese Szene beobachtete. Die Tschanganer wurden von den Kehhl'daaranern wie Tiere behandelt.

»Geh!«, herrschte ihn ein Soldat an, trieb den Menschen in Richtung jener Karawane der Hoffnungslosen.

Curwen warf einen Blick zurück, erspähte Cara'uhn, der neben jenem hässlichen Antigrav-Gleiter stand. Der Sha'kre sah zufrieden aus. Dem Halunken schien es zu gefallen, Curwen in dieser Situation zu sehen.

Die Tschanganer waren zum Stillstand gekommen. Man wartete auf die Neuzugänge.

Curwen erblickte zwei Kehhl'daaraner mit Halsbändern in den Händen. Sie kamen ihnen entgegen. Er konnte sich denken, was nun geschehen wird. Er und Thenga wurden an die Tschanganer gekettet.

Ein Kehhl'daaraner stieß ihn so heftig an, dass er fast gestolpert wäre. *Verdammte Eidechse!*, fluchte sein Denkorgan erbittert.

Einer der Kehhl'daaraner, welche die Halsketten in den Händen hatten – ein Typ mit hässlichem Rattengesicht – grinste Curwen schleimig an, die Schadenfreude war ihm deutlich anzusehen. Rattengesicht legte ihm das Halsband um, zog dann die Kette durch eine Schlaufe.

Curwen lauschte das Rasseln der Ketten. Sein Blick ging über die Schulter zu Thenga, dem soeben dieselbe entwürdigende Behandlung zuteilwurde. »So etwas kannte ich bislang nur aus Büchern. Ich hätte mir nie träumen lassen, dass mir das einmal selbst passiert«, intonierte er verhärmt.

Curwen gab keine Antwort.

Der Tschanganer vor ihm drehte sich um, beäugte ihn neugierig, sprach anschließend. »Sie sind Curwen, nicht wahr?«

»Ja, der bin ich«, bestätigte Curwen.

»Ich dachte, Sie sind tot. Es hat geheißen, die Kehhl'daaraner haben Ihr Schiff zerstört.«

»Vielleicht wäre das besser«, nuschelte Curwen.

Der Tschanganer machte ein teilnahmsvolles Gesicht. »Ich weiß, was Sie meinen.

Mein Name ist Qakadin. Ich gehörte einer Widerstandsgruppe in Asarikan an.«

»Sehr erfreut.« Curwen hätte dem Tschanganer gerne die Hände geschüttelt, doch das war wegen der Fesseln an den Handgelenken unmöglich.

»Es wird nicht geredet!«, fauchte einer der Aufpasser.

Curwen fand es für das Beste, zu tun, was man von ihm verlangte, um nicht noch mehr Schwierigkeiten zu bekommen. Diese Soldaten hatten gewiss einen nervösen Finger. Und ihren Vorgesetzten würde es sicher nicht leidtun, wenn einer von ihnen einen Gefangenen aus purer Laune heraus niederballert.

Die Kettensträflinge setzten sich wieder in Bewegung, schlürften behäbig über das Landefeld. Ein laues Lüftchen umwehte sie. Es roch nach Chemikalien und Schweiß.

Man wanderte an mehreren Raumjägern, kleinen Aufklärungsschiffen, zivilen Transportern vorbei. In einiger Entfernung stand ein riesiger Antimaterietanker kehhl'daaranischer Herkunft.

Im Gegensatz zu den Schiffen der Space Navy verfügten nur wenige kehhl'daaranische Raumschiffe über sogenannte EMAT's, die Kosmonquanten – die Essenz der Dunklen Energie – direkt aus dem Raum abzogen, um damit einen Spalt in ihm zu erzeugen. Die meisten kehhl'daaranischen Raumer bedienten sich der Antimaterie, um diesen Effekt zu erzeugen. Space Navy-Schiffe konnten ihren Treibstoff direkt aus dem Weltall beziehen, kehhl'daaranische hingegen waren auf Tanker angewiesen, die sie mit der nötigen Antimaterie versorgten. Ein entscheidender strategischer Nachteil, die Achillesferse der Kehhl'daaraner. Durch die Vernichtung solcher Tanker wurde die kehhl'daaranische Flotte der lebenswichtigen Antimaterie beraubt.

Zwar experimentierten die Kehhl'daaraner seit einiger Zeit mit den EMAT's erbeuteter Space Navy-Schiffen, versuchten sie an die ihren anzupassen. Doch die Zahl dieser Schiffe war zu gering, um entscheidend etwas zu ändern. Der überwiegende Teil der Flotte war nach wie vor auf die verwundbaren Antimaterietanker angewiesen.

Als das Bild des Tankers in Curwens Augen gelangte, da begann sein Kopfkino zu arbeiten. Reminiszenzen aus der Zeit, als er noch Kommandant der WAYFARER UNDER STARS war, ergossen sich in seinen Geist. In den fast fünf Jahren, in denen er Captain des Zerstörers war, hatte er viele Angriffe auf solche Tanker befohlen. Erinnerungsbilder von gewaltigen Explosionen, so mächtig, dass sie nur von einer Supernova übertroffen wurden, formten sich in seinem Kopf.

Wenn ein Tachyonpuls die Hülle eines Tankers aufschlitzt, Antimaterie ins All strömt, dann reagierte sie sofort mit der Materie. Jede halbwegs gebildete Person wusste, was das bedeutet, Materie und Antimaterie vernichten sich in einer gewaltigen Explosion gegenseitig. Curwen bekam jedes Mal eine Gänsehaut, wenn so ein Tanker in einem mächtigen Höllenfeuer verging, die Gewalt der Detonation war beängstigend.

Als die Gefangenen stehen blieben und er gegen seinen Vordermann stieß, wurde er unsanft in die Gegenwart zurück befördert. »Entschuldigung«, murmelte er.

Qakadin wandte den Kopf, lächelte. »Keine Ursache. In dieser Lage kann man sich nur auf die Füße treten.«

Qakadin hatte Curwen gerade in Erstaunen versetzt. Wie konnte man in solch einer Situation Humor haben?

Ihm selbst war augenblicklich nicht nach Lachen zumute, sein berühmter Galgenhumor, den er in solchen Situationen normalerweise zum Besten gab, war ihm abhandengekommen, in die tiefsten Tiefen seines Selbst war er gekrochen. Und von dort wird er wohl nicht so schnell wieder hervorkommen. Nicht, solange sie in dieser scheinbar ausweglosen Situation waren.

Curwen starrte zu einem gewaltigen Raumschiff hoch, vor dessen kolossalen Landestützen die Gefangenen zum Stehen gekommen waren.

Die Hülle war rostfarbig, typisch für kehhl'daaranische Schiffe. Die Tragflächen in der Form von Fledermausflügel, die am flaschenförmigen Rumpf angeflanscht waren, ebenfalls typisch kehhl'daaranisch. An der Oberseite waren schwenkbare Plasmageschütze installiert, aus dem Heck ragte ein Triebwerk heraus, dessen Form an das Antriebsaggregat einer alten Saturnrakete aus den Pioniertagen der menschlichen Raumfahrt erinnerte. Backbords, dort wo Curwen sich befand, wurde eine Luke geöffnet, eine Rampe fuhr aus dem Rumpf heraus.

Curwen kannte diese Art von Schiff, es war ein Truppentransporter, der für Landeoperationen eingesetzt wurde. Er wusste, dass es an der Unterseite des Rumpfes mehrere Ladeluken gab, mittels denen man Antigrav-Panzer ausschleusen konnte. Schiffe dieses Typs gab es auch bei der Space Navy.

Dieser Truppentransporter schien nicht mehr in Dienst zu sein, nur noch zur Beförderung von Gefangenen zu dienen.

Die Gefangenen wurden von den Soldaten die Rampe hochgescheucht.

Der Weg über die Rampe war beschwerlich, denn sie erwies sich als verhältnismäßig steil, zudem war die Tatsache, dass sie aneinandergekettet waren, beim gehen hinderlich.

Das Innere des Schiffes: typisch Truppentransporter! Eine gewaltige Kabine, die mit einer Vielzahl von Bänken vollgestellt war.

Man befreite die Gefangenen von den Halsbändern. Jedoch nicht von den Armfesseln. Diese Freiheit wurde ihnen nicht gewährt. Auch eine freie Platzwahl nicht. Sie mussten sich dort hinsetzen, wo die Kehhl'daaraner es ihnen sagten.

Curwen und Thenga nahmen auf den Plätzen Platz, die für sie vorgesehen waren. Es gab kein Wort der Widerrede. Wozu auch? Wollten sie sich von einer der Echsen erschießen lassen, nur weil ihnen der Platz nicht gefiel?

Die Rampe wurde eingefahren, das Luk schloss sich. Kurz darauf erzitterte das Deck, als Düsen an der Unterseite des Schiffes zündeten. Landestützen zogen sich in den Rumpf zurück, der Transporter erhob sich in die Lüfte.

Minuten später befand sich der Truppentransporter in einer Umlaufbahn um Tschangan.

Der Steuermann auf der Brücke des Schiffes gab neue Zielkoordinaten in den Navigationscomputer ein, das Schiff verließ den Orbit, strebte seinem Bestimmungsort – Tschergun! – entgegen. Der Flug dort hin wird nicht viel Zeit in Anspruch nehmen.

## Vierundzwanzig

Der Tschanganer, der sich Zokadin nannte, brachte Hamilton zu einem Haus in einem der vornehmen Stadtteile von Parikan.

Es handelte sich um ein tschanganisches Patrizierhaus mit schickem Vorgarten, die Wände waren mit bunten Fresken dekoriert. Das Dach wies, wie üblich, geschwungene Dachsparren auf, die Dachschindeln waren vergoldet. Um wem es sich bei diesem Zokadin auch handeln möge, arm war er jedenfalls nicht.

Zokadin betätigte einen kunstvollen Türklopfer aus Etalikang. Als der Edelstein auf das Holz traf, war ein dumpfer Ton zu vernehmen.

Es dauerte einige Minuten, dann horchte Hamilton, wie jemand die Tür entriegelte. Sie öffnete sich einen Spalt weit, eine Frau lugte misstrauisch hervor. Als sie den Besucher erblickte, erhellte sich ihr Gesicht. »Zokadin! Ich habe dich nicht erwartet. Es ist aber schön, dich zu sehen.« Sie entfernte die Sperrkette von der Tür, öffnete sie ganz.

Offenbar war dies nicht sein Haus sondern es gehörte jener Frau. Hamilton fragte sich, wer sie war und in welchem Verhältnis er zu ihr stand.

»Ich habe eine Freundin mitgebracht«, sprach Zokadin.

Der Blick der Frau richtete sich auf Hamilton.

»Miss Brooks! Das ist Gelan, meine Verlobte. Gelan, das ist Jennifer

Brooks, eine Schmugglerin, die für unsere Organisation arbeitet.«

*So ist das also. Dies ist seine Verlobte.* Sie streckte der anderen Frau die Hand entgegen, die diese ohne zu zögern schüttelte.

»Sehr erfreut«, sprach Gelan.

Nach tschanganischen Maßstab war Gelan ausgesprochen hübsch.

Die Tschanganerin war in ein gelbes Gewand, das mit roten Stickereien geschmückt war, gekleidet. Es glich im Aussehen einem indischen Sari. Um den Hals baumelte eine kunstvolle Kette aus Etalikang und anderen Edelsteinen.

Gelan sah an Zokadin und Hamilton vorbei, nahm die Umgebung scheel in Augenschein. »Kommt schnell herein! Die verdammten Echsen haben ihre Augen und Ohren überall.«

Hamilton musste sich eingestehen, dass diese Frau wahr gesprochen hatte. Sie sollten so schnell wie möglich weg von der Straße, bevor jemand auf sie aufmerksam wird. Also huschte sie ins Haus.

Gelan führte sie in ein herrschaftliches Wohnzimmer.

Der Boden war mit glänzendem Blaumarmor gefliest. Darüber wölbte sich eine transparente, von Säulen getragene Kuppel. Das matte Licht der Sterne sowie der Großstadt sickerte durch sie hindurch, berührte einen sanft plätschernden Zierbrunnen, gemeißelt aus Etalikang, der im Zentrum des von den Säulen gebildeten Kreises lag. Zwischen den Säulen standen Sofas aus schimmerndem Stoff in verschiedenen Farben. Tischchen davor. Wie alles in diesem Haus waren auch die Tische von erhabener Qualität, bei ihrer Herstellung hatte man nur das edelste auf Tschangan vorkommende Holz verwendet. Schränke, die ebenfalls aus edlem Holz gezimmert waren, lehnten sich an die Wände.

»Was führt dich zu mir?«, fragte Gelan.

»Diese Frau«, erklärte Zokadin. »Die Kehhl'daaraner suchen nach ihr. Ich denke, dass sie bei dir am besten vor Entdeckung geschützt ist.«

»Weshalb bist du dir da so sicher?« Sie musste an sich gar nicht fragen, denn sie wusste die Antwort.

»Wegen deines Vaters.«

Gelans Vater, Yonakin genannt, war das, was die Tschanganer als Tokalqui bezeichneten, die Menschen nannten Leute wie ihn Kollaborateure. Er selbst sah sich nicht als solcher, in seinen Augen war er nichts weiter als ein einfacher Händler, der eben auch mit Kehhl'daaranern Geschäfte machte.

Viele von Zokadins Männern waren da gänzlich anderer Meinung, würden Yonakin am liebsten lynchen – Tokalquis waren den meisten Tschanganern logischerweise verhasst – doch Zokadin wusste das zu verhindern. Er hielt seine schützende Hand über Yonakin – Gelan zuliebe. Leider war Gelans Vater aufgrund dessen oft Grund für Streit zwischen den Verlobten. In genau diesem Augenblick ebbte ein neuer Konflikt an.

Gelan machte eine wütende Fratze. »Mein Vater ist *kein* Tokalqui! Wieso musst du immer davon reden. Ich will es nicht mehr hören!«

»Ich rede stets davon, weil du dieses Thema immer wieder anschneidest«, gab Zokadin mit einem Hauch von Ingrimm zur Antwort.

»Ich sage es dir noch mal: Mein Vater ist *kein* Tokalqui!«, zischte Gelan, hielt Zokadin drohend den Zeigefinger vors Gesicht. Dann wandte sie sich von ihrem Verlobten ab, ließ sich auf eines der Sofas fallen, verschränkte die Arme vor der Brust und machte ein trotziges Gesicht.

»Was ist mit ihrem Vater?«, fragte Hamilton vorsichtig.

»Er ist ein Lebensmittelhändler, der kehhl'daaranische Militärposten regelmäßig mit Nahrung versorgt. Das wird hier nicht gerne gesehen. Man ist auf Tschangan sehr empfindlich, was den Kontakt mit den Besatzern anbelangt. Jeder, der auch nur im Geringsten freundschaftliche Kontakte mit ihnen pflegt, wird als Tokalqui beschimpft.«

»Und weil Gelans Vater als Tokalqui gilt, kommen die Kehhl'daaraner nicht auf den Gedanken, dass seine Tochter den Widerstand unterstützt und lassen sie deswegen in Ruhe«, schlussfolgerte Hamilton.

»So ist es«, bestätigte Zokadin.

»Mein Vater ist *kein* Tokalqui, verdammt doch mal!«

Diese Gelan war wirklich noch jung, denn in dem Moment verhielt sie sich wie ein bockiges Kind.

Sie erhob sich aus dem Sofa. »Ich mache uns Tee, das wird mich etwas beruhigen.« Ihr Blick wandte sich Hamilton zu. »Wollen Sie auch einen?«

»Nein danke!«, lehnte Hamilton höfflich aber bestimmt ab.

Gelan zuckte mit den Achseln und trottete davon – in Richtung Küche.

Hamilton kannte tschanganischen Tee, wusste deshalb, dass er für den menschlichen Gaumen kaum geeignet war. Tschanganischer Tee schmeckte scheußlich, gar nicht nach Tee. Das Einzige, was dieser Tee mit dem Irdischen gemeinsam hatte, war die Bezeichnung.

Zokadin bot Hamilton einen Platz auf einem der Sofas an, den sie dankend annahm. Ihr Körper sank in anheimelndes Plüsch ein, diese Sofas waren echt bequem. Hamilton genoss das wahrlich. In letzter Zeit war ihr Hinterteil meistens mit sperrigen kalten Ledersitzen in Berührung gekommen, die alles andere als behaglich waren.

Nachdem sich auch Zokadin auf einem Sofa wohlig gemacht hatte, wandte er sich an Hamilton. »Ich möchte mich für das Verhalten von Gelan entschuldigen. Wenn es um ihren Vater geht, ist sie sehr empfindlich. Sie liebt ihn nämlich sehr. Verständlich, wenn man weiß, dass er das einzige Familienmitglied ist, das sie noch hat. Gelans Mutter ist vor zehn Jahren bei einem schrecklichen Unfall mit einem Antigrav-Gleiter ums Leben gekommen. Defektes Antigravsystem! Kommt ab und zu vor. Es ist wie ein Stein vom Himmel gefallen, Gelans Mutter hatte keine Chance. Als der Antigrav-Gleiter auf dem Boden aufschlug, war sie sofort tot.«

Hamilton wusste aus eigener Erfahrung, welch schreckliche Unfälle es gelegentlich mit Antigrav-Gleitern geben konnte. Ihr Onkel Antony war mit einem abgestürzt. Dort wo der Gleiter am Boden aufschlug, hatte er einen riesigen Krater hinterlassen. Von ihm selbst war kaum etwas übrig geblieben. So war es eben mit der Technologie, selbst die Beste konnte versagen.

»Gelans Mutter war eine berühmte Opernsängerin«, fuhr Zokadin fort. »Von ihr stammt der ganze Reichtum. Gelans Großeltern väterlicherseits lebten in Xolokarikan. Ich bin mir sicher, Sie haben von der Stadt schon mal gehört.«

Natürlich hatte Hamilton das. Xolokarikan gehörte zu jenen Städten, die während des Krieges von 2261 vollständig zerstört wurden. Nur wenige Bewohner überlebten den Untergang ihrer Stadt. Die einst blühende Metropole an den Ufern des östlichen Qonzurosh-Sees war von der Landkarte verschwunden, existierte nur noch in Erinnerungen. Die Ruinen waren längst vom Urwald überwuchert. Es gab kaum noch Spuren.

Gelan kam mit zwei dampfenden Tassen tschanganischen Tee zurück. Die eine reichte sie Zokadin, der sie dankend annahm. »Sehr aufmerksam von dir, mein Schatz«, säuselte er.

Gelan setzte sich neben Zokadin, schlürfte an ihrem Tee, stellte ihn anschließend ab, blickte finster zu Hamilton. »Wie lange wird diese Person hierbleiben?«, fragte sie grantig.

*Die ändert ihre Stimmung aber schnell. Erst kürzlich an der Tür hat sie mich freundlich empfangen und jetzt bin ich für sie ›diese Person.‹ Eine Laune wie das Aprilwetter. Zokadin wird wohl seine Mühe mit ihr haben*, dachte Hamilton.

»Nicht lange«, entgegnete Zokadin und tätschelte das Knie seiner Verlobten. Seine Aufmerksamkeit richtete sich wieder auf Hamilton. »Ich bin mir sicher, dass Sie so schnell wie möglich von Tschangan verschwinden wollen. Nicht wahr?«

Hamilton nickte schwerfällig. Müdigkeit hatte sie erfasst. In letzter Zeit gab es für sie nicht sonderlich viele Momente zum Entspannen, diese wolligen Sofas luden rundweg dazu ein. Sie musste sich zusammenreißen, um nicht einzunicken.

Ein Geräusch ließ alle hochschrecken. Es kam von der Tür, jemand hämmerte heftig dagegen.

Zokadin erhob sich hastig, griff unter seinen Mantel, der entfernt einem Trenchcoat ähnlich sah.

Als seine Hand wieder zum Vorschein kam, umklammerten die Finger eine Waffe. »Ich sehe nach«, sprach er, schritt gemach zur Tür. Er öffnete sie einen Spalt weit, linste nach draußen.

Vor ihr stand ein Tschanganer. Er sah aufgewühlt aus.

Sofort steckte Zokadin seine Waffe weg. Er kannte den anderen. Es war Ikodin, einer seiner Männer. Er hatte ihn beauftragt, den Regierungspalast zu beobachten und alles Verdächtige zu melden. Offenbar war etwas im Palast vorgefallen. Doch wenn dem so war, weshalb kam Ikodin dann zu ihm, anstatt per Funk Bericht zu erstatten? Ein Gedanke, den er laut aussprach.

»Hätte ich gerne gemacht, wenn mein Funkgerät nicht beschädigt wäre«, erklärte Ikodin, sah Zokadin reumütig an.

»Reden wir nicht mehr darüber. Sagen Sie mir stattdessen, weshalb Sie mich aufsuchen.«

»Ich habe vor drei Jonsah zwei Raccaner gesehen, die in Handschellen in den Palast gebracht wurden, Sha'kre Cara'uhn war bei ihnen. Vor Kurzem sind sie mit einer schwer bewaffneten Eskorte und Cara'uhn wieder rausgekommen. Doch sie waren verändert, nun sahen sie wie Menschen aus. Offenbar handelt es sich bei den beiden um diese Space Navy-Offiziere, nach denen die Kehhl'daaraner überall suchen. Sie scheinen sie gefunden zu haben.«

*Curwen und Thenga*, ging es Zokadin durch den Kopf. Ikodin hatte recht! Höchstwahrscheinlich handelte es sich bei diesen Personen um jene, bis vor Kurzem noch für tot gehaltenen, Space Navy-Offiziere.

Als die Rebellen Wind davon bekamen, dass die Kehhl'daaraner fieberhaft nach zwei als Raccaner getarnten Space Navy-Offizieren suchten, keimte die Hoffnung, dass Curwen und Thenga die Zerstörung des Frachters entgegen aller Wahrscheinlichkeit überlebt hatten. Ikodins Beobachtung schien diese Annahme zu bestätigen.

»Das berichten Sie mir erst jetzt?«, tadelte er Ikodin. »Sie hätten sofort Meldung machen müssen.«

»Ich habe mir dabei nicht viel gedacht. Ich hielt sie für einfache raccanische Diebe, wie sie in der Stadt zuhäuft anzutreffen sind«, sprach Ikodin bußfertig. »Tut mir leid.«

»Wo hat man sie hingebracht?!«, fragte Zokadin in einem heftigen Tonfall.

»Sie wurden mit einem Gefangentransporter weggeschafft, eindeutig zum Spaceport. Ich schätze, dass sie längst unterwegs nach Tschergun sind. Wenn sie Glück haben.«

»Ihrem Fehlverhalten ist es zu verdanken, dass wir eine gute Gelegenheit, die Space Navy-Offiziere aus den Fängen der Kehhl'daaraner zu befreien, nicht genutzt haben«, wetterte Zokadin.

Hamilton war zu ihnen gestoßen, hatte mitbekommen, wie Zokadin eben etwas von zwei Space Navy-Offizieren faselte, die von Kehhl'daaranern dingfest gemacht worden waren. Sofort schrillten bei ihr alle Alarmglocken. »Was sagen Sie da? Curwen und Thenga sind von den Kehhl'daaranern gefangen genommen worden?«

»Sieht ganz danach aus«, bestätigte Zokadin.

Ein Sturzbach widerstrebender Gefühle stürzte auf Hamilton nieder. Einerseits war sie froh, dass sie nun Gewissheit hatte, was mit Curwen geschehen war, auf der anderen packte sie die Furcht. Ihr wurde warm und kalt zugleich.

»Es gibt noch eine schlechte Nachricht«, schaltete sich Ikodin wieder ins Gespräch ein. »Kekadin ist tot. Ich habe ihn an einen Laternenpfahl baumeln sehen.«

Hamilton schnappte entsetzt nach Luft, Zokadins Reaktion war ähnlicher Natur.

»Verdammt!«, fluchte Hamilton. Ein Schauder durchfuhr sie, als ihr eine schreckliche Erkenntnis kam. »Ich habe Curwen geraten, sich bei Kekadin zu verstecken. Keine Ahnung wie die Kehhl'daaraner davon Wind bekommen konnten, doch das haben sie. Womöglich wurden wir belauscht.«

»Man folgte Curwen und Thenga zum Schlupfwinkel, nahm sie dort gefangen und zerschlug zugleich die Widerstandszelle von Kekadin. Und weil die Kehhl'daaraner mitbekommen haben, dass Sie mit der Navy zusammenarbeiten, stehen Sie nun ebenfalls auf deren Abschussliste, Miss Brooks«, deutete Zokadin.

»Ich fürchte, Sie haben recht mit Ihrer Einschätzung«, stimmte Hamilton zu.

»Kekadin war ein guter Freund von Jakadin, fast ein Bruder. Er war der Sohn der Amme, die Jakadin vor den Kehhl'daaranern gerettet hat, als diese seine Familie ermordeten. Ich muss ihn umgehend über den Vorfall informieren. Er soll auch entscheiden, was wir bezüglich Curwen und Thenga unternehmen sollen.«

## Fünfundzwanzig

Zwischen Tschangan und Tschergun
25. Dezember 2299

Der Truppentransporter schwenkte in den Orbit um eine öde, zernarbte, in den verschiedensten Brauntönen schattierte Kugel ein. Eine triste Welt, die zusammen mit dem blühenden Planeten Tschangan die geheimnisvollen Weiten des Alls durchwanderte. Tschergun wurde der Felsbrocken genannt. Er war das exakte Gegenbild von Tschangan.

Das Raumschiff verlangsamte seine Fahrt, stoppte.

Curwen bemerkte dies aufgrund des Umstandes, dass das schwache Vibrieren der Bodenplatten, welches bislang seine Schuhsohlen kitzelte, aufgehört hatte. Auch das sanfte Wummern des Triebwerks war verklungen, das Schiff hing nun still im All, mehrere Hundert Kilometer über Tschergun.

Es war beklemmend ruhig, keiner der Gefangenen wagte es zu sprechen. Man hätte in dem Moment die sprichwörtliche Stechnadel fallen hören können.

Stille! – Bedrückende Stille!

Schweigen! – Es war unerträglich!

Curwen hörte nur seinen Atem, das Herz, das in der Brust schneller zu schlagen begann.

In seinem Gehirn fuhren die Gedanken Karussell. Was hatte das zu bedeuten? Was geschah nun?

Da! Ein Geräusch! Leise! Ein gedämpftes Stampfen. Der Klang von sich bewegenden Füßen in schweren Stiefeln. Ein schwacher Hall, doch in dieser Stille lauter als das donnern von Kanonen.

Es wurde lauter, kam näher, dann verstummte es. Curwen sah zu zwei grimmig drein blickenden Kehhl'daaranern auf. Einer von ihnen befreite Curwen und Thenga von den Fesseln. Es klimperte.

Die Blicke von Curwen und Thenga trafen sich, smaragdgrüne Augen sahen in Dunkelbraune. In beiden spiegelte sich Furcht und Konfusion wider. Gedanken formten sich in Curwens Hirn: *Was haben die vor?*

»Aufstehen!«, befahl einer der Soldaten, während der andere seine Waffe auf die Menschen richtete.

Furcht! Das unangenehmste Gefühl! – Angst! Das Monster, das einen packt, und reglos macht – nun hatte es Curwen in der Gewalt. In seinem Kopf stürmte es, Gedanken flogen umher.

Hatte Cara'uhn sie betrogen?

War es nie die Absicht des Kehhl'daaraners, sie nach Z'ran II bringen zu lassen? Hatten die Soldaten den Befehl, ihn und Thenga hier und jetzt zu exekutieren?

Was sollen sie tun?

Curwen erhob sich zögernd.

»Hier entlang!«, fauchte der eine Kehhl'daaraner, der hier offenbar das Sagen hatte. Sein rechter Zeigefinger streckte sich in Richtung Rückwand aus, Curwens Blick folgte dem Finger.

Das Untier namens Furcht – es packte fester zu. Für Curwen wurde es zur Gewissheit. Sie sollen erschossen werden!

Er war noch nie ein überaus mutiger Mann gewesen, doch stets hatte er es verstanden, seine Angst zu beherrschen. Nun jedoch bezwang sie ihn. Sie wurde übermächtig, nahm jede Zelle seines Körpers in Besitz. Das Herz raste, die Gedanken rasten. Er fragte sich, ob nun das eintraf, wovor er sich fünf Jahre lang gefürchtet hatte – Zebediah Curwen, ein Name auf der langen Liste der Gefallenen.


Jakadins Gesicht war zu einer starren Maske verkommen. Er konnte kaum glauben, was er von Zokadin erfahren musste. »Kekadin tot?«, murmelte er kummervoll.

»Ja, so ist es leider. Ich traure mit Ihnen, Kyi.«

Jakadins Miene machte innerhalb weniger Sekunden eine enorme Wandlung durch, verzehrte sich zu einer wütenden Fratze, der Kummer wurde vom Hass weggefegt. Außer sich vor Zorn brüllte er: »Es wird höchste Zeit, dass die verdammten Echsen für dass, was sie unserem Volk angetan haben, bezahlen.«

»Was ist mit den Space Navy-Offizieren?«, fragte Zokadin.

»Schwierige Frage. Auf jeden Fall werde ich die Space Navy über die neue Entwicklung informieren. Danach werde ich den Führungsstab zusammenrufen, um zu beratschlagen, was wir unternehmen können, um diese Männer zu retten. Es ist sehr wahrscheinlich, dass man sie in eine der Strafkolonien auf Tschergun gebracht hat. Dadurch ergibt sich noch eine gewisse Chance.« Sein Blick richtete sich auf Cheyenne Hamilton alias Jennifer Brooks, die neben Zokadin stand, somit im Erfassungsbereich der visuellen Sensoren war. »Ich will, dass Brooks nach Illanikeb zurückkehrt. Ich möchte mit ihr persönlich über die Vorfälle in Parikan sprechen.« Seine Stirn warf Falten, zornig starre er die Frau an, die Millionen Kilometer von ihm entfernt war. Zu ihrem Glück. Hätte Hamilton ihm gegenübergestanden, er hätte sie womöglich geohrfeigt. »Zudem gibt es da noch etwas zu klären.« Kaum hatte er diese Worte zu Ende gesprochen, da verschwand sein Konterfei, der große Bildschirm im Wohnzimmer wurde schwarz. Jakadin hatte die Verbindung gekappt.

»Was meint er damit? Was haben Sie miteinander zu klären?«, wandte sich Zokadin fragend an Hamilton, die er als Brooks kannte.

Als Zokadin sie dies fragte, wurde Hamilton verlegen. Zögernd antwortete sie: »Ich bin mit einem Raumjäger, den ich von den Rebellen gestohlen habe, hergekommen.«

Zokadin hob überrascht die Augenbrauen, blieb aber sonst ruhig. »Wieso haben Sie das getan?«

»Das ist eine lange Geschichte« gab Hamilton eine bekannte Floskel von sich. »Ich denke, es ist tatsächlich sinnvoll, wenn ich nach Illanikeb zurückkehre, hier bin ich nicht mehr sicher. Zudem will ich Sie und Ihre Verlobte nicht in Gefahr bringen.«

»Ich nehme an, Sie haben den Jäger irgendwo versteckt.«

»Er befindet sich in einem Waldstück außerhalb der Stadt.«

»Gut! Ich bringe Sie hin.«


Perela'kon lobte die Aufmerksamkeit seiner Leute. Wären sie nicht achtsam, hätten sie diesen alten Raumjäger, den jemand in einem Waldstück außerhalb der Stadt geschickt versteckt hatte, höchstwahrscheinlich nicht entdeckt.

Perela'kon war klar, wem dieser Jäger gehörte: einem dieser verdammten Aufrührer!

Er konnte diese störrischen Tschanganer nicht leiden. Wieso mussten sie gegen das Empire kämpfen, weshalb konnten sie sich nicht mit der Besatzung abfinden? War es denn so schlimm, unter dem Schutz des Kehhl'daaranischen Empire zu stehen? Wollten sie lieber von den Menschen beherrscht werden, diese hässlichen unbehaarten Säuger?

Die imperiale Propaganda verhöhnte die Menschheit als eine Horde grausamer Wilde, die naive Völker durch geschickte Manipulation in ihre angebliche Völkergemeinschaft trieb, in der in Wirklichkeit nur die Menschen das Sagen hatten. Das war purer Unsinn, doch Perela'kon glaubte daran. Deshalb konnte er nicht verstehen, wieso die Tschanganer die Kehhl'daaraner bekämpften, die sie doch nur vor diesen Wilden beschützen wollten. Perela'kon hasste sie für ihre Dummheit.

Sein Blick fiel auf einen schwarzen Fleck im Gras, von Steinen umrandet, verkohltes Holz lag darin. Eine Feuerstelle.

»Sie ist noch frisch«, sprach ein Unteroffizier. »Der Besitzer des Jägers kann noch nicht lange weg sein.«

Perela'kon nahm diesen Hinweis mit einem Nicken zur Kenntnis.

»Was machen wir mit diesem Jäger?«, fragte ein anderer Untergebener.

»Er bleibt, wo er ist. Stellen Sie Wachen auf! Ich will, dass dieser Jäger rund um die Uhr bewacht wird. Ich bin mir sicher, dass der Besitzer irgendwann zurückkehrt.«

»Wie Sie wünschen, Ill'jak«, bestätigte der Offizier den Befehl, verbeugte sich ehrfürchtig.

*Er wird ganz bestimmt zurückkehren*, ging es Perela'kon durch den Kopf. *Ich freue mich schon darauf. Nichts ist schöner, als einen dieser Verwirrten in die Hände zu bekommen.*

## Sechsundzwanzig

Angstschweiß perlte auf der Stirn. Nervosität steigerte sich mit jeder Sekunde.

Angst! – Lähmung!

Er stand da, mit dem Rücken zur Wand, im wahrsten Sinne des Wortes. Das Herz hämmerte gleich einem Wahnsinniger gegen die Rippen.

Er rührte sich nicht, war wie versteinert – gleich einer Statue.

Wird der Kehhl'daaraner abdrücken, Zebediah Curwen in einen Haufen Asche verwandeln? – Wird der Tod ihn nun holen.

Was wird dann geschehen? Gab es ein Leben nach dem Tod?

Diese Gedanken jagten sich in seinem Kopf, fuhren im Kreis herum, immer wieder und wieder.

*Reiß dich zusammen! Ein toller Held bist du!*, lästerte sein Hirnkasten.

Er versuchte sich zu entspannen, seine Angst in den Griff zu bekommen. Zu seiner eigenen Verwunderung funktionierte es. Er spürte, wie er ruhiger wurde.

»Rein da!«, herrschte einer der Kehhl'daaraner – derjenige, der sie mit der Waffe in Schacht hielt – die Männer von der United Space Navy an.

Curwen fiel ein Felsbrocken von Herzen, als er erkannte, was los war. Die Kehhl'daaraner wollten sie nicht töten, jedenfalls jetzt noch nicht.

Das Grausen, die Lähmung – wichen zurück. Das Herz kam wieder in den gewohnten Gang.

Die Furcht hatte sich aus dem Bewusstsein zurückgezogen, doch im Unterbewusstsein war sie nach wie vor präsent, als ein Flüstern in einem düsteren Winkel seiner Seele.

Eine Luke im Boden war geöffnet worden. Wie befohlen stieg Curwen durch die Luke, kletterte eine Leiter hinab, landete in einem Frachtraum. Unzählige Kisten lagerten hier sowie einige Antigrav-Panzer und ein Shuttleschiff, das Platz für vier Leute bot. Es gab nicht viel Unterschied zwischen diesem Ding und einer Rettungs-kapsel. Eine Rettungskapsel war unwesentlich kleiner.

An der Oberseite des kleinen Pendelschiffes öffnete sich eine Luke gleich einer Blüte.

Man kletterte über eine fest in der Hülle integrierte Leiter hinauf, zwänge sich durch die Öffnung hindurch in das beengte Innere des Shuttles.

Einer der Kehhl'daaraner begab sich ans Steuer. Der andere setzte sich in einen Schalensitz, der an der Rückwand befestigt war. Die Terraner wurden aufgefordert, in den Sitzschalen dazwischen Platz zu nehmen.

Ein Kraftfeld baute sich auf, umhüllte das Shuttle. Die Lebens-erhaltungssysteme des Shuttles begannen zu arbeiten, es war nun unabhängig von den Systemen des Transporters.

Düsen fauchten, das Shuttle erhob sich, begann knapp über dem Boden zu schweben.

Wie eine Falltür öffnete sich unter dem Pendelschiff eine gewaltige Luke. Es fiel heraus, im freien Fall stürzte es Tschergun entgegen.

Es durchstieß die obersten Schichten der Atmosphäre, an den Rändern des Cockpitfensters waberten Flammen umher, Reibungs-hitze ließ die Navigationsschilde glühen. Einem Meteor gleich fiel das Shuttle hinab, der braunen Einöde unter ihnen entgegen.

Nach ungezählten Minuten Sturzflug wurde das Shuttle lang-samer, Bremstriebwerke wurden gezündet, weitere Minuten später setzte es auf.

Die Luke wurde aufgestoßen.

»Aussteigen!«, blaffte eine der Echsen.

Mit unübersehbarem Missmut zwängte sich Curwen durch das Loch an der Oberseite, kletterte die Leiter hinunter. Seine Stiefel berührten glühenden Sand.

Heiße trockene Luft umgab ihn, eine sanfte Brise wehte, die jedoch keine Abkühlung brachte, der Wind war so warm wie der Luftstrom aus einem Haartrockner.

Am östlichen Horizont stand die rote Sonne hoch am Himmel, gegenüber im Westen zeichnete sich Tschangan als kleine blaue Kugel an der Kimmung ab.

Doch das interessierte Curwen kaum, seine Aufmerksamkeit ruhte auf das Gebäude, neben dem das Shuttle gelandet war. Ein Bunker! Nicht sonderlich groß, und doch wirkte er irgendwie kolossal. War wohl der Tatsache geschuldet, dass er das einzige Gebäude in dieser trostlosen Gegend war.

Ein Antigrav-Gleiter war neben dem Bunker geparkt. Die Hülle war verschmutzt, Teerflecken, Ölflecken, Beulen zierten sie. Weiter hinten standen Speeder genannte Fahrzeuge. Sie waren zur Beförderung einer einzelnen Person gedacht. Curwen ertappte sich bei dem Gedanken, sich einen Speeder zu schnappen und damit abzuhauen. Ein Gedanke, den er schnell wieder verwarf. Wohin sollte er denn flüchten? In die Wüste? Dort würde er nur elend zugrunde gehen. Zudem war es fraglich, ob er es überhaupt zu einem Speeder schaffte. Die Kehhl'daaraner würden ihn beim Versuch erschießen. Nein! Keine Chance!

Man stapfte über den glühenden Sand, auf eine unscheinbare Tür in der Front des Bunkers zu.

Der Laute ergriff einen Türknauf, riss die Stahltür auf. Es quietschte schauerlich.

Ein kalter Windhauch wirbelte ihnen entgegen, das Surren von Ventilatoren schwirrte durch die Luft.

Obwohl die Kehhl'daaraner Wärme liebende Reptilien waren, so benötigten sie doch ab und zu wohltemperierte Räume. Die mörderische Hitze, die auf dieser Welt herrschte, war selbst für sie zuweilen zu viel.

Curwen trat in einen Raum, der mit Monitoren vollgestopft war. Ein halbes Dutzend Kehhl'daaraner saß davor, beobachtete alles, was sich auf ihnen zeigte.

Ein Kehhl'daaraner, gekleidet in die Uniform eines Rakk'kre, wanderte herum, blickte ab und zu auf einen der unzählige Monitore. Er war hochgewachsen wie die meisten seiner Art, breitschultrig, kantiges Gesicht – spitze, ockerfarbige Hörner. Dunkelgrüne Schuppen. Curwen vermutete, dass dieser Mann jene Kontaktperson war, von der Cara'uhn gesprochen hatte.

In dem Moment kam die Erinnerung an das Gespräch mit dem Sha'kre wieder an die Oberfläche. Diese Soldaten hatten also nie die Absicht, Curwen und Thenga zu exekutierten. Sie taten lediglich, was Cara'uhn ihnen aufgetragen hatte: Curwen und Thenga zu dem Kontaktmann bringen.

Er verfluchte sich selbst für seine Dummheit. *Trottel, Trottel, Trottel! Herr Gott doch mal! Zebediah Curwen! – Du bist ein absoluter Vollidiot!*, mäkelte sein Kopf. *Du hast dir völlig unnötig in die Hose gemacht.*

»Der Rakk'kre will auch sprechen!«, schallte der Laute.

»Ihr habt eure Aufgabe erledigt. Ich brauche euch nicht mehr. Kehrt auf eure Posten zurück«, wandte sich der Rakk'kre an die Soldaten.

»Wie Sie wünschen«, sprach der Laute kriecherisch, vollführte eine Verbeugung. Dann verschwand er mit dem anderen durch die Tür, rostige Scharniere wimmerten, als sie geöffnet wurde.

»Folgen Sie mir!«, befahl der Rakk'kre.

Sie schritten in einen Nebenraum, ein schlicht eingerichtetes Zimmer mit einem Schreibtisch in einer Ecke, eine kehhl'daaranische Standarte in der gegenüberliegenden. Ein Ventilator drehte sich an der Decke. Eindeutig ein Büro, vermutlich das des Rakk'kre.

Der Rakk'kre faste nach einem der Thorr'khalls, die auf dem Tisch lagen, reichte ihn an Curwen weiter. »Das ist für Sie. Er enthält alle Informationen über das Lager Z'ran II. Mit diesen Informationen wird es für Sie ein Kinderspiel sein, von dort zu flüchten.«

»Und das ist für Sie!«, entgegnete Curwen. Eine Hand fuhr in einen Schlitz im Futter seiner ärmellosen, knallbunten Jacke im Stil der Raccaner. Weil ein Thorr'khall nicht viel größer und dicker war, als ein Blatt Papier, war es ein Leichtes, ihn irgendwo zu verstecken.

Die Thorr'khalls wanderten von einer Hand zur anderen. Der eine verschwand anschließend in eine der zahlreichen Taschen in der Uniform des Rakk'kre, der andere im kleinen Versteck im Futter von Curwens Jacke.

»Passen Sie gut darauf auf. Dieser Thorr'khall ist so etwas wie eine Lebensversicherung.«

Curwen antwortete nicht, nickte nur.

Der Rakk'kre ballte seine Rechte zu einer Faust. Sekunden später landete sie in Curwens Gesicht.

Curwen reagierte mit Überraschung und Empörung zugleich. »Was soll das?«

»Ich habe Sie herbringen lassen, um Sie zu verhören. Und Folter gehört zur Standardprozedur.«

»Ich werde Ihnen nichts sagen!«, fauchte Curwen.

»Sie haben falsch verstanden. Ich habe nicht wirklich vor, Sie zu verhören. Nur die anderen sollen glauben, dass ich Sie verhöre.«

Curwen verstand. Alles nur Tarnung.

Der Kehhl'daaraner schlug erneut zu, diesmal fester. Die Faust landete genau da, wo vor einigen Tagen Scudmores Faust Curwens Kinn getroffen hatte. Der Kehhl'daaraner senkte die Arme, betrachtete sein Werk. »Ich denke, das genügt«, kommentierte er, anschließend wandte sich von Curwen ab und ließ sich in dem Stuhl hinter dem Schreibtisch nieder. »Und nun warten wir.«

Eine Stunde später begab man sich wieder nach draußen.

Der Rakk'kre zitierte drei seiner Männer – einen stämmigen, brutal wirkenden Kerl mit Augenklappe über dem rechten Auge, und zwei eher jugendlich aussehende – zu sich, sprach streng: »Bringt die Gefangenen zum Lager Z'ran II! Nehmt dafür den Transporter, nicht das Shuttle.«

Grimmiges Nicken der Soldaten. Läufe zweier Plasmagewehre richteten sich auf Curwen und Thenga.

Die oxidierte Stahltür stimmte wieder ihr Klagelied an, als einer der Kehhl'daaraner sie aufschlug. Man begab sich raus aus dem voll klimatisierten Bunker in die brütende Hitze der tscherguner Wüste, worüber Curwen nicht sonderlich glücklich war. Im Bunker war es viel angenehmer.

Sie stiegen in jenen seltsamen Antigrav-Gleiter, der vor dem Horchposten geparkt hatte.

Einer der drei Kehhl'daaraner setzte sich hinter das Steuer des Antigrav-Gleiters, betätigte einige Kippschalter an der Instrumententafel, ein Summen ebbte an.

Ockerfarbiger Sand wurde aufgewirbelt, als Düsen zündeten, der Antigrav-Gleiter abhob. Er schlug einen Kurs Richtung Osten ein, schwebte der flammend roten Sonne entgegen, über gewaltige Wanderdünen hinweg. Sand wirbelte, getragen von sanften Winden, umher. Die Luft flirrte, Fata Morganen verwirrten die Sinne. Leere, soweit das Auge reichte. Keine Spur von Leben.

Der Wind hatte bizarre Wellenmuster in den ockerfarbigen Sand gemalt.

Sand! Nichts als Sand! Kein Baum, kein Strauch. Nur Sand! Tschergun war wohl der trostloseste Ort, den Curwen je besucht hatte. Selbst Kohh-Dahl III, der Wüstenplanet am Rande von nirgendwo, bot sich nicht als derart trist dar. Verglichen mit Tschangans ungleichen Zwilling war der dritte Planeten des Kohh-Dahl-Systems landschaftlich ein recht interessanter Ort. Die Wüsten von Kohh-Dahl III waren mit Felsen übersät, die vom Spiel der Elemente im Laufe von Jahrtausenden oder gar Millionen von Jahren zu bizarren Formen moduliert wurden.

Nach einer gewissen Zeit änderte sich die Landschaft merklich und Curwen musste seine Meinung über Tschergun revidieren. Die Dünen wichen einer weiten Ebene, die mit Geröll gespickt war. Dazwischen ragten spitze Felsen – gewaltigen Fingern gleich – aus dem Boden heraus. Das Flachland war voll davon.

Für einen Moment hielt Curwen das, was er wahrnahm, für eine Sinnestäuschung, doch diese unwirkliche Landschaft war existent. Sie stellte einen dermaßen großen Kontrast zu den Dünen da, dass man gewillt war, zu glauben, man wäre plötzlich auf eine andere Welt versetzt worden.

Der Antigrav-Gleiter schwebte einem gewaltigen Canyon entgegen, einem gigantischen Riss in der weiten Ebene. Die Ausmaße waren wahrlich titanisch, der Antigrav-Gleiter benötigte an die fünfzehn Minuten, um die gegenüberliegende Seite zu erreichen, obwohl er mit annährend dreihundert km/h unterwegs war.

Man ließ den Canyon hinter sich, die Landschaft wandelte sich erneut. Die Ebene wurde zu einer Hügellandschaft, die langen spitzen Felsen entschwanden. Aus Hügeln wurden Berge, der Gleiter durcheilte eine enge Schlucht. Wie Mauern, die von einem Titanen errichtet wurden, ragten zu beiden Seiten gewaltige Felswände auf.

Der Gleiter war zwar klimatisiert, und doch schwitzte Curwen. Er wünschte sich ein entspannendes Bad, doch darauf konnte er nicht hoffen, diesen Luxus werden die Kehhl'daaraner ihm kaum gönnen.

Sein Blick schweifte weg vom Fenster, hin zu Thenga, der ihm gegenübersaß. Irgendwas stimmte nicht mit ihm, er sah krank aus. »Alles in Ordnung?«, fragte Curwen besorgt.

»Wieso fragst du?«

»Du siehst aus, als würdest du dich nicht wohlfühlen.«

»Ich schätze, das liegt am Klima. Diese heiße trockene Luft kann einen ziemlich fertig machen.«

Curwen hatte das dumme Gefühl, dass sein Freund nicht die Wahrheit sprach, dass er seinen wahren Gesundheitszustand verschwieg. Curwen entschied sich jedoch, nicht zu bohren. Thenga wird schon selbst mit der Wahrheit herausrücken, wenn er es für richtig hielt.

»Bald seid ihr in eurem neuen Zuhause«, verkündete einer der Kehhl'daaraner, riss Curwen mit diesen Worten aus den sorgenvollen Gedanken.

»Wir haben nicht vor lange zu bleiben«, konterte Curwen trotzig.

Der Kehhl'daaraner lachte schallend. »Tapfere Worte, Menschlein! Die werden dir aber nichts nützen. Aus diesen Lagern ist noch nie jemand geflohen.«

*Es gibt immer ein erstes Mal.*

Die Schlucht öffnete sich zu einem ausgedehnten Tiefland, das von einem Bergmassiv umschlossen wurde.

Curwen registrierten am Fuße eines Hügels, hinter dem gewaltige schneebedeckte Berge aufragten, Objekte, die sich deutlich vom Ocker der Landschaft abhoben. Er mutmaßte, dass es sich dabei um Gebäude handelte, dem Lager Z'ran II. Dieser Kehhl'daaraner hat also die Wahrheit gesprochen.

Der Gleiter ging auf Kurs in Richtung Gefangenlager Z'ran II. Im Höllentempo jagte er ihm entgegen.

Curwens Blick wandte sich vom Fenster ab. Stattdessen starrte er auf seine in den Schoß gelegten Hände hinab. Gedanken, gewichtige Gedanken – Fragen! – tauchten in seinem Geist auf. Er fragte sich, was in diesem Thorr'khall stand, wie diese Informationen ihm und Thenga helfen konnten, aus dem Gefangenlager auszubrechen. Einem Ort, schlimmer als die Hölle, wenn man den Erzählungen Glauben schenkte.

Z'ran! Ein Name, der ihm geläufig war, denn er hatte schon so einiges über die Z'ran-Gefangenenlager auf Tschergun gehört. Was ihm zu Ohren gekommen war, klang nicht gut. Diese Lager waren in der gesamten Union als Todeslager bekannt. Die abscheulichsten Geschichten kursierten darüber. Nun war er auf den Weg in eines dieser Lager. Bald wird er erfahren, was an den Schauergeschichten dran war.

Er durchforstete sein Gedächtnis nach weiteren Informationen zu den Z'ran-Lagern.

›Das Höllenreich der Tschanganer‹, so nannte man die fünf Z'ran-Lager bei den Tschanganern, weil dort hauptsächlich Angehörige dieses Volkes inhaftiert wurden, überwiegend Widerstandskämpfer. Doch auch einfache Leute, die wegen Nichtigkeiten verhaftet wurden, fristeten dort ihr jämmerliches Dasein.

Nach dem Fall von Tschangan im Krieg von 2261 wurde die gesamte tschanganische Regierung nach Tschergun deportiert. Nur wenige Mitglieder des Kabinetts überlebten die ersten sechs Monate ihrer Gefangenschaft.

Die Inhaftierung politischer Gefangener hatte im kehhl'daaranischen Empire Jahrtausende alte Tradition. Curwen hatte von Camps für politische Gefangene gehört, die schon seit Hunderten von Jahren existierten, dort ganze Generationen eingekerkert waren. Politische Gegner wurden dort mit ihren Kindern eingesperrt, dessen Kinder waren ebenfalls Häftlinge, deren Kinder wiederum welche und so weiter.

Er hatte nie verstanden, wie man so grausam sein konnte, die Bevölkerung ganzer Städte wurde von den Kehhl'daaranern in Lager gesteckt.

Ein spezielles Lager befand sich auf Kehhl'daar Z'hrin, dem zweiten Mond von Kehhl'daar Prime.

Dieses Lager wurde schon seit mehr als drei Jahrhunderten betrieben und erlangte Berühmtheit durch einen besonderen Häftling: Kahh'kre Zweiten Grades Deller'ron! Er war Anführer der Rebellion im Jahre 5288 kehhl'daaranischer Zeitrechnung, dem Jahr 2110 irdischer, die von K'korr'shee'kehhl'daar Kharr'xuuhn XVII. blutig niedergeschlagen wurde. Es gab ungefähr eine Million Tote, in etwa genauso viele Dissidenten landeten in Gefängnissen.

Deller'ron soll angeblich im Jahre 2113 auf Kehhl'daar Z'hrin eines natürlichen Todes gestorben sein, was anzuzweifeln war, angesichts der Tatsache, dass Deller'ron noch keine Hundert war, als er inhaftiert wurde. Auch konnte er kaum einer Krankheit zum Opfer gefallen sein. Kehhl'daaraner besaßen ein äußerst robustes Immunsystem, welches dafür sorgte, dass sie kaum krank wurden. Nein! Deller'ron wurde mit größter Wahrscheinlichkeit ermordet.

Heute war er ein Märtyrer für all jene, die für ein humaneres Empire eintraten.

Einer der Kehhl'daaraner richtete sein Wort an Curwen. »Ich habe gehört, ihr Terraner wollt Kehhl'daar Prime angreifen.«

»Wo haben Sie das gehört?«, reagierte Curwen ein wenig verwundert.

Dass die Space Navy beabsichtigt, Kehhl'daar Prime anzugreifen, hörte er nun zum ersten Mal. Er hatte Zweifel, dass sie das wirklich vorhatte. Er hielt die Behauptung des Kehhl'daaraners für ein wildes Gerücht.

»ENC, euer Earth News Channel hat das gesagt«, konkretisierte der Kehhl'daaraner.

Curwen lächelte amüsiert. »Glauben Sie nicht alles, was über ENC verbreitet wird.«

»Dachte ich es mir doch!«, höhnte der Kehhl'daaraner. »Ihr Terraner habt nicht den Mut, um Kehhl'daar Prime anzugreifen.«

»Das hat mit Mut nichts zu tun!«, widersprach Curwen heftig. »Es ist gar nicht nötig, eure Heimatwelt anzugreifen, um euch in die Knie zu zwingen.«

»Unsinn! Ihr seid einfach zu feige, um euch einen richtigen Kampf zu stellen.«

Curwen war außer sich vor Wut. Am liebsten wäre er dieser Person an die Gurgel gegangen. Er konnte es überhaupt nicht leiden, wenn man die Menschen als Feiglinge bezeichnete. Solch eine Behauptung verursachte bei ihm einen Stich in die Seele, kannte er schließlich viele Leute, die im Kampf um die Freiheit heldenmutig ihr Wertvollstes opferten: das Leben!, – und somit dieser Behauptung Lügen straften.

Curwen stand nah davor, dieser verdammten Eidechse eine zu verpassen, doch Thenga, dem Curwens Erregung nicht entgangen war, hielt ihn zurück. »Lass dich durch diesen Trottel nicht provozieren, er ist es nicht wert.«

Curwens Zorn ebbte ab, der Kessel explodierte nicht. Thenga hatte recht, der Kerl war es nicht wert.

Der Antigrav-Gleiter hielt in der Luft an, drehte sich um die eigene Achse, begann sachte zu Boden zu sinken.

Curwen sah wieder aus dem Fenster, erblickte sein geisterhaftes Spiegelbild auf der Glasscheibe. Es war ein Gesicht, das ihm irgendwie fremd war. So verhärtet, so abgekämpft. All die jugendliche Frische, die ihn normalerweise auszeichnete – im Moment war davon nichts zu sehen. Er wirkte um zehn Jahre älter.

Er sah durch sich hindurch zu einer primitiven Baracke. Ein Dach mit roten Terrakottaziegeln, geschwungenen Dachsparren, türkisfarbige Wände, in die frugale Fenster eingefasst waren.

Die seltsame türkise Färbung der Wände wies darauf hin, dass dieses Gebäude aus Xanqualzu errichtet worden war, einem speziellen Material, das von den Tschanganern für den Bau ihrer Häuser verwendet wurde.

Dass die Baracken tschanganischer Herkunft waren verwunderte nicht, wenn man wusste, das Z'ran II schon in der Zeit der alten Republik ein Gefangenlager war. Damals wurden hier jedoch nur Leute inhaftiert, die auch hergehörten, Schwerverbrecher, die wegen schlimmster Mordtaten verurteilt wurden.

Während der Antigrav-Gleiter drehte, konnte Curwen einen Blick auf einen großen Teil des Lagers erhaschen.

Die Baracken, etwa ein Dutzend an der Zahl, waren u-förmig um einen zentralen Platz angeordnet, wahrscheinlich der Appellplatz für die Gefangenen.

Hinter den Baracken befand sich ein Gebäude, das sich deutlich von den anderen unterschied. Nicht nur, dass es kehhl'daaranischer Herkunft war, dessen üppige Ausgestaltung war das genaue Gegenteil zu den Baracken. Hier Schlichtheit, dort Luxus.

Das Gebäude war ein Lehmbau mit von Zinnen umfriedetem Flachdach. Am Eingang gab es ein von Säulen getragenes Vordach. Die Mauern waren weiß mit ockerfarbenen Streifen, die Zinnen schienen vergoldet zu sein.

Als Curwen dieses Bauwerk erblickte, da wurde ihm sogleich bewusst, dass dort der Lagerkommandant wohnte, besser gesagt residierte.

Baracken und Residenz des Lagerkommandanten gelangten aus dem Blickfeld. Curwens Augen erspähten etwas, das seine Aufmerksamkeit erregte. Eine große dunkle Fläche, die sich deutlich vom Ocker des Sandes abhob.

Auf diesem Platz stand der Truppentransporter, der die Gefangenen von Tschangan hergebracht hatte. Direkt daneben befand sich eine Bunkeranlage. Auf dem Dach befanden sich eine Parabolantenne und ein Flakgeschütz.

Er wandte seinen Blick von dem Fenster ab, richtete die Aufmerksamkeit auf ihre Bewacher, behorchte ein Gespräch zwischen ihnen.

Obwohl sich die Echsen in ihrer Muttersprache unterhielten, verstand Curwen jedes Wort.

Gerade sprach der mit der Augenklappe über die Terroristen, die Tschangan unsicher machten, beklagte sich, dass die Regierung nichts gegen sie unternahm.

Wenn dieser Kehhl'daaraner von Terroristen sprach, meinte er damit die tschanganischen Freiheitskämpfer.

Er war zudem der Meinung, dass es am besten wäre, den ganzen Planeten Tschangan in die Luft zu sprengen, um endlich Ruhe von den aufmüpfigen Tschanganern zu haben.

Eine Ansicht, die Curwen entsetzte. Ke'hinuc sowie Cara'uhn waren nicht so, wie er sich die Kehhl'daaraner vorstellte, dieser jedoch schon. Er war eine Bestie!

Er unterdrückte den Drang nach einem deftigen Kommentar, die Kehhl'daaraner sollen nicht wissen, dass er sie verstand.

Der andere, der Jüngere, erzählte vom Surr'kroo'zwisorrah seines Sohnes.

Das Surr'kroo'zwisorrah war eine Zeremonie, bei der ein Junge zum Mann erklärt wurde. Diese Zeremonie hatte in der kehhl'daaranischen Kultur eine herausragende Stellung.

Augenklappe kam auf den Krieg zu sprechen. Seiner Meinung nach war ganz allein der K'korr'shee'kehhl'daar Schuld an den Niederlagen der imperialen Flotte. »Dieser Mann hat doch keine Ahnung von der Kriegsführung.«

Die anderen zwei nickten zustimmend.

Offensichtlich war Cara'uhn nicht der Einzige, der gegen K'korr'shee'kehhl'daar Anaka'ruuhn war. Doch bedeutete das nicht, dass Leute wie Augenklappe Cara'uhns Ansichten teilten. Im Gegenteil! Die meisten Kehhl'daaraner werden Cara'uhns Plan, das Empire zu demokratisieren, als verrückt abtun.

Augenklappe erwähnte nun, dass er demnächst auf ein Schlachtschiff der imperialen Flotte versetzt wird. Er gab sich erleichtert darüber, dass er diesen öden Felsbrocken in absehbarer Zeit verlassen konnte.

Curwen konnte das gut nachempfinden. Auch er wird froh sein, wenn er wieder von diesem *Mond* runter war. In dem Moment setzte der Gleiter auf. Sie waren angekommen.


Samakus wurde von freudiger Erwartung erfüllt. Der Auserwählte war hier, ganz in seiner Nähe, er konnte dessen Präsenz fühlen. Bald wird er ihm das Amulett überreichen, die erste Komponente des Schlüssels.

Der Neffa-reem in der Gestalt eines Pykejon lag auf einem Bett in der Baracke, in der man ihn untergebracht hatte. Sein Körper war nach einem Tag harter Arbeit im Steinbruch geschunden. Doch das störte ihn nicht. Der Auftrag war bald erledigt, in Kürze konnte er zu seiner wahren körperlosen Existenzform zurückkehren. Diese leibliche Hülle, die nur eine Illusion war, hatte bald ausgedient.

Seine Hand fuhr unter die Kleidung, Finger glitten über die Oberfläche des Amuletts, das auf der Brust ruhte. Dessen mächtige Energie durchströmte Samakus' imaginären Körper.

Die Kehhl'daaraner hatten es merkwürdig gefunden, dass er so an diesem Geschmeide hing. Es hatte sie jedoch nicht weiter gestört, dem vermeintlichen Pykejon erlaubt, es zu behalten.

Zum Glück hatten sie keine Ahnung von der Bedeutung des Amuletts. So sollte es auch sein. Das Geheimnis, das es in sich trug, war nicht für diese primitiven Echsen bestimmt, sondern ausschließlich für die Menschen, für ein ganz besonderes Exemplar dieser Spezies, um präzise zu sein. Es war für Zebediah Curwen!

# Siebenundzwanzig

Irgendetwas war faul in diesem Kehhl'sherraner. Manik Maathavi hatte einen sechsten Sinn für Verrat, und auf Julun'kur'sraa sprach dieser besonders an.

Es war an sich nicht seine Aufgabe, den Kehhl'sherraner zu beschatten, dafür war er nicht auf die HYPERION gekommen – er war im Auftrag von Sektion O hier – doch er war nun mal USNIA-Agent. Wenn Julun'kur'sraa falsch spielt, dann wird Maathavi das herausfinden und den Kehhl'sherraner zur Strecke bringen.

Gehörte er eventuell zu den Verschwörern, hinter denen er schon seit fast fünf Jahren her war?

Bei Gott! Er wünschte sich das sehr.

Seit all diesen Jahren jagte er diese Gruppe kehhl'sherranischer Offiziere, die heimlich für die Kehhl'daaraner arbeiteten, militärische Geheimnisse an den Feind verrieten.

Eine erfolglose Jagd! Er konnte zwar einige Verschwörer entlarven, doch diese waren kleine Fische. Die Großen, die Drahtzieher des Komplotts, entzogen sich nach fünf Jahren noch immer seinem Zugriff. Einige Male dachte er schon, er hätte sie, doch sie waren ihm einen Schritt voraus und konnten entkommen. Er schien es hier entweder mit ziemlich gerissenen Gegnern zu tun haben, oder sie hatten Hilfe aus Maathavis Umfeld.

Er war sich inzwischen ziemlich sicher, dass jemand aus seiner Abteilung für die Verräter arbeitete.

Verdammt! Es musste eine Möglichkeit geben, diesen verräterischen Sumpf trocken zu legen. Wie lange konnten sie noch im Verborgenen agieren, wie viele Geheimnisse würden sie noch an die Kehhl'daaraner verraten?

Der Lift hielt an, die Tür teilte sich. Maathavi trat auf den Korridor hinaus. Ein Gähnen entwich seinem Mund. Obwohl er nicht wirklich etwas gearbeitet hatte, war er hundemüde. Er freute sich aufs Bett.

Als sich die Tür zu seinem Quartier öffnete und er eintrat, flammte kein Licht auf, so wie es eigentlich sein sollte. Seltsam!

Er hatte nicht nur einen sechsten Sinn für Verrat, auch für Gefahr hatte er einen ausgeprägten Instinkt. Dieser schlug jetzt heftig an.

Die Tür schloss sich hinter ihm, sperrte das Licht von Korridor aus, die schattenhaften Umrisse des Raumes verschwanden in undurchdringliche Schwärze.

»Licht an!«, raunte er. Nichts geschah!

Maathavi wandte sich um, wollte die Kabine verlassen. Doch die Tür öffnete sich nicht. Da wusste er, dass er in eine Falle getappt war. Jemand verbarg sich in der Dunkelheit, jemand, der seinen Tod wollte.

Julun'kur'sraa? War er tatsächlich ein Verräter und wollte nun den Mann beseitigen, der seinen Verrat aufdecken könnte?

Maathavi hörte Schritte – und einen röchelnden Atem.

Die eine Hand glitt nach unten zur Hüfte. Er lächelte schwach. Keine Waffe! Die war auch nicht nötig. Er konnte sich ohne Weiteres mit seinen Händen zur Wehr setzen.

Er lauschte aufmerksam. Der andere war nah. Sehr nah.

Die Besprechung hatte länger gedauert, als erwartet. Julun'kur'sraa war froh, dass er den Konferenzraum verlassen hatte. Nur noch fünf Minuten mit diesem Gewächs und er wäre ausgerastet. Er war nervös, als er durch die Korridore der HYPERION schritt. Dieser verdammte Maathavi! Dieser Mann machte ihn ganz kribbelig. Er war sich sicher, dass der Mensch seinetwegen hier war. Aber er musste sich nicht mehr lange Sorgen bezüglich Maathavi. Es waren Schritte unternommen worden, dieses Problem zu lösen.

Er spürte einen Strick um den Hals.

Sein Gegner wollte ihn erdrosseln. Wie unsportlich!

Er wäre nicht Manik Maathavi, könnte er sich aus dieser misslichen Lage nicht befreien. Gleich werden zwei Personen ordentliche Kopfschmerzen haben.

Sein Kopf stieß gegen das Gesicht seines Gegners. Maathavi spürte, dass der Druck des Stricks auf seinen Hals merklich nachließ. Zum Glück! Er begann bereits, mit Atemnot zu kämpfen.

Maathavi wartete nicht darauf, dass sein Gegner sich von dem Schlag erholte, setzte sofort nach, indem er den Ellbogen in dessen Leiste hieb, anschließend sich nach vorne beugte und den Gegner über die Schulter warf.

Seine Augen gewöhnten sich langsam an die Dunkelheit, statt der ultimativen Finsternis nahm er nun schattenhafte Umrisse wahr. Und er erkannte, dass sein Gegner nicht der Kehhl'sherraner war.

Julun'kur'sraa war gerade dabei in sein Quartier zu treten, als er einen

Trupp Marines erblickte. Die vier Männer und eine Frau hatten es sichtlich eilig.

Er hielt inne, sah ihnen nach. Der Kehhl'sherraner lächelte innerlich. Es war vollbracht!

Er taumelte. Die Beine fühlten sich an, als wären sie aus Butter. Er verspürte einen brennenden Schmerz zwischen den Rippen. In der Dunkelheit hatte Maathavi das Messer viel zu spät bemerkt. Die Klinge hatte sich längst in seinem Körper geschoben, als er sich der Attacke bewusst wurde. Viel zu spät, um darauf zu reagieren.

Das Licht und die Stimmen kamen ihm wie ein Traum vor. Er ahnte, was beides zu bedeuten hatte. Hilfe!

»Ich … ich«, stammelte er. Der Mund fühlte sich trocken an, die Zunge taub. Und er war so unendlich müde. Und die Welt lag hinter einem Vorhang, den seine trüben Sinne nicht zur Seite schieben konnten.

»Maathavi!«, vernahm er eine Stimme, von Entsetzen erfüllt. Er fühlte sie mehr, als dass er sie hörte. Dann zerbrach sein Bewusstsein.

## Achtundzwanzig

»Wir sind da!«, verkündete der Kehhl'daaraner, der am Steuer des Antigrav-Gleiters saß im sarkastischen Ton.

»Ein Fünfsternehotel ist das nicht gerade«, gab Thenga einen bissigen Kommentar ab.

»Natürlich nicht!«, fauchte Augenklappe. »Das ist schließlich ein Gefangenlager. Ihr werdet es noch bitter bereuen, dass ihr euch auf Tschangan habt schnappen lassen.«

»Das tu ich jetzt schon«, sprach Curwen, bedachte Thenga mit einem finsteren Blick. »Du bist schuld!«

»Wieso soll ich schuld sein?«

»Irgendjemand muss es doch sein.«

Ein amüsiertes Lächeln spielte um Thengas Mund. Curwen meinte dies nicht ernst, das war bloß wieder einer seiner Scherze.

Rund ein Dutzend Soldaten kamen auf den Antigrav-Gleiter heran marschiert, postierte sich in einem Kreis um das Vehikel. Eine Schar Gefangener war ebenfalls anwesend, beäugte die Neuankömmlinge neugierig.

Augenklappe erhob sich aus seinem Sitz, stellte sich vor Curwen. Die rechte Hand wurde ausgestreckt, Zeigefinger deutete auf die Menschen, dann zur Luke, die sich gerade geöffnet hatte. Ein Schnalzen entwich seinem Mund.

Die Menschen erhoben sich, schlürften zur Luke. Man stieg aus dem Gleiter. Schuhe berührten heißen Asphalt.

Ein Kehhl'daaraner, gekleidet in eine marineblaue Uniform der imperialen Flotte – das metallene Abzeichen, das an seine Brust angeheftet war, funkelte im Schein der roten Sonne – in einer Hand einen Offiziersstab, bahnte sich den Weg durch die Menge, schritt zielstrebig auf sie zu. Eindeutig, Zweifel ausgeschlossen, dieser Mann war derjenige, der hier das Sagen hatte – der Lagerkommandant!

Der füllige Lagerkommandant – feistes Gesicht mit Adlernase, fette Wampe – musterte die Frischlinge von Kopf bis Fuß, machte ein abschätziges Gesicht, schnaufte verächtlich, begann anschließend um die Menschen herumzuschreiten. Er piekste mit dem Offiziersstab Curwen in den Bauch. Wörter in grollender Klangfarbe kamen aus dem Mund. »Bringt diese Space Navy-Offiziere in mein Büro!«

Die Wörter verhallten, der Mund war geschlossen, ein schmählicher Blick traf die Männer von der Space Navy.

Der Kommandant machte auf dem Absatz kehrt, stolzierte davon. Kurz darauf stieg er in einen schnittigen Antigrav-Gleiter, der daraufhin gemächlich zum anderen Ende des Lagers glitt.

»Ihr habt gehört, was der Kommandant gesagt hat!«, belferte Augenklappe.

Curwen zuckte mit den Schultern, ein Seufzen fiel aus seiner Sprechluke.

»Folgt mir!«, diktierte Augenklappe, watschelte davon. »Und macht bloß keinen Ärger.« Es folgten Worte in seiner Sprache.

»Ich kann mich beherrschen«, konterte Curwen zerknirscht.

Zwei Soldaten lösten sich aus der Gruppe, schlossen sich Augenklappe an, nahmen Curwen und Thenga in die Zange.

Curwen warf einen Seitenblick auf den Kehhl'daaraner, der neben ihm herging.

Der Reptiloid konterte. Seine gelben Augen schleuderten Curwen Verfemung entgegen.

Er drehte den Kopf weg, hob  trotzig das Kinn. »Menschen!  Abschaum!«, murmelte er verächtlich.

Er wurde schneller, schloss zu Augenklappe auf, der ein ziemliches Tempo vorlegte, Curwen trottete hinter ihm her.

»Kehhl'daaraner! Abschaum!«, kam es leise aus Curwens Mund.

Der Kehhl'daaraner blieb abrupt stehen, drehte sich um. Offenbar hatte er Curwens Worte gehört. Er nahm sein Gewehr von der Schulter. Kurz darauf spürte Curwen den Kolben in den Rippen. Der Kehhl'daaraner brüllte: »Los! Beweg dich schneller, lahmes Menschlein!«

Curwen krümmte sich zusammen. »Jaja! Ich geh ja schon!«, presste er in einem unwirschen Ton zwischen den Zähnen hervor. »Nur nicht hetzen.«

»Du bist langsam wie ein Qak'kihhl«, höhnte der Kehhl'daaraner.

Dass dies schwere Konsequenzen nach sich ziehen würde, dessen war sich Curwen bewusst, und doch konnte er es sich nicht verkneifen, die folgenden Worte auszusprechen: »Und du bist ein Ku'sah'ku!«

Ku'sah'ku war eins der schlimmsten Schimpfwörter, welche die Kehhl'daaraner kannten. Dementsprechend war der Kehhl'daaraner aufgebracht, wollte Curwen erst recht eine verpassen.

Augenklappe war das, was hinter seinem Rücken vorgefallen war, nicht entgangen, blieb stehen, wirbelte herum. »Wenn du sie schlägst, können sie nicht mehr gut arbeiten, also lass ihn. Falls du auf die Idee kommst, meine Anweisung zu missachten, wirst du es sein, der Prügel bekommt.«

Der Soldat schluckte ängstlich, ließ den Kopf sinken, sprach kleinlaut: »Ich habe verstanden, Ill'jak.«

»Das ist gut so«, knurrte Augenklappe. Das eine Auge, das ihm geblieben war, bedachte den anderen mit einem eiskalten Blick. In dem Moment wurde Curwen klar, dass es Augenklappe nur recht wäre, wenn dieser Soldat den Befehl missachtet, denn dann könnte er ihn misshandeln. Dieser einäugige Kehhl'daaraner war ein geisteskranker Sadist.

Der Soldat schluckte erneut, ihm stand die Angst ins Gesicht geschrieben. Er wusste genauso wie Curwen, dass Augenklappe ihn liebend gerne zusammenschlagen würde.

Augenklappe drehte sich um, die Gruppe setzte sich wieder in Bewegung.

Der Soldat richtete die Aufmerksamkeit erneut auf Curwen. »Ich kann euch Terraner nicht leiden. Ihr habt meinen Bruder auf den Gewissen. Deshalb werde ich mich rächen. Mit dir fange ich an. Wenn ich mal mit dir alleine bin, kommst du dran!«

Curwen war bestürzt. Nicht wegen der Drohung, sondern weil der Kehhl'daaraner gesagt hatte, dass ein Mensch die Schuld am Tod seines Bruders trug. Das rief Curwen ins Bewusstsein, dass auch die Kehhl'daaraner in diesem Krieg schwere Verluste hinnehmen mussten, und hinter jedem Verlust stand eine persönliche Tragödie.

Es war ja so leicht, in ein Schwarz-Weiß-Denken zu verfallen, so furchtbar einfach. Die einen waren gut, die anderen die Bösen. Dies gab es jedoch nur in schlechten Filmen. Die Realität war viel komplizierter, es gab viele Abstufungen und Grauzonen, niemand war hundertprozentig gut oder böse. Auch die Union war kein Unschuldsengel, die Space Navy hatte ebenfalls einiger Grausamkeiten schuldig gemacht.

Ihr Weg führte sie durch die Menge der Schaulustigen hindurch an eine Reihe von Baracken vorbei zum anderen Ende des Lagers, wo sich jene stattliche Villa befand.

Auf der Treppe vor der Tür einer Baracke erblickte Curwen einen Menschen, den Ersten bislang. Seine schmutzige zerrissene Kleidung erinnerte entfernt an eine Space Navy-Uniform. »Willkommen im Hades, Leidensgenossen. Mal sehen, wie lange ihr es hier aushält«, gab er mit schwacher, krächzender Stimme von sich, hob schwerfällig einen Arm zum Gruß. Kurz darauf trat ein Soldat an ihn heran, trieb den Kolben seines Plasmagewehrs in den Rücken des Bedauernswerten, sodass dieser von der Treppe stürzte und mit dem Gesicht im heißen Wüstensand landete. »Wieso bist du nicht im Steinbruch bei der Arbeit?«, brüllte der Kehhl'daaraner, schlug erneut zu.

Curwen, erzürnt über diese barbarische Behandlung, wollte dem Mann zur Hilfe eilen, doch er wurde zurückgehalten. Sein Bewacher forderte ihn auf weiterzugehen, ansonsten würde ihm das Gleiche widerfahren.

Bedrückt wandte Curwen den Blick ab. Er vernahm, wie der Mann mit kläglicher Stimme erwiderte: »Der Kommandant hat mich freigestellt, weil ich zu schwach zum Arbeiten bin. Er hat mir befohlen, mich beim Arzt zu melden.«

Es folgte ein Schmerzensschrei. Offensichtlich hatte der Soldat ein weiteres Mal zugeschlagen.

Der Hass loderte im Herzen des Menschen mit dem Namen Zebediah Curwen, doch der ließ nicht zu, dass die Hassgefühle die Oberhand gewannen, ihn zu unüberlegten Handlungen verleiteten.

Er wollte nichts lieber tun als diesen Kehhl'daaraner töten, doch wusste er auch, dass er dies nicht konnte. Bevor er zur Tat schreiten könnte, hätte einer der Kehhl'daaraner, die ihn eskortierten, ihn nach Walhalla geschickt. Es war jedoch nicht die Zeit zum Sterben, sondern zum Überleben. Er hatte eine Mission zu erfüllen, sie zu einem erfolgreichen Abschluss zu bringen war enorm wichtig. Deshalb musste er am Leben bleiben.

Auch Thenga kochte vor Wut, spielte ebenfalls mit dem Gedanken, diesem Kehhl'daaraner eine Lektion zu erteilen. Ein Wunsch, den er Curwen mitteilte. »Vielleicht bekommen wir die Möglichkeit, diesem Bastard seine gerechte Strafe zukommen zu lassen, wenn wir von hier verschwinden.«

»Das hoffe ich sehr«, war Curwens Antwort.

Curwen und Thenga betraten nun, begleitet von ihren Bewachern, die Villa.

Sie war mit feinstem Mobiliar eingerichtet. Hauptsächlich antike Möbel vom Planeten Kikenia, auf dem es einst eine Kultur gab, die vor mehr als tausend Jahren ausstarb. Artefakte der einstigen Kikenia-Kultur waren begehrte Sammlerobjekte. Auf dem Boden ausgebreitet lagen Teppiche, aus edelster tschanganischer Seide geknüpft.

Dieser Lagerkommandant war ein Meister der Dekadenz. Er umgab sich mit verschwenderischem Luxus, während die Gefangenen fast verreckten.

»Diesem Kerl gehört ein Tritt in den Arsch«, flüsterte Thenga, die Worte von unterdrücktem Zorn durchtränkt.

*Nein!*, fluchte Curwens in Gedanken. *Dem Kerl gehört einfach der Hals umgedreht. Gibt es hier nur Sadisten?*

Man betrat nun das Büro.

Der Kommandant wandte sich von einem Waffenschrank an der Wand rechts ab, machte sich auf seinem Stuhl bequem, als die Menschen eintrafen. Er warf einen Blick in einen Thorr'khall, der vor ihm auf dem Tisch lag, richtete die Aufmerksamkeit anschließend auf die Besucher, faste die Terraner mit einem pejorativen Blick ins Auge. Es war der gleiche, mit der er sie begrüßt hatte.

Die Kehhl'daaraner waren von Natur aus ein anmaßendes Volk, doch dieser Kerl überspannte den Bogen eindeutig. Der Mann war wohl die blasierteste Person, der Curwen je begegnet war.

Er reichte Curwen über den Schreibtisch hinweg die Hand. Doch der Terraner war nicht gewillt, ihm die Hand zu schütteln.

Der Kehhl'daaraner lächelte. Kein nettes, sondern ein eiskaltes, grausames Lächeln. »Von freundlichen Gesten halten Sie offenbar nicht viel. Wie Sie wollen.«

»Wieso soll ich zu meinem Henker freundlich sein?«, konterte Curwen zynisch.

Der Kehhl'daaraner beugte sich zu Curwen vor, fixierten ihn mit einem Augenspiel des Teuflischen. »Ich bin eigentlich eine nette Person, solange man zu mir auch freundlich ist.«

*Wer's glaubt, wird selig.*

Seit ihrer Ankunft in diesem Gefangenenlager hatte es einige Situationen gegeben, bei denen er fast ausgerastet wäre, in dem Moment war er erneut in solch einer Lage. Er musste sich ziemlich zusammenreißen. Bei seinem cholerischen Temperament keine einfache Sache.

Für Thenga gestaltete es sich leichter, die Kontrolle zu wahren, weil er kein Hitzkopf wie Curwen war, doch jetzt hatte auch er Probleme, die Contenance zu wahren. Nachdem sie Zeuge einer Folterung wurden, war diese Freundlichkeit seitens des Lagerkommandanten reinster Hohn. Da konnte einem ja nur der Hut hochgehen.

»Mein Name ist Dala'kon«, stellte sich der Kehhl'daaraner vor. »Sha'kre Dala'kon! Willkommen in meinem kleinen Königreich.« Er bedachte die Menschen mit einem dergestalt schmierigen Lächeln, dass diese vor Ekel am liebsten gekotzt hätten.

»Sie nennen es Ihr Königreich, ich nenne es Folterkammer«, gab Curwen kühl zur Antwort.

Dala'kon lachte schallend. Für einen Moment! Es verebbte schnell. Er grinste Curwen irre an, zeigte damit sein wahres Gesicht. Das eines verrückten Schlächters. »Sie wissen gar nicht, wie recht Sie damit haben.« Er bedeutete seinen Männern, die Terraner wegzubringen.

»Zeigt ihnen ihren Arbeitsplatz!«

»Jawohl, Sha'kre«, antwortete Augenklappe. An Curwen und Thenga gerichtet sprach er: »Los bewegt euch! Wenn ihr seht, was ihr für den Rest eures erbärmlichen Lebens tun werdet, wird euch das Frechsein vergehen.«

Curwen ächzte trübselig, setzte sich wie befohlen in Bewegung.

Ihr Weg führte sie hinter die Villa, wo eine Felswand steil aufragte. Ein Steinbruch war aus den Felsen herausgeschlagen worden, in dem Hunderte Gefangene Tag ein Tag aus bis zur totalen Erschöpfung schuften mussten.

Das Gestein, das herausgeschlagen wurde, hatte, wie Curwen erkennen konnte, kupferfarbige Streifen. Er folgerte aus dieser Beobachtung, dass hier Juungkuung abgebaut wurde, ein äußerst widerstandsfähiges Metall, das auf Tschangan in der Industrie vielfältige Anwendung fand. Die Hülle von tschanganischen Raumschiffen bestand aus diesem Metall.

Augenklappe führte Curwen und Thenga zu einem anderen Kehhl'daaraner, der hier offenbar das Sagen hatte.

Es handelte sich bei dem Mann um einen Hünen mit über zwei Meter Körperlänge, dicke, muskelbepackte Arme, grimmige Miene. Eine Erscheinung die Furcht einflößte. An einem Ledergürtel war eine altmodische Peitsche befestigt, was die Aura der Gefährlichkeit verstärkte.

Einige Gefangene hielten kurz in ihrer Arbeit inne, warfen faustische, aber auch scheele Blicke auf die Neuen.

Obwohl dies ein Lager für politische Gefangene war, konnte Curwen im Gewimmel einige Menschen in abgewetzten Space Navy-Uniformen erblicken. Sie beide sowie die bedauerliche Gestalt, die sie auf der Treppe einer Baracke erblickt hatten, waren wohl nicht die einzigen Space Navy-Krieger, die es in diese Hölle verschlagen hatte. Er konnte an das Dutzend erkennen, das hier Steine klopfen musste. In seinem Hirn formte sich die Frage nach dem Grund? Weshalb waren sie hier, wie waren sie hergelangt? Vielleicht ergab sich die Möglichkeit eines Gesprächs mit einem von ihnen.

Der Kehhl'daaraner mit der Peitsche hörte auf, einen der Gefangenen zur Arbeit anzutreiben, richtete die Aufmerksamkeit auf die Neulinge. »Was bringst du mir Schönes, Cara'kurgul?«, fragte der

Peitschenheini.

»Zwei Space Navy-Offiziere, die man auf Tschangan geschnappt hat«, erklärte Augenklappe, der, wie sich nun herausgestellt hatte, Cara'kurgul hieß.

Curwen fand, dass das Kurgul im Namen dieses Kehhl'daaraners ein wenig wie Gurgel klang, das Körperteil, an dem er den Kehhl'daaraner am liebsten zu fassen kriegen würde.

»Was du nicht sagst! Was hatten die beiden dort verloren?«

»Spionieren, was sonst.«

»Was tun sie dann hier? Spione werden normalerweise sofort exekutiert!«

Der andere Kehhl'daaraner vollführte ein Schulterzucken. »Das würde ich auch gerne wissen. Es wird schon einen Grund dafür geben.«

»Egal! Ich kann neue Arbeiter gut gebrauchen. In letzter Zeit haben wir sehr viele Ausfälle. Erst gestern ist mir ein Raccaner tot umgekippt.«

»Ja, ich weiß! Hab davon gehört«, entgegnete Cara'kurgul gleichgültig.

Peitschenheini sah Curwen an, dann Thenga, begutachtete sie wie eine Ware. »Naja! Ich finde die beiden etwas mager«, äußerte er sich abfällig. »Mal sehen, was ihr aushält!«

Seine nächsten Worte richtete der Peitschenheini wieder an Cara'kurgul. »Diese Space Navy-Leute haben mehr Ausdauer, als man ihnen zutraut.« Dessen rechte Hand schnellte in einem erstaunlichen Tempo nach vorn. Bevor Curwen bewusst wurde, was geschah, hatte der Peitschenheini ihn am Kragen. Er wurde vom Koloss zu einem Felsbrocken geschleudert, den man aus der Wand geschlagen hatte. Neben dem Felsen lagen ein mächtiger Vorschlaghammer, ein kleiner Hammer und ein Meißel im Sand. Offenbar soll damit der Stein zerkleinert werden. Sicherlich ein Knochenjob – für den Curwen vorgesehen war.

Neben dem Felsen, den Curwen bearbeiten soll, lag noch einer. Vor ihm stand ein Tschanganer, einen mächtigen Vorschlaghammer in der Hand. Trübsinnig blickte er zu Curwen. Der Oberkörper des Tschanganers war nackt. Curwen bemerkte, dass das Fell am Rücken mit verkrusteten Blut verklebt war. Spuren von Peitschenhieben.

Curwen ahnte, wem der Tschanganer dies zu verdanken hatte: Peitschenheini!

»Du wirst diesen Felsen zu kleinen Steinen verarbeiten. Wehe dir, wenn du nicht gut arbeitest.« Der Kehhl'daaraner deutete auf seine Peitsche. »Und du kommst mit mir. Dein Arbeitsplatz ist woanders.« Peitschenheini packte Thenga am Handgelenk und schleifte ihn wie ein störrisches Kind hinter sich her.

Sie wurden getrennt. Keine ideale Sache.

Curwen warf einen letzten Blick auf seinen Kameraden, kurz bevor sie sich aus den Augen verloren. Auf Thengas Gesicht war eine stumme Botschaft geschrieben: › »Mach dir keine Sorgen, ich komme schon klar.« ‹

Doch das tat Curwen. Das eingefallene Gesicht des Commanders gefiel ihm gar nicht. Er hoffte, dass das wirklich nur auf das Klima auf diesem Planeten zurückzuführen war, wie Thenga behauptete. Leider bestand auch die Möglichkeit, dass Thenga verwundet war. Es könnte sein, dass er sich bei diesem mörderischen Sprung von der Plattform während des Kampfes um Ke'hinucs Farm eine Verletzung zugezogen hatte.

Curwen versuchte den Gedanken an diese Möglichkeit aus seinem Gehirn zu verbannen, denn er war ziemlich unangenehm. Die Vorstellung, dass Thenga möglicherweise schwer verletzt war, dass er sterben könnte – unerträglich! Er hatte in diesem Krieg schon zu viele Kameraden verloren, er wollte nicht auch noch Thenga verlieren.

Augenklappe alias Cara'kurgul riss ihn aus seinen trüben Überlegungen, als dieser ihm einen heftigen Stoß in die Rippen gab. »Du sollst arbeiten, keine Löcher in die Luft starren. Xirir'korron hat dir mitgeteilt, was passiert, wenn du nicht arbeitest!«

Als Curwen nicht sofort reagierte, verlieh Cara'kurgul seinem Befehl Nachdruck, indem er ihn nochmals schlug.

Inzwischen war der andere Kehhl'daaraner, den Cara'kurgul Xirir'korron genannt hatte, zurückgekehrt, bemerkte die blutig geschlagene Lippe von Curwen und fragte: »Was ist los?«

»Er will nicht arbeiten!«

»Du willst nicht arbeiten? Ich habe dir doch erklärt, was passiert, wenn du das nicht tust!«, zürnte Xirir'korron, löste die Peitsche vom Gürtel, machte sich bereit, damit auf Curwen einzuschlagen.

Der Tschanganer versteifte sich, machte ein mitleidiges Gesicht.

Als Xirir'korron bemerkte, dass der Tschanganer in seiner Arbeit stockte, da fauchte er den Tschanganer an: »Das hier geht dich gar nichts an, Jakadin Quindin! Du hast meine Peitsche schon einmal gespürt. Willst du sie nochmals spüren?«

Umgehend fuhr der Tschanganer mit seiner Arbeit fort.

»Sehr vernünftig«, sprach Xirir'korron zufrieden, grinste spöttisch.

Auch Curwen hatte keine Lust, ausgepeitscht zu werden. Also ergriff er die primitiven Werkzeuge – den kleinen Hammer und den Meißel – machte sich an die Arbeit. Er setzte den Meißel an einer Stelle an und begann mit dem Hammer ihn ins Gestein zu treiben. Es gab andere, bessere Methoden, um einen Stein zu zertrümmern, doch hier in diesem Steinbruch ging es nicht um Effizienz bei der Förderung von Erzen, sondern beim Töten. Die Inhaftierten sollen sich im wahrsten Sinne des Wortes zu Tode schuften.

Cara'kurgul grinste zufrieden. »Jetzt bist du vernünftig.«

Xirir'korron hingegen war nicht ganz befriedigt. »Mit etwas mehr Kraft, wenn ich bitten darf! Du arbeitest wie ein Kind.«

»Die Sie hier sicher auch schon mal arbeiten haben lassen!«, hielt Curwen hämisch dagegen.

In Xirir'korron stieg der Zorn hoch, brach gewalttätig aus. Er schlug mit der Peitsche zu. Leder strich über Curwens Rücken.

Als die Peitsche den Körper berührte, flutete ein brennender Schmerz über seinen Buckel. Es war ihm, als würde er in Flammen stehen.

»Ich werde dir deine Dreistigkeit schon noch austreiben. *Säugetier!*«, knurrte Xirir'korron, wobei er das Wort Säugetier hervorhob.

*Am liebsten würde ich dich mit Hammer und Meißel bearbeiten!*, dachte Curwen erzürnt.

»Du denkst wohl, dass wir hier alle Sadisten sind, die zum Spaß Leute quälen.«

*Kannst du Gedanken lesen, verdammte Eidechse?*

»Vielleicht hast du recht, *Menschlein!* Ich würde aber nie auf die Idee kommen, Kinder Sklavenarbeit machen zu lassen.

Du scheinst nicht viel über unserer Kultur zu wissen. Ansonsten wüstest du, dass Kinder unser wertvollster Besitz sind. Wir ehren sie.«

»Das mag vielleicht für eure eigenen Kinder gelten, aber nicht für die Kinder anderer Rassen. Ich habe in diesem Krieg einige Kinder gesehen, die von euch abgeschlachtet wurden.

Wie viele Kinder sind durch die Hand kehhl'daaranischer Soldaten gestorben? Wissen Sie das? Ich leider auch nicht! Doch wie gesagt, ich habe einige Kinder zu Gesicht bekommen, die von Ihren Leuten ermordet wurden.«

Während Curwen diese Worte sprach, erinnerte er sich deutlich an die Flüchtlingsschiffe, die die WAYFARER UNDER STARS zu Beginn des Krieges eskortierte, an das Elend der in diesen Schiffen zusammengedrängten Menschen.

Xirir'korron gab keine Antwort, stattdessen wandte er sich von Curwen ab. Offenbar hatte er einen wunden Punkt getroffen.

»Bring nie wieder dieses Thema zur Sprache«, mahnte Cara'kurgul. »Rakk'kre Xirir'korron hat seine Kinder im Krieg verloren. Wenn du von ihm nicht zu Tode gepeitscht werden willst, solltest du es in Zukunft unterlassen, dieses Thema anzuschneiden. Und jetzt mach weiter!«

Curwen stieß einen frustrierten Seufzer zwischen den Lippen hervor. Er machte sich wie befohlen ans Werk, mit Hammer und Meißel rückte er dem Felsen zu Leibe.

Es regten sich Gewissensbisse in ihm. Er konnte doch nicht ahnen, welch schmerzlichen Verlust dieser Kehhl'daaraner erlitten hat, als er ihn mit seinem Vorwurf konfrontierte.

Waren diese Kehhl'daaraner deshalb so grausam, waren sie voller Hass auf die Leute, die ihnen das Liebste genommen hatten?

Vielleicht. Sein eigener Zorn auf die Kehhl'daaraner hatte ähnliche Wurzeln. Er konnte ihnen nicht verzeihen, dass sie viele seiner Kameraden getötet haben.

Verdammt! Was hatte dieser verfluchte Krieg aus ihnen allen gemacht?

Die Stunden vergingen und je weiter fortgeschritten der Tag war, umso wärmer wurde es. Curwen hatte inzwischen den Eindruck, inmitten eines Backofens zu sitzen. Erschöpfung machte sich breit, er wurde langsamer und schwerfälliger. Kein Wunder angesichts der Tatsache, dass er schon seit Stunden in der sengenden Hitze schuftete ohne eine Minute Verschnaufpause, ohne einen Schluck Wasser zum Trinken zu bekommen. Das musste sich ja zwangläufig auf die

Leistung auswirken.

Seinem Aufpasser, der die ganze Zeit bei ihm war, es handelte sich weder um Cara'kurgul noch Xirir'korron, sondern um eine andere Person, gefiel das gar nicht. »Du sollst arbeiten, nicht schlafen!«, brüllte er den Menschen an.

*Der ist gut! Soll er doch mal stundenlang in der Hitze Steine klopfen.*

»In einer halben Stunde gibt es Pause. Du wirst doch bis dahin durchhalten können. Oder seid ihr Terraner so schwächlich, dass ihr bei der geringsten Anstrengung umkippt?«

Pause! Dieses Wort überraschte Curwen. Er hatte nicht gedacht, dass die Kehhl'daaraner ihren Gefangenen so etwas gewähren würden.

Diese Pause wäre die Gelegenheit, endlich wieder mit Thenga zusammen zu kommen und mit ihm die nächsten Schritte zu besprechen – falls die Kehhl'daaraner dies zuließen.

Der Kehhl'daaraner hatte nicht gelogen. Tatsächlich heulte kurze Zeit später eine Art Werkssirene, die den Beginn der Pause verkündete.

Die Gefangenen marschierten zu einem Platz, wo Tische und Bänke standen. Man hatte sie so angeordnet, dass sie zusammen ein Quadrat bildeten. Abseits davon standen mehrere lange, aneinandergereihte Tische, hinter ihnen zahlreiche Kehhl'daaraner, Fässer und einige Säcke befanden sich hintenüber. Die Essensausgabe!

Man scheuchte die Gefangenen zu diesen länglichen Tischen. Im Gänsemarsch wanderten sie an ihnen vorbei.

Curwen wurde eine Trinkschale Wasser und ein uraltes Brot in die Hand gedrückt. Ekelig! Trotzdem war er froh darüber. In der derzeitigen Lage würde er alles halbwegs Essbare in den Mund schieben. Hauptsache er verhungerte nicht. Als er sein Essen hatte, wurde er unsanft zu den anderen Tischen komplimentiert.

Er sah sich suchend um, hielt Ausschau nach Thenga, entdeckte ihn schließlich an einem Tisch zwei Meter von ihm entfernt. Er konnte jedoch nicht dorthin gelangen, weil die Wachen dies verhinderten. Den Gefangenen war es nicht gestattet, sich dort hinzusetzen, wo sie wollten. Curwen hatte eigentlich nichts anderes erwartet. Er musste auf eine andere Möglichkeit warten, mit Thenga zusammenzukommen. Doch dies musste noch vor Morgen geschehen.

Die Sorge um seinen Ersten Offizier wurde größer als er erkannte, wie schwächlich dieser wirkte.

In sich zusammengesunken saß er auf seiner Bank und kaute teilnahmslos an dem Brot. Thenga sah schon in Parikan nicht gut aus, wie sich Curwen in diesem Augenblick entsann, doch da hatte er sich nichts dabei gedacht. Jetzt konnte man es jedoch nicht mehr ignorieren. Thenga benötigte einen Arzt. Curwen bezweifelte jedoch stark, dass die Kehhl'daaraner bereit wären, Thenga zu behandeln.

Ein Terraner asiatischer Abstammung setzte sich zu Curwen und fragte: »Sie sind Curwen! Nicht wahr?«

»Captain Zebediah Jonah Curwen. Ja, der bin ich!«, bestätigte Curwen, setzte eine Gegenfrage hinzu: »Woher wissen Sie das?«

»Ach! Ich bitte Sie! Sie sind eine Berühmtheit, jeder in der Flotte kennt Sie. Es hat sich hier schnell herumgesprochen, dass Sie uns in Zukunft Gesellschaft leisten werden.«

»Und Sie sind …?«

»Commander Isamu Takahashi, Erster Offizier der CAPRICORN.«

Curwen gab sich überrascht. Die SUSN CAPRICORN galt schließlich als vermisst. Es hieß, das Schiff wäre von den Kehhl'daaranern vernichtet worden und es gäbe keine Überlebenden.

Der Commander registrierte Curwens Überraschung, deutete sie richtig. »Sie sind erstaunt darüber, weil die Navy uns alle für tot hält.«

Curwen nickte, während er an seinem Brot kaute.

»Im Prinzip stimmt das auch. Außer mir und Chefingenieur Jimenez hat keiner die Vernichtung der CAPRICORN überlebt.«

»Ist er auch hier?«, fragte Curwen mit vollem Mund. Dieses Brot war das Ekelhafteste, das Curwen je gegessen hatte. Er ignorierte das.

Takahashi schüttelte energisch den Kopf. »Nein! Ich weiß nicht, wo er ist. Wir haben uns das letzte Mal im Gefangenlager auf L'sin VI gesehen. Ich bin mir nicht sicher, ob er noch lebt. Vermutlich bin ich der letzte Überlebende der CAPRICORN.« Kummer zeigte sich in den Augen des Mannes.

Curwen konnte sich lebhaft vorstellen, was in diesem Mann vor sich ging. Es war sicher hart, der einzige Überlebende zu sein.

»Ich habe noch ein paar andere Space Navy-Offiziere gesehen. Von welchen Schiffen kommen die?«, reichte Curwen eine weitere Frage nach.

»Hauptsächlich sind es Überlebende der EXELIJA.«

»Dem Flagschiff der 3. Flotte?«

»Genau das.«

Die EXELIJA war vor etwa zwei Monaten verloren gegangen, ein herber Verlust, denn dieses Schiff genoss einen legendären Ruf, war es doch das höchstdekorierte Schiff der United Space Navy.

Der überwiegende Teil der Besatzung bestand aus Pykejon, darunter auch der Captain.

Der Kommandant der EXELIJA, Norusus, galt als einer der grandiosesten Strategen in der Geschichte der Navy. In Curwens Jugend war er dessen Idol. Vieles, was er über Taktik und Strategie wusste, hatte Curwen von Norusus gelernt. Es war ein Schock für ihn, als er erfahren musste, dass die EXELIJA vernichtet worden war.

»Ist Captain Norusus hier?«, wollte er von Takahashi wissen.

»Nein!«, negierte der Commander mit einem intensiven Kopfschütteln. »Die Leute von der EXELIJA, mit denen ich gesprochen habe, haben mir erzählt, dass Norusus einen echten Heldentod gestorben ist.

Er ließ das Schiff evakuieren, dann steuerte er es eigenhändig in ein feindliches Schiff. Leider war seine Heldentat sinnlos. Die Fluchtkapseln konnten den Kehhl'daaranern nicht entkommen, die meisten wurden zerstört. Die, die übrig blieben, wurden aufgebracht, die Besatzung ging in Gefangenschaft, sofern sich die Leute nicht vorher das Leben genommen haben.«

An sich war gar nichts anderes zu erwarten, ein stolzer Pykejon wie Norusus würde sich niemals in Gefangenschaft begeben. Er starb als aufrechter Held, so wie es sich für einen pykejonischen Krieger gehörte. Möge Gott seiner Seele gnädig sein.

Curwen nahm nun die Schüssel mit dem Wasser zur Hand und leerte sie in einem Zug. Es war eine Linderung für seinen Körper, der schon ausgedörrt war, als das kühle Nass seine Kehle hinunter rann. Er genoss es.

»Haben Sie Lust, von hier zu verschwinden?«, wandte er sich in einem fast beiläufigen Ton an den anderen Offizier.

Jetzt lag es an Takahashi, verblüfft zu sein. Seine Augen weiteten sich vor Überraschung. »Sagen Sie bloß, Sie haben einen Fluchtplan?«

»Ja, den habe ich. Schon morgen soll es losgehen. Dieser Tag hat mir schon gereicht.«

»Da kommt das Versorgungsschiff«, entgegnete Takahashi. Er ahnte, was Curwen vorhatte. »Sie beabsichtigen, damit zu fliehen.«

»Genau so ist es. Es gibt keinen besseren Augenblick für eine Flucht«, gab Curwen von sich. Curwen bedachte den Asiaten mit einem verschmitzten Lächeln. Kurz darauf verschlang er das, was von dem unappetitlichen Brot noch übrig war.

»Wie sieht der Plan im Detail aus?«

»Das kann ich Ihnen im Moment nicht sagen, das werde ich Ihnen bei einer anderen Gelegenheit mitteilen.«

»Falls sich solch eine ergibt.«

»Keine Sorge! Ich werde Ihnen noch heute Abend alles erzählen. Verlassen Sie sich darauf.«

Curwen hatte den anderen Space Navy-Offizier gerade belogen. Es gab keinen Fluchtplan! Bislang hatte er nicht die Gelegenheit gehabt, den Thorr'khall, der in seiner Jacke verborgen war, zu studieren. Wie er von hier wegkommen soll, davon hatte er keine Ahnung. Er wusste nur eins! Er wollte so schnell wie möglich weg von hier, wenn möglich schon morgen. Takahashi hatte ihn einen wichtigen Hinweis gegeben. Morgen soll ein Versorgungsschiff eintreffen. Das wäre eine Chance.

Die Sirene heulte erneut, verkündete das Ende der Pause. Lange hatte sie nicht gedauert, höchstens zehn Minuten. Eine sehr kurze Pause, aber besser als nichts.

»Schluss mit der Pause! Jetzt wird wieder gearbeitet«, brüllte ein Kehhl'daaraner, der die ganze Zeit in unmittelbarer Nähe gestanden hatte.

»Ich weiß! Hab die Sirene gehört. Bin ja nicht taub«, murrte Curwen und stand auf. Er hoffte, dass der Kehhl'daaraner nichts von seinem Gespräch mit Takahashi mitbekommen hat, denn das wäre fatal.

Zusammen mit Hunderten anderen Gefangenen schlenderte er zurück zum Steinbruch, um weitere Steine zu zertrümmern.

*Zum Glück ist der Albtraum bald vorbei*, tauchte ein belebender Gedanke in seinem Kopf auf, als er zu Hammer und Meißel griff. *Hoffentlich!*, meldete sich gleich darauf der Pessimismus zu Wort. Der Fatalismus war stark in ihm, denn Curwen war in dieser Angelegenheit alles andere als zuversichtlich. Was er bislang von diesem Lager zu sehen bekam, machte kaum Hoffnung. Es gab hier keinen Zaun, dafür Wachtürme, die rund um die Uhr besetzt waren. Zudem patrouillierten ständig Soldaten umher. Sich unbemerkt davonzuschleichen war also schwierig. Aufgrund dieser Ausgangslage fragte Curwen sich, wie ihm die Informationen, die im Thorr'khall gespeichert waren, bei der Flucht helfen könnten. Um diese Frage zu beantworten, musste er die Daten kennen, doch solange er in diesem Steinbruch schuften musste, hatte er keine Gelegenheit, sie anzusehen. Er war gezwungen, bis zur Nachtruhe zu warten. Hoffentlich war es dann nicht schon zu spät.

## Neunundzwanzig

Hamilton hockte hinter einem Gebüsch. Aufmerksam spähte sie durch das Blätterwerk hindurch zu der Lichtung, wo der Jäger stand.

Ein Schauer fuhr durch ihren Körper. Was sie erblickte, gefiel ihr gar nicht. Drei dieser unausstehlichen Echsen standen um den Jäger herum, ihre Plasmakarabiner schussbereit in den Händen. Reptilienaugen musterten die Umgebung akribisch.

*Nicht gut. Überhaupt nicht gut.*

»Was gedenken Sie zu tun?«, wisperte eine Stimme.

Der Schreck fuhr ihr in die Glieder. Das Herz raste vor Erregung. Die Hand umfasste den Griff ihrer Pistole.

Der Schreck wich von ihr, als sie sich entsann, dass sie in Begleitung eines Tschanganers hergekommen war. Der drohende Anblick der feindlichen Soldaten hatte sie für den Augenblick derart gefesselt, dass sie ihren Begleiter vergessen hatte.

Sie wandte den Kopf zu dem hinter ihr kauernden Zokadin. Ihre Antwort bestand lediglich aus einem »Hm!« Sie richtete den Blick wieder auf die drei Kehhl'daaraner, dachte angestrengt nach. »Hm!«, kam es erneut aus ihrem Mund.


Qalta'aahn brummte misslaunig. Dass ihr Vorgesetzter Perela'kon ihn und zwei andere Soldaten dazu abkommandiert hatte, diesen Jäger zu bewachen, schmeckte ihm gar nicht. Er hielt diesen Auftrag für sinnlos. *Sie werden nicht zurückkommen*, gab er sich gewiss.

Er blickte zu einer der drei Plasmaleuchten, die um den Jäger aufgestellt worden waren, dann in den Himmel, der sich rötete. Ein kalter Wind pfiff durchs Gehölz, Blätter rauschten. Wie alle Kehhl'daaraner hasste Qalta'aahn Kälte. Das Rot am Himmel kündete von einem neuen Tag. Ein warmer Tag, was Qalta'aahn wesentlich mehr behagte.

*Sie werden es nicht wagen, hierher zurückzukehren. Doch wäre es mir lieber, sie täten es. Ein ordentlicher Kampf ist mir lieber als mir die Füße in den Bauch zu stehen.* Was Qalta'aahn mehr hasste als Kälte war Untätigkeit.

»Riechen Sie das auch?«, fragte der Mann, der einige Schritte neben ihm stand. Unsteter Blick. Irgendwas machte den schmächtigen Jüngling nervös.

Qalta'aahn schnupperte. Ein unangenehmer Geruch, der ihm nur allzu bekannt war, klomm in die Nase. Ein penetranter süßlich-modriger Duft, der sich deutlich von all den anderen Odeurs abhob.

»Da ist ein Tschanganer«, flüsterte ihm der Jüngling zu.

Qalta'aahn nickte.

Nach einem Augenblick des Sinnierens war Hamilton zur Ansicht gelangt, dass diese drei Kehhl'daaraner keine große Gefahr darstellten. Sie wär ohne Weiteres in der Lage, sie aus dem Hinterhalt heraus zu erledigen. Genau das war letztlich auch ihre Absicht.

»Ich mache kurzen Prozess mit ihnen«, gab sie entschlossen von sich. »Sobald die Kehhl'daaraner erledigt sind, schleiche ich hinüber zum Jäger. Sie geben mir Feuerschutz! Es könnte schließlich sein, dass irgendwo im Unterholz noch mehr Echsen lauern. Sobald wir sicher sind, dass diese drei die Einzigen sind, kommen Sie nach. Einverstanden?«

Obwohl es ihrer Meinung nach ein guter Plan war, zeigte sich der Tschanganer damit nicht einverstanden. »Sie bleiben, wo Sie sind. Ich erledige das«, entgegnete er bestimmt.

»Wie?«, fragte Hamilton. In ihrer Stimme schwang Verärgerung mit. Die Entschiedenheit, mit der er ihren Vorschlag ablehnte, schmeckte ihr nicht sonderlich.

»Bleiben Sie nur hier! Ich mache das schon«, antwortete Zokadin, ohne auf ihre Frage einzugehen.

»In Ordnung! Wie Sie wünschen.« Hamilton blickte wieder zu den Kehhl'daaranern. Ihr Puls war schnell auf hundertachtzig, als sie sah, dass die Kehhl'daaraner ausschwärmten, sich suchend umsahen. Sie ahnten, dass jemand in der Nähe war.

»Was auch immer Sie vorhaben, Sie sollten es jetzt tun«, gemahnte sie.

Keine Antwort. Ärger stieg in ihr auf. Der Kopf fuhr herum. Der Tschanganer war nicht mehr hinter ihr.

Sie vernahm ein Rascheln im Unterholz.

Der Blick richtete sich auf den Hort des Geräusches. Für einen Augenblick erspähte sie eine schwarze Gestalt zwischen dem Gehölz herum schwirren. Eine Verwünschung quoll aus ihrem Mund. Die Aufmerksamkeit wandte sich wieder den Kehhl'daaranern zu. Ihr stockte das Herz, als sie bemerkte, dass einer der Kehhl'daaraner sich direkt ihrem Versteck nährte. Ahnte er, dass sie sich hier verbarg, oder war es Zufall? Sie ging kein Risiko ein. Hamilton zog die Waffe.

Da war noch ein anderer Geruch, intensiver als die Ausdünstungen des Tschanganers – und widerlicher. Seit dem Ende seines Frontdienstes und der Versetzung zum 4. Infanterieregiment der Tschangan-Armee hatte Qalta'aahn diesen Gestank nicht mehr in die Nase bekommen. Es müffelte nach Mensch.

Er knurrte ärgerlich. Menschen! Die konnte er auf den Tod nicht ausstehen. Da waren ihm die Tschanganer noch lieber.

Er entsicherte das Gewehr, trat einige Schritte an die Geruchsquelle heran. Sein Herz begann heftig zu schlagen. Er wusste, wenn sich in den Büschen ein Mensch verschanzt hielt, könnte dieser ihn jederzeit niederstrecken. Im Schutz des Gehölzes war der Mensch im Vorteil. Qalta'aahn musste sich etwas einfallen lassen.

Er wollte dem dürren Jüngling gerade etwas zurufen, als ein seltsames Gebrüll ihn erschaudern ließ.

Zokadin jagte wie ein Blitz durchs Gestrüpp, sprang hoch. Seine zotteligen Arme bekamen einen dicken Ast zu fassen. Er zog sich daran hoch, kletterte weiter nach oben. Auf einem mannsbreiten Ast hielt er inne und stieß einen Schrei aus, der an ein wildes Tier gemahnte. Das wird die Echsen verwirren.

Als Hamilton den Urschrei vernahm, da wusste sie, dass er aus dem Mund des Tschanganers kam. Doch was beabsichtigte er damit?

Sie registrierte, dass sich die Kehhl'daaraner unschlüssig gegenseitig anstarrten. Der eine entfernte sich von Hamilton, brüllte seinem Kameraden etwas zu. Der Schmächtige hob einen Arm, deutete auf etwas – schrie.

Der Plasmastrahl drillte sich nur knapp über seinem Kopf in den Baumstamm. Der Geruch verbrannten Holzes stieg ihm in die Nase. Zokadin kletterte den Baum weiter nach oben, dann sprang er hinüber zu einem anderen Baum. Er spürte eine unangenehme Hitze über seinen Rücken fahren. Ein Schuss hatte ihn knapp verfehlt.

Hamilton verstand. Zokadin lenkte die Kehhl'daaraner ab. Sie waren derart auf den Tschanganer fixiert, dass sie die Terranerin ganz vergessen hatten. Das wurde ihnen zum Verhängnis.
Als Qalta'aahn seinen Fehler bemerkte, war es bereits zu spät. Den Plasmastrahl, der ihn zwischen den Schultern traf, spürte er kaum. Es ging alles viel zu schnell. Seine Seele hatte den Körper verlassen, bevor er sich für seine Unachtsamkeit verfluchen konnte.

Der Jüngling musste mit Entsetzen ansehen, wie Qalta'aahn tödlich getroffen zusammensackte. Bestürzung wandelte sich zu Wut. Wie von Sinnen schoss der Kehhl'daaraner um sich. Plasmastrahlen bohrten sich in Baumstämme, in den Boden – und beinahe in den Körper von Cheyenne Hamilton. Nur dem Zufall, dass sie sich in genau dem Moment wegduckte, verdankte sie ihr Leben.
Büsche waren in Brand geraten. Ein unangenehmes Gefühl klomm in ihr hoch.
Das Feuer! Es versetzte sie in Furcht. Sie bekam Schnappatmung. Mühsam kämpfte sie die Furcht nieder, stürmte aus ihrem Versteck.
Der dürre Kehhl'daaraner entdeckte sie. »Terraner!«, schrie er. Er zog den Abzug durch. Er traf nicht!
Hamilton hatte die Gefahr rechtzeitig erkannt und sich zu Boden geworfen.

Zokadin hatte die Liane ergriffen, beabsichtigte damit, sich zum nächsten Baum zu hangeln. Plasmastrahlen strichen über ihn hinweg. Er wagte einen Blick über die Schulter nach unten. Er sah, wie

Hamilton aus ihrem Versteck stürmte, sich kurz darauf zu Boden warf. Ihr Gegner verfehlte sie deutlich. Kurz darauf drang ein Energiestrahl in die Kehle des Gegners ein, trennte den Kopf vom Rumpf.

Dass er fiel, bemerkte er erst, als er Sekunden später hart auf dem Boden aufschlug. Er hatte nicht die Zeit, sich Gedanken darüber zu machen, was ihm widerfahren war, denn der letzte verbliebene Kehhl'daaraner war im Begriff, auf ihn zu feuern. Er reagierte schnell, zog sein Messer aus dem Schulterholster und schleuderte es dem Gegner entgegen. Die Klinge bohrte sich in dessen Herz. Der Kehhl'daaraner stieß einen erstickenden Schrei aus und sackte zusammen, Augenblicke, bevor er den Abzug betätigt hätte. Zokadin stieß einen Seufzer der Erleichterung aus. Das war verdammt knapp. Er warf einen Blick nach oben und erkannte den Grund für seinen Absturz. Ein Plasmastrahl hatte den Ast, auf dem er gestanden hatte, sauber vom Stamm abgetrennt.

Er erhob sich, trat zur Leiche des Kehhl'daaraners, zog das Messer heraus. In genau diesem Augenblick stürmte Hamilton heran. »Alles in Ordnung?«, fragte sie.

»Ja! Nichts passiert«, krächzte Zokadin, blickte nervös um sich. »Es wird hier ungemütlich.« Er bezog sich aufs Feuer, das sich rasch ausbreitete. Bald wird es das Wäldchen verschlungen haben.

»Ja, ja«, stammelte Hamilton. Sie war die Person, die am meisten so schnell wie möglich von hier weg wollte. Feuer machte ihr höllische Angst. Furchtsam blickte sie zu einem Baum, der wie eine Fackel loderte. »Hauen wir ab!«, sprach sie gehetzt. Der Tschanganer antwortete lediglich mit einem Nicken.

Sie rannten zum Jäger, die Feuerbrunst hinter ihnen her. Hamilton hüpfte geschwind ins Cockpit, der Tschanganer schwang sich in den Sitz des Kopiloten. Hamilton hantierte an einigen Schaltern herum, der Jäger erwachte zum Leben. Weil kaum noch Zeit war, Feuerzungen leckten bereits nach den Tragflächen, verzichtete sie auf ein langsames Hochfahren der Antriebsaggregate, gab stattdessen sofort vollen Schub auf die Steuerdüsen. Unter gewaltigem Brüllen der Triebwerke erhob sich der Jäger in den feuerrot flammenden Morgenhimmel. Der Wald stand total in Flammen, der Feuerschein war kilometerweit zu sehen.

*Also auf nach Illanikeb. Jakadin wird sich freuen*, ging es Hamilton vor Sarkasmus triefend durch den Kopf.

# Dreißig

Algol B III
Terrestrisches Datum: 25. Dezember 2299
3:15 ZULU-Zeit

Die Stimmung im Lager der Archäologen war gedrückt seit jenem tragischen Unglück, dem Professor B-Rak zum Opfer gefallen war. Getötet beim Einsturz des Stollens, den er und Sweeney erkundet hatten, begraben unter Tonnen von Gestein.

Das behauptete jedenfalls Sweeney. Jethro Silver misstraute diesen Worten, hegte den Verdacht, dass Sweeney den d-goriaanischen Wissenschaftler beseitigt hatte.

Silver hatte keine Ahnung, weshalb, jedoch eine Vermutung. Dort unten war etwas. Etwas, das nach Sweeneys Auffassung nie das Licht der Öffentlichkeit erblicken durfte. Aus diesem Grund musste der Professor sterben.

Es war früher Nachmittag, zwei der drei Algol-Sonnen – Nummer drei war von diesem Planeten aus nur als kleiner Stern am Nachthimmel zu sehen – standen hoch am Himmel. Algol B war Algol A ziemlich nah, bald wird er sich vor Algol A schieben und ihn verdecken, was ständig in einem Zyklus von drei Tagen geschah.

Es war mörderisch heiß, das Thermometer kletterte auf unglaubliche siebenunddreißig Grad Celsius im Schatten, doch war noch nicht der Höhepunkt der Hitze erreicht. Heute wird es sicherlich noch weit über fünfzig Grad heiß werden. Zur Hitze kam die Feuchtigkeit. Selbst wenn es nicht zu diesem tragischen Zwischenfall gekommen wäre, hätten die Archäologen die Grabungsarbeiten für heute unterbrochen, bei der Hitze war an Arbeit nicht zu denken.

So war es nun mal auf Algol B III, entweder regnete es wie aus Eimern, oder eine Glut, die aus einem Backofen zu kommen schien, ließ das Land kochen, es in Trägheit verfallen, von der Hitze niedergedrückt. Wenn es regnete, waren die Temperaturen knapp unter dreißig Grad einigermaßen erträglich. Deshalb war Regenwetter zum

Arbeiten besser geeignet.

Jethro Silver stand im Schatten eines großen Baumes, bis auf eine kurze Hose war er nackt. Die Hitze war kaum zu ertragen. Er kam sich vor wie in einer Sauna.

Auch wenn sein Körper unter der Affenhitze stöhnte, innerlich fröstelte er. Immer dann, wenn er Cadan Sweeney in die Augen sah, verspürte er die Kälte in seinem Inneren als besonders unangenehm.

Die beiden Männer kannten sich schon lange, sahen sich als Freunde. Doch Silver wusste nur allzu gut, welch Mann Sweeney war, welch skrupelloser Charakter ihm innewohnte. Er wusste, dass Sweeney selbst nicht davor zurückschrak, einen Freund ins Jenseits zu befördern wenn dieser seinen Plänen im Wege stand.

Sweeney befand sich ihm gegenüber, stand in einer Senke, was den Mann, der eigentlich einen halben Kopf größer war als Silver, kleiner wirken ließ. Wie Jethro war auch er nur spärlich bekleidet, kurze Hose und Strohhut waren alles. Er hatte den Kopf gesenkt, den Blick abgewandt, sodass Jethro dessen Gesicht nicht sehen konnte.

Jethro Silver fragte sich in dem Moment, ob er das überhaupt wollte. Manchmal hatte Cadan Sweeney einen Gesichtsausdruck, der an ein wildes Tier erinnerte.

»Was ist in diesem Stollen wirklich geschehen?«

Sweeney wandte den Kopf, schaute zu Jethro Silver. Da war er wieder – dieser Raubtierblick!

Jethro hatte das Gefühl, als wäre die Temperatur gerade um mindestens vierzig Grad gefallen. Er schlotterte innerlich angesichts dieses dämonischen Gesichtes. Er begann sich zu fragen, ob es klug war, einen Menschen wie Cadan Sweeney als Freund zu haben – eine Person mit eindeutigem Killerinstinkt.

Er hatte sich diese Frage schon oft gestellt, gelangte stets zur selben Antwort. Jethro Silver war nicht Sweeneys Freund – er war sein Lakai! Jethro sah sich außerstande diese Freundschaft aufzukündigen, denn wahrscheinlich würde es ihm das Leben kosten, sollte er es wagen, sich von Sweeney loszusagen, so wie es Scudmore widerfahren wird.

Falls es jemals so etwas wie Freundschaft zwischen den beiden Männern gegeben hatte, so war sie schon vor langer Zeit gestorben.

Heute stand Jethro in einem Abhängigkeitsverhältnis zu Sweeney. Zu sehr steckte Jethro in diesem von Sweeney geschaffen Sumpf aus

Intrigen fest, als dass er jemals daraus entkommen könnte.

»Das weißt du genau!«, entgegnete Sweeney ausweichend.

»Du hast ihn ermordet!«, sprach Jethro ohne Zweifel.

Sweeney nickte, wollte sich von Jethro abwenden. Für ihn war alles gesagt.

Doch Jethro hielt ihn zurück, indem er mit fester Stimme sprach: »Was hast du dort unten entdeckt? Was ist so gefährlich, dass deswegen jemand sterben musste?«

Sweeney fauchte Jethro zornentbrannt an. »Kein Wort darüber!«

»Ist diese Entdeckung *so* gefährlich?« Jethros Stimme blieb gefestigt, obwohl er innerlich im Aufruhr war. Er kannte Sweeney schon lange, aber so wie heute hatte er ihn noch nie erlebt, dieser Mann mit seiner normalerweise eiskalten Ruhe verhielt sich momentan wie ein verschrecktes Huhn. Was auch immer Sweeney dort unten entdeckt hatte, es musste von enormer Bedeutung sein –und ebenso gefährlich!

Sweeney schürzte die Lippen, blickte verkniffen zu seinem Freund. In ihm gärte es. Für den Augenblick sahen sich die Männer abschätzend an, keiner sagte etwas.

Dass Jethro ihn mit Fragen bezüglich der Entdeckung in diesem Stollen bombardierte, gefiel Sweeney gar nicht. Niemand soll von diesem Grab und den Inschriften erfahren – keine Menschenseele! Nicht einmal ein alter Freund.

Er bedauerte es sehr, jedoch war es notwendig – Jethro muss getötet werden! Er wusste zu viel und war längst nicht mehr vertrauenswürdig. Jethro war der Einzige in ihrer kleinen Gruppe von Verschwörern, den Sweeney in all seine Pläne eingeweiht hatte, die anderen wussten nur Bruchstücke davon. Das machte ihn gefährlicher als all die anderen.

Sweeney hatte ihn einst eingeweiht, weil Jethro ein alter Freund war, einzig allein ihm wirklich vertraute. Nun fragte sich Sweeney, ob dieses Vertrauen gerechtfertigt war.

Er wandte den Blick von seinem ehemaligen Freund ab, legte den Kopf in den Nacken. Seine Augen folgten der Wanderung dünner Wolkenschlieren, die von starken Höhenwinden vorangetrieben wurden. Langsam zogen sie über den fremdartigen Himmel. *Es tut mir leid Jethro, mein Freund, aber ich muss es tun. Unter den drei Sonnen von Algol wirst du deine letzte Ruhe finden.*

»Was ist mit Scudmore?«, sprach Jethro eindringlich, riss Sweeney aus den Gedanken.

»Was soll mit ihm sein?«, reagierte Sweeney mit einer Gegenfrage, barsch an Klang.

»Ich will wissen, ob der Verräter endlich bestraft worden ist.«

»Jeder Soldat der imperialen Armee ist hinter ihm her. Er wird das Kehhl'daaranische Empire nicht lebend verlassen«, versicherte Sweeney.

»Ist es überhaupt gewiss, dass sich Scudmore im Kehhl'daaranischen Empire aufhält?«

»Laut den Informationen des Kopfgeldjägers, den ich auf Scudmore angesetzt habe, ist er vor einigen Tagen von Kohh-Dahl III aufgebrochen, um Waffen an die tschanganischen Rebellen zu liefern. Das weißt du! Ich habe dir davon erzählt – nach dem Treffen aller Patrioten auf meinem Sitz in New Sydney.«

Jethro erinnerte sich daran, dass Sweeney ihm erklärte, dass Scudmore jetzt als Schmuggler im Auftrag der Space Navy Waffen an die tschanganischen Rebellen lieferte und vor Kurzem zu einer neuen Lieferung aufgebrochen war, diesmal auch zwei Passagiere an Bord seines schäbigen Raumfrachters hatte – die Space Navy-Offiziere Zebediah Curwen und Runako Thenga!

Jethro hatte damals argumentiert, dass sie zusammen mit Scudmore auch die Space Navy Mannen an die Kehhl'daaraner verraten würden. Das war nicht in Ordnung, denn diese Männer hatten mit der Sache nichts zu tun.

Sweeney war auf Silvers Einwand nicht eingegangen. Wenn Curwen von den Kehhl'daaranern gefangen genommen wird, war das ein Kollateralschaden, den Sweeney gerne in Kauf nahm.

› »Er ist nicht unser Feind« ‹, hatte Jethro zu Sweeney gesagt.

Nein, das war er wahrlich nicht. Ihre Methoden mögen anders sein, auch mögen sie unterschiedliche Ansichten haben, doch Zebediah Curwen und die Gruppe von Verschwörern rund um Cadan Sweeney taten im Prinzip das Gleiche – sie kämpften gegen die Feinde der Menschheit!

Zebediah Curwen war nicht ihr Feind, Jayden Scudmore jedoch schon. Der Mann war eine ehrlose Ratte, die die Organisation hinterging. Der Teufel soll ihn holen. Sweeney hätte mit ihm kurzen

Prozess machen sollen, als er die Gelegenheit dazu hatte, doch der zog es vor, mit seinem Opfer zu spielen.

In Jethro Silvers Gesicht zeigte sich Skepsis, als er an Sweeneys Vorliebe für Katz und Maus-Spiele dachte.

Sweeney entging das nicht. »Ich weiß, dass dir dieses Spiel, das ich mit Scudmore spiele, nicht gefällt. Du willst lieber, dass ich mit ihm kurzen Prozess mache.«

»Durch diese Spielchen sorgst du, dass er entkommt!«, entgegnete Jethro mit gellender Stimme.

»Das ist etwas, was du mir schon mehrere Male gesagt hast«, sprach Sweeney, lächelte Jethro herablassend an. »Deine Meinung ist mir jedoch egal. Ich mache die Dinge auf meine Art, egal ob es dir gefällt oder nicht.« Er bedachte Jethro mit feurigem Blick, setzte hinzu: »Wage es nicht, dich gegen mich zu stellen, oder es wird dir wie Scudmore ergehen.«

Jethro verstummte. Diese offene Drohung erschreckte ihn, obwohl er damit gerechnet hatte.

»Schon gut! Lassen wir das«, sprach Jethro beschwichtigend, drehte sich um und schlenderte zurück ins Lager.

Sweeney sah ihm nach. Äußerlich wirkte er ruhig und gefasst, doch in seinem Innersten loderte die Glut des Hasses. Es war ein alles verschlingendes Feuer. Jeder, der es in Sweeney entfachte, wurde früher oder später von ihm verbrannt. Das rachsüchtige Ungeheuer, das sich Wut nannte, wurde von Minute zu Minute ungezügelter. Die Fackel des Zorns loderte höher und höher. Wie konnte Jethro es wagen, ihm zu widersprechen?

Erst Scudmore und jetzt Jethro Silver, er konnte niemanden mehr vertrauen.

Er fragte sich, ob er diesem intriganten Weibsbild, mit deren Hilfe er die Macht auf der Erde übernehmen wollte, Vertrauen schenken konnte. Auch sie konnte ihn hintergehen. Wenn dem so wäre, würde er auch sie beseitigen.

Jethro Silver wird auf jeden Fall sterben, das war beschlossene Sache. Das Monstrum wird ihn fressen. Heute Nacht wird Sweeney zur Tat schreiten, dem Leben von Jethro Silver ein Ende bereiten.

Der Mann, der einmal Cadan Sweeneys Freund war, wird keinen Sonnenaufgang mehr erleben.

Es war tiefste Nacht, die Archäologen schliefen schon seit Stunden, im Lager war es absolut still, von gelegentlichen Rufen wilder Tiere aus dem Dschungel mal abgesehen.

Doch nicht alle ruhten. Eine Person war noch hellwach: Cadan Sweeney! Er befand sich in einer Ecke von seinem privaten Zelt, das nur ihm persönlich zu Verfügung stand – alle anderen hatten Gemeinschaftszelte – und kramte in einer Kiste herum. Neben der Kiste stand eine Lampe, die seine nähere Umgebung schwach beleuchtete.

Er war froh, dass dieses Zelt ihm alleine zur Verfügung stand, so konnte er ungehindert seine Arbeit verrichten.

Matter Schein fiel auf das Gesicht, verlieh ihm etwas Gespenstisches. Dazu trug auch Sweeneys Mimik bei. In seinen Augen loderte nach wie vor der Hass, noch nie hatte die Bestie in seinem Herzen so stark gewütet wie jetzt.

Wie konnte Jethro Silver es wagen, sich gegen ihn zu stellen?

Das Untier hatte sich seiner bemächtigt, jede Faser seines Körpers hatte es in Besitz genommen, nicht mehr Blut schoss durch Sweeneys Adern sondern glühende Lava aus Zorn. Die Wut auf jene, die ihn verraten hatten, drohte ihn zu vertilgen. Auch deswegen musste Jethro sterben, der Hass brauchte ein Ventil zum Entweichen.

Seine Miene erhellte sich ein wenig, als er das fand, wonach er gesucht hatte, eine Phiole, die eine Flüssigkeit enthielt. Es handelte sich um das Gift einer einheimischen Reptilienart. Absolut tödlich!

Kurz nach Ankunft des Ausgrabungsteams kam es zu einigen mysteriösen Todesfällen. Man fand nach einiger Zeit heraus, dass diese Reptilien des Nachts in die Zelte der Archäologen schlichen und einige der Wissenschaftler von ihnen gebissen wurden. Unbeabsichtigt natürlich. Es war kaum vorstellbar, dass diese Tiere dies mir Absicht taten. Dem ungeachtet stellten die Tiere eine nicht unerhebliche Gefahr dar, weshalb man ein Kraftfeld um das Lager errichtete, um zu verhindern, dass diese Reptilien weiterhin in die Zelte krochen. Seitdem war es zu keinem Zwischenfall mehr gekommen.

Bei einem Besuch vor einigen Wochen befahl Sweeney, eines der Tiere einzufangen. Er hatte behauptet, er wolle das Gift des Tieres melken und an ein Labor schicken, das ein Gegenmittel suchen soll. Tatsächlich war ihm klar geworden, das dieses Gift ein hervorragendes Mordinstrument war, es tötete innerhalb von Sekunden und verlor auch verdünnt nicht seine Wirkung. Was spräche also dagegen einer Person, der man sich entledigen wollte, dieses Gift in einen Drink zu mischen?

Bei Jethro hatte er jedoch etwas anderes vor. Er wollte dafür sorgen, dass es so aussah, als wäre er von einem dieser Reptilien gebissen worden. Auf die Frage, wie es diesem Tier gelungen war, die Barriere zu überwinden hatte er bereits eine Erklärung parat. Er wird einfach behaupten sie wäre defekt, dass es ein Loch gäbe, durch das eins der Reptilien geschlüpft war.

Um diese Behauptung zu untermauern, hatte er das Kraftfeld so manipuliert, dass es den Anschein machte, als gäbe es tatsächlich ein Loch. Was jedoch nicht der Fall war. Er wollte nicht riskieren, dass tatsächlich eins dieser Tiere ins Lager eindringt und versehentlich ihn beißt. Das wäre echt dumm.

In jener Kiste befand sich in einem Geheimfach nicht nur die Phiole mit dem Gift, sondern auch eine Spritze. Er hatte schon vor einiger Zeit Vorsorge für solch einen Fall getroffen. Sein vorausschauendes Denken war ihm schon immer sehr nützlich gewesen.

Er füllte das Gift in die Spritze, nahm anschließend ein Messer aus der Truhe, das für seinen Plan ebenfalls von Bedeutung war.

Die heutigen Spritzen mit ihren Nanonadeln hinterließen keine sichtbaren Einstichwunden, doch an Jethros Körper mussten sich welche befinden, sonst wäre der Tod durch den Biss eines dieser tödlichen Reptilien nicht glaubwürdig, also musste Sweeney etwas nachhelfen, mit dem Messer für die Einstiche sorgen.

Sweeney steckte das Messer in den Gürtel, die Spritze wanderte in die Brusttasche einer Regenjacke. Im Gegensatz zu den Tagen waren die Nächte auf Algol B III kalt.

Er schaltete die Lampe aus, verließ das Zelt.

Wie ein Raubtier auf der Jagd schlich er zu einem Zelt hinüber, das am gegenüberliegenden Ende des Lagers stand. Dort schlief Jethro Silver zusammen mit drei D-Goriaanern.

Sweeney schob die Zeltplane am Eingang zur Seite, schob vorsichtig den Kopf in die Lücke. Er musste sich vergewissern, dass tatsächlich alle schliefen.

Alles ruhig. Nichts rührte sich.

Er musste extrem vorsichtig sein, nicht den geringsten Lärm

machen. Würde Jethro oder einer der D-Goriaaner aufwachen, wäre alles verloren.

Auf sanften Sohlen huschte er zum Ende des Zeltes. Auf halbem Weg stockte er. Ein Geräusch ließ ihn aufhorchen. Ein schauerliches Grunzen. Es war dem Mund eines der D-Goriaaner entwichen. Cadan Sweeney warf einen ärgerlichen Blick auf den Mann, der sich in seinem Bett gerade auf die andere Seite wälzte.

Sweeney wartete einige Sekunden, dann schritt er weiter. Erleichterung durchströmte ihn, als er in der linken hinteren Ecke des Zeltes angekommen war. Dort lag Jethro und schlief tief und fest. Dachte Sweeney zumindest. Denn als er vor Jethro stand, öffnete dieser die Augen. Am Blick des Mannes erkannte Sweeney, dass Jethro wusste, was er vorhatte. Sweeney reagierte schnell. Sein linker Arm schnellte hervor und legte sich auf Jethros Mund. Mit eisernem Griff drückte er den Kopf seines ehemaligen Freundes ins Kissen, Jethro Silver wird keinen Mucks machen. Mit der Rechten fischte er die Spritze aus der Jackentasche und rammte die winzige Nanonadel in Jethros rechten Unterarm. Das Gift gelangte in den Blutkreislauf, entfaltete sogleich die tödliche Wirkung. Jethros Körper erschlaffte.

Cadan Sweeney nahm die Hand vom Mund. Nun bestand keine Gefahr mehr. Jethro war so gut wie tot. Es wird vielleicht noch dreißig Sekunden dauern, bis der endgültige Tod eintrat.

Die Spritze wanderte zurück in die Jackentasche, stattdessen nahm Sweeney das Messer zur Hand und ritzte zwei kleine Einstichwunden nebeneinander in Jethros rechten Unterarm.

Er steckte das Messer weg, warf einen Blick auf das Gesicht des Toten, der einmal sein Freund war. So lautlos, wie er gekommen war, verschwand er wieder in die Nacht. Die Bedrohung war beseitigt.


Am nächsten Morgen gellte markerschütterndes Geschrei durch die Gegend.

Als Cadan Sweeney diesen Schrei vernahm, wusste er, was er zu bedeuten hatte. Silvers Leiche war aufgefunden worden!

Er hüpfte aus dem Bett und lief zu dem Zelt, in welchem Jethro geschlafen hatte.

Dort hatten sich bereits sämtliche Grabungsteilnehmer versammelt. Alle waren in heller Aufregung.

»Was ist los?«, fragte Sweeney mit gespielter Ahnungslosigkeit.

»Jethro Silver ist tot! Er ist heute Morgen nicht aus dem Schlaf erwacht«, erklärte einer der Archäologen mit ohnmächtiger Stimme.

Sweeney schob sich durch die Menge, gesellte sich zu V-Tok, einen jungen Archäologen, der nach dem Tod von Professor B-Rak die Leitung der Ausgrabung übernommen hatte.

Er stand vor der Leiche von Jethro Silver, auf seinem Gesicht war Bestürzung aber auch ein Hauch von Ärger abzulesen. »Zwei Unglücksfälle innerhalb kürzester Zeit. So ein Mist! Das geht doch nicht mit rechten Dingen zu!«

Die Worte des jungen Archäologen alarmierte Sweeney. Ahnte er etwas? Sofort verscheuchte Sweeney diesen Gedanken. Nein! Das war unmöglich! V-Tok konnte nichts von Sweeneys Machenschaften wissen. Dennoch beschloss er, Lea Dark auf den jungen Wissenschaftler anzusetzen. Sollte er zum Problem werden, war es ihre Aufgabe, ihn zu beseitigen. Sweeney wollte kein Risiko eingehen.

»Er muss von einem dieser Viecher gebissen worden sein«, meinte einer von V-Toks Kollegen. »Sehen Sie diese Bisswunde und den grünen Fleck am rechten Unterarm? Eindeutig das Werk dieser Tiere.«

V-Tok nickte stumm.

»Ich verstehe nur nicht, wie es durch die Barriere gelangen konnte«, fügte der Mann hinzu.

»Die Barriere hat anscheinend ein Loch«, vermutete V-Tok. »Wir sollten das überprüfen. Und wenn dem so ist, müssen wir das Loch so schnell wie möglich stopfen. Wir dürfen nicht riskieren, dass noch mehr von diesen Tieren hier eindringen und Leute töten.«

»Ich werde mich umgehend darum kümmern«, verkündete der andere und stakste aus dem Zelt.

»Und ich werde ein Transportschiff herbeibeordern, das die Leiche von diesem Planeten wegschafft«, meldete sich Sweeney zu Wort. »Wir können die sterblichen Überreste von Jethro Silver nicht in einem provisorischen Leichensack liegen lassen, in diesem Klima verwest der Körper viel zu schnell. Wir müssen die Leiche schleunigst wegschaffen. Zudem haben die Angehörigen ein Recht darauf, dass ihr Liebster ein anständiges Begräbnis bekommt.«

»Das sehe ich auch so«, stimmte V-Tok zu. »Zumindest Silver soll eine ehrwürdige Bestattung erhalten. Professor B-Rak wird leider ewig unter Tonnen von Gestein begraben sein. Dieser Planet ist sein Grab geworden.«

»Ich werde mit diesem Schiff nach New Earth zurückkehren. Ich will Jethros Frau persönlich vom Tod ihres Mannes unterrichten.« *Und danach werde ich mich zum Mars begeben, um mich mit dem Mann zu treffen, der am besten geeignet ist, Jethros Platz in der Organisation zu übernehmen*, fuhr Sweeney in Gedanken fort.

»Jethro Silver war Ihr Freund, nicht wahr?«, stellte V-Tok fest.

»Ja«, bestätigte Sweeney.

»Ich traure mit Ihnen.«

Diese Worte ließen Sweeney seltsam kalt.

Jethro Silver und er waren jahrelange Freunde, doch dessen Tod berührte Sweeney nicht. Silvers Ableben war notwendig gewesen, hätte er doch Sweeneys Pläne gefährden können.

Die Menschheit aus der Umklammerung des außerirdischen Einflusses zu befreien war ihm das Wichtigste, wichtiger als alles andere im Leben. Um dieses Ziel zu erreichen, war er auch bereit, Freunde zu opfern, wie eben Jethro Silver.

Nein! Cadan Sweeney empfand keine Trauer. Kein Bedauern. Nicht in diesem Augenblick.

Doch als er in jenem Raumschiff saß, das ihn nach New Earth brachte, die Stunden langsam vergingen und er mehr Zeit zum Nachdenken hatte als ihm lieb war, da wurde ihm erst so richtig bewusst, was er getan hatte. Wie eine Klaue legte sich die Schuld um sein Herz, eine Schuld, die ihn bis ans Ende seiner Tage begleiten wird.

Doch hier und jetzt empfand er nichts, sein Innerstes war kalt und leer.

Er sprach ein Knappes: »Danke!« Seine Stimme war emotionslos.

Sweeney verließ das Zelt. Er musste alles für seinen Aufbruch vorbereiten. *Nichts wie runter von dieser verfluchten Welt*, waren seine Gedanken, als er aus dem Zelt stapfte.

Die Sonnen lugten zwischen entfernten Bergen hervor, der Himmel war in bizarre Amethystfarben gebadet, schwüle Luft umgab ihn. Es hatte bereits zu dieser frühen Stunde eine unglaubliche Hitze. Wenn die beiden Algol-Sonnen die Kimmung überschritten, verjagten sie ungestüm die Schatten der Nacht, Kälte transformierte sich zu glühender Hitze.

Doch jene Glut war nichts im Vergleich zu der Feuersbrunst, die in seinem Herzen loderte. Sein Hass war heißer als tausend Sonnen – diese Wut auf eine uralte Rasse, deren Artefakte alles in Frage stellte, an das er glaubte.

# Einunddreißig

Zalkar Reii wurde der dritte Planet des Sternensystems Mjan Pel-Arikk genannt, das sieben Lichtjahre vom Heimatsystem der Pon-Arikaner entfernt lag. Er war ein heiliger Ort, denn gemäß den alten Mythen erschien hier der Schöpfergott dem ersten Göttlichen Kaiser und übergab ihm die Insignien der Macht.

Im Wassertempel von Mintur Rakaltana wurden sie aufbewahrt. Die wichtigste Insigne war das Zepter von Zalkar Reii. Täglich strömten Tausende Pilger zum Tempel, um das Zepter in der großen Halle zu bewundern.

Doch nicht heute! Die Priester des Wassertempels hatten ihn für die Öffentlichkeit gesperrt, weil vor einigen Tagen mit dem Zepter eine seltsame Veränderung vonstattengegangen war.

Ein seltsames Objekt schwebte in die kolossale runde Halle, die von einer Kuppel gekrönt wurde. Sonnenlicht fiel durch zahlreiche kleine Fenster genau auf das Objekt, welches auf einem Sockel in der Mitte der Halle, umgeben von einer schillernden Wand, ruhte.

»Wann hat es begonnen?«, fragte der Göttliche Kaiser den Hohenpriester, Tholl Delanshu.

Tholl Delanshu blickte zu der mit Meerwasser gefüllten Kugel, die umhüllt von einem Antigravfeld neben ihm her schwebte. Die Kreatur, die in der Kugel schwamm – halb humanoides Wesen, halb Wasserbewohner – sah ihn erwartungsvoll an.

»Einer der jungen Priester bemerkte es am Morgen des Tages von Mal Anashu.«

»Also vor fünf Tagen. Wieso dieses Zögern? Ihr hättet mich sofort informieren müssen«, tadelte der Kaiser.

»Zuerst glaubte niemand dem jungen Priester, weil keiner außer ihm die Veränderung wahrnahm. Als auch die anderen begannen, es zu sehen, wollten sie es anfangs nicht wahrhaben. Aber irgendwann war es nicht mehr zu leugnen, das Zepter hatte seine Form geändert. Als uns klar wurde, dass wir keiner Täuschung erlagen, da informierten wir Sie umgehend, Herr«, erklärte der Hohenpriester den Grund.

Tholl Delanshu und der Göttliche Kaiser überquerten eine Brücken aus festen Wasser – Wasser, das mittels Kraftfelder in eine feste Form gebracht wurde. Es gab etliche Brücken im Wassertempel von Zalkar Reii, und sie alle waren aus festem Wasser errichtet. Sie gehörten zu den vielen Wundern dieser Welt.

Die Kiemen am Hals des Hohenpriesters bewegten sich heftig. Delanshu war nervös. Wie wird der Göttliche Kaiser auf das, was er erblicken wird, reagieren?

Sie blieben vor einer Wand aus Wasser stehen. Hinter ihr befand sich das Allerheiligste – das Zepter von Zalkar Reii. Normalerweise musste man nur durch diese Wand schreiten, um zum Zepter zu gelangen. Das Durchschreiten der Wasserwand galt als rituelle Reinigung, der sich alle Pilger, die das Zepter sehen wollten, unterziehen mussten. Doch heute war das Durchschreiten unmöglich. Seit der Entdeckung der Transformation des Zepters umgab ein Kraftfeld die Wand. Nur eine kleine Zahl von Auserwählten durfte noch in den Heiligen Saal, nur Wenige sollten von den Vorgängen dort erfahren.

Mittels Neuroimplantat im Schläfenlappen übermittelte der Hohenpriester eines telepathischen Befehls und es entstand eine Lücke im Kraftfeld. Tholl Delanshu trat als Erster in den Raum hinter der Wasserwand. Der Göttliche Kaiser folgte mit merklichem Abstand. Fürchtete er das, was er zu sehen bekommen würde?

Tiefe Besorgnis durchströmte Hurushu XII. Er wusste etwas, was nur den Göttlichen Kaisern bekannt war, die Prophezeiung des Unterganges, die von einem Göttlichen Kaiser zum nächsten überliefert wurde. ›Wenn das Zepter von Zalkar Reii sich wandelt, werden die Dämonen aus der Unterwelt hervorkommen und der Tod wird die Sterneninsel heimsuchen.‹ War es nun so weit?

Die Lebenserhaltungssphäre stoppte knapp vor der Wand aus Wasser. Hurushu XII. schloss seine Augen. In seinem Geist tauchten Bilder von Tod und Zerstörung auf. Der gegenwärtige Krieg hatte viel Leid verursacht, doch dieses war nichts im Vergleich zu dem Elend, das kommen wird, wenn die Dämonen tatsächlich aus der Unterwelt emporstiegen. Er verbannte diese Bilder aus seinem Geist. Die Augenlieder hoben sich langsam. Nachdem er einen telepathischen Befehl gegeben hatte, setzte sich die Kugel wieder in Bewegung, durchstieß sanft die Wand aus Wasser.

Der Raum dahinter war eigentlich unspektakulär. Im Zentrum einer kreisrunden Plattform befand sich ein Sockel, und darauf das Zepter.

»Seht selbst, oh Herr. Das Zepter ist nicht mehr dasselbe«, sprach der Hohenpriester in einem feierlichen Ton, aus dem der Unterton der unterdrückten Furcht jedoch für einen geübten Beobachter deutlich zu vernehmen war.

Und Hurushu war ein exzellenter Beobachter. Schon lange vor der Erfindung der neuronalen Schnittstellen, die alle Pon-Arikaner telepathisch verband, wussten die Göttlichen Kaiser stets, was ihr Volk dachte. Es war eine der vielen Gaben, die die Kaiser göttlich machte.

Hurushu spürte die Furcht des Tholl Delanshu so deutlich wie das Wasser, das seinen Körper umgab. Er konnte es dem Hohenpriester nicht verübeln. Delanshu wusste genauso wie der Göttliche Kaiser, dass die Veränderung des Zepters nichts Gutes bedeutete, wenngleich er nichts von der Prophezeiung wusste.

Die Lebenserhaltungssphäre des Hurushu war direkt über dem Sockel mit dem Zepter zum Halt gekommen. Das Wesen halb Fisch, halb Humanoid, schwamm zur Unterseite der Sphäre. Aufmerksam musterte es durch das Glas hindurch das Zepter. In der Tat! Es hatte sich verändert. Es war größer, nicht mehr rote, blaue und grüne Edelsteine schmückten es – sondern pechschwarze. Und eine Schrift, die bislang nicht vorhanden war, zierte es.

»Was bedeutet diese Schrift?«, wollte der Göttliche Kaiser wissen.

»Wissen wir nicht. Die Worte entziehen sich der Analyse. Doch wie auch immer diese Schrift zu lesen sei, ich bin mir sicher, die Botschaft ist nicht von freundlicher Natur.«

Hurushu nickte. Ganz bestimmt nicht! Für ihn war es nun schreckliche Gewissheit. Die Finsternis war nah.

Martin V. Horvath

# Chroniken der Milchstraße:
# USN Space Rangers
## Auf verlorenem Posten

Erhältlich als eBook gratis als Download